KB069127

이츠 카인드 오브 어 퍼니 스토리

문학수첩

엄마에게

조만간 엄마도 이런 말을 듣게 될 줄 아셨겠지만

생각처럼 쉬운 일은 아니니,

이왕이면 빨리 해치우는 게 낫겠어요.

사랑합니다.

| 차 례 |

제1부
내가 있는 곳

1

죽고 싶을 때 말을 하기란 너무 힘들다. 이것은 일종의 절대적인 진리에 해당한다. 단순히 심리적인 차원의 이야기가 아니라 지극히 물리적인 이야기다. 이를테면 입을 벌려서 단어들을 끄집어내기가 물리적으로 힘들다는 뜻이다. 정상적인 사람들이 말을 할 때처럼, 말이 뇌와 협력 관계를 잘 구축하면서 자연스럽게 흘러나오지가 않는다. 얼음 분쇄기에서 얼음이 튀어나올 때처럼 덩어리가 지거나, 아랫입술 뒤에 부딪혀서 자꾸 버벅거리게 된다. 그러니 그냥 조용히 입을 다물고 있는 게 상책이다.

"왜 텔레비전 광고에 나오는 사람들은 죄다 텔레비전을 보고 있는 걸까?" 친구 하나가 중얼거린다.

"그거나 좀 빨리 넘겨." 다른 친구가 대꾸한다.

"아냐, 그건 맞는 말이야." 또 다른 친구가 말한다. "알레르기약 광고만 빼면 늘 소파에 앉아 빈둥거리는 사람이 나와서—"

"말 타고 바닷가를 돌아다니는 사람도 나오지."

"그런 건 다 성병약 광고야."

웃음이 터진다.

“내가 성병 걸린 걸 상대방한테 어떻게 얘기하지?” 이번에는 에런이다. 여긴 그의 집이다. “대화 내용이 진짜 어색할 거야. ‘이봐, 우리 시작하기 전에 말이야, 네가 알아야 할 게 있는데……’라는 식으로 말이야.”

“너희 엄마는 어젯밤에 신경 안 쓰고 했잖아.”

“으아아아!”

“미친놈!”

에런은 영원한 맞수, 로니에게 주먹을 날린다. 로니는 자그마한 몸집에 늘 보석을 주렁주렁 달고 다닌다. 한 번은 나에게 ‘크레이그, 남자가 한 번 보석을 걸치기 시작하면 절대 그만둘 수가 없는 법이야’라고 말한 적이 있다. 로니가 반격을 시도하면서 손목에 찬 커다란 금팔찌가 에런의 시계와 부딪혀 딸그락거린다.

“야, 이게 얼마나 비싼 시계인 줄 알아?”

로니는 손목을 흔들며 다시 대마초에 정신을 팔기 시작한다.

에런의 집에는 늘 대마초가 있다. 부모님이 세를 놓으려고 완전히 독립된 환기 장치를 설치하고 문에 잠금 장치까지 달아 놓았기 때문이다. 그래서 이 방의 전등 스위치는 담뱃진에 누렇게 찌들어 테두리가 생겼고, 침대보에도 시커먼 동그라미들이 마맛자국처럼 찍혀 있다. 에런이 여자 친구와 함께 이 침대에서 무슨 짓을 했는지 암시하는 얼룩도 어렴풋이 남아 있다. 나는 그 얼룩, 그리고 그 얼룩을 만든 두 사람을 번갈아 쳐다본다. 부러운 마음이 앞선다. 하지만 지금 나는 그런 감정에 사로잡힐 처지가 아니다.

"크레이그? 한 모금 할래?"

누군가가 피우기 좋게 만 대마초를 나에게 건네지만 나는 사양한다. 지금 나는 내 뇌를 대상으로 실험을 진행하는 중이다. 대마초 때문에 문제가 생기는 것은 아닌지 확인하기 위해서다. 어쩌면 내가 자꾸 이상해지는 게 이것 때문인지도 모른다. 처음에는 가끔씩 피우다가 그다음에는 진짜 많이 피워 봤다. 내가 이렇게 된 게 혹시 대마초를 덜 피워서가 아닐까 싶어서.

"너, 괜찮아?"

이게 내 이름인 모양이다. 무슨 만화 주인공 같다. 난 괜찮아.

"음……" 내가 말을 더듬는다.

"크레이그 귀찮게 하지 마." 로니가 말한다. "지금 크레이그 지역에 들어가 있잖아. 지금 이 세상 사람이 아니라고."

"그래." 나는 간신히 근육을 움직여 미소를 지어 보인다.

"나는 그냥…… 그러니까…… 알다시피……"

말이란 이런 것이다. 내 입을 배신하고 멋대로 튀어나온다.

"괜찮은 거야?" 니아가 묻는다. 니아는 에런의 여자 친구다. 언제 어디서든 에런과 신체 접촉을 유지하고 있다. 지금도 그녀는 바닥에 앉아 에런의 다리에 바짝 붙어 있다. 눈이 아주 큰 아이다.

"괜찮아." 내가 대답한다. 니아가 다시 평면 텔레비전으로 눈길을 돌리자, 그녀의 눈동자에 텔레비전의 파란 빛이 반사된다. 우리는 지금 깊은 바닷속을 다룬 특집 다큐멘터리를 보는 중이다.

"우와, 저것 좀 봐!" 로니가 연기를 자욱하게 내뿜으며 중얼거린다. 언제 대마초가 다시 그의 손에 돌아갔는지 모르겠다. 화면에는 잠수정의 차가운 조명 속에서 투명한 문어 한 마리가 커다란 귀를 펄럭이며 유유히 헤엄치고 있다.

"과학자들은 이 종에게 덤보라는 재미있는 이름을 붙여 주었습니다." 내레이터의 목소리가 흘러나온다.

나는 혼자 미소를 짓는다. 나에게는 비밀이 있다. 내가 문어 덤보였으면 좋겠다. 차가운 심해의 수온에 완벽하게 적응한 나는 평화롭게 사방을 돌아다닌다. 그렇게 되면 내 인생의 제일 큰 고민은 무엇을 먹을지—이건 지금과 별로 다를 게 없다—가 될 것이고, 혹시라도 누구에게 잡아먹힐 우려는 없는지만 신경 쓰면 된다. 물론 지금도 나를 잡아먹을 사람은 없지만, 그렇다고 해서 사정이 크게 나아지는 것은 아니다. 하지만 그래도 이런 생각이 무척 그럴듯해 보인다. 나도 문어처럼 바다 밑을 돌아다니고 싶다.

"금방 올게." 내가 그렇게 말하고 소파에서 일어서자, 바닥으로 쫓겨나 있던 스크럭스가 무슨 연체동물처럼 슬그머니 내 자리로 기어 올라온다.

"찜 안 했잖아." 스크럭스가 중얼거린다.

"찜." 내가 말한다.

"이미 늦었어."

나는 어깨를 으쓱거리며 바닥에 널린 옷가지와 아이들 다리를 밟지 않으려고 조심하며 아파트 현관문처럼 생긴 베이지색 문으로 향한다. 따뜻한 에런의 욕실 문이다.

나는 욕실을 사용하는 내 나름의 방식이 있다. 욕실에서 시간을 아주 많이 보내는 편이다. 욕실은 나 같은 사람에게는 평화로운 성소나 다름없다. 에런의 욕실에서도 나는 평소처럼 최대한 시간을 끈다. 일단 전등부터 끈다. 이어서 한숨을 길게 내쉰다. 그러고는 돌아서서 방금 닫아건 문을 향한 채 바지를 내리고 변기 위로 쓰러진다. 그냥 앉는 게 아니라 마치 시체처럼 말 그대로 픽 쓰러지면서 엉덩이가 변기 테두리에 닿는 것을 느낀다. 그다음에는 두 손으로 머리를 감싸고 큰 숨을 몰아쉬며 오줌을 눈다. 그때마다 나는 이 순간을 즐기려고 애쓴다. 마치 음식을 먹을 때처럼, 내 몸이 뭔가 꼭 해야 하는 일을 하고 있다는 느낌을 음미한다. 그렇다고 내가 특별히 음식 먹는 걸 즐기는 편은 아니지만 말이다. 손으로 얼굴을 감싼 채 이 순간이 영원히 계속되면 좋겠다는 생각을 한다. 기분이 좋기 때문이다. 그냥 그렇게 하면 된다. 특별한 노력이나 계획을 세워야 되는 것도 아니다. 굳이 참을 필요도 없다. 참으면 오히려 그게 더 문제가 된다는 것이 내 생각이다. 오줌을 못 싸는 것은 보통 일이 아니다. 식욕을 완전히 잃는 것과 다를 게 없다. 혹은 스스로에게 벌을 주기 위해 오줌을 참을 수는 있을지 모른다. 정말로 그런 사람이 있을까? 볼일을 마치면 머리를 처박은 채 팔을 뒤로 뻗어 물을 내린다. 그러고 나면 일어나서 불을 켠다. (내가 캄캄한 어둠 속에 이러고 있는 것을 알아차린 사람이 있을까? 문틈으로 불빛이 새어 나가지 않는 것을 보고 이상하다고 생각하는 사람이 있지 않을까? 혹시 니아가 본 건 아닐까?) 이어서 거울을 들여다본다.

거울에 비친 내 모습은 지극히 정상이다. 평소와 전혀 다르지 않고, 작년 가을 이전과도 별로 달라진 게 없다. 검은 머리칼과 검은 눈동자, 그리고 뻐드렁니 하나. 한 쌍의 짙은 눈썹은 미간에서 서로 만난다. 기다란 코는 약간 휘어진 것 같다. 동공이 아주 큰 편이고—대마초 때문은 아니다—이것이 짙은 갈색 홍채와 함께 내 얼굴에 큼직한 한 쌍의 구멍을 이룬다. 윗입술 위에는 수염이 듬성듬성 나 있다. 이것이 크레이그의 모습이다.

그리고 나는 언제 봐도 곧 울음을 터뜨릴 것 같은 표정이다.

뜨거운 물을 틀어 뭔가를 느껴 보려고 얼굴에 끼얹는다. 이제 잠시 후면 나는 욕실을 나가 아이들과 마주할 것이다. 하지만 그 전에 캄캄한 욕실에 잠시 더 앉아 있으면 안 된다는 법은 없지 않나? 나는 욕실을 한 번 갔다 오는 데 5분이 걸리도록 신경 쓴다.

2

"요즘은 좀 어때?" 미네르바 박사님이 묻는다.

슈링크라면 다 마찬가지겠지만, 그녀의 사무실에도 책장이 하나 있다. 원래 정신과 의사를 슈링크(shrink)라고 부르는 것이 썩 내지키는 않지만, 워낙 많이 만나다 보니 그렇게 불러도 되는 자격이 생긴 느낌이다. 어른들이 주로 쓰는 단어일 뿐 아니라 상당히 비속한 표현이기도 하지만, 나도 이제 3분의 2는 어른이고 상당히 비속한 편이니 큰 문제는 없다.

아무튼, 모든 슈링크의 사무실과 마찬가지로 미네르바 박사님의 사무실에도 필독서들이 잔뜩 꽂힌 책장이 있다. 제일 먼저 눈에 뜨이는 책은 역시 《정신질환의 진단 및 통계 편람(Diagnostic and Statistical Manual)》이다. 지금까지 인류에게 알려진 모든 종류의 정신질환이 나열된 책인데, 상당히 재미있다. 아주 두꺼운 책이기도 하다. 속속들이 다 알지는 못하지만—나도 그 책에 나오는 중요한 증세를 하나 가지고 있다—대충 훑어본 적이 있어서 웬만큼은 안다. 재미있는 내용들도 많다. 예를 들어 '온딘의 저주(Ondine's Curse)'라는 병이 있는데, 이 병에 걸리면 몸이 무의식적으로 숨을 쉬는 능력이 없어진다. 상상이 가는가? 쉴 새 없이 '숨을 쉬어야 한다, 숨을 쉬어' 하고 생각하지 않으면 숨이 멈춰 버린다. 이 병에 걸리면 대부분 죽는다.

잘나가는 슈링크들(대부분 여자지만 가끔 남자도 있다.)은 DSM도 여러 권씩 가지고 있다. 수시로 개정판이 나오기 때문인데, 3판과 4판, 5판이 가장 흔하다. 2판은 아마 좀처럼 찾아보기 힘들 것이다. 1963년인가 언제 나왔다고 한다. 새 개정판이 나오는 데 대략 10년쯤 걸리는 모양이어서, 지금은 6판을 준비하고 있다. 제길, 나도 슈링크나 될까.

미네르바 박사님의 책장에는 DSM뿐만 아니라 정신질환과 관련된 다양한 책들이 꽂혀 있다. 《우울증으로부터의 자유》, 《조급증과 패닉, 그 원인과 치료법》, 《성공하는 사람의 일곱 가지 습관》 같은 책들이다. 전부 양장본이다. 슈링크의 사무실에서 페이퍼백은 찾아볼 수 없다. 대개의 경우 어린 시절에 겪은 성적 학대에 대한 책도 최소한 한 권은 꽂혀 있기 마련인데, 내가 《상처 입은 가슴》이라는 책을 유심히 쳐다보았더니, 어느 슈링크는 "그건 아동기의 성적 학대에 대한 책이야"라고 말했다.

나는 "그래요?" 하고 중얼거렸다.

그랬더니 그녀는 "학대를 경험한 사람들을 위한 책이지" 하고 덧붙였다.

나는 고개를 끄덕였다.

"너도 그랬어?"

얼굴이 꽤 늙어 보이고 탐스러운 백발을 가진 여자였는데, 나는 그 뒤로 두 번 다시 그녀를 만나지 못했다. 세상에, 무슨 질문이 그 따위람? 당연히 나는 학대를 받은 적이 없다. 만약 있었다면 일이 훨씬 간단해졌을 것이다. 슈링크를 찾아가야 할 뚜렷한 이유가 있었을 테니까. 내 상태를 정당화할 수도 있고, 고치려고 노력할 수도 있었을 것이다. 하지만 세상은 나에게 그토록 사소한 것마저 허락하지 않았다.

"좋아요. 음, 사실은 별로 안 좋아요. 여기 와 있으니까요."

"그게 뭐 잘못 됐어?"

"당연하죠."

"처음 온 것도 아니잖아."

미네르바 박사님은 언제 봐도 예술이다. 특별히 섹시하거나 아름다운 것은 아니지만, 관리를 아주 잘하는 모양이다. 오늘은 빨간 스웨터를 입었고, 완벽하게 똑같은 색조의 빨간 립스틱을 발랐다. 페인트 가게에서 색을 맞춰 오기라도 했나 보다.

"안 와도 되면 좋겠어요."

"음, 그렇게 돼 가는 중이야. 어떻게 지냈어?"

이것은 그녀 특유의 유도 질문이다. 슈링크들은 누구나 예외 없이 이런 유도 질문을 던진다. 내가 만나 본 슈링크 중에는 "별일 없지?", "괜찮아?" 심지어 "크레이그의 세상에 무슨 일이 벌어지고 있지?"라고 하는 사람도 있었다. 이런 질문은 절대 바뀌지 않는다. 자기만의 추임새 같은 거니까.

"아침에 잘 못 깼어요."

"잠을 잘 못 잤어?"

"잠은 잘 잤어요."

그녀는 아무런 표정이 없는 얼굴로 앞만 바라본다. 슈링크들은 어떻게 이럴 수 있는지 모르겠다. 그들 특유의 포커페이스가 있다. 포커를 치면 잘 칠 것 같다. 어쩌면 진짜 잘 치는지도 모른다. 혹시 텔레비전 포커 게임에서 돈을 다 따는 사람들도 이 사람들 아닐까? 그런데도 그들은 우리 엄마한테 시간당 자그마치 120달러를 청구한다. 욕심쟁이들 같으니.

"깰 때 어땠는데?"

"꿈을 꿨어요. 무슨 꿈이었는지는 모르겠는데, 아무튼 깨고 나니까 내가 잠에서 깼다는 게 그렇게 기분 나쁠 수가 없었어요. 벽돌로 사타구니를 한 대 얻어맞은 것 같았어요."

"벽돌로 사타구니를…… 그렇구나."

"깨고 싶지 않았어요. 자고 있을 때가 훨씬 좋았어요. 정말 슬프지 않아요? 악몽이 거꾸로 뒤집혔다고 생각해 보세요. 악몽을 꾸다가 깨면 마음이 확 놓이잖아요. 그런데 나는 잠을 깨니 악몽이 시작되는 셈이거든요."

"그 악몽이 뭔데, 크레이그?"

"인생이죠."

"인생이 악몽이다."

"그래요."

대화가 끊어진다. 엄청난 순간이 아닐 수 없다. 우와, 인생이 정말 악몽이라고? 한 10초 정도는 생각을 해 봐야 할 것 같다.

"잠에서 깼다는 사실을 알았을 때 뭘 했어?"

"침대에 누워 있었어요." 할 말은 더 있지만 그냥 참기로 했다. 이를테면 오늘 아침 잠에서 깼을 때 나는 무척 배가 고팠다. 어젯밤에 아무것도 안 먹었으니까. 숙제를 하고 완전히 녹초가 되어 침대에 쓰러지면서 아침에 이 대가를 치르게 될 거라고, 무지하게 배가 고플 거라고, 너무 배가 고파서 아무것도 먹을 수가 없는 상황에 다다르고 말 거라고 생각했다. 잠에서 깨니 위장이 내 빈약한 배 속에서 비명을 지르고 있었다. 거기에 대해서는 아무것도 하고 싶지 않았다. 먹고 싶지 않았다. 뭔가를 먹는다는 생각만 해도 더 괴로워졌다. 커피요구르트 말고는 내가 소화할 수 있는 음식을 단 한 가지도 생각해 낼 수가 없었는데, 나는 이미 커피요구르트에 완전히 질린 상태였다.

침대에 배를 깔고 엎드려서 두 손으로 주먹을 쥐고 기도할 때처럼 배로 가져갔다. 주먹이 위장을 누르면 배에 뭐가 가득 찬 것 같은 느낌이 든다. 머리가 빙글빙글 도는 가운데 이 자세를 유지한 채 시간이 흐른다. 50분 뒤, 도저히 더 이상 참지 못하고 침대를 뛰쳐나온다.

"오줌이 너무 마려워서 일어났어요."

"그랬구나."

"대단했어요."

"너 오줌 누는 거 좋아하잖아. 전에 말한 적이 있어."

"그래요. 간단해요."

"간단한 것도 좋아하는구나."

"다 그렇지 않나요?"

"복잡한 거에 목숨 거는 사람들도 있어, 크레이그."

"음, 난 아니에요. 난 아까 여기로 걸어 들어오면서 무슨 생각을 했냐 하면요…… 내가 자전거 배달원이라는 생각을 했어요."

"아."

"아주 간단하고 단순한 데다, 돈까지 벌 수 있잖아요. 영락없는 닻이죠."

"학교는 어때, 크레이그? 학교도 닻이잖아."

"학교는 온 사방에 다 뻗어 있어요. 수많은 일들이 연결되어 있고요."

"촉수구나."

이런 대화가 가능하기 위해서 약간의 사전 작업이 필요했다. 미네르바 박사님은 내 용어에 제법 빨리 익숙해진 편이다. 촉수란 내 인생을 침범하는 나쁜 일들을 의미한다. 지난주 미국사 수업을 예로 들 수 있겠다. 선생님은 미국 독립전쟁 당시의 무기에 대한 에세이를 써 오라고 했고, 그러기 위해서는 옛날 무기들을 조사하러 메트로폴리탄 박물관에 가야 했고, 그러기 위해서는 지하철을 타야 했고, 그러다 보니 45분 동안 휴대전화와 이메일을 확인할 수 없었고, 그러다 보니 추가 점수가 필요한 사람이 누구냐고 묻는 선생님의 단체 메일에 답장을 보낼 수가 없었고, 그 사이에 다른 아이들이 추가 점수를 다 받아가 버렸으며, 그러다 보니 평균 98.6점(반드시 유지해야 하는 체온) (화씨 98.6도는 섭씨 37도—옮긴이) 근처에도 갈 수 없었고, 이것은 곧 좋은 대학에 들어갈 수 없다는 의미였고, 좋은 대학을 나오지 못한다는 것은 좋은 직장을 구할 수 없다는 뜻이며, 좋은 직장을 구하지 못하면 직장 의료보험의 혜택을 볼 수가 없으며, 이는 다시 말하면 슈링크를 만나거나 내 뇌가 필요로 하는 약을 구하는 데 엄청난 돈을 지불해야 한다는 뜻인 동시에, 이는 곧 우아한 삶을 살아가는 데 필요한 돈을 충분히 벌 수 없다는 뜻이고, 그래서 부끄럽다는 마음이 생기면 우울증이 도질 것이고, 나는 이 우울증이라는 놈이 나한테 무슨 짓을 했는지 잘 알기 때문에 이것은 보통 일이 아닌데, 우울증이 도지면 침대에서 나오고 싶은 마음이 없어지기 때문에 궁극적으로는 노숙자가 될 수밖에 없다. 그리고 상당히 긴 시간 동안 침대에서 나올 수가 없으면 사람들이 와서 침대를 가져가 버린다.

촉수의 반대는 닻이다.

닻은 내 마음을 사로잡아서 일시적으로나마 나를 기분 좋게 만드는 것들이다. 자전거를 타는 것은 닻이다. 암기용 카드도 닻이다. 에런의 집에서 아이들이 비디오게임 하는 것을 구경하는 것도 닻이다. 답은 아주 간단하고 연속적이다. 결정하고 말고 할 것도 없다. 촉수도 없다. 처리해야 할 일들이 있을 뿐이다. 다른 사람을 상대할 필요도 없다.

"촉수가 너무 많아요." 인정하지 않을 수 없다. "그래도 버텨내야죠. 문제는 내가 너무 게으르다는 점이에요."

"얼마나 게으른데 그래, 크레이그?"

"매일 한 시간씩 침대에 누워서 시간을 낭비해요. 그다음에는 이리저리 서성이면서 시간을 낭비하죠. 그다음에는 생각하느라 시간을 낭비해요. 혹시 말을 더듬을까 봐 입 다물고 조용히 있느라 또 시간을 낭비하고요."

"말을 더듬어?"

"우울해지면 말이 제대로 안 나와요. 말을 하다가 중간에 걸려서 머뭇거려요."

"그렇구나." 그녀는 책상 위에 펼쳐 둔 종이에 뭔가를 적어 넣는다. 마치 '크레이그, 이건 영원히 네 기록으로 남아'라고 말하는 듯이.

"그게 아니고—" 나는 말을 하다 말고 고개를 가로저으며 화제를 돌린다. "자전거 말인데요."

"잠깐만. 방금 무슨 말을 하려고 했지?" 이것도 슈링크들이 흔히 써먹는 수법이다. 중간에 생각을 끊는 꼴을 못 본다. 일단 입을 열면 무슨 말을 하려고 했는지 끝까지 알아내고 싶어 한다. 우리 같은 사람이 중간에 말을 멈추는 것에 무슨 대단한 진실이 숨어 있다고 생각하는 눈치지만, 사실 우리가 나름대로 중요한 존재라는 느낌을 받게 하려고 그러는 것 같기도 하다. 다만 한 가지 확실한 것은, 그 사람들 말고는 "잠깐, 크레이그, 무슨 말을 하려고 했어?"라고 묻는 사람이 아무도 없다는 점이다.

"진짜 문제는 말을 더듬는 게 아니라고 생각한다는 말을 하려고 했어요. 그건 그냥 증상 가운데 하나일 뿐이니까요."

"땀 흘리는 것처럼?"

"맞아요." 땀도 진짜 싫다. 먹지 못하는 것만큼 심각하지는 않지만, 그래도 이마에 식은땀이 송골송골 맺혀서 2분에 한 번씩 닦아 내려면 여간 성가신 게 아니다. 싸구려 화장품 같은 냄새까지 나니 사람들이 다 알아차린다. 사람들이 알아차리는 몇 안 되는 것 가운데 하나가 바로 식은땀이다.

"지금은 말을 안 더듬잖아."

"지금은 시간이 곧 돈이잖아요. 시간을 낭비하고 싶지 않아요."

정적이 흐른다. 또 침묵의 전투가 시작된 셈이다. 나는 미네르바 박사님을 똑바로 쳐다보고, 그녀도 나를 쳐다본다. 누가 먼저 무너지는지 시합이라도 하는 형국이다. 그녀는 여전히 포커페이스를 유지한다. 나는 평소의 표정이 그대로 드러날 뿐, 이럴 때를 대비한 특별한 표정을 가지고 있지는 못하다.

눈싸움이 계속된다. 그녀의 입에서 뭔가 심오한 얘기가 나왔으면 좋겠다. 그런 바람이야 늘 간절하지만, 절대 이루어지지 않을 것이다. 이를테면 그녀의 입에서 "크레이그, 이제부터 네가 할 일은 OOO야"라는 말이 나옴으로써 또 한 번의 반전이 일어나기를 기다린다. 지금처럼 반전을 바라는 마음이 간절한 적도 별로 없다. 내 뇌가 원래 있던 자리로 돌아가 작년 가을 이전처럼 정상을 되찾았으면 좋겠다. 그때만 해도 머리가 꽤 잘 돌아갔고, 선생님들은 내 앞날이 창창하다고 침이 마르도록 칭찬했으며, 나도 내 앞날이 창창하다고 믿어 의심치 않았고, 세상을 다 가진 것처럼 마음이 설레어 친구들 앞에서 발표도 많이 했다. 반전을 바라는 마음이 너무 간절하다. 그 반전을 이끌어 낼 한마디가 필요하다. 그렇게만 되면 내 삶에 기적이 일어날 것이다. 하지만 미네르바 박사님이 과연 기적을 일으키는 사람일까? 아니다. 그녀는 빨간 립스틱을 바른 그리스 출신의 마르고 까무잡잡한 여자일 뿐이다.

이윽고 그녀가 먼저 침묵을 깨뜨린다.

"자전거 말인데, 아까 자전거 배달원이 되고 싶다고 했잖아."

"네."

"자전거는 있지?"

"네."

"많이 타니?"

"그렇게 많이 타지는 않아요. 엄마가 학교에는 못 타고 다니게 하시거든요. 하지만 주말에는 자전거를 타고 브루클린을 돌아다녀요."

"자전거를 타면 어떤 기분이 들어, 크레이그?"

나는 잠시 망설이다가 겨우 대답한다. "…… 기하학이요."

"기하학?"

"네. 예를 들면 '저 트럭을 피해야 돼. 저 쇠파이프에 머리를 부딪치면 안 돼. 여기서 우회전이야.' 뭐 이런 생각들을 하게 되잖아요. 그러니 자연스럽게 규칙이 생기고 그 규칙을 따르게 되거든요."

"무슨 비디오게임 같구나."

"그렇죠. 난 비디오게임을 좋아해요. 그냥 구경만 해도 재미있어요. 어렸을 때부터 그랬어요."

"네가 '행복했던 시절'이라고 곧잘 얘기하는 그때 말이로구나."

"맞아요." 나는 셔츠 자락을 편다. 이 만남을 위해 나름 신경 써서 옷을 차려 입었다. 제일 괜찮은 면바지에 흰색 와이셔츠. 그녀와 나는 서로를 위해 옷차림에 신경을 쓴다. 둘이서 커피숍이라도 가면 스캔들이 날지도 모른다. 그리스 출신의 정신과 의사에게 고등학생 남자 친구가 생겼다고. 그러면 우리 둘 다 유명해질 수도 있다. 돈도 생길 것이다. 그렇게 되면 조금 더 행복해질까.

"너를 행복하게 했던 것들 중에서 생각나는 것 있어?"

"비디오게임이요." 나는 그렇게 대답하며 웃음을 터뜨린다.

"뭐가 웃겨?"

"전에 우리 동네에서 길을 걸어가고 있는데, 내 뒤에 어떤 아줌마가 아이를 데리고 따라오고 있었어요. 엄마가 아이한테 '티미, 제발 그만 좀 투덜거려. 하루 24시간 비디오게임만 할 수는 없잖아'라고 말하는 거예요. 그러니까 티미가 '그래도 하고 싶단 말이야!' 하고 대답했어요. 그때 내가 돌아서서 그 아이한테 말했어요. '나도 그래.'"

"하루 24시간 비디오게임을 하고 싶어?"

"보는 것도 괜찮아요. 그냥 내가 아니었으면 좋겠다는 생각뿐이에요. 잠을 자든, 비디오게임을 하든, 자전거를 타든, 공부를 하든 상관없어요. 그냥 뇌를 안 건드리고 싶어요. 그게 제일 중요해요."

"네가 원하는 것에 대해서는 아주 명쾌하구나."

"네."

"어렸을 때는 무엇을 원했지? 네가 행복했던 시절 말이야. 커서 뭐가 되고 싶었어?"

미네르바 박사님은 확실히 좋은 슈링크다. 그것은 답이 아니다. 하지만 그래도 정말 좋은 질문이기는 하다. 어렸을 때 나는 뭐가 되고 싶었지?

3

내가 네 살 때의 일이다. 그때 우리 가족은 맨해튼의 어느 다 낡아 빠진 아파트에 살았다. 그보다 더 좋은 아파트에 살아 본 적이 없기 때문에 당시에는 그게 낡아 빠진 아파트인 줄 몰랐다. 집 안의 파이프가 겉으로 노출된 아파트였다. 그건 별로 좋은 징조가 아니다. 파이프가 노출된 집에서 아이를 키우고 싶은 사람은 아무도 없을 것이다. 욕실 바로 앞의 모퉁이 근처에 초록색과 빨간색, 흰색 파이프가 모여 있던 것이 지금도 기억나는데, 나는 걸음마를 배운 직후부터 그 파이프들을 조사하기 시작했다. 손바닥을 2밀리미터 정도까지 갖다 대서 각각의 파이프가 뜨거운지 차가운지를 알아본 것이다. 하나는 차가웠고, 또 하나는 뜨거웠으며, 빨간색은 엄청 뜨거웠다. 2밀리미터는 너무 가까웠다. 결국 나는 손바닥에 화상을 입었고, 그런 사실을 까맣게 몰랐던 아빠("오후에만 뜨거워져야 되는데.")가 그 파이프에 짙은 회색 발포 플라스틱을 배관용 테이프로 칭칭 감아 놓았다. 하지만 그 정도로는 나의 접근을 막을 수가 없었고, 나는 그 플라스틱을 떼어 내어 입에 넣고 씹으면 재미있겠다는 생각이 들어서 진짜로 그 생각을 행동으로 옮겼을 뿐만 아니라, 우리 집에 놀러 온 아이들에게도 겉으로 드러난 그 파이프를 만져 보라고 윽박지르곤 했다. 우리 집에 들어온 이상 반드시 그 파이프를 만져야 되는데, 그걸 못하면 '푸시(pussy)'한 거라고 우겼다. 이 푸시라는 단어는 아빠가 텔레비전을 보면서 중얼거린 말에서 배운 거였는데, 그 단어에 두 가지 뜻이 있다는 것을 알고 그게 무척 마음에 들었다. 여자아이들이 좋아하는 고양이라는 뜻이 있는가 하면, 사람들에게 어떤 내키지 않는 행동을 하라고 강요하고 싶을 때 쓸 수 있는 단어이기도 하다. 치킨이라는 단어에 날지 못하고 걸어 다니는 새와 우리가 즐겨 먹는 하얀 고기의 두 가지 뜻이 있는 것과 마찬가지다. 치킨이라는 놀림을 받기 싫어서 뜨거운 파이프를 만지는 아이들도 있었다.

내 방이 따로 있기는 했지만 나는 그 방에 혼자 있는 것을 좋아하지 않았다. 내가 좋아한 유일한 방은 바로 거실이었는데, 특히 백과사전이 놓인 탁자 밑을 제일 좋아했다. 나는 그 자리를 내 아지트로 만들었다. 그 아지트에서 담요를 뒤집어쓰고 많은 시간을 보내니, 나중에는 아빠가 스탠드까지 달아 주었다. 나는 거기서 지도를 만들었다. 그때는 지도를 무척 좋아했다. 우리가 사는 곳이 맨해튼이라는 것을 알고 있었고, 크고 작은 모든 도로가 표시된 〈핵스트롬 지도〉도 가지고 있었다. 우리 아파트의 정확한 위치는 53번 스트리트와 3번 애비뉴가 만나는 모퉁이였다. 3번 애비뉴는 넓고, 길고, 꽤 중요한 도로였기 때문에 노란색으로 표시되어 있었다. 53번 스트리트는 맨해튼을 가로지르는 작은 도로라 흰색이었다. 스트리트는 동서로,

애비뉴는 남북으로 뻗은 도로라는 것만 기억하면 된다. (그걸 기억하는 데는 아빠도 적지 않은 도움을 주었다. 팬케이크를 사러 가면 아빠는 늘 "크레이그, 스트리트와 애비뉴로 자를까?" 하고 물었다. 내가 "네!" 하고 대답하면 아빠는 격자 모양으로 팬케이크를 자른 뒤 각각의 도로에 이름을 붙이며 3번 애비뉴와 53번 스트리트를 찾곤 했다.) 아주 간단했다. 한 발 더 앞서가는 사람이라면 (나처럼!) 짝수로 된 도로의 차들은 동쪽으로, 홀수로 된 도로의 차들은 서쪽으로 달린다는 사실도 알아차렸을 것이다. 또 때로는 애비뉴와 마찬가지로 양쪽으로 모두 통하는 넓은 노란색 스트리트도 있는데, 예를 들어 42번과 34번 스트리트 같은 유명한 도로들이 여기에 해당된다. 아래쪽에서부터 순서대로 짚어 보면 챔버스 스트리트, 캐널 스트리트, 휴스턴 스트리트, 14번 스트리트, 23번 스트리트, 34번 스트리트, 42번 스트리트, 57번 스트리트, 72번 스트리트(60번대에는 큰 스트리트가 없었다.), 79번 스트리트, 86번 스트리트, 96번 스트리트로 이어지는데, 그 위는 백과사전 밑의 아지트에서 지도를 들여다보는 백인 소년을 위해 맨해튼이 끝나고 할렘이 나온다.

나는 맨해튼 지도를 처음 보는 순간, 그 지도를 그리고 싶어졌다. 내가 사는 곳 정도는 그릴 줄 알아야 할 것 같았다. 그래서 엄마한테 트레이싱 페이퍼를 사 달라고 졸라서 내 아지트로 가지고 들어간 다음, 〈핵스트롬 지도〉에 나오는 첫 번째 지도, 그러니까 월 스트리트가 있고 주식시장이 돌아가는 중심가 지도 위로 스탠드의 각도를 조절했다. 그 동네 도로들은 한마디로 난리도 아니었다. 도로마다 각각 이름이 달려 있어서 마치 나무 블록 빼기 게임을 보는 것 같았다. 하지만 나는 도로에 신경을 쓰기 전에 땅부터 제대로 알아야 했다. 맨해튼은 땅 위에 건설된 도시였다. 이따금 사람들이 도로 공사를 할 때 보면 그 밑에 진짜 흙이 나온다! 섬의 밑바닥에 있는 땅은 곡선이었는데 오른쪽은 마치 공룡의 머리처럼 울퉁불퉁하고 왼쪽은 평평했다.

나는 트레이싱 페이퍼를 지도에 대고 맨해튼을 따라 그리려고 애썼다.

하지만 실패했다.

정말 이상한 일이 아닐 수 없었다. 내가 그은 선들은 진짜 선들과 조금도 비슷하지 않았다. 이해할 수가 없었다. 트레이싱 페이퍼가 움직인 것도 아니었다. 나는 내 조그만 손을 한참 들여다보았다. "가만히 있어." 내가 내 손을 향해 말했다. 나는 종이를 구겨 버리고 다시 시도해 보았다. 이번에도 선이 제대로 그어지지 않았다.

또 종이를 구기고 다시 시작했다.

이번에는 아까보다 더 이상해졌다. 맨해튼이 네모난 모양을 하고 있었다.

다시 시도했다.

맙소사, 이번에는 오리 모양이 되어 버렸다.

구깃구깃.

이번에는 '개똥' 같아졌다. 이것도 아빠한테서 배운 단어다.

구깃구깃.

이번에는 무슨 과일 같은 모양이 되었다.

한 번 그릴 때마다 온갖 모양이 다 나왔지만 정작 나와야 할 모양, 맨해튼의 모습은 나오지 않았다. 도저히 안 되기는 마찬가지였다. 그때만 해도 나는 트레이싱 페이퍼로 뭔가를 베끼기 위해서는 조명이 밑에서 위로 비치는 특별한 테이블이 필요하고, 네 살짜리 꼬마의 덜덜 떨리는 손에 의지하는 대신 종이를 똑바로 붙잡아 줄 죔쇠도 필요하다는 것을 몰랐다. 그저 내가 못나서 그렇다고 생각했다. 텔레비전에서는 틈만 나면 너는 무엇이든 할 수 있다는 소리가 나오지만, 아무리 애를 써도 안 되는 일이 내 눈앞에 나타나고 만 것이다. 죽었다 깨어나도 이것만은 안 될 것 같았다. 나는 마지막 트레이싱 페이퍼를 꼬깃꼬깃 구겨 버리고 내 아지트에서 두 손으로 머리를 감싼 채 흐느끼기 시작했다.

엄마가 내 울음소리를 듣고 달려왔다.

"크레이그?"

"왜요? 저리 가세요."

"무슨 일이야, 크레이그?"

"커튼 열지 마세요! 절대 열면 안 돼! 하던 일이 있으니까."

"도대체 왜 우는 거냐? 뭐가 잘못됐어?"

"아무리 해도 안 되잖아요."

"뭐가?"

"아무것도 아니에요!"

"엄마한테 말해 봐, 크레이그. 지금 이 담요를 걷을 테니—"

"안 돼요!"

엄마가 담요를 젖히는 순간, 내가 엄마를 향해 달려드는 바람에 백과사전 밑에 깔려 있던 담요 자락이 팽팽하게 당겨졌다. 엄마가 재빨리 손을 뻗어 책들이 쏟아지지 않게 잡았으니 망정이지, 안 그랬으면 우리 둘 다 책 더미 밑에 깔릴 뻔했다. (그로부터 일주일 뒤, 엄마는 아빠에게 백과사전을 다른 곳으로 치우라고 지시했다.) 엄마가 책을 붙잡고 있는 사이에 나는 눈물을 흩뿌리며 거실을 가로질러 화장실로 뛰어들어 불을 끄고 얼굴에 뜨거운 물을 끼얹고 싶었다. 하지만 엄마의 동작이 더 빨랐다. 엄마는 재빨리 백과사전을 밀쳐놓고 달려오더니, 팔꿈치의 살갗이 축 늘어진 가느다란 팔로 나를 낚아챘다. 나는 두 손으로 엄마를 밀쳐내려고 안간힘을 다했다.

"크레이그! 엄마를 때리는 아이가 어디 있어!"

"안 되는 걸, 안 되는 걸, 안 되는 걸 어떡해요!" 나는 엄마를 손바닥으로 때리며 울부짖었다.

"뭐가 안 된다는 거야?" 엄마는 내가 더 이상 손을 휘두르지 못하도록 꽉 끌어안았다. "뭔데 그래?"

"맨해튼을 그릴 수가 없잖아요!"

"뭐?" 엄마는 잔뜩 인상을 쓰고 나를 떼어 내며 내 눈을 똑바로 쳐다보았다. "그 밑에서 맨해튼을 그리고 있었던 거야?"

나는 훌쩍거리며 고개를 끄덕였다.

"엄마가 사다 준 종이로 맨해튼을 베끼려 했다고?"

"도저히 안 돼요."

"크레이그, 그건 아무도 못 해." 엄마는 웃음을 터뜨렸다. "맨손으로 어떻게 지도를 베낀다는 거야? 그건 불가능해."

"그럼 사람들이 어떻게 지도를 만들어요?"

엄마는 잠시 생각을 하는 눈치였다.

"거봐요! 할 수 있는 사람도 있잖아요!"

"그 사람들한테는 장비가 있어, 크레이그. 그 사람들은 어른이고, 게다가 특별한 도구가 있어서 그릴 수가 있는 거야."

"그럼 나도 그런 도구를 사 주세요."

"크레이그."

"얼른 사러 가요."

"얘야."

"비싸요?"

"얘야."

엄마는 밤마다 엄마 아빠의 침대로 변신하는 소파 위에 나를 내려놓고 내 옆에 앉았다. 그 사이에 나는 울음을 멈췄다. 엄마를 때리지도 않았다. 그때는 내 뇌가 홈에 끼지 않고 제자리에 들어앉아 있었다.

"크레이그." 엄마가 한숨을 내쉬며 나를 바라보았다. "좋은 수가 있어. 맨해튼 지도를 베끼느라 시간을 낭비하는 대신, 네 상상 속의 도시를 지도로 그리는 건 어때?"

바로 그때가 지금까지 살아오면서 깨달음의 순간이라는 표현에 가장 가깝게 근접한 순간이었다.

내가 나만의 도시를 만들 수 있었다. 내가 나만의 도로를 만들 수도 있었다. 내가 원하는 곳에 강을 그려 넣을 수 있었다. 내가 원하는 곳에 바다도 그려 넣을 수 있었다. 내가 원하는 곳에 다리도 만들고, 맨해튼에 꼭 필요하지만 없는, 도시 한복판을 가로지르는 널따란 고속도로도 만들 수 있었다. 나만의 지하철 시스템도 만들 수 있었다. 도로 이름도 내 마음대로 붙일 수 있었다. 지도 가장자리로 뻗어 가는 나만의 격자도 그려 넣을 수 있었다. 나는 미소를 지으며 엄마를 끌어안았다.

엄마는 나에게 두껍고 하얀 판지를 몇 장 구해 주었다. 조금 더 나이가 들어서는 컴퓨터 용지가 더 낫다는 사실을 알게 되었다. 나는 내 아지트에 들어가 스탠드를 켜고 첫 번째 지도를 그리기 시작했다. 그리고 그때부터 꼬박 5년 동안 그렇게 지도를 그렸다. 수업 시간에도 공상에 빠져 있지 않을 때는 지도를 그렸다. 다 합치면 수백 장은 될 것이다. 다 그리고 나면 구겨서 내다 버렸다. 중요한 것은 내가 지도를 그린다는 사실 그 자체였다. 바다 위에도 도시를 만들고, 두 개의 강줄기가 만나는 곳에 도시를 만들었으며, 커다란 한 줄기 강물이 굽이굽이 흐르는 도시도 만들었고, 다리와 거미줄 같은 교차로와 환상 도로와 가로수길이 있는 도시도 만들었다. 나는 도시를 만들었다. 그것이 나를 행복하게 했다. 그것이 나의 닻이었다. 아홉 살이 지나 비디오게임에 빠져들기 전까지, 그때까지는 어른이 되어 지도 만드는 사람이 되는 것이 나의 꿈이었다.

4

"지도를 만들고 싶었거든요." 내가 미네르바 박사님에게 말한다.

"무슨 지도?"

"도시들의 지도 말이에요."

"컴퓨터로?"

"아뇨, 손으로요."

"시장이 그리 넓을 것 같지는 않은데."

나는 미소를 짓는다.

"아닐지도 모르겠구나. 그럴지도 모르고."

슈링크다운 얘기다.

"그렇게 애매하면 안 돼요. 나는 돈을 벌어야 하니까요."

"돈 이야기는 다음에 하자꾸나. 오늘은 여기까지 해야겠다."

시계를 본다. 7시 3분이다. 그녀는 늘 3분을 더 준다.

"여기서 나가면 뭘 할 거니, 크레이그?"

이것도 매번 나오는 질문이다. 나는 늘 무엇을 할까? 집에 가서 뻗을 것이다. 가족과 함께 앉아서 내 이야기를, 뭐가 잘못되었는지를 말하지 않으려고 애쓸 것이다. 뭔가를 좀 먹어 보려고 노력할 것이다. 그런 다음에는 잠을 자려고 노력할 것이고. 나는 그게 두렵다. 먹지도 못하고 잠도 못 잔다. 기능적인 인간이라는 측면에서는 그리 신통하지 못한 셈이다. 그렇지 않은가?

'어이, 병사, 무슨 일인가?'

'잠도 못 자고 먹지도 못합니다, 장군님!'

'납으로 된 갑옷을 입혀 주면 생각이 좀 달라지겠나?'

'잘 모르겠습니다, 장군님! 아마 그래도 여전히 자지도, 먹지도 못할 겁니다. 갑옷 때문에 몸만 조금 더 무거워지겠지요.'

'당장 일어나서 싸워라, 병사! 적이 저기 있다!'

'적이 너무 강합니다. 싸울 수가 없습니다. 적은 너무 똑똑합니다.'

'너도 똑똑하다, 병사.'

'그래도 부족합니다.'

'그래서 포기하겠다는 말인가?'

'계획은 그렇습니다.'

"어떻게든 이겨 내려고 노력할 생각이에요." 내가 미네르바 박사님에게 말한다. "내가 할 수 있는 일이 그것밖에 없으니까요. 그렇게 노력하다 보면 점점 나아지겠죠."

"약은 잘 먹고 있니?"

"네."

"바니 박사는 자주 만나?"

바니 박사는 정신약리학자다. 내 처방전을 써서 미네르바 박사 같은 사람에게 보내는 것이 그분의 역할이다. 그리 평범한 인물은 아니고, 손가락에 반지를 잔뜩 낀 산타 할아버지처럼 생겼다.

"네, 며칠 뒤에도 만날 거예요."

"그분이 하라는 대로 해야 되는 거 알지?"

네, 박사님. 박사님이 하라는 대로 할게요. 박사님들이 하라는 대로 해야죠.

"여기요." 나는 미네르바 박사님에게 엄마가 써 준 수표를 건넨다.

5

우리 가족은 나 같은 아이를 참고 봐 줘야 하는 사람들이 아니다. 착하고, 건실하고, 행복한 사람들이기도 하다. 때때로 가족과 함께 있으면 나는 내가 텔레비전에 나오는 사람 같은 느낌이 든다. 우리는 지금 브루클린의 어느 아파트에 살고 있는데, 맨해튼 시절의 아파트보다는 낫지만 여전히 어디에 내세울 수 있을 만큼 번듯한 집은 아니다. 맨해튼 맞은편의 브루클린 자체가 그리 번듯한 동네라고 보기 힘들다. 꼭 돈을 세느라 분주한 자바 더 헛(〈스타 워즈〉에 나오는 타투인 행성의 주인—옮긴이)처럼 생겼다. 브루클린과 맨해튼을 이어 주는 다리가 몇 개 있고, 운하와 조그만 개천에는 이곳이 예전에는 습지였음을 짐작케 하듯 지저분한 초록색 물줄기가 흐른다. 사람들이 수백만 달러를 주고도 못 사서 환장을 하는 적갈색 벽돌 주택들도 있지만, 그것만 빼면 그야말로 별 볼 일 없는 동네다. 우리가 권력을 가진 사람들이 사는 맨해튼을 나온 것은 정말 창피한 일이다.

미네르바 박사님의 사무실에서 우리 아파트까지는 그리 멀지 않은 거리지만 곳곳에 싸구려 가게들이 버티고 있다. 특히 음식점이 많다. 나를 우울하게 만드는 것들 가운데 제일 중요한 것이 바로 음식이다. 누구에게나 음식과의 관계가 가장 중요하다. 부모님과의 관계도 그렇게까지 중요하지는 않다. 더러는 자기 부모가 누구인지조차 모르는 사람들이 있으니까. 친구들과의 관계도 그렇게 중요하다고 생각하지 않는다. 하지만 공기와의 관계, 그것은 결정적이다. 공기와 결별할 수 있는 사람은 아무도 없다. 말하자면 떼려야 뗄 수 없는 관계인 셈이다. 그보다 아주 조금 덜 결정적인 것은 물이고, 그다음이 음식이다. 누군가와 사귀기 위해 먹는 것을 포기할 수는 없다. 여기에 대해서는 나름의 합의를 끌어낼 필요가 있다. 나는 어려서부터 돼지갈비나 스테이크, 양고기 같은 미국의 전통 음식을 좋아하지 않았다. 그것은 지금도 마찬가지다. 채소는 괜찮은 편이다. 치킨너겟, 프루트롤업, 핫도그처럼 추상적인 형태를 한 음식을 좋아했다. 물론 정크 푸드도 좋아했다. 치즈두들 한 봉지쯤은 가볍게 해치울 수 있었다. 하루 종일 손가락 끝에서 그 맛이 느껴질 정도로 많이 먹었다. 나름대로 먹을거리에 대한 추억이 있는 셈이다. 거기에 대해서는 다른 사람들과 별로 생각이 다르지 않았다. 배가 고프면 뭔가를 먹으면 된다. 그러나 지난 가을 이후로 나는 먹는 것을 중단했다. 그래서 이런 식료품 가게나 피자 가게, 아이스크림 가게, 분식집, 중국 음식점, 제과점, 일식집, 맥도널드 같은 가게와 마주치면 조롱을 당하는 느낌이 든다. 내가 즐길 수 없는 것들을 내세운 채 버젓이 우리 동네를 차지하고 있기 때문이다. 아마도 내 위장이 쪼그라들거나 무슨 일이 있는 모양이다. 그리 많은 양을 소화하지 못하기 때문에 조금이라도 양이 넘치면 곧장 화장실로 달려가 어둠 속에서 토해야 한다. 마치 누군가가 내 식도 끄트머리에 감겨 있는 밧줄을 잡아당기는 느낌이다. 식도 속에 어떤 남자가 하나 들어앉아서 먹을 것이 들어오기를 기다리는데, 그 사람이 음식을 요구하기 위해서는 오로지 밧줄을 잡아당기는 방법밖에 없고 밧줄을 잡아당기면 식도의 입구가 닫혀서 아무것도 넘길 수가 없는 것이다. 그 사람이 긴장을 풀고 밧줄을 놓으면 나도 그가 원하는 모든 음식을 줄 수 있다. 하지만 나는 그 사람 때문에 몹시 어지럽고 피곤할 수밖에 없는데, 특히 내가 지방과 기름 냄새를 풍기는 음식점 앞을 지나갈 때마다 그 사람은 더욱 집요하게 밧줄을 당긴다. 하는 수 없이 내가 음식을 먹으면, 그것은 전쟁 아니면 학살 둘 가운데 하나다. 내 상태가 안 좋을 때—내 뇌 속에서 쳇바퀴가 돌아가고 있을 때—는 전쟁이다. 한 입 먹을 때마다 고통을 참아야 한다. 내 위장은 전혀 관여하고 싶은 눈치가 아니다. 모든 것은 강요에 의해서 이루어진다. 음식은 쟁반 위에 남아 있기를 바라고, 일단 내 배 속으로 들어와서는 다시 쟁반 위로 돌아가기를 원한다. 사람들은 이상한 표정으로 나를 바라본다. '왜 그래, 크레이그? 왜 안 먹는 거야?'

하지만 그 두 가지가 같이 오는 때가 있다. 반전은 아직 시작되지 않았고 어쩌면 영원히 시작되지 않을지도 모르지만, 때때로—희망을 완전히 잃지 않을 정도로만—내 뇌가 원래 있어야 할 자리로 돌아가는 경우가 있다. 이런 느낌이 오면 (나는 그런 순간을 가짜 반전이라고 부른다.) 반드시 무언가를 먹어야 하지만, 실제로는 그렇지 못하다. 고집스럽게, 또한 어리석게 그런 느낌을 억누르려고 노력하며 제정신이 돌아왔을 때 그 기회를 잡고 싶은 마음에 먹기를 거부하다 보면 어느새 출발점으로 돌아가 버린다. 그러나 정말로 조심해야 할 때는 내가 정상적으로 돌아와 음식을 보고도 아무렇지 않을 때다. 그럴 때는 뭐든지 배 속으로 들어간다. 달걀, 햄버거, 감자튀김, 아이스크림, 마멀레이드, 과일 시리얼, 쿠키, 브로콜리, 심지어 국수와 소스까지……. 망할 녀석들, 내가 네놈들을 깨끗이 먹어 치우고 말테다. 나, 크레이그 길너는 너희를 먹고 강해질 것이다. 언제 또 내 몸속의 화학작용이 식욕을 자극할지 알 수 없으니, 지금 기회가 왔을 때 너희를 집어삼켜야 한다. 그럴 때는 기분이 너무 좋다. 닥치는 대로 먹다 보면 내 배 속의 남자는 밧줄에서 멀어진다. 내 몸속으로 들어오는 모든 것을 먹어 치우느라 정신없이 돌아다니는데, 마치 머리 잘린 닭이 뛰어다니고 잘린 머리조차도 저 혼자 음식을 쪼아 먹는 형국이다. 몸속의 세포들이 음식을 받아들이며, 드디어 이런 일이 일어나게 해 준 내 뇌에게 감사한다. 배가 부른 나는 미소를 짓는다. 배가 든든하고 모든 기능이 정상으로 돌아왔으니 못할 일이 없다. 일단 먹고 나면—이게 놀라운 부분이다—잠을 잘 수 있어서, 좋은 먹잇감을 집으로 가져온 사냥꾼처럼 단잠에 빠진다……. 하지만 잠에서 깨면 그 남자가 돌아오고, 다시 속이 거북해진다. 무엇이 나로 하여금 폭풍 흡입을 감행하게 만들었는지 알 수가 없다. 대마초는 아니다. 여자아이들도 아니다. 가족은 더더욱 아니다. 아무래도 간절히 원하지만 아직은 오지 않은 반전을 기다리는 화학작용 때문이 아닐까 하는 생각이 들기 시작한다.

6

하늘 가장자리에 옅은 잿빛이 조금 남아 있을 뿐 나머지는 모두 어둠에 휩싸이고, 빗방울을 머금은 나뭇잎들은 나날이 무성해진다. 내가 집에 도착할 때까지도 비는 그치지 않았다. 봄에는 석양을 구경하기 힘들다. 벽에 기대어 초인종을 누른다. 오래되어 반들반들해진 우리 집 초인종은 아마 우리 아파트에서 가장 사용 횟수가 높을 것이다.

"크레이그?"

"네, 엄마."

브스스스슷. 현관문 열리는 소리가 로비에 퍼져나간다. (사실 로비라기보다는 우편함이 빽빽이 들어선 현관 입구라는 표현이 정확할 것이다.) 문을 열고 들어서니 따뜻한 집 안에 녹말 끓이는 냄새가 가득하다. 개들이 나를 반긴다.

"안녕, 루디. 안녕, 조던." 둘 다 조그만 강아지다. 내 여동생이 이름을 붙였다. 동생은 아홉 살이다. 루디는 잡종인데, 우리 아빠 말로는 치와와와 독일 셰퍼드 사이에서 태어났을 가능성이 높다고 한다. 이왕이면 셰퍼드가 수놈이었으면 좋겠다. 만약 셰퍼드가 암놈이었으면 별로 재미를 못 봤을 테니까. 루디는 아래턱이 돌출한 괴상한 얼굴을 하고 있다. 개 한 마리가 밑에서 다른 개의 머리를 집어삼키고 있는 것처럼 보이는데, 내가 이 녀석을 데리고 산책을 나가면 여자애들이 녀석한테 환장을 하면서 나에게 말을 건다. 물론 내가 좀 이상하다는 사실을 금방 알아차리고 가 버리기는 하지만.

티베트 스패니얼 종인 조던은 조그만 갈색 사자처럼 생겼다. 덩치가 작고 예쁘장하게 생기기는 했는데, 성격이 완전 더럽다. 원래 티베트에서 수도원을 지키는 용도로 탄생한 종이라고 한다. 이 녀석은 처음 왔을 때부터 우리 집을 수도원으로 지정했다. 그중에서도 화장실이 가장 신성한 지성소였으며 우리 엄마는 여자 수도원장이었다. 녀석이 엄마를 그림자처럼 따라다니며 지키기 때문에 나조차도 함부로 엄마한테 접근하기가 어렵다. 아침에 엄마가 욕실에 들어갈 때도 따라 들어가서는, 엄마가 양치를 하는 동안 세면대 옆에 앉아 대기한다. 조던은 나를 보면 짖는다. 내가 이상해지기 시작한 다음부터 나만 보면 짖기 시작했다. 우리 가족은 이 사실을 입에 담지 않는다.

"크레이그, 미네르바 박사님은 어땠어?" 엄마가 부엌에서 나오며 묻는다. 엄마는 여전히 마르고 늘씬한 몸매를 유지하고 있어서 해가 갈수록 더 예뻐지는 것 같다. 좀 이상한 소리로 들릴지 모른다는 것은 알지만, 우연히 나의 엄마가 된 여자일 뿐이라고 생각하면 별로 이상할 것도 없다. 아무튼 엄마가 나이가 들수록 품위와 자신감을 더해 가는 모습은 정말 놀라울 정도다. 엄마가 대학에 다니던 시절의 사진을 보면 지금과는 많이 다르다. 해가 갈수록 아빠가 더 좋은 결정을 내린 것처럼 보인다.

"음…… 괜찮았어요." 나는 엄마를 안아 주며 대답한다. 엄마는 내가 이상해진 다음부터 더욱 나를 잘 보살펴 준다. 모든 것이 엄마 덕분이다. 그래서 나는 엄마를 사랑하고, 요즘 들어 가끔 엄마에게 사랑한다는 말도 한다. 그 말을 한 번 할 때마다 그 의미가 조금씩 옅어지는 것 같아 안타깝기는 하지만. 요즘 사람들은 '사랑해요'라는 말을 잘하지 않는다.

"지금도 그 박사님이 마음에 들어?"

"네."

"마음에 안 들면 얘기해, 다른 사람을 알아볼 테니까."

나는 엄마 옆의 벽에 금이 간 것을 바라보며 속으로 돈이 어디 있어서 다른 사람을 알아본다는 말인지 모르겠다는 생각을 한다. 우리 집 복도 정면에 그런 금이 생긴 지도 벌써 3, 4년쯤 됐다. 아빠가 그 위에 페인트를 칠했는데 얼마 안 가 또 금이 갔다. 그래서 그 자리에 거울을 하나 놓았는데, 아무래도 거울을 놓기에는 썩 적당한 자리가 아니어서 동생은 그것을 '뱀파이어 거울'이라고 부르곤 했다. 낯선 사람이 우리 집에 들어오면 그가 뱀파이어인지 아닌지 알려 주는 거울이라는 것이다. 몇 주 뒤에 내가 반쯤 넋이 빠진 상태로 집에 와서 모르고 박치기를 하는 바람에 그 거울이 떨어졌다. 그래서 지금도 벽에 금 간 자리가 그대로 드러나 있다. 앞으로도 쉽게 사라지지 않을 것이다.

"다른 사람 알아볼 필요는 없어요."

"속은 좀 어때? 배고프지 않니?"

고파요. 속으로 대답한다. 엄마가 나를 위해 만든 음식이니 먹어야 한다. 아직 마음을 잘 다스리고 있고, 약도 먹었으니 별일 없을 것이다.

"고파요."

"잘됐구나! 식탁으로 가자."

주방으로 들어가니 이미 식탁이 다 차려져 있다. 동그란 탁자 한쪽에 아빠와 여동생 새라가 나란히 앉아 손에 나이프와 포크를 들고 나를 기다린다.

"우리, 어때 보여?" 아빠가 나이프로 식탁을 쾅 내리치며 묻는다. "배고파 보이지 않니?"

부모님은 늘 나를 치료할 새로운 방법을 궁리한다. 침, 요가, 인지 요법, 긴장을 풀어 주는 녹음테이프, 온갖 종류의 운동 요법(내가 자전거를 타기 전의 일이지만.), 자기계발 서적, 태보, 심지어는 내 방의 풍수까지 조사했다. 나 때문에 돈이 얼마나 드는지 모른다. 부끄러운 일이다.

"먹어! 먹어! 먹어!" 새라가 외친다. "우리 아까부터 오빠 기다리고 있었어."

"이럴 필요는 없는데." 내가 중얼거린다.

"조금이라도 너를 편안하게 해 주려고 그러는 거야." 엄마가 프라이팬을 식탁으로 가져온다. 뭔가 뜨겁고 달착지근한 냄새가 난다. 팬 안에는 큼직한 오렌지색 뭔가가 둘로 잘라져 있다.

"호박을 준비했다." 엄마가 오븐으로 돌아서며 말한다. "밥이랑 닭고기도 있어." 엄마는 채소 가루를 뿌린 쌀밥과 닭고기 패티가 담긴 쟁반을 가져온다. 별 모양과 공룡 모양이 있는데, 내가 공룡 모양을 향해 손을 뻗는 순간 새라가 선수를 친다.
"공룡은 내 거야!"
"알았어." 나는 선선히 양보한다. 새라가 식탁 밑에서 발로 내 다리를 툭 찬다.
"기분은 어때?" 새라가 조그만 목소리로 묻는다.
"별로야."
새라는 고개를 끄덕인다. 얘도 이게 무슨 뜻인지 잘 안다. 그것은 오늘 밤 내가 소파에 쓰러져 이리저리 뒤척이며 식은땀을 흘리다가, 엄마가 따뜻하게 데워서 가져다준 우유를 마시게 될 거라는 뜻이다. 그것은 또, 내가 멍하니 텔레비전 앞에 앉아 시간만 보내며 숙제를 하지 않을 거라는 뜻이기도 하다. 다시 말해서 새라는 또 다시 깊은 나락으로 가라앉는 나를 지켜보게 될 것이다. 새라의 대응은 그리 나쁜 편이 아니다. 새라는 학교 공부도 열심히 하고 놀기는 더 열심히 논다. 나처럼 되고 싶지는 않으니까. 적어도 나는 누군가에게 모범을 보이는 중이다. 부정적인 쪽이기는 하지만.
"미안하다. 사람들이 너한테 몹쓸 일을 시키는구나."
"그런가 봐요."
"자, 크레이그, 오늘 학교는 어땠어?" 아빠가 묻는다. 아빠는 호박으로 포크를 가져가며 안경 너머 나를 바라본다. 아빠는 키가 작고 눈도 나쁘지만, 늘 하시는 말씀처럼 그래도 대머리는 아니다. 탐스럽고 검은 머리칼을 나에게 물려준 분이기도 하다. 아빠는 내가 축복 받은 아이라고 한다. 부모의 좋은 유전자를 다 물려받았으니 마음이 우울해질 때마다 생각하라고 했다. 그 많은 사람들처럼 대머리가 되는 일은 없을 거라고 말이다. 하!

"괜찮았어요." 내가 대답한다.

"뭐 했어?"

"교실에 앉아서 선생님이 시키는 대로 했어요."

다들 음식을 먹느라 포크가 달그락거린다. 나도 닭고기와 밥과 호박을 조심스럽게 포크로 떠서 입으로 가져간다. 나는 이것들을 먹을 것이다. 열심히 씹으니 좋은 맛이 느껴진다. 혀를 이용해 음식을 목구멍으로 밀어 넣는다. 잠시 기다려 보지만, 아직은 괜찮다. 음식이 내 몸속으로 들어간 것이다.

"음, 그러니까…… 미국 역사 시간에는 뭘 했어?"

"역사 시간은 별로였어요. 선생님이 나에게 발표를 시켰는데, 말을 못 했어요."

"아, 크레이그……." 엄마가 중얼거린다.

나는 또 한 번 포크 위에 음식을 얹는다.

"말을 못 하다니, 그게 무슨 뜻이냐?" 아빠가 묻는다.

"답을 알고 있기는 했는데…… 그냥……."

"딱 부러지게 대답을 못 했구나." 엄마가 말한다.

나는 음식을 입으로 가져가며 고개를 끄덕인다.

"크레이그, 언제까지 그럴 셈이냐."

"여보—" 엄마가 아빠를 만류한다.

"답을 알면 분명하게 네 생각을 말해야 한다. 도대체 몇 번이나 같은 소리를 되풀이해야 알아듣겠니?"

아빠는 무슨 용광로처럼 큼직한 호박 조각을 씹어 삼킨다.

"너무 몰아붙이지 마세요." 엄마가 말한다.

"몰아붙이는 거 아니야. 이렇게 부드럽게 말하고 있잖아." 아빠는 미소를 짓는다. "크레이그, 너는 착한 심성을 타고난 축복받은 아이야. 그냥 자신감을 가지고 사람들이 뭘 물어보면 대답을 하면 돼. 예전에 그랬던 것처럼 말이야. 옛날에는 사람들이 너더러 제발 말 좀 그만하라고 사정을 했잖아."

"지금은 달라요……." 나는 세 번째로 음식을 삼킨다.

"우리도 안다. 엄마 아빠도 그걸 알기 때문에 어떻게든 너를 도우려고 안간힘을 다하는 것 아니냐." 아빠는 식탁 건너편의 엄마를 쳐다본다.

"네."

"나도야." 새라가 말한다. "나도 할 수 있는 모든 일을 다 하고 있어."

"맞다." 엄마가 손을 뻗어 새라의 머리를 어루만진다. "넌 잘하고 있어."

"어제는 대마초를 피울 기회가 있었는데 안 피웠어요." 나는 식탁 위로 몸을 숙이며 고개를 든다.

"크레이그!" 아빠가 버럭 소리친다.

"이 이야기는 그만하자." 엄마가 말한다.

"하지만 엄마 아빠도 아셔야 해요. 중요한 일이니까요. 나는 내 마음이 어떻게 돌아가는지를 실험하고 있어요."

"그건 또 무슨 소리냐?"

"동생 앞에서 그런 소리는 안 하는 게 낫겠다." 엄마가 말한다. "조던에 대해서 할 이야기가 있는데 말이야." 자기 이름을 들은 조던이 주방으로 들어와 엄마 옆의 자기 자리에 웅크린다. "오늘 수의사한테 데리고 갔었어."

"일은 안 나가시고요?"

"그래."

"그래서 요리를 하신 거로군요."

"바로 그거야."

나는 엄마에게 질투심을 느낀다. 자기 엄마가 집안일을 잘 처리한다고 질투심을 느끼는 게 말이 되나? 나 같으면 하루 일을 쉬고 개를 수의사에게 데려가거나 저녁 식사 준비를 하지는 못할 것 같다. 하루에 해치우기에는 지나치게 많은 일인 것처럼 느껴진다. 그나저나 내가 나만의 가정을 꾸리는 날이 오기는 할까?

"동물병원에서 무슨 일이 있었는지 궁금하지 않니?"

"말도 안 돼." 새라가 종알거린다.

"자꾸 발작을 일으키는 것 같아서 데려갔던 거야." 엄마가 말한다. "병원에서 뭐라고 했는지 아마 믿어지지 않을 거다."

"뭐라고 했는데요?"

"지난번에 갔을 때 혈당 검사를 했는데, 결과가 나왔더구나. 나는 조던과 함께 조그만 대기실에 앉아 있었어. 조던도 아주 얌전했고. 그런데 의사 선생님이 나와서 종이를 들여다보며 이렇게 말씀하시는 거야. '이 수치들은 생명과 호환이 되지 않아요'라고 말이야."

나는 웃음을 터뜨린다. 내 포크 위에 네 번째 음식이 준비되어 있다. 자꾸 손이 떨린다. "그게 무슨 뜻이에요?"

"나도 의사 선생님한테 그렇게 물었어. 알고 보니 개의 혈당은 40에서 100 사이가 정상이라는 거야. 그런데 조던의 혈당 수치가 얼마인지 알아?"

"얼만데요?"

"9."

"멍멍!" 조던이 짖는다.

"그뿐이 아니야." 이제 엄마도 웃음을 지으며 말을 잇는다. "효소 수치인가 뭔가 하는 또 다른 수치가 있는데, 그건 10에서 30 사이가 정상이래. 그런데 조던은 180이란다!"

"훌륭한 개로군." 아빠가 중얼거린다.

"의사 선생님도 이걸 어떻게 이해해야 좋을지 모르겠대. 영양제랑 비타민은 계속 먹이는 게 좋겠지만, 의학적으로 도저히 설명할 수 없는 기적이 벌어지고 있다는 거야."

나는 티베트 스패니얼, 조던을 물끄러미 바라본다. 털이 북슬북슬한 얼굴, 새카만 코, 새카만 눈동자는 나랑 닮았다. 녀석은 숨을 헐떡이며 침을 흘리고 있다. 앞다리에 머리를 얹은 자세다.

"이렇게 멀쩡히 살아 있다는 게 기적이라는 거지." 엄마가 말한다.

나는 한 번 더 조던을 바라본다. 왜 그런 고생을 하지? 너에게는 핑계가 있잖아. 혈당 수치가 비정상이라며. 아마도 너는 사는 게 좋은가 보구나. 하긴, 내가 너라도 그렇겠다. 끼니마다 밥을 먹고 엄마만 지켜 주면 되니까. 사는 게 그런 거지 뭐. 시험도, 숙제도 없잖아. 뭔가를 사러 다닐 필요도 없고.

"크레이그?"

도저히 살아 있을 수가 없는 수치인데도 살아 있다고? 나랑 바꾸지 않을래?

"음…… 신기하네요."

"정말 신기한 일이야." 엄마가 말한다. "아무래도 주님의 은총인가 봐."

아, 맞다. 주님. 주님을 깜빡 잊고 있었다. 엄마 말로는 나를 낫게 해 줄 역할을 떠맡은 분이다. 하지만 나는 주님도 슈링크와 별로 다를 바 없다는 생각이다. 그분은 '아무것도 안 하는' 치료법을 시도하는 중이다. 아무리 내 고민을 얘기해도 그분은 아무것도 안 한다.

"잘 먹었습니다." 새라가 그렇게 말하며 자기 접시를 들고 주방을 나간다. 그녀가 부르자 조던이 그 뒤를 따라간다.

"나도 더 이상 못 먹겠네요." 내가 말한다. 간신히 다섯 입을 먹었다. 위장이 부글거리며 빠른 속도로 닫히는 것이 느껴진다. 오늘 먹은 음식 중에서 공격적인 것은 하나도 없다. 이 정도로는 아무 문제도 없어야 정상이다. 이런 식사라면 세 접시는 먹어 치워야 한다. 한창 자랄 나이니까. 잠을 자는 데도 문제가 없어야 하고, 운동도 즐길 줄 알아야 한다. 여자아이들과 데이트도 해야 하고, 내가 이 세상에서 무엇을 좋아하는지도 찾아내야 한다. 먹고, 자고, 마시고, 공부하고, 텔레비전도 보고, 정상적으로 살아야 한다.

"조금 더 먹어 보지 그래, 크레이그." 엄마가 말한다. "강요하는 건 아니지만 잘 먹어야 하잖아."

그건 맞는 말이다. 먹어야 한다. 호박 윗부분을 가로세로로 큼지막하게 잘라 포크에 얹고 입으로 가져간다. '난 너를 먹을 거야.' 입에 넣고 씹으니 워낙 부드러워서 금방 내 목구멍과 비슷한 모양으로 으깨진다. 달착지근한 맛도 느껴진다. '이제 소화를 시켜야 해.' 호박은 목구멍 아래로 내려간다. 땀이 나기 시작한다. 부모님이 옆에 있으면 땀이 더 많이 난다. 이제 음식은 위장 속으로 들어간다. 고작 여섯 입을 먹었을 뿐이니 이 정도는 소화할 수 있다. 절대 내보내지 않을 것이다. 엄마가 만들어 준 음식을 토해 낼 수는 없다. 조던이 살 수 있으면 나도 먹을 수 있다. 마음을 다잡는다. 나도 모르게 주먹이 쥐어진다. 근육이 팽팽하게 긴장한다.

"괜찮니?"

"잠깐만요." 내가 대답한다.

도저히 안 되겠다.

위장이 울컥 하는 순간, 나는 재빨리 식탁에서 일어선다.

'뭘 하려는 거냐, 병사?'

'먹으려고 노력하고 있습니다, 장교님!'

'어떻게 되었지?'

'자꾸 터무니없는 생각이 듭니다, 장교님!'

'무슨 터무니없는 생각?'

'어떻게 내가 우리 부모님의 강아지만큼도 못 살기를 바라지?'

'지금도 적에게 정신을 집중하고 있나, 병사?'

'그런 것 같지 않습니다.'

'적이 누군지 알고 있기는 한가?'

'그건 아무래도…… 나인 것 같습니다.'

'맞다.'

'나 자신에게 집중해야 합니다.'

'그래. 하지만 지금 당장은 곤란해. 너는 지금 먹은 것을 토하기 위해 화장실로 가고 있으니까. 먹은 것을 토하면서 싸움을 계속하기란 쉬운 일이 아니다!'

나는 비틀거리며 화장실로 들어가 불을 끄고 문을 닫는다. 정말 끔찍한 것은 내가 이 순간을 좋아한다는 사실이다. 다 끝나면 내 몸이 따뜻해질 테니까. 내 몸이 또 한 번 커다란 고통을 겪고 나면 따뜻한 온기를 느낄 수가 있다. 어둠 속에서 변기를 붙잡으니 다시 위장이 울컥하며 사정없이 나를 공격해 온다. 이윽고 신음과 함께 먹은 것이 올라오고, 밖에서 엄마가 훌쩍거리는 소리가 들린다. 아마도 엄마를 안고 있을 아빠가 뭐라고 중얼거리는 소리도 들려온다. 나는 손잡이를 눌러 변기에 물을 내렸다가 채우기를 몇 차례 되풀이한다. 다 끝나면 자러 갈 것이고, 숙제는 손도 대지 않을 것이다. 적어도 오늘 밤에는.

캄캄한 화장실에 앉아 혼자 생각한다.

반전이 오고 있다. 와야만 한다. 이렇게 살다가는 얼마 안 가 죽을 수밖에 없으니.

제2부
나는 어떻게 거기에 갔나

7

왜 우울하냐고? 백만 불짜리 질문이다. 아무도 답을 모른다. 물론 나도 마찬가지다. 내가 아는 것은 그 연혁뿐이다.

2년 전, 나는 맨해튼에서 제일 좋은 고등학교에 들어갔다. EPP(Executive Pre-Professional) 고등학교. 내일의 지도자를 양성하기 위해 설립된 새 고등학교다. 기업체 인턴십이 필수 과정이고, 메릴 린치 임원들이 교실까지 찾아와서 강연도 하고 휴대용 머그잔 같은 기념품을 나눠 주기도 한다. 버나드 루츠라는 억만장자 자선가가 교육청과 힘을 합쳐 설립한, 말하자면 학교 속의 학교 같은 곳이다. 시험만 통과하면 누구나 입학할 수 있다. 일단 입학만 하면 모든 학비가 면제되고, 훌륭한 선생님과 유명 강사들은 물론 세상에서 가장 똑똑하고 흥미로운 800명의 학생들과 친구가 될 수 있다. EPP 고등학교를 졸업하면 곧장 월 스트리트로 입성할 수도 있지만 그것은 별로 바람직하지 않다. 그보다는 하버드나 법과대학원으로 진학하는 것이 낫다. 이렇게 단계를 밟아 가다 보면 대통령이 될 수도 있다.

솔직히 고백하건대, 나는 대통령이 되고 싶다.

그러니 설립자의 박애 정신을 기리기 위해 '버나드 루츠 자선 시험'이라 불리는 이 시험은 내 인생에 아주 중요한 의미를 차지한다. 이를테면 음식 같은 것보다 이 시험이 더 중요해졌다. 나는 책—버나드 루츠는 자신의 이름이 걸린 시험에 대비하도록 수험서 시리즈를 만들었다—을 사서 하루에 세 시간씩 공부를 하기 시작했다.

그때 나는 7학년이었는데, 이때부터 평생 처음으로 내 방이 편안하게 느껴지기 시작했다. 학교에서 돌아와 무거운 책가방을 침대 위에 팽개친 뒤, 그 가방이 베개 쪽으로 구르는 것을 지켜보며 의자에 앉아 수험서를 펼쳐 들곤 했다. 휴대전화의 알람 기능을 이용해 두 시간짜리 연습 시험을 쳐 보기도 했다. 책에는 모두 다섯 개의 연습 시험이 수록되어 있었는데, 그 문제들을 다 푼 뒤에는 책 뒤에서 버나드 루츠 시험 준비용 수험서가 열두 권이나 더 나와 있다는 광고를 발견하고 얼마나 기뻤는지 모른다. 당장 서점으로 달려가 보니 없는 책들이 있어서—그 열두 권을 다 찾는 사람이 아무도 없었기 때문이다—따로 주문을 해야 했다. 아무튼 그렇게 해서 게임이 시작되었다. 나는 매일같이 연습 문제를 풀기 시작했다. 문제들은 응시자가 바보인지 아닌지를 가려내는 데 초점을 맞춘 허접한 것들이 많았다.

독해. '다음의 문장을 읽고 그들이 어떤 나무를 구하려 하는지 말하시오.'

어휘. '당신은 이상한 단어들이 가득한 책을 읽고 새로운 단어를 배울 수 있습니까?'

수학. '마음의 문을 닫고 그 속에 규칙을 따르는 상징들을 채

울 수 있습니까?'

나는 이 시험을 나의 애인으로 삼았다. 연습 문제를 풀고 밤에는 책을 베개 밑에 깔고 잤으며 내 뇌는 무엇이든 사정없이 가루로 만들어 버리는 전기톱이 되었다. 날이 갈수록 내가 점점 똑똑해지는 것을 느낄 수 있었다. 날이 갈수록 나 자신이 온전히 채워지는 느낌이었다.

EPP 고등학교 입성 모드로 들어서면서 친구들과 어울리는 일은 점점 줄어들었다. 원래 친구가 별로 많은 편도 아니어서 점심시간에 같이 밥을 먹는 아이들이 고작이었지만, 내가 암기 카드를 들고 다니기 시작하면서 그나마 있던 친구들도 나를 피하는 눈치였다. 지금도 그 이유를 알 수가 없다. 나는 시간을 최대한 효율적으로 사용하고 싶었을 뿐이다. 문제집을 다 풀고 나서는 마지막 박차를 가하기 위해 가정교사를 구했다. 하지만 그 여자 선생님은 처음에 얘기했던 과정을 절반도 못 채우고는 더 이상 가르칠 게 없다며 우리 엄마에게서 700달러를 챙겨서 가 버렸다.

나는 시험에서 800점 만점에 800점을 받았다.

춥고 황량한 전형적인 뉴욕의 늦가을 어느 날, 나는 성적표를 받았다. 그날이 내 좋은 시절의 마지막 날이었다. 물론 그 뒤로도 기분 좋은 순간들이 전혀 없지는 않았고 더러는 나 자신이 마음에 드는 날도 있었지만, 진정한 승리감을 맛본 것은 그날이 마지막이었다. 방과 후에 태보 도장을 들렀다가 집에 와 보니, EPP 고등학교에서 우편으로 보내온 서류가 식탁 위에 놓여 있었다. 나는 다음 목표인 대학이라는 관문을 넘어서

기 위해서는 과외 활동이 필요하기 때문에 고등학교에 진학해서도 태보를 계속할 생각이었다.

"크레이그, 이게 뭔지 맞춰 봐."

나는 가방을 팽개치고 뱀파이어 거울 앞을 지나 주방으로 달려갔다. 큼직한 마닐라 봉투가 놓여 있었다. 이것은 좋은 조짐이다. 시험에 떨어지면 조그만 봉투가 날아오고, 합격하면 큰 봉투가 온다.

"만세!" 나는 비명을 지르며 봉투를 뜯었다. 자주색과 금색이 박힌 합격 통지서를 꺼내니, 마치 성배를 손에 쥔 기분이었다. 그것으로 나만의 새로운 종교를 만들 수도 있을 것 같았다. 그 종이를 상대로 사랑에 빠질 수도 있을 것 같았다. 내가 연신 그 종이에 입을 맞추며 난리를 피우니, 엄마가 말했다. "크레이그, 그만해. 무슨 환자 같잖아. 친구들한테 전화부터 하는 게 어때?"

내가 한 번도 얘기한 적이 없으니 엄마는 모르고 있었지만, 그때 이미 나에게는 딱히 친구라고 할 만한 아이들이 없었다. 그들은 어디까지나 부차적인 존재일 뿐이다. 물론 친구가 중요하다는 사실을 모르는 사람은 없다. 텔레비전에서도 틈만 나면 그런 소리가 나온다. 하지만 친구도 결국 스쳐 지나가는 인연일 뿐이다. 친구를 하나 잃으면 또 다른 친구가 생긴다. 내가 해야 할 일은 사람들에게 얘기를 하는 것뿐이고, 그때만 해도 나는 누구에게나 내 생각을 얘기할 수 있었다. 나에게 친구란 그저 귀찮은 존재일 뿐이고, 내가 방에서 나가면 냉큼 내 자리를 차지할 아이들일 뿐이었다. 그런 아이들에게 왜 연락을 한

단 말인가?

에런만은 예외였다. 에런은 진정한 친구였다. 그 친구라면 절친이라고 불러도 무리가 없을 것이다. 에런은 우리 학년에서 제일 생일이 빠른 아이가 되거나 우리 위 학년에서 제일 생일이 늦은 아이가 될 수도 있었다. 그리고 에런의 부모님이 슬기롭게도 전자를 선택한 덕분에 에런은 우리 반에서 제일 생일이 빠른 아이가 되었다. 에런은 머리가 좋고 겁이 없었으며, 갈색 곱슬머리에 여자아이들에게서 인기가 많은 검정색 사각형 안경을 꼈다. 얼굴에는 주근깨가 있고 말을 굉장히 잘하기도 했다. 우리는 만날 때마다 사건을 벌였다. 자명종 시계를 분해해 벽에 달아 보기도 했고, 레고를 가지고 사람 모양을 만들어 섹스 장면을 연상케 하는 동영상을 찍기도 했으며, 화장실 사진으로 가득한 웹사이트를 만든 적도 있었다.

점심시간에 암기 카드를 들여다보며 밥을 먹고 있는데, 어떤 아이들이 시비를 건 적이 있었다. 그때 에런이 먹고 있던 타코를 팽개치고 다가와 나를 구해 준 뒤, 무슨 공부를 그렇게 열심히 하고 있느냐고 물었다. 알고 보니 그도 나하고 같은 시험을 볼 예정이었지만, 공부는 전혀 하지 않고 있었다. 아무튼 에런 때문에 나도 그 테이블에서 오가던 토론에 끼어들게 되었는데, 주제는 젤다 공주가 침대에서는 어떨 것 같으냐는 것이었다. 나는 젤다 공주가 사춘기 때부터 줄곧 감방에 갇혀 있었으니 침대에서는 형편없을 것이라고 말했지만, 에런은 바로 그런 이유 때문에 그녀가 최고의 상대가 될 수 있다는 의견을 내놓았다.

그 주 금요일 밤, 에런이 나에게 전화를 걸어왔다.

"우리 집에서 영화 보지 않을래?"

"좋지." 나는 그날의 연습 문제를 다 푼 상태였다.

에런의 아파트는 맨해튼 시내의 시청 바로 옆에 자리한 커다란 건물 안에 있었다. 나는 지하철을 타고 가서 (우리 엄마가 에런의 엄마랑 통화를 해서 미리 허락을 받았다.) 아랫배가 볼록 나온 수위 아저씨에게 신분을 밝힌 다음, 엘리베이터를 타고 에런이 사는 층으로 올라갔다. 문을 열어 준 에런의 엄마가 별개의 환기 장치가 달린 에런의 방으로 안내해 주었는데, 중간에 감방처럼 생긴 조그만 방에서 이따금 책상에 머리를 찧어 가며 글을 쓰고 있는 에런의 아빠를 지나쳐야 했다. 에런의 방으로 들어선 나는 그의 침대, 머지않은 훗날 정체가 밝혀질 얼룩으로 아직 찌들지 않은 거기에 털썩 앉았다. 의자나 침대를 보면 털썩 주저앉는 것은 내 특기이기도 하다.

"왔구나." 에런이 말했다. "대마초 한 모금 할래?"

아. 영화를 보자는 게 이런 뜻이었구나. 얼른 머릿속으로 마약에 대해 내가 아는 것들을 훑었다. 엄마는 절대 하지 말라고 했다. 아빠는 대학 입시를 치를 때까지는 하지 말라고 했다. 아빠보다는 엄마가 세기 때문에 나는 절대 마약을 하지 않겠다고 약속했다. 하지만 만약 누군가가 강제로 하라고 하면 어떡하지? 나는 마약이란 남이 나에게 하는 그 무엇이라고 생각했다. 예를 들어 나는 내 할 일을 열심히 하고 있는데 누군가가 나를 주사 바늘로 찌른다든지 하는 경우 말이다.

"누가 억지로 하라고 하면 어떡해요, 엄마?" 그래서 엄마에게 그렇게 물었다. 내가 열 살 때, 어느 놀이터에서 오간 대화의 일부다. "어떤 사람이 내 머리에 총을 겨누고 마약을 하라고 강요하면 어떻게 하죠?"

"마약은 그런 식으로 하게 되는 게 아니다, 얘야." 엄마가 대답했다. "사람들은 스스로 원하기 때문에 마약을 하는 거야. 네가 원하지 않으면 그만이라고."

지금, 에런과 함께 있는 나는 대마초가 피워 보고 싶었다. 에런의 방에서는 자메이카 흑인 머리를 한 백인 청년들이 조그만 북을 두드리는 센트럴파크의 연못가와 비슷한 냄새가 났다.

갑자기 엄마 얼굴이 눈앞에 아른거린다.

"됐어." 내가 대답한다.

"그래, 그럼." 에런은 무슨 봉지를 열더니 내용물을 조금 꺼내 담배랑 비슷하게 생겼지만 멋들어진 금속으로 된 조그만 장치에 집어넣는다. 그러고는 라이터로 내 가운뎃손가락 크기의 불꽃을 피워 대마초에 불을 붙이더니, 벽에다 대고 연기를 뿜어내기 시작한다.

"창문을 좀 열어야 되는 것 아냐?"

"괜찮아. 여긴 내 방이니까 내 마음대로 해도 돼."

"엄마가 뭐라고 안 하셔?"

"엄마는 아빠 뒤치다꺼리하기에도 바빠."

앞으로 2년 후면 지금 에런이 연기를 뿜어내는 벽은 누렇게 색이 변할 것이고, 모든 벽이 금니를 박아 넣은 래퍼들의 포스터로 도배가 될 것이다.

에런이 서너 번 연기를 내뿜자 온 방이 냄새와 열기로 가득

찼다.

"자, 그럼 기운을 좀 내 보자고! 무슨 영화 보고 싶어?"

"액션." 액션? 그때 나는 7학년이었다.

"좋아! 나는 어떤 영화를 보고 싶은지 알아?" 에런의 눈망울이 반짝거리기 시작했다. "절벽이 나오는 영화를 보고 싶어."

"암벽 등반 같은 거?"

"꼭 암벽 등반이 아니라도 괜찮아. 멍청이들이 서로 싸우다가 누군가를 절벽 밑으로 던져 버리는 장면이 최소한 한 번 이상 나오는 영화가 필요해."

"폴 스토야노비치라고 들어 봤어?"

"그게 누군데?"

"〈세상에서 제일 무시무시한 경찰 추격전〉과 〈경찰들〉이라는 영화를 만든 감독이야."

"농담이겠지. 주인공이야?"

"아니, 감독이라니까. 주인공은 진짜 형편없어."

에런이 앞장서서 방을 나가더니 자기 아빠—땀을 뻘뻘 흘리며 금방이라도 컴퓨터 속으로 들어가 버릴 듯이 자판을 두드리고 있는—를 지나 현관 앞으로 걸어간다. 길고 지저분한 금발에 작업복 차림의 에런 어머니가 우리를 멈춰 세우고 쿠키와 외투를 꺼내 주었다.

"인생은 아름다워요." 에런이 말했다. "다녀올게요, 엄마." 우리는 입에 쿠키를 가득 넣고 엘리베이터에 올랐다.

"좋아, 아까 무슨 얘기를 하던 중이었지? 나는 〈세상에서 제일 무시무시한 경찰 추격전〉이 무척 마음에 들어." 에런은 쿠키를 삼키느라 정신이 없다. "특히 주인공이 그 덜 떨어진 악당들이 법의 허점을 이용할 수 있을 거라고 생각했는데 브로워드 카운티의 보안관이 그들을 곧장 감방에 집어넣어 버리는 대목이 인상적이었어." 에런은 딱딱한 가죽 구두를 신고 있었다.

나는 속이 안 좋아서 아무 데나 마구 쿠키를 뱉어 냈다.

"나는 목소리에 민감한 편이야. 제이 레노가 악당을 해치울 때 내는 소리 듣고 싶지 않아? 빌 힉스라는 코미디언이 그런 소리 하는 걸 들은 적이 있어."

"폴 스토야노비치 이야기는 끝까지 안 들을 거야?" 내가 말했다.

"누구?"

엘리베이터가 로비에 도착했다. "〈세상에서 제일 무시무시한 경찰 추격전〉을 만든 감독이라니까."

"아, 그렇지." 에런은 유리로 된 출입문을 활짝 열어젖혔다. 나도 그를 따라 거리로 나서면서 외투에 달린 후드를 뒤집어썼다.

"그는 약혼녀와 함께 결혼사진인가 뭔가를 찍으러 갔어. 오리건주의 커다란 절벽 근처였는데, 사진사가 '조금만 뒤로, 조금만 더 왼쪽으로' 하다가 그만 남자가 절벽 밑으로 떨어져 버렸어."

"맙소사!" 에런은 고개를 가로저었다. "그런 얘기를 어디서 들었니?"

"인터넷." 나는 미소를 지었다.

"진짜 끝내준다. 그래서 여자는 어떻게 됐어?"

"여자는 무사했어."

"그럴 때는 사진사한테 소송을 걸어야 되는데. 걸었대?"

"몰라."

"당연히 걸어야지. 나 같아도 그랬겠다. 그거 알아, 크레이그……" 나를 찬찬히 훑어보는 에런의 눈동자가 조금 충혈되기는 했지만 아주 밝고 활기가 넘쳐 보였다. "나는 변호사가 될 거야."

"그래?"

"그래. 우리 아빠 좀 봐. 돈도 한 푼 못 벌잖아. 정말 비참하다니까. 우리가 그나마 저런 아파트에서 살 수 있는 건 순전히 우리 외삼촌 덕분이야. 외삼촌이 변호사인데, 옛날에 이 아파트를 샀나 봐. 그때는 외삼촌 아파트였지. 지금은 건축과 관련된 일을 하고 있어. 그래서 엄마한테 월세를 깎아 줬지. 지금 내가 가진 것들은 처음부터 끝까지 변호사들 덕분이라니까."

"실은 나도 변호사가 되고 싶은 마음이 있어." 내가 말했다.

"좋지. 돈을 많이 벌잖아."

"그래." 고개를 드니 밝은 잿빛의 맨해튼이 눈에 들어왔다. 모든 게 너무 비싸 보였다. 나는 그 주위에서 제일 싸구려로 보이는 핫도그 노점상을 쳐다보았다. 3, 4달러 정도 쓰지 않고는 도저히 그 앞을 지나갈 수 없을 것 같았다.

"너랑 나랑 같이 변호사가 되는 것도 괜찮겠다." 에런이 말했다. "파디스와…… 너 성이 뭐지?"

"길너."

"파디스와 길너 법률 사무실."

"좋네."

우리가 악수를 하고 보폭을 유지하며 걷는데, 맞은편에서 걸어오던 화려한 옷차림의 여자아이와 하마터면 정면으로 부딪힐 뻔했다. 처치 스트리트로 들어가 〈죽음과 맞서는 삶〉이라는 리얼리티 DVD를 빌렸는데, 절벽이 아주 많이 나올 뿐 아니라 화재와 동물의 습격, 스카이다이빙 사고 따위를 다룬 영화였다. 나는 에런의 침대에 기대앉았고, 에런은 대마초를 피우며 나에게 또 한 번 피워 보라고 권했다. 하지만 나는 정말로 꼭 해 보고 싶을 때까지는 손에 대지 않을 생각이라며 거절했다. 우리는 〈죽음과 맞서는 삶〉에서 그럴듯한 장면이 나올 때마다 화면을 정지시켜 확대해 보았다. 폭발 사고의 진원지, 사고를 낸 트럭의 바퀴가 돌아가는 모습, 겁도 없이 우리 속에 들어온 남자에게 고릴라가 돌멩이를 집어던지는 장면도 있었다. 우리는 언젠가 우리도 영화를 한 편 만들어 보자고 약속했다.

4시가 넘어서야 잠이 들었지만 남의 집이라서 그런지 아침 8시도 안 되어 일어났다. 그런데도 외박을 하면 늘 그렇듯이 왠지 기운이 솟는 느낌이었다. 여전히 컴퓨터와 씨름하는 에런의 아빠를 지나 거실의 책꽂이에서 《라틴어 어원》이라는 책을 뽑아 들었다. 나는 시험에 대비해 오전 내내 《라틴어 어원》을 공부했다.

그 뒤로도 우리는 줄곧 그런 일과를 반복했다. 말하자면 우리의 일상이 된 것이다. 특별히 그렇게 하자고 약속한 적도 없고 따로 이름을 붙이지도 않았지만…… 에런은 금요일마다 나에게 전화를 걸어 영화를 같이 보자고 했다. 아마 에런도 외로웠던 모양이다. 어쨌거나 에런은 중학교 이후 계속 연락을 주고받는 유일한 친구가 되었다. 그로부터 1년이 지난 지금, 나는 합격 통지서를 들고 주방에 서서 에런도 이 편지를 받았을지 궁금해졌다.

"에런한테 전화해야겠어요." 내가 엄마에게 말했다.

8

"뭐라고, 친구? 정말로 붙은 거야!?"

"그래."

"우와!"

"야호!"

"만세!"

"고마워!"

"하지만 너는 공부를 했잖아. 나는 하나도 안 했고." 에런이 말했다.

"그래. 재수가 좋았어. 너는 무슨 헤라클레스 같아."

"좋아. 마구간 청소해, 파티를 열 테니까."

"언제? 오늘 밤?"

"응. 부모님이 어디 가셨어. 집이 온통 내 거라고. 올 거지?"

"진짜 파티 말하는 거야? 케이크 따위나 자르는 시시한 파티 말고?"

"물론이지."

"좋았어!" 그때만 해도 8학년, 고등학교에 갓 합격한 내가 파티에 간다? 이제 내 인생도 술술 풀리는 느낌이었다.

"마실 것 좀 가져올 수 있어?"

"술 말이야?"

"크레이그, 왜 이래? 가져올 수 있지?"

"나는 아직 술을 살 수 있는 나이가 아니잖아."

"크레이그, 그건 다 마찬가지야. 그러니까 집에 있는 술을 가져오라고."

"우리 집에 술 같은 거 없을걸……." 하지만 그것은 사실이 아니었다.

"그럴 리가 없어."

나는 혹시 엄마가 들을까 봐 휴대전화를 손으로 가렸다. "스카치가 한 병 있기는 해."

"종류가 뭔데?"

"젠장, 그걸 내가 어떻게 알아."

"아무튼 가져와. 그리고 데려올 여자애 있어?"

나는 일 년 동안 내 방에 틀어박혀 공부만 한 사람이었다. "아니."

"괜찮아, 그럼 그건 내가 해결할게. 일찍 와서 파티 준비나 도와줘."

"알았어."

"당장 튀어 와."

"에런네 집에 가요!" 나는 휴대전화를 닫으며 엄마에게 말했다. 내 손에는 아직도 합격 통지서가 들려 있었다. 엄마에게 그걸 내 방에 가져다 놓으라고 부탁했다.

"가서 뭐 할 건데?" 엄마는 통지서와 나를 번갈아 쳐다보며 물었다.

"음…… 자고 오려고요."

"축하 파티라도 하려는 거야? 하긴, 축하할 일이기는 하지."

"헤, 그렇죠."

"크레이그, 솔직히 말해서 엄마는 이 학교에 들어가려고 너처럼 열심히 공부하는 사람을 한 번도 본 적이 없어. 이제 조금 쉬면서 너 자신에 대한 자부심을 즐겨도 될 거다. 너는 뛰어난 재능을 타고났고, 세상이 그걸 알아보기 시작한 거야. 이번 성과를 시작으로 놀라운 여정이—"

"알았어요, 엄마. 그만하세요." 나는 그렇게 말하며 엄마를 끌어안았다.

외투를 집어 들고 주방 식탁에 앉아 휴대전화로 문자를 보내는 척했다. 엄마가 주방에서 나가자, 나는 얼른 싱크대 위의 수납장을 열고 스카치 병('글렌리베트'라는 상표가 붙어 있었다.)을 꺼낸 다음, 도시락을 가져갈 때 쓰던 보온병을 열었다. 파티에 스카치가 한 잔 있으면 정말 근사할 것 같았다. 보온병에 스카치를 조금 따르고 혹시 엄마가 병에 표시를 해 두었을 경우에 대비해 비슷한 양의 물을 채웠다. 그리고 보온병을 큼직한 재킷 주머니에 쑤셔 넣고 집을 나서며 엄마한테 나중에 전화하겠다고 소리쳤다.

지하철을 타고 에런의 집으로 가면서, 1년 만에 처음으로 지하철에서 책을 들여다보지 않았다. 목적지에 내려서 계단을 뛰어 올라간 다음, 우중충한 도로를 거쳐 에런의 아파트가 있는 건물로 뛰어들었다. 수위 아저씨에게 인사를 하고 조금은 설레는 마음으로 엘리베이터 단추를 눌렀다. 16층에서 엘리베이터를 내리니 에런이 열린 현관문을 붙잡은 채 금속으로 된 담배를 내밀었는데, 배경에서는 살인을 주제로 한 랩음악이 흘러나오고 있었다.

"피워. 축하를 해야지."

나는 잠시 망설였다.

"이걸 피우기에 가장 적당한 때가 있다면 말이지, 바로 지금이야."

나는 고개를 끄덕였다.

"들어와, 시범을 보여 줄 테니까." 에런은 나를 집 안으로 데리고 들어가 소파에 앉히더니, 손을 데지 않게 금속 부분을 잡는 방법을 가르쳐 주었다. 연기를 위장이 아니라 폐로 집어넣는 것이 중요하다는 설명이 이어졌다. "삼키지 마, 크레이그. 그냥 꿀꺽 삼켜 버리면 아무 효과도 없으니까." 그다음에는 입이나 코로 최대한 천천히 연기를 내뿜어야 했다. 가장 중요한 것은 참을 수 있는 한도까지 연기를 품고 있어야 한다는 점이었다. 하지만 지나치게 오래 숨을 참으면 기침이 터질 수도 있다.

"불은 어떻게 붙여?" 내가 물었다.

"내가 붙여 줄게." 에런이 대답했다. 그가 내 앞에 무릎을 꿇고 라이터를 켜는 동안, 나는 나중에 어떻게 변하는지 보려고 거실을 둘러보았다. 바닥에서 천장까지 닿는 책꽂이, 잡동사니가 잔뜩 널린 커피 테이블, 바닥에 세워 놓는 기다란 재떨이, 도자기 개 인형, 조그만 전자 피아노 등이 보였다. 내가 듣기로 대마초를 피우면 그네를 진짜 세게 타는 기분이 된다고 했는데, 에런은 틀림없이 그네를 타면서 대마초를 피우는 사람들이 그런 소리를 했을 거라고 했다.

라이터의 불꽃이 올라왔다.

나는 마치 의사의 지시라도 들은 사람처럼 살며시 금속 담배를 빨았다.

이내 에런의 방에서 경험한 맛이 내 입속에 가득 퍼졌다. 조금 어질하지만 그렇게까지 강하지는 않은, 무슨 화학약품 비슷한 맛이었다. 나는 뺨이 불룩하게 부푼 채 에런을 바라보았다. 에런은 미소를 지으며 라이터를 껐다.

"입속에만 담고 있지 마!" 에런이 말했다. "꼭 디지 길레스피(Dizzy Gillespie. 1917년 10월 21일~1993년 1월 6일. 미국의 트럼펫 연주자—옮긴이) 같다. 폐 속으로 집어넣으라니까!"

나는 다른 근육을 움직였다. 내 몸속에 들어온 연기가 마치 진흙 덩어리처럼 느껴졌다.

"바로 그거야, 그 상태로 조금 참았다가……."

눈알이 화끈거리면서 눈물이 고이기 시작했다.

"참아. 참으라고. 조금 더 빨아 볼래?"

나는 겁에 질린 표정으로 고개를 가로저었다. 에런이 웃음을 터뜨렸다.

"좋아, 잘하네. 잘하고 있어, 친구."

슈우우우욱. 나는 에런의 얼굴을 향해 연기를 내뿜었다.

"맙소사! 아주 제대로인데!" 에런은 내 입에서 뿜어 나오는 연기를 손으로 휘저으며 말했다. "처음 해 보는 거 맞아?"

나는 숨을 헐떡이며 아직도 연기가 자욱한 공기를 빨아들였다. "이제 어떻게 되는 거야?" 내가 물었다.

"아마 아무렇지도 않을 거야." 에런은 일어서더니 나에게 건네받은 담배를 재떨이에 내려놓고 나를 향해 손을 내밀었다. 나는 악수를 하자는 것인 줄 알았는데, 그가 갑자기 나를 와락 잡아당겨 소파에서 일으켜 세웠다.

"축하해."

우리는 진한 포옹을 나누었다. 남자들끼리의 포옹답게, 마무리는 서로의 등을 철썩 후려치는 것이었다. 나는 몸을 뒤로 빼고 미소를 지으며 에런의 팔을 잡았다.

"너도 축하해, 친구. 다 잘될 거야."

"물론 잘되어야지. 오늘 파티 말이야." 에런은 손가락을 꼽으며 이리저리 서성이기 시작했다. "일단 너는 나가서 소다수를 좀 사 와. 그다음에는 아빠의 책과 컴퓨터가 상하지 않도록 치워야 되고. 그리고 얘한테 전화를 좀 걸어 줘. 얘 아빠가 나더러 한 번만 더 전화를 하면 경찰에 신고하겠다고 협박하더라고. 그린피스 직원이라고 하면 될 거야."

"그걸 어떻게 다 기억하냐. 잠깐 기다려 봐." 나는 커피 테이블에 놓여 있던 메모지를 집어 들며 말했다. 샤프 연필로 번호를 매기는데, 갑자기 약 기운이 확 올라왔다.

"우와. 이거 뭐지."

"저런." 에런이 고개를 들며 중얼거렸다.

"우와!"

"뭐가 느껴져?"

머릿속에서 뇌가 녹아내리고 있는 것 아닌가 하는 생각이 들었다. 메모지를 들여다보니 1) 소다수를 사 온다, 라는 글자가 적혀 있었는데, 그 글자들이 꿈틀거리며 금방이라도 종이 옆으로 흘러내릴 것만 같았다. 책꽂이를 돌아보니 그것도 마찬가지였는데, 잠깐 시선을 돌렸다가 다시 쳐다보니 책꽂이가 불꽃 속에서 마구 움직이는 것 같았다. 그렇다고 물속에서처럼 모든 움직임이 느려진 것은 아니었다. 걸쭉하고 묵직한 공기가 나를 짓누르며 가는 데마다 따라오는 느낌이었다. 마냥 기분이 들뜨기보다는 모든 게 상당히 무거워진 느낌이 강했다.

"뭐가 느껴져?" 에런이 방금 했던 말을 되풀이했다.

재떨이를 내려다보니 구겨진 담배꽁초들과 함께 반짝거리는 금속 파이프가 또렷이 보였다.

"저건 마치 담배꽁초의 왕초 같은데!" 내가 말했다.

"맙소사." 에런이 중얼거렸다. "크레이그, 그래 가지고 파티 준비 할 수 있겠어?"

할 수 있냐고? 나는 무슨 일이든 할 수 있을 것 같았다. 조금 전에도 '담배꽁초의 왕초' 같은 멋진 명언을 생각해 내지 않았는가. 밖에 나가면 내가 무슨 일을 할 수 있을지 상상이 가지 않았다.

"첫 번째가 뭐였지?" 내가 물었다.

에런이 1달러짜리를 몇 장 쥐어 주며 나가서 소다수를 사 오라고 했는데, 내가 막 현관문을 열려는 찰나 초인종이 울렸다.

"니아가 왔네." 에런이 주방의 도어폰에 달린 CCTV 영상을 확인하며 말했다.

"니아가 왔다고?" 내가 되물었다.

니아는 우리 반 여자아이였다. 중국인과 유대인의 피가 반씩 섞였다고 했다. 니아는 날이면 날마다 아주 독특한 패션으로 학교에 나타났다. 버거킹에서 나눠 주는 스폰지밥 장난감을 목에 걸고 오는가 하면, 다음 날은 비대칭의 커다란 고리 모양 플라스틱 귀걸이를, 또 다음 날은 뺨에다 어릿광대 모양의 동그라미 문신을 그리고 나타나기도 했다. 나는 그녀의 그런 치장이 아마도 탐스러운 몸매와 아기 인형 같은 얼굴에 쏠리는 사람들의 시선을 분산시키기 위한 배려가 아닐까 생각했다. 만약 그녀가 지극히 자연스럽고 평범한 옷차림으로 나타나면 모든 남자아이들의 심장이 터져 버렸을 것이다.

"상당히 괜찮은 애야." 에런이 수화기를 내려놓으며 말했다.

"괜찮지."

에런과 나는 엄마가 가져다줄 모이를 기다리는 아기 새처럼 나란히 앉아서 현관문을 바라보았다. 이윽고 니아가 문을 두드렸다.

"헤이." 에런이 먼저 선수를 쳤다.

"안녕!" 나도 얼른 소리쳤다. 우리는 재빨리 현관으로 달려갔다. 에런이 밖을 살짝 내다보더니 손잡이를 당겼다. 초록색 드레스를 입고 한쪽 발목에 무지개 색깔의 귀여운 발찌를 한 니아가 서 있었다. 새카만 눈동자가 너무 커서 얼굴이 더 작아 보였고, 굽이 높은 구두를 신은 탓인지 상체가 앞으로 살짝 기울어 드레스 앞자락의 아담한 젖가슴이 더욱 도드라져 보였다.

"안녕." 니아가 말했다. "누가 이상한 거 피웠나 보네."

"천만에." 에런이 말했다.

"내 친구들이 올 거야. 파티는 언제 시작한다고 했지?"

"5분 전에 이미 시작했어." 에런이 말했다. "스크래블(알파벳이 새겨진 타일을 보드 위에 가로나 세로로 놓아 단어를 만들어 내면 점수를 얻게 되는 방식의 보드게임—옮긴이) 할래?"

"스크래블?" 니아는 하마 모양의 핸드백을 내려놓으며 되물었다. "요즘도 스크래블 하는 사람이 있어?"

"어, 나는 해. 크레이그도 하고." 그것은 사실이 아니었다. "덕분에 머리가 좋아져서 이번에도 거뜬히 합격했잖아."

"얘기 들었어." 니아는 하마 모양의 핸드백을 도로 집어 들더니, 그걸로 에런을 한 대 후려쳤다. 그러고는 뒤늦게 생각이 났는지 나도 후려쳤다. "축하해!"

"자, 단체 허그!" 에런이 그렇게 외치자, 우리 셋이 한데 뭉쳤다. 니아의 머리는 내 턱까지 오고, 내 머리는 에런의 턱에 닿았다. 한 손으로 니아의 허리를 잡으니 따뜻한 체온과 함께 잘록한 윤곽이 느껴졌다. 그녀의 손바닥은 내 어깨를 잡았다. 우리는 무슨 발레 동작처럼 상체를 앞으로 내밀었다. 니아의 숨결이 내 코끝에 맴돌았다. 내가 막 고개를 돌리려는 순간—

"이제 스크래블 해야지." 에런이 말했다. 그가 거실을 가로질러 가더니 책꽂이에서 스크래블 게임 판을 꺼내 왔다. 판을 바닥에 펼쳐 놓고 에런, 니아, 나 순서로 둘러앉았다. 네 번째 자리는 재떨이가 차지했다.

"우리 집에서만 적용되는 게임 규칙을 알려 줄게." 에런이 타일을 뒤집으며 말했다. "이어 갈 단어가 적당하지 않으면 새로운 단어를 만들어 내도 되는데, 대신 그 단어의 뜻을 설명할 수 있어야 해. 그 설명을 듣고 다른 사람들이 웃으면 점수를 얻고 안 웃으면 그만큼 점수를 빼는 거지."

"단어를 만들어 내도 된다고?" 내가 물었다. 이것은 정말이지 좋은 기회가 아닐 수 없었다. 예를 들어 '니아화(化)'라는 단어를 만들면 어떨까? 니아가 만지는 사람은 누구나 '니아화' 된다고 설명하면 니아도 웃음을 터뜨리지 않을까? 아니면 말고.

"중국어 단어는 어때?" 니아가 물었다.

"괜찮은데, 그게 무슨 뜻인지 알고 있어야 하고 설명도 할 수 있어야 돼."

"아, 그 정도야 문제없지." 니아가 짓궂은 미소를 지으며 말했다.

"누가 먼저 하지?"

"담배 피워도 돼?"

"원하는 거 무지 많네." 에런은 금속 파이프를 니아에게 건넸다. 이번에는 나는 피우지 않았다. 아까 피운 걸로 충분한 느낌이었다.

니아는 첫 번째 단어로 M-U-W-L-I를 만들었다.

"이게 뭐야?" 내가 물었다.

"중국어야."

"무슨 뜻인데?"

"음, 고양이."

"웃기다. 근데 M-U-W-L-I가 진짜 있는 단어인지 어떻게 확인하지?" 내가 에런을 돌아보며 물었다.

에런은 어깨를 으쓱 들었다 놓았다. "일단 믿는 수밖에."

니아가 나를 향해 혀를 쏙 내밀었는데, 어쩌면 혓바닥조차 그렇게 귀여울 수가 있는지. 혀에 링을 달았나? 설마. 하지만 혀는 아차 하는 순간에 사라져 버렸다.

"진짜라니까." 니아가 말했다. "이리 와, 귀여운 무우리, 됐지?"

"다음에는 확인 들어간다." 내가 말했다.

"인터넷에 쳐 보면 금방 나와." 에런도 거들었다.

"네가 확인하는 사이에 우리가 자음을 다 써 버릴걸." 니아는 그렇게 말하며 방긋 미소를 지었다.

"내 차례지?" 나는 M-U-W-L-I에서 M-O-P를 끌어냈다. 10점짜리였다.

에런은 M-O-P에서 S-M-A-P를 만들었다. "이건 세게 때리는 것(smack)과 살살 때리는 것(slap)의 중간이야. '나는 너를 스맵할 거야'라고 쓸 수 있지."

니아는 연신 웃음을 터뜨렸다. 나는 별로 웃고 싶지 않았지만 나도 모르게 웃음이 나왔다. 덕분에 에런도 점수를 땄다.

니아는 T-R-I-I-L을 만들었다.

"이건 또 뭐야?" 내가 물었다.

"'트릴(trill, 떨리는 목소리)'이라는 단어 몰라? 플루트의 트릴 같은 거. 첫 번째 L을 소문자로 쓰고 두 번째는 대문자로 쓴 것뿐이야."

"그건 트릴이 아니잖아. '트리이이일'이지."

"알았어." 니아는 얼른 글자를 바꿨다. 이제 그녀의 단어는 T-R-I-L-I가 되었다.

"트릴-이! 트릴이가 뭐야?"

"말로 표현할 수 없는 행동."

에런은 터지는 웃음을 주체하지 못해 발버둥을 치다가 니아의 어깨에 몸을 기댔다. 니아는 옆구리에 힘을 주어 그를 밀어냈다.

그때 내 눈과 니아의 눈이 마주쳤는데, 니아의 눈동자는 이렇게 말하고 있었다.

'크레이그, 우리는 모두 같은 학교로 진학할 거야. 고등학교에 가면 나도 뒤를 받쳐 줄 든든한 남자 친구가 필요할 거라고, 안 그래? 심각하게 생각할 것 없어. 너도 괜찮은 아이이긴 하지만 에런만큼은 아니야. 에런은 대마초도 구할 줄 알고, 너보다 훨씬 더 성격이 느긋하잖아. 너는 이번 시험 때문에 작년 한 해 꼬박 공부를 했는데, 에런은 손가락 하나 까딱하지 않았어. 다시 말해서 에런이 너보다 머리가 좋다는 뜻이지. 그렇다고 네가 똑똑하지 않다는 뜻은 아니지만, 남자는 자고로 머리가 좋아야 되거든. 솔직히 그거랑 유머 감각이 제일 중요하다고 봐야겠지. 에런은 유머 감각도 너보다 나아. 키도 더 크고. 그러니 너하고도 친구가 될 수는 있겠지만, 앞으로 어떻게 될지 좀 더 두고 보자고. 질투심을 갖지는 마. 그래 봐야 모두에게 시간 낭비가 될 뿐이니까.'

우리는 게임을 계속했다. 에런과 니아 사이의 거리가 점점 가까워지더니 급기야 무릎이 서로 닿을 지경이 되었다. 나로서는 그 무릎 사이로 어떤 기가 서로 통하고 있을지 그저 상상만 할 수 있을 따름이었다. 저러다가 둘이서 첫 키스(혹은 두 번째?)를 나누게 될지도 모르겠다는 생각이 들었다. 당장이라도 에런의 입에서 폭탄선언이 나올 것만 같던 찰나, 또 한 번 초인종이 울렸다.

이번에는 니아의 친구, 쿠키라는 여자아이였다. 그녀는 맥주를 몇 병 가져왔다. 우리는 병을 따려고 10분 동안 쩔쩔매다가, 결국 주방의 카운터 모서리에 병마개를 대고 손바닥으로 때리기에 이르렀다. 그때 니아가 쿠키에게 이왕이면 마개를 손으로 돌려서 딸 수 있는 맥주를 사오지 그랬냐고 말했는데, 쿠키가 그런 것도 있냐고 되묻는 바람에 한바탕 웃음을 터뜨렸다. 쿠키는 금발이었고, 목에는 조그만 장신구를 주렁주렁 달고 있었다. 그녀는 캐나다의 어느 고등학교에 진학하기로 되어 있었다. 물론 그녀도 술을 살 수 있는 나이는 안 되지만, 계산할 때 카운터 위로 몸을 약간 숙이기만 하면 만사형통이었다. 나이에 비해 몸이 아주 조숙해서, 걸을 때마다 커다란 젖가슴이 출렁거리곤 했다.

스크래블 게임은 결국 승자 없이 막을 내렸다. 인터넷의 재생 목록을 이용해 한 번도 겹치는 법 없이 계속 새로운 랩음악이 흘러나오는 가운데, 손님들이 연신 도착했다. 그들 가운데 애너는 리탈린을 복용하고 있는데, 시험을 보기 전에 조그만 화장품 통에 담긴 이 약을 코로 들이마시곤 했다. 〈헤일로 2〉의 전국 순위에 올라 있는 폴은 시애틀에 본거지를 둔 자신의 '팀'과 함께 하루에 다섯 시간씩 맹훈련을 했다. (대학 원서에도 그 사실을 적을 거라고 했다.) 미카는 택시 및 리무진 협회의 높은 자리에 있는 사람을 아빠로 둔 덕분에 무슨 배지 같은 것만 보여 주면 언제 어디서든 공짜로 택시를 탈 수 있다. 사람 수가 점점 늘어나면서 내가 생전 처음 보는 아이들도 여럿 나타났는데, 그중에서 '에잇 볼(Eight Ball)'이라는 글자가 새겨진 재킷을 입은 땅딸막한 백인 남자아이는 그 재킷이 90년대에 굉장한 인기를 누렸다며 이 옷을 입었다는 이유만으로 칼부림을 당하는 사건도 있었다고 했다.

이유는 모르지만 아무튼 배트맨 가면을 쓰고 온 아이도 있었는데, 그의 이름은 레이스였다.

키는 작지만 콧수염을 길러서 그런지 싸움을 잘하게 보이는 로니라는 아이는 대마초가 가득 든 가방을 메고 왔는데 아예 거실에다 가게를 차릴 기세였다.

서로 다른 미묘한 색조의 대마로 만든 팔찌를 한 여자아이는 우리가 '반드시' 서브라임(Sublime)의 〈자유까지 40온스(40oz to Freedom)〉를 들어야 한다고 주장했다. 그리고 에런이 그 노래를 틀지 않겠다고 하자 악마의 저주라며 '디아블로 탄툰카' 라고 외치고는 손가락으로 악마의 뿔을 만들어 보였다.

나도 대마초를 조금 더 피웠다. 파티는 마치 한 편의 영화 같았다. 일찍이 그렇게 멋진 영화는 한 번도 본 적이 없는 느낌이었다. 유리잔이 박살 나고, 누군가가 거실 바닥에서 브레이크 댄스를 추는가 하면, 바퀴벌레를 향해서는 사전이 날아가고, 환각 상태에 빠질 수 있다며 냉장고에 머리를 집어넣는 아이에, 주방 싱크대에는 토한 찌꺼기들이 반원 모양으로 나뒹굴고, 창문 밖으로 '좆 같은 학교'를 외치는가 하면, '맥주 마시고 약 좀 빨았으면' 하는 랩음악이 터져 나오고, 빨대 모양의 오색

사탕을 빨아 댄 가련한 영혼이 변기에다 자주색 가루를 흩뿌리는 장면을 다른 어디에서 또 볼 수 있단 말인가?

9

에런과 니아는 소파에서 이야기를 나누었다. 나는 손에 뭐라도 들고 있어야 될 것 같아서 스카치가 든 보온병을 든 채 그들의 모습을 지켜보았는데, 서로 가까워졌다 멀어졌다 하며 흐느적거리는 동작을 그들 자신은 의식하지 못하는 듯했다. 이제 내 눈에는 더 이상 그들이 사람의 형상으로 보이지 않았다. 그저 남자와 여자의 생식 기관이 정면충돌을 향해 돌진하는 것처럼 보일 뿐이었다.

"뭐 하고 있어, 친구?" 로니가 물었다. 그는 아직 장신구로 몸을 치장하기 전이었다. 말하자면 애벌레 상태라고나 할까. "재미 좋아?"

에런과 니아만 아니라면 재미없을 이유가 없었다. 참, 스카치도 있었지. 나는 로니에게 스카치 정도는 우습다는 느낌을 주고 싶었다.

"이런 거, 좋아해?" 나는 보온병을 열며 물었다.

"뭔데?" 로니가 코를 킁킁거리며 냄새를 맡았다. "와우, 제법 센 놈이로군. 한 모금 마셔 봐."

나는 보온병을 입으로 가져갔다. 하지만 그저 입술에 독한 알코올 기운을 느꼈을 뿐 한 모금도 삼키지는 않았다. 냄새만으로도 쓰고 독했다.

그때 로니가 보온병을 내 입으로 슬쩍 밀었다.

"마셔 봐!"

"야!" 내가 얼떨결에 몸을 빼느라 스카치가 내 셔츠에 약간 튀었다. 물보다 훨씬 가볍고, 미끈거리고, 따뜻한 느낌이었다. "미친놈!"

"잠깐!" 로니는 거실 맞은편으로 뛰어가더니 아센이라는 아이를 한 대 쥐어박으며 자기 엄마랑 같이 잔 놈이라고 헛소리를 지껄였다. 그러고 나서는 이제 막 입술이 달라붙기 시작한 에런과 니아를 향해 베개를 집어던졌다.

나는 에런과 니아가 키스를 했다는 사실이 아니라, 그들의 키스가 어떻게 시작되었는지를 미처 보지 못했다는 사실 때문에 화가 치밀었다. 어느 쪽이 먼저 입술을 내밀었는지 보지 못했다. 니아만큼은 아니더라도 그나마 괜찮은 여자아이를 만날 경우에 대비해 그 순간을 확실히 봐 두고 싶었다. 하지만 지금도 대충 돌아가는 상황을 파악할 수는 있었다. 에런의 손이 어떻게 움직이는지가 보였던 탓이다. 그는 오른손으로 연신 니아의 얼굴을 쓰다듬으며 왼손으로는 그녀의 등 뒤 오목한 부분을 단단히 잡고 있었다. 그의 왼손이 하는 일을 오른손은 알 길이 없을 것 같았다.

보온병에는 아직 스카치가 좀 남아 있었다. 나는 그걸 한 모금 더 들이켰다. 로니가 밀친 뒤로 맛도 그럭저럭 참을 만했다.

"너, 술 마시는 거 몰랐어, 크레이그!" 뒤에서 누군가의 목소리가 들렸다. 줄리라는 여자아이가 들고 있던 맥주병으로 내 보온병을 툭 쳤다. 그 아이는 항상 엉덩이에 '나이스 트라이(Nice Try)'라는 글자가 새겨진 트레이닝 바지를 입고 다닌다.

"사실은 안 마셔." 내가 대답했다.

"너는 맨날 공부만 하는 줄 알았어. 좋은 학교에 합격했다는 얘기 들었어. 이제 뭐 할 거야?"

"그 학교에 가야지."

"아니, 이제부터 뭘 하면서 지낼 거냐고."

나는 어깨를 슬쩍 으쓱했다. "학교 가서 공부 열심히 하고, 좋은 성적 받아서, 좋은 대학에 가고, 좋은 직장을 구해야지."

"너 공부하는 거 보니까 대단하더라. 늘 그 암기 카드 같은 걸 들고 다녔잖아."

나는 스카치를 들여다보았다. 목구멍이 화끈거렸지만 꾹 참고 한 모금 더 마셨다.

"에런이랑 니아랑 거시기 하는 거 봤어? 정말 귀여워!"

"걔들이 거시기를 한다고?" 나는 약간 충격을 받았다.

"그래, 못 봤어?"

"뽀뽀하는 건 봤는데." 나는 그들이 있는 주방 쪽을 쳐다보며 말했다. "뽀뽀한다고 거시기까지 하는 건 아니잖아."

"그건 아니지."

"거시기 한다는 게 같이 잔다는 뜻 아냐?"

"맙소사, 크레이그, 아냐. 거시기 하는 거는 그냥 거시기 하는 거지."

"그럼 뽀뽀하는 거랑 같은 거야?"

"음, 거시기 하는 게 같이 잔다는 뜻으로 쓰이는 경우도 있기는 해. 네가 뭔가 헷갈리는구나."

에런과 니아는 이제 완전히 서로에게 몰입해 있었다. 에런의 손이 보이지 않는 것으로 미루어 이제 본격적으로 미지의 영역을 탐험하고 있는 모양이었다.

"네 암기 카드에 그것들도 적어 넣어야겠다."

"헤." 나는 미소를 지었다.

줄리가 나를 향해 한 걸음 다가섰다. "사실은 나도 지금 거시기 할 누군가가 필요해."

"어, 잘됐네."

"아까부터 적당한 사람을 찾던 중이야."

"음……" 나는 흘낏 그녀를 쳐다보았다. 짧은 금발이 얼굴의 윤곽을 살짝 가렸는데 치열이 고르지 못해서 그런지 얼굴 아래쪽이 약간 넓어 보였고, 뺨이 발갛게 상기된 모습이었다. 아무튼 나는 거시기든 뭐든 그녀와 함께 하고 싶은 생각이 없었다. 내가 원하는 사람은 열 발가량 떨어진 곳에 있었다. 지금 뭔가 사건이 생긴다면 나한테는 첫 키스가 되는 셈이었다. 여자아이들은 흔히 마음속으로 찍은 사람 앞에서 '누군가'를 찾고 있다고 말하기 마련이었다. 아니나 다를까, 줄리는 눈을 감은 채 고개를 살짝 치켜들었다. 나는 그녀의 입술을 바라보며 거기에 키스하는 장면을 상상해 보았지만, 이내 고개를 가로저었다. 첫 키스의 순간을 이렇게 낭비하고 싶지 않았다. 줄리가 눈을 떴다.

"아저씨, 괜찮아?"

"어, 그래. 난 그냥…… 휴. 나 지금 취해서 제정신이 아니야, 줄리. 잠깐 정신 좀 차려야겠어."

"알았어." 줄리는 방에서 나가더니 조금 있다가 집으로 가 버렸다. 나는 나중에야 내가 그녀에게 상처를 주었다는 사실을 알아차렸다. 나에게 그런 힘이 있는지 미처 몰랐다.

스테레오에 음악을 공급하는 노트북 쪽으로 다가가 보았다. 그 옆에는 에런의 아빠가 모아 둔 구식 레코드판이 책꽂이에 꽂혀 있었다. 갑자기 뭔가 새로운 정보를 집어넣어 머릿속을 좀 정리하고 싶은 욕구가 치솟는 바람에, 무작정 레코드판을 한 장 꺼냈다.

《레드 제플린 III》.

레코드판은 노트북만큼이나 컸고, 표지에는 산발을 한 남자들의 머리와 무지개, 조그만 비행선들(이게 바로 제플린인가 보다.), 꽃, 이빨 따위가 나선형으로 그려져 있었다. 레코드판의 가장자리가 마치 다섯 과목으로 나눠진 노트의 견출지처럼 살짝 삐져나와 있어서, 무심코 그걸 잡아당겨 보았다. 그러자 판이 통째로 돌아가면서 조그만 구멍들 때문에 표지의 그림들이 달라졌다. 무지개는 별로, 비행선은 비행기로, 꽃은 잠자리로 바뀌는 식이었다. 정말 겁나게 멋있었다. 새로 나타난 그림 가운데 하나는 최고의 고전 비디오게임 가운데 하나로 꼽히는 '큐버트'(1982년 개발, 배급된 아케이드 게임—옮긴이)처럼 보였다. 레드 제플린이 큐버트를 만든 줄은 꿈에도 몰랐다.

고개를 들어 보니 에런과 니아는 아직 제정신이 아니었다. 이제 에런은 니아의 머리칼을 어루만지며 그녀를 자기 쪽으로 끌어당기고 있었다. 나는 레코드판을 들어 올려 그들의 머리를 내 시야에서 가려 버렸다.

레코드판을 내리니 다시 에런과 니아의 모습이 보였다. 다시 들어 올리니, 마치 그들이 그림 속의 일부가 된 느낌이었다.

집 안은 여전히 북적거렸다. 에런의 책이 가득 든 벽장 앞에 아이들이 모여 있었다. 그 아이들이 모두 거시기를 하는 것은 아니었다. 존이라는 아이가 그 벽장 안에 최루가스 스프레이를 뿌렸다고 해서 다들 과연 그 위력이 어느 정도인지 확인해 보고 싶은 모양이었다. 남자아이와 여자아이 몇 명이 비틀비틀 벽장을 뛰쳐나오며 "아이고, 눈이야!" 하면서 세면대로 달려갔지만, 그런데도 벽장 앞에 모여 있던 아이들은 서로 먼저 들어가려고 난리였다. 나 빼고 다들 제정신이 아닌 것 같았다.

나는 다른 앨범들을 살펴보았다. 비틀즈의 《화이트 앨범》이 진짜 하얀색이라는 것을 처음 알았다. 한 번씩 고개를 들 때마다 에런과 니아는 더욱더 강력하게 얽혀 있었다. 갑자기 몸이 더워지면서 졸음이 밀려왔다. 아마 스카치 때문인 건 아닐까 싶었다. 잠시 눈을 붙이려고 책꽂이에 몸을 기댔다. 눈을 뜨자마자 내 시선은 본능적으로 에런과 니아를 찾았다. 그들의 모습이 보이지 않았다. 목을 길게 뽑고 텔레비전 위에 걸린 벽시계를 바라보았다. 시간은 어느새 새벽 2시 7분이 되어 있었다.

10

아까보다 사람 수가 훨씬 줄었다.

젠장. 나는 몸을 일으켰다. 노트북의 재생 목록은 중단되어 있었다. 나의 하룻밤은 끝났다. 내가 한 일이라고는 레코드판을 들여다본 것, 그리고 하마터면 어떤 여자아이랑 거시기 할 뻔한 것뿐이었지만, 그래도 왠지 성취감이 느껴졌다.

"어, 로니?" 내가 중얼거렸다.

로니는 에런의 소파에 앉아 플레이스테이션을 하고 있었다. 바닥에 게임기 줄이 길게 널려 있었다. 로니가 고개를 들었다.

"왜?"

"다들 어디 있어?"

"네 엄마랑 떡치고 있어."

로니 옆에는 도나라는 여자아이가 소파 한쪽 끄트머리에 동그랗게 몸을 말고 누워 있었다. 에잇 볼 재킷을 입은 아이는 의자를 하나 차지하고 있었다. 누군가가 음악을 좀 더 틀라고 소리쳤다. 로니가 시끄럽다고 맞받아쳤다. 마치 파티가 벌어지는 동안 저희끼리 새끼라도 깐 듯이 사방에 머그잔과 유리잔이 널려 있었다.

"에런 어디 있는지 아는 사람?"

"멈춰." 로니가 소리쳤다.

"에런!"

"시끄러! 한창 작업하고 있잖아."

"나 여기 있어, 여기!" 에런이 바지의 허리춤을 올리며 자기 방에서 나왔다. "젠장." 에런은 난장판이 된 집 안을 둘러보며 중얼거렸다. "왜 찾아? 잘 쉬었어?"

"어. 니아는?"

"잠들었어."

"네가 잘해 준 모양이군, 그렇지?" 로니가 물었다. "아시아 침공인가?"

"닥쳐, 로니."

"아시아 오염이로군."

"닥치라니까."

"아시아 설득인가."

에런은 플레이스테이션의 컨트롤러를 확 낚아챘다.

"왜 이래!" 로니가 팔을 버둥거리며 말했다.

"산책 좀 할래?" 에런이 물었다.

"좋지!" 나는 얼른 재킷을 집어 들었다.

에런은 에잇 볼 재킷과 도나를 깨워서 집 밖으로 내보냈다. 끝까지 반항하던 로니도 결국 쫓겨났다. 우리는 엘리베이터를 타고 밑으로 내려갔다. 에잇 볼 재킷과 로니는 주택가로 올라갔고, 도나와 다른 두 명은 택시를 잡아탔다. 나와 에런은 본능적으로 조명이 환하게 밝혀진 브루클린 다리를 향해 걷기 시작했다. 브루클린 다리는 에런의 집에서 세 블록 떨어져 있었다.
"걸어서 건너갈래?" 에런이 물었다.
"브루클린까지?"
"응. 건너가서 그냥 집으로 가던지, 아니면 나랑 같이 지하철을 타고 우리 집으로 돌아오면 되잖아."
"언제쯤 날이 밝을까?"
"한 서너 시간 뒤."
"그럼 그렇게 하자. 집에까지 걸어가서 아침 먹으면 되겠네."
"좋아."
우리는 나란히 걸음을 옮겼다. 발은 하나도 춥지 않은데 머리가 좀 윙윙거렸다. 헐벗은 나무들을 바라보니 참 아름답다는 생각이 들었다. 여기에 눈만 좀 내렸다면 더 멋있을 것 같았다. 내리는 눈을 흠뻑 맞으며 입으로 눈송이를 받아 먹을 수도 있을 텐데. 에런이 보든 말든 상관없었다.
"기분이 어땠어?" 내가 물었다.
"무슨 기분?" 에런이 되물었다.
"알잖아." 내가 말했다.
"잠깐만." 에런은 인도 가장자리에 사과 주스 병이 하나 놓여 있는 것을 발견했다. 아마도 속에 든 액체는 오줌일 것 같았다. 맨해튼에서는 이런 경우를 흔히 찾아볼 수 있다. 왜 그런지는 모르지만 노숙자들이 음료수 병에 소변을 보고는 치우지도 않고 그냥 아무 데나 놔두는 경우가 많았다. 물론 진짜 사과 주스가 들어 있을지도 모르지만. 아무튼 에런은 그 병 쪽으로 달려가더니 미식축구의 3점짜리 킥을 할 때처럼 힘껏 걷어찼다. 병은 반대편 인도에 떨어져 가로등 불빛 아래 노란 액체를 흩뿌렸다.

"앗싸!" 에런이 소리쳤다. 그러고는 재빨리 주위를 둘러보았다. "경찰 없지?"

나는 웃음을 터뜨렸다. "없어." 우리는 다리 입구에 도착했다. "이제 솔직하게 대답해 봐, 어땠어?"

"걔 진짜 대단해. 그러니까 내 말은…… 진짜 좋아하나 봐. 섹스 말이야."

"걔랑 섹스까지 했어?"

"아니, 하지만 딱 보면 알잖아. 밝히는 성격이 틀림없어."

"어디까지 했는데?"

에런이 대답을 했다.

"말도 안 돼!" 나는 에런을 와락 밀치며 다리 위로 올라섰다. 뉴욕항에서 불어오는 차가운 바람이 우리를 덮쳤다. 나는 재킷에 달린 모자를 뒤집어쓰고 끈을 조였다. "기분이 어땠어?"

"진짜 환상적이었어." 에런이 말했다. "마치 빰 안쪽에 들어가 있는 것 같더라."

"정말?" 나는 주머니에서 한쪽 손을 꺼냈다.

"그렇다니까."

나는 손가락 하나를 입에 넣고 한쪽 옆으로 밀어 보았다. "이렇게?"

"그래, 바로 그거야." 에런이 대답하며 자기도 손가락을 입에 넣었다. "진짜야. 진짜 뜨거워."

우리는 각자 손가락을 입에 넣고 말없이 걸음을 옮겼다.

"너도 누구랑 재미 좀 봤어?" 에런이 물었다.

"아니. 줄리가 하자고 했는데, 안 했어."

"잘했군. 설마 개한테 당한 건 아니겠지?"

"뭐? 아니."

"한쪽 구석에 찌그러져 있길래 하는 소리야."

"나는 그냥 스카치를 마시면서 너희 아빠의 앨범들을 구경했을 뿐이야."

"한심한 놈."

"여긴 꽤 춥네."

"그래도 경치는 끝내주잖아."

아직 다리를 10분의 1도 못 건넜지만 경치는 확실히 좋았다. 우리 뒤로 뻗은 인도는 시청을 향해 뻗어 있었고, 환한 조명이 건물 꼭대기를 비추고 있었다. 울워스 빌딩 같은 거대한 건물들 사이에 하얀 진주가 하나 들어앉은 느낌이었는데, 영어 수업 시간에 아인 란드(Ayn Rand)가 그것을 '신의 손가락'이라고 묘사했다는 것을 배운 적이 있었다. 틀린 말은 아니었다. 마치 세계 최고의 조폐창(造幣廠)처럼, 꼭대기가 초록색과 흰색으로 어우러져 있었다. 우리 왼쪽으로는 맨해튼의 다른 다리들이 서로 교차하며 사인과 코사인 곡선을 만들어 냈고, 심야의 트럭들이 뿌연 안개를 흩날리며 드문드문 달리고 있었다.

하지만 경치가 제일 좋은 곳은 역시 우리 오른쪽의 뉴욕항이었다. 대부분은 어둠에 싸여 있었다. 자유의 여신상에 불이 밝혀져 있었지만, 사실 나는 언제나 그렇게 버티고 서서 예쁜 척하는 여신상을 볼 때마다 조금 유치하다는 느낌이 들었다. 진짜 볼 만한 부분은 측면이었다. 맨해튼 중심부는 사람들이 돈을 버는 곳인 반면, 맞은편의 브루클린 역시 훨씬 어둡고 졸려 보여도 나름대로 비장의 카드를 가지고 있었다. 컨테이너를 들었다 놓았다 하는 크레인들은 지금 불이 환하게 켜져 있었는데, 이는 정부의 자부심을 과시하기 위해서가 아니라 실제로 이 시간에조차 작업이 진행되고 있기 때문이었다. 선박에서 하역되는 화물들은 테러의 위협에도 불구하고 제대로 확인 절차가 이루어지지 않는 것으로 유명한데, 그런데도 아직 별다른 사고가 나지 않은 것이 신기할 정도였다. 브루클린은 항구였다. 뉴욕도 항구였다. 여기는 할 일을 하는 곳이었다. 나도 할 일을 하는 사람이었다.

몇 킬로미터의 바다가 가로놓인 브루클린과 맨해튼 사이에서 뉴욕시의 마지막 커튼이라 할 베라자노내로스 다리가 보였다. 항구 입구에 가로놓인 이 다리의 파란 상판이 어둠을 내려다보고 있었다.

나는 무엇이든 할 수 있고 어디로든 갈 수 있었다. 동서남북 어느 쪽으로든.

"크레이그?" 에런이 말했다.

"왜?"

"무슨 일이야? 괜찮아?"

"나 지금 행복해." 내가 대답했다.

"누가 아니래?"

"아니, 그게 아니라, 행복하다고."

"알아. 행복하면 안 돼?"

다리의 첫 번째 교각 앞에 이르자, 이 다리를 지은 사람들을 기리는 동판이 붙어 있었다. 나는 걸음을 멈추고 동판을 살펴보았다. 존 뢰블링(John Roebling). 처음에는 아내가, 나중에는 아들이 그를 도왔다. 그는 결국 완공을 보지 못하고 세상을 떠났다. 하지만 이 브루클린 다리는 앞으로도 최소 800년 이상 이렇게 서 있을 것이다. 나도 그런 뭔가를 남기고 싶었다. 어떻게 하면 되는지 알 수는 없지만, 왠지 이미 첫걸음을 뗀 기분이었다.

"니아가 왜 그렇게 괜찮은 아이냐 하면 말이야……" 에런은 그렇게 운을 뗀 뒤 니아와 관련한 해부학적인 사실을 시시콜콜 설명하기 시작했는데, 솔직히 나는 그런 이야기는 별로 듣고 싶지 않았다. 에런도 딱히 나 들으라고 하는 얘기는 아닐 테니, 나는 그냥 귓등으로 흘려들었다. 그는 지금 그것 때문에 행복하다. 내가 행복한 이유는 따로 있었다. 내가 행복한 이유는 내가 언젠가 이 도시의 일부를 소유한, 아주 소중한 존재가 되어 이 다리 위를 다시 걷게 될 것이기 때문이었다.

"걔 엉덩이가…… 심장을 나타내는 상징 있잖아, 아마 사람들이 걔 엉덩이를 보고 그 상징을 만든 것 같아."

어느새 다리 한복판에 도착했다. 양쪽으로 차들이 휙휙 지나갔다. 인도에서 시작된 얇은 철제 트러스가 차도를 에워싼 형태였고, 왼쪽에는 빨간색 후미등이, 오른쪽에는 하얀 전조등 불빛이 꼬리를 물고 이어졌다.

갑자기 그 트러스 위를 밟고 지나가 물을 내려다보며 세상에 나의 존재를 알리고 싶은 충동이 일었다. 한 번 그런 생각이 뇌리에 떠오르자 도저히 떨쳐 버릴 수가 없었다.

"그게 진짜인지는 모르겠지만—" 에런이 계속 뭐라고 중얼거리고 있었다.

"물 위에 한 번 서 보고 싶어." 내가 불쑥 말했다.

"뭐라고?"

"이리 와 봐. 너도 같이 해 볼래?"

에런은 동작을 멈추었다.

"그래." 그가 말했다. "좋아, 네가 어디에서 왔는지 알겠다."

트러스 위에는 인부들이 케이블을 보수할 수 있도록 통로가 마련되어 있었다. 나는 항구 쪽, 그러니까 베라자노가 정점을 이루는 쪽으로 기어 올라간 다음, 손으로 난간을 붙잡고 10센티미터 정도 너비의 철제 발판에 두 발을 앞뒤로 놓았다. 밑에는 차들이 씽씽 지나가고 있었다. 앞에는 시커먼 물과 시커먼 하늘, 그리고 싸늘한 추위가 있을 뿐이었다.

"미친놈." 에런이 중얼거렸다.

나는 천천히 앞으로 걸어가기 시작했다. 아주 쉬웠다. 이런 일은 항상 쉽다. 어른들이 하지 말라고 하는 일일수록 쉬운 법이다.

내 밑에 세 개의 차선이 있었다. 내가 첫 번째 차선을 가로지르고 두 번째 차선을 절반쯤 넘어갔을 즈음, 에런이 외쳤다.

"거기 가서 뭐 하려고 그래?"

"생각을 좀 해 보려고!" 나도 큰 소리로 대답했다.

"무슨 생각?"

나는 고개를 가로저었다. 어떻게 설명할 방법이 없었다. "얼마 안 걸릴 거야."

에런이 돌아섰다.

나는 두 번째 차선 위를 지나가며 수평선에 시선을 고정했다. 마지막 차선 위를 건너갈 때도 시선을 떼지 않은 채 두 손을 몸 앞에서 번갈아 내저었다. 이윽고 다리 끄트머리에 다다른 나는 울타리 같은 것이 전혀 없는 것을 보고 조금 놀랐다. 내 손, 그리고 나의 의지 말고는 나의 추락을 막아 줄 것이 아무것도 없었다. 나는 얼음장처럼 차가운 양쪽의 쇠막대를 잡고 있던 손을 놓았다. 그리고 두 팔을 벌려 휘몰아치는 바람을 맞으며 물위로 몸을 기울였다…… 음, 그런 내 모습이 어쩌면 예수님처럼 보이지 않았을지 모르겠다.

눈을 감았다 떴지만 차이라고는 눈알에 와 닿는 바람의 느낌밖에 없었다. 눈을 감아도 점점이 떠 있는 불빛들이 선명히 보였기 때문이다. 나는 머리를 뒤로 젖히고 고함을 질렀다. 어렸을 때 본 레드월 동화책에서 용감한 쥐들이 전쟁터로 뛰어들며 지르는 '유랄리아'라는 고함 소리가 아주 멋있다고 생각했다.

멍청하게도 내가 브루클린 다리 위에서 지른 고함이 바로 그거였다.

"유랄리아아아아아아아!"

그 순간 나는 세상을 하직할 수도 있었다.

돌아가는 꼴을 보면, 정말로 그때 하직을 했어야 옳았다.

11

우울증은 천천히 시작되었다. 브루클린 다리 위에서 한바탕 고함을 친 뒤, 나는 기분이 아주 좋아져서 집으로 걸어왔다. 에런은 중간에 헤어져서 심야 지하철을 타고 맨해튼으로 돌아가 난장판이 된 집을 청소하고 니아를 부모님에게 데려다주느라 분주한 시간을 보냈다. 나는 조그만 음식점에서 달걀과 토스트로 아침을 때우고 10시쯤 집으로 와서 엄마에게 에런의 집에서 잤다고 말한 뒤 침대에 쓰러졌다. 오후에 일어나 EPP 입학 신청서와 신체검사 동의서에 서명을 했다. 신체검사라! 의사가 내 불알을 붙잡고 기침을 해 보라고 할 텐데, 그런 것을 왜 하는지 지금도 이해가 가지 않는다.

중학교의 나머지 시간들은 그냥 장난이나 다름없었다. 만약 한 과목이라도 낙제를 하면 EPP 입학이 취소될 테지만 그럴 일은 없으니 매일같이 에런과 어울리기 시작했다. 이미 대마초의 장벽도 무너진 뒤라 자욱한 연기 속에서 텔레비전을 향해 고함을 질러 대는 것이 일상이었다. 우리는 '영화 보기'라는 표현 대신 '머리 식히기'라는 표현을 쓰기 시작했다.

에런한테서 "머리 좀 식힐까?" 하고 연락이 오면 잽싸게 튀어 가곤 했다.

로니도 빠지지 않았다. 거친 입담은 여전했지만 예전처럼 귀에 거슬리지 않았고, 어차피 그가 좀 더 믿음직한 대마초 공급책으로 성장해 가고 있던 터라 그런 것은 문제될 것도 없었다. 그는 우리와 함께 고등학교에 진학하는 대신—그의 학창 시절은 중학교에서 막을 내릴 모양이었다—보석 가게를 차려 마약을 팔고 한 밑천을 잡을 생각이라고 했다.

니아도 늘 우리와 함께했다. 그녀와 에런이 함께 있는 시간은 나와 내 오른손이 함께 있는 시간과 거의 맞먹을 정도였다. 처음에는 아무렇지도 않은 줄 알았는데, 그들이 함께 있는 것을 볼 때마다 점점 기분이 더러워지기 시작했다. 두 사람은 나란히 혹은 서로를 깔고 앉아서 키스와 애무를 나누었는데, 에런의 방에서는 물론 남들이 보는 앞에서도 거리낌이 없었다. 마치 나더러 보라고 일부러 더 그러는 것 같았는데, 물론 두 사람 다 무슨 나쁜 의도가 있어서는 아니었다. 내가 무슨 나쁜 의도를 가지고 사람들 앞에서 열심히 공부하는 모습을 보이지는 않은 것과 마찬가지였다. 그렇지 않고서야 내 앞에서 서로를 얼마나 사랑하는지 속삭일 이유가 있을까? 에런이 나에게 처음으로 니아와 같이 잤을 때를 시시콜콜 설명하는 것도 마찬가지 맥락이었다. 하루는 다 같이 MTV를 보고 있는데 에런이 나와 로니에게 이런 말을 했다. "너희, 그거 알아? 니아를 만난 다음부터 자위하는 법을 잊어 버렸어."

"나도 그래. 네 엄마를 만난 다음부터." 로니가 대답했다.

"허." 나도 모르게 내 입에서 이상한 소리가 흘러나왔다. 위장이 울컥 하는 느낌이었다.

"정말이야, 어떻게 하는 건지 모르겠어." 에런이 싱긋 웃으며 말했다.

잘났어, 친구. 정말 대단해. 나는 중학교를 졸업하기 몇 달 전에야 인터넷에서 '어리고 섹시한 로리타 42' 같은 닉네임을 가진 여자아이들과 채팅을 하기 시작하면서 겨우 자위하는 법을 배운 터였다. 사실 나는 그 아이들이 진짜 여자인지 아닌지조차 알지 못한다. 단지 그만큼 외로웠고, 진짜로 누군가를 만났을 때 어떻게 해야 할지 감을 익히고 싶어서 그들과 수다를 떨었을 뿐이다.

문제는 내가 인터넷에서 채팅을 한 사람이 누구이건 간에 끝나자마자 화장실로 달려가곤 했다는 점이다. 화장실에서 무릎을 꿇고 그 짓을 하다가, 마지막 순간에는 늘 니아를 떠올렸다.

고등학교에 입학하기도 전부터 숙제가 나왔다. 여름 동안 읽으라며 《화산 밑에서》와 《데이비드 코퍼필드》가 포함된 말도 안 되는 도서 목록이 날아온 것이다. 나는 그 책들을 읽으려고 노력했다. 정말 열심히 노력했지만, 그것은 암기 카드를 외우는 것과는 다른 문제였다. 한 권을 읽는 데 며칠이 걸렸다. 학교에서 보낸 편지를 본 엄마는 그것도 '내일의 꿈을 가진 전인적인 교양인'을 육성하기 위한 조치임을 강조했고, 이제 나는 수학은 물론 영어까지 공부해야 하는 지경에 처했다. 아무리 생각해도 그 책들을 쓴 사람들이 얄미웠다. 죽어서까지 내 시간을 잡아먹고 있으니 말이다. 그들은 도대체 자기가 어떤 사람이라고 생각하는 걸까? 나한테는 에런의 집에서 머리를 식히거나, 내 방에 앉아 있거나, 인터넷을 뒤지거나, 화장실을 들락거리는 게 훨씬 나았다. 결국 나는 그 해 여름의 필독서를 단 한 권도 끝내지 못했다.

입학과 함께 악몽이 시작되었다. 수업 첫날 필독서를 얼마나 읽었는지 테스트하는 시험을 봤다. 나는 70점을 받았는데, 그것은 내 인생 전체를 통틀어 한 번도 본 적이 없는 성적표였다. 70이라는 숫자를 어디에서 보겠는가? 70달러짜리 지폐도 없고, 내가 70달러짜리 수표를 받을 일도 없다. 나는 마치 도둑이라도 맞은 심정으로 그 70이라는 숫자를 멍하니 들여다보았다.

아홉 개의 수업 가운데 여덟 개가 나하고 겹치는 에런은 입학 기념 테스트에서 100점을 받았다. 그의 아빠가 쓴 책이 유럽에서 큰 인기를 끄는 바람에 에런까지 유럽에서 여름을 보내며 그 책들을 읽었다고 했다. 그는 보기 좋게 그을린 피부와 수많은 사진들, 그리고 예전보다 훨씬 박학다식한 모습으로 돌아왔는데, 그뿐만 아니라 유럽에 머무는 동안 만난 여자아이들 이야기도 한 보따리 안고 왔다. 니아한테도 다 얘기했는데 전혀 개의치 않더라고 했다. 에런은 니아를 언제 어디서나 제멋대로 다룰 수 있는 '괴물'로 만들려고 분주했다. 이제 에런과 어울려도 내 말수는 예전에 비해 절반으로 줄었다. 그저 조용히 귀를 기울이며 니아가 옆에 있으면 하반신을 통제하려고 애쓸 뿐이었고, 헤어지고 나면 그녀의 정지 화상을 떠올려 보기 일쑤였다.

EPP 고등학교는 장난이 아니었다.

선생님들이 매일 밤마다 네 시간씩 숙제를 해야 할 거라고 했는데, 나는 그 말을 믿지 않았다. 설령 믿는다 해도 그 정도는 충분히 할 수 있다고 믿었다. 이 학교에 입학해도 좋다는 허락을 받았으니, 뭐든 시키는 대로 할 수 있어야 정상이지 않은가.

첫 학기에는 필독 도서와 더불어 '월 스트리트 입문'이라는 수업에서 《뉴욕 타임스》와 《월 스트리트 저널》을 매일 읽어야 했다. 알고 보니 여름방학 때부터 그 신문들을 구독했어야 했는데, 무슨 까닭인지 나는 그 사실을 통보하는 편지를 받지 못했다. 시사 문제를 다룬 기사들로 내 나름의 포트폴리오를 만들어야 했고, 그 사건들이 주식 가격과 어떤 상관관계를 갖는지 설명해야 했으며, 더욱이 지나간 기사들까지 구해 읽어야 했다. 선생님은 인터넷을 이용하지 말고 도서관에 가서 마이크로필름을 보라고 지시했는데, 이는 우표에 적힌 미국 헌법을 읽으라는 소리나 다름없었다. 이 과제를 2주 동안 미뤘더니 읽어야 할 신문이 2주치 더 늘어났다. 기사들은 어찌나 긴지. 매일같이 그렇게 많은 뉴스들이 쏟아져 나온다는 사실을 믿기 힘들 지경이었다. 그 많은 기사를 일일이 다 훑으라고? 인간의 탈을 쓰고 어떻게 그럴 수가 있는가? 내 방에는 신문이 쌓이기 시작했고, 매일같이 집에 돌아오면 그 신문더미를 쳐다보며 일단 첫 페이지를 펼치기만 하면 금방 다 읽어 치우고 숙제를 마칠 수 있을 거라고 생각했다.

하지만 나는 첫 페이지를 펼치는 대신 가만히 침대에 누워 에런의 전화를 기다렸다.

내가 '촉수'의 목록을 만들기 시작한 것이 이 무렵부터였다. 촉수가 너무 많았다. 그 가운데 몇 가지만이라도 잘라 낼 필요가 있었다. 하지만 그것들은 하나같이 너무 강력하게 나를 감싸고 있어서 도저히 잘라 낼 수가 없었고, 그것들을 잘라 내기 위해서는 내가 이 학교에 적합한 학생이 아니라는 사실을 스스로 인정하는 미친 짓을 해야 했다.

다른 아이들은 죄다 천재였다. 나는 입학시험에서 800점을 받은 내가 아주 대단하다고 생각했는데, 알고 보니 800점을 받지 않은 아이가 없었다. 하필 내가 입학한 해의 시험이 유난히 변별력이 떨어져서 나 같은 학생을 걸러내지 못한 것뿐이었다. 영어를 배운지 얼마 되지도 않는 우루과이나 한국 학생들도 있었지만, 그들조차 '월 스트리트 입문' 수업에서 높은 점수를 받는가 하면 《바론즈(Barron's)》와 《크레인의 일간 비즈니스(Crain's Business Daily)》 같은 과제물을 척척 읽어 냈다. 수학 시간에도 나는 아직 대수를 겨우 벗어난 반면 같은 신입생이면서도 미적분 과정을 듣는 아이들이 있었다. 수업 첫날 수학 선생님은 대수 정도는 '산수'에 지나지 않으며 모든 시험에서 100점을 받지 못할 이유가 없다고 주장했다. 첫 번째 시험에서 85점을 받은 나에게 선생님이 살짝 인상을 찌푸린 것도 무리가 아니었다.

게다가 과외 활동까지 해야 했다. 다른 아이들은 그야말로 안 하는 게 없었다. 학생 자치 활동을 하는 아이가 있는가 하면, 각종 스포츠에 참여하는 아이도 있었고, 자원봉사나 교내 신문사, 영화 클럽, 문학 클럽, 체스 클럽 등도 북적거렸다. 압설자(의사들이 진찰할 때 혀를 누르는 막대)를 가지고 로봇을 만드는 전국 대회에 출전하는 아이, 방과 후에 선생님들을 돕는 아이, 대학에서 강의를 듣는 아이, 오리엔테이션 때 도우미로 활동하는 아이도 있었다. 나는 학교 수업을 듣는 것 말고는 태보가 유일한 과외 활동이었는데, 그나마 한계에 봉착하고 말았다. 나의 대련 자세나 썩 아름답지 못한 팔굽혀펴기 동작 따위는 사람들의 웃음거리가 되기 일쑤였고, 선생님도 내가 태보를 별로 좋아하지 않는다는 사실을 진작 눈치챘다. 결국 나는 그나마 그만두고 말았다. 그것이 내가 잘라 낸 유일한 촉수였다.

왜 다른 아이들은 나보다 더 뛰어난 것일까? 이유는 단 하나, 그들이 나보다 뛰어나기 때문이었다. 나는 인터넷을 하거나 에런의 집으로 가는 지하철 안에서 그 사실을 뼈저리게 실감했다. 다른 아이들은 대마초도 피우지 않고 과도한 자위행위도 하지 않았다. 말하자면 그들은 삶과 경쟁을 동시에 감당할 재능을 타고난 아이들이었다. 나는 그런 재능을 가지고 있지 못했다. 우리 엄마가 뭔가를 잘못 알고 있었다. 나는 그저 나쁘지 않은 머리를 가지고 열심히 노력을 했을 뿐이다. 나는 그것이 아주 중요하다고 나 자신을 속였다. 다른 사람들도 이 음모에 가담해 그 누구도 내가 그저 평범한 아이라는 사실을 말해 주지 않았다.

그렇다고 내가 학교에서 정말 형편없는 성적을 받았다는 이야기는 아니다. 평균 93점을 받았다. 우리 부모님이 보기에 그 정도면 꽤 잘한 것처럼 느껴졌을 것이다. 하지만 사실 93점은 아무 데도 명함을 내밀 점수가 아니었다. 좋은 대학들은 그 점수가 무엇을 의미하는지 알고 있다. 그저 90점대를 유지할 수 있는 능력, 그 이상도 이하도 아니었다. 나는 평균에 불과했다.

나 정도 아이들은 수도 없이 많다. 이 정도로는 절대 1등을 하지 못한다. 그 정도 성적에 특별한 과외 활동조차 없으면 더 볼 것도 없다. 학년이 올라가면서 반전을 기대할 수도 있겠지만, 신입생 때의 93점 가지고는 갈 길이 너무나 멀다.

EPP에 입학한 지 석 달째 되는 12월의 어느 날, 나는 처음으로 스트레스성 구토를 경험했다. 부모님과 함께 어느 레스토랑에서 시금치를 곁들인 참치 스테이크를 먹을 때였다. 부모님은 크리스마스를 맞아 이런저런 이야기를 나누자며 외식을 계획했다. 그때까지도 부모님은 아무것도 모르셨다. 나는 레스토랑에 앉아 음식을 쳐다보며 집에서 나를 기다리고 있을 촉수들을 생각했고, 그때 처음으로 내 위장 속의 남자가 등장해 경고장을 날렸다. 험한 꼴 당하고 싶지 않으면 참는 게 좋을 거야, 친구.

"생물 수업은 어때?" 엄마가 물었다.

생물 수업은 지옥이나 다름없었다. 온갖 호르몬이니 뭐니, 그것들이 각기 무슨 작용을 하는지 따위를 일일이 외워야 했는데, 신문 기사를 스크랩하느라 바빠서 암기 카드를 만들 수도 없었다.

"괜찮아요."

"'월 스트리트 입문'은?" 이번에는 아빠였다.

수업 시간에 베어 스턴스라는 투자은행에서 나온 사람이 강연을 한 적이 있었다. 호리호리하며 머리숱이 없고, 금시계를 찬 남자였다. 금융계로 진출하고 싶으면 '열심히', 그리고 '슬기롭게' 공부해야 한다는 것이 그의 강연 요지였다. 지금도 투자 결정을 내릴 수 있는 기계들이 많으니, 앞으로는 모든 것을 컴퓨터 프로그램이 좌지우지할 것이다. 그가 컴퓨터 공학을 공부하는 사람은 손을 들어 보라고 하니, 나랑 영어를 하지 못하는 여자아이 한 명을 빼고 모두 손을 들었다.

"아주 좋아요." 그가 말했다. "요즘은 컴공 모르면 취직 못 해요! 열심히 하세요."

'차라리 당장 죽으라고 하지.' 속으로 혼자 중얼거리는데 머리가 점점 복잡해지기 시작했다. 그때만 해도 그리 심하지는 않았고 정체도 알지 못했지만, 이른바 '쳇바퀴 돌기'가 막 시작된 참이었다.

"그것도 괜찮고요." 내가 맞은편의 아빠를 향해 대답했다. 그 레스토랑은 내가 시사 문제 때문에 읽었던 《타임스》에 브루클린의 맛집 가운데 하나로 소개된 곳이었다. 음식 값이 너무 비쌀 것 같아서 애피타이저를 주문하지 않았다.

내 위장 속에서 시금치와 참치가 마구 뒤섞였다. 온몸에 팽팽한 긴장감이 일었다. 내가 왜 여기 있지? 왜 다른 어디에서 공부를 하고 있지 않은 거지?

'병사, 무슨 일인가?'

'도저히 못 먹겠습니다. 당연히 먹을 수 있어야 하는데 말입니다.'

'이겨 내. 눈 질끈 감고 먹어.'

'못 먹겠습니다.'

'이유가 뭔지 아나?'

'뭡니까?'

'네가 시간을 낭비하고 있기 때문이다, 병사! 군대에서 대마

쟁이를 뽑지 않는 데는 이유가 있어! 매일같이 친구 집에서 빈둥거리다가 집에 오니 해야 할 일을 못하잖아.'

'나도 압니다. 어쩌다가 내가 이렇게 야심은 크고 게으른 놈이 되어 버렸는지 알 수가 없어요.'

'왜 그런지 말해 주지, 병사. 자네는 야심이 없기 때문이야. 그냥 게으른 것뿐이지.'

"잠깐 실례 좀 해야겠어요." 나는 부모님께 그렇게 말하고 빠른 걸음으로 테이블을 벗어났다. 그때는 무척 당황스러웠지만 이듬해가 되자 상당히 익숙해진 동작이었다. 고급스러운 화장실로 들어가 변기에다 먹은 것을 토했다. 그다음에 불을 끄고 변기에 앉아 소변을 보았다. 좀처럼 일어날 마음이 들지 않았다. 내가 어떻게 된 거지? 뭐가 잘못된 것일까? 대마초를 끊어야 했다. 에런도 만나지 말아야 했다. 그냥 기계가 되어야 했다.

나는 누가 다급하게 노크를 할 때까지 변기에 그냥 앉아 있었다.

이윽고 부모님에게로 돌아온 나는 말했다.

"아무래도 저, 우울증에 걸린 것 같아요."

12

첫 번째 의사가 바로 바니 박사님이었다. 키가 작고 뚱뚱하며, 대단히 심각한 땅 신령처럼 주름진 얼굴에 표정을 찾아볼 수 없는 분이었다.

"무슨 일이지?" 그는 조그만 회색 의자에 몸을 기대며 물었다. 첫 인사치고는 굉장히 무심한 목소리였지만, 그래도 전체적으로는 부드럽고 상대를 배려하는 자세가 느껴져 마음에 들었다.

"제가 아무래도 심각한 우울증에 걸린 것 같아요."

"저런."

"지난 가을부터 시작되었어요."

"좋아." 그는 책상에 놓인 종이에다 뭔가를 휘갈겨 썼다. 종이 옆에는 '자이프렉사'라는 글자가 적힌 머그잔이 놓여 있었는데, 무슨 약 이름이 그렇게 요란스러울까 하는 생각을 했다. (나중에 알고 보니 정신병 환자들이 먹는 약이었는데 혹시 정신병 환자들이 의사를 '자이프렉사'라고 부르는 바람에 그런 이름이 붙은 게 아닐까 싶었다.) 바니 박사님의 사무실에 있는 물건들은 하나같이 상표명이 붙어 있었다. 메모지는 팍실, 펜은 프로작, 탁상 달력은 졸로프트 하는 식이었다.

"고등학교에 입학할 때까지만 해도 나는 세상에서 제일 행복한 사람이었어요." 내가 말을 이었다. "하지만 언제부터인지 조금씩 이상해지기 시작하더니, 점점 더 악화되었어요."

"그렇구나. 설문지는 다 작성했지?"

"네." 나는 대기실에서 간호사가 건네준 설문지를 내밀었다. 뇌 평가를 전문적으로 다루는 브루클린 시내의 앤섬 정신건강센터를 찾는 모든 환자들을 대상으로 하는 표준 설문지였다. 설문지에는 지난 2주 동안 느낀 감정 상태에 대한 여러 가지 질문이 있고, 각 질문마다 네 가지 선택지 가운데 하나를 체크하도록 되어 있었다. 예를 들면 '아무런 희망이 느껴지지 않고 좌절감만 밀려온다', '식욕이 없다', '일상생활을 감당할 자신이 없다' 같은 항목에 각각 1) 전혀 아니다, 2) 가끔 그럴 때가 있다, 3) 거의 매일 그렇다, 4) 그렇지 않을 때가 없다, 이 가운데 하나를 선택할 수 있다.

나는 대부분의 항목에 3번이나 4번을 체크했다.

"앞으로 여기 올 때마다 이 설문지를 작성해야 될 거다." 바니 박사님이 말을 이었다. "그래야 그동안의 변화를 확인할 수 있으니까. 그런데 너 같은 경우에, 반드시 짚고 넘어가야 할 항목이 하나 있어."

"뭔데요?"

"'자살이나 자해를 하고 싶은 충동을 느낀다'라는 항목인데, 너는 3번, '거의 매일 그렇다'를 선택했구나."

"맞아요. 하지만 그렇다고 꼭 자해를 하고 싶다는 건 아니에요. 내 손목을 긋거나 하는 멍청한 짓은 하지 않을 거니까요. 정말 하고 싶으면 그냥 해 버리면 되잖아요."

"자살 말이냐?"

왠지 그 단어가 낯설게 들렸다. "네."

"특별한 계획이라도 있어?"

"브루클린 다리."

"브루클린 다리에서 뛰어내린다."

나는 고개를 끄덕였다. "난 그 다리를 잘 알거든요."

"그런 감정을 느낀 지가 얼마나 되었지, 크레이그?"

"아마 작년부터일 거예요."

"그 전에는 어땠어?"

"음…… 몇 년 전부터 아주 조금씩 조짐이 있기는 했지만 심하지는 않았어요. 어릴 때는 누구나 그런 생각을 할 때가 있잖아요."

"자살 충동?"

나는 고개를 끄덕였다.

바니 박사님은 입술에 주름을 잡은 채 나를 바라보았다. 왜 저렇게 표정이 심각한 걸까? 어릴 때 한 번쯤 자살을 생각해 보지 않는 사람이 누가 있다고? 어니스트 헤밍웨이와 소크라테스, 심지어 예수님에 이르기까지. 성공한 사람들 중에도 자살을 고민한 이들은 얼마든지 있다. 나는 고등학교에 입학하기 전부터도 만약 내가 정말 유명해진 다음에 자살을 하면 아주 멋질 거라는 생각을 했다. 예를 들어 어떤 수집가가 우연히 내 지도를 보고 수십만 달러의 가치가 있는 작품이라고 판단했는데, 만약 내가 한창 잘나갈 때 자살을 하면 내 지도의 가치는 수백만 달러로 뛰어오를 것이고 나는 더 이상 거기에 대해 책임을 지지 않아도 될 것이다. 말하자면 브루클린 다리처럼, 작품 그 자체로 말하는 무언가를 남기고 훌쩍 떠나는 셈이다.

"내가 보기에…… 박사님은 아직 자살을 고민할 만큼 진정한 삶을 살아오지 않은 것 같아요." 내가 말했다. "비디오게임처럼 리셋 버튼 같은 게 있으면 참 좋을 텐데요. 처음부터 다시 시작해서 다른 길로 가 볼 수 있으니까요."

바니 박사님이 말했다. "보아하니 너는 이 우울증과 싸운 지 꽤 오래되는 것 같구나."

나는 멈칫했다. 아니, 그렇지 않아요……, 네, 맞아요.

바니 박사님은 아무 말도 하지 않았다.

이윽고 그가 다시 입을 열었다. "정동둔마(감정 표현 능력이 현저히 감소하는 정신질환 증세의 한 가지—옮긴이)로군."

"그게 뭐예요?"

"너는 아직 이 문제에 대한 수많은 감정들을 표현하지 않고 있어."

"아, 음. 너무 복잡해요."

"알았다. 우선 너희 가족에 대해서 잠깐 얘기해 보자."

"엄마는 엽서를 디자인해요. 아빠는 건강보험 회사에서 일하시고요." 내가 말했다.

"두 분이 같이 사시냐?"

"네."

"형제는?"

"여동생이 하나 있어요, 새라라고. 내 걱정을 많이 하죠."

"무슨 걱정?"

"늘 상태가 어떠냐고 묻는데, 별로 좋지 않다고 대답하면 '오빠, 제발 좋아져야지. 모두들 노력하고 있잖아' 하고 말하곤 해요. 가슴 아픈 일이죠."

"그만큼 너를 소중하게 생각하니까 그렇겠지."

"그래요."

"네가 여기 오는 것에 대해서 가족들은 어떻게 생각하지?"

"처음에 얘기를 꺼냈더니 두말없이 찬성하셨어요. 모든 게 화학적 불균형 때문인데, 적당한 약을 먹으면 금방 좋아질 거라고요." 나는 적당한 약이 어떤 것일까를 생각하며 바니 박사님의 사무실을 한 바퀴 둘러보았다. 만약 바니 박사님이 취급하는 약을 모두 처방받으면 나는 아침마다 약을 세는 노인 같은 신세가 될 것이다.

"지금 고등학교에 다닌다고 했지?"

"네."

"동생은?"

"4학년이에요."

"네가 치료를 받기 위해서는 부모님이 여러 가지 동의서에 서명을 해야 하는데—"

"다 서명하실 거예요. 내 상태가 좋아지기를 원하시니까."

"집안 분위기가 아주 좋은 모양이구나." 바니 박사님은 또 뭔가를 끼적거렸다. 이어서 아랫입술을 살짝 내미는 약간 긍정적인 느낌의 미소를 지었다.

"큰 문제는 없을 거다, 크레이그. 자, 네가 무엇 때문에 이런 우울증에 걸리게 되었다고 생각하지?"

"경쟁을 따라갈 수가 없어요." 내가 대답했다. "아이들이 다들 너무 똑똑해요."

"네가 다니는 고등학교 이름이 뭐지?"

"EPP 고등학교."

"그렇구나. 들어 본 적이 있다. 숙제가 아주 많다면서."

"맞아요. 학교가 끝나고 집으로 돌아오면 할 일이 산더미처럼 많다는 건 아는데, 머리가 쳇바퀴 돌기를 시작해요."

"쳇바퀴 돌기?"

"같은 생각을 자꾸만 되풀이하는 것 말이에요. 그냥 같은 생각이 원을 그리면서 끝없이 경주를 계속해요."

"자살 충동 말이냐?"

"아뇨, 그냥 내가 해야 하는 일들에 대한 생각이에요. 결국 숙제죠. 일단 그 생각이 머릿속에 들어오면 나는 그걸 빤히 쳐다보며 '도저히 못할 거야'라는 생각을 하기 시작하고, 그다음에는 그 생각이 물러가고 다음 생각이 시작되죠. '과외 활동을 더 많이 해야 해'라는 생각을 하는 건 어찌 보면 당연할 수도 있어요. 마땅히 해야 하는 것만큼 하지 못하고 있으니까요. 또 그다음에는 진짜 큰 고민이 그 자리를 대신 차지해요. '도대체 어떤 대학을 가려고 그래, 크레이그?' 이건 정말 치명적인 고민이죠. 좋은 대학에 못 갈 게 뻔하니까요."

"좋은 대학이 어딘데?"

"하버드. 예일. 뭐 그런 대학이죠."

"그렇구나."

"그런 생각들이 끊임없이 머리를 맴돌면서 그냥 침대에 누워 그 생각만 해요. 원래는 그렇게 드러누워 있으면 안 되는 거거든요. 일어나서 뭔가를 해야 되는데, 일단 쳇바퀴 돌기가 시작되면 가만히 누워서 천장만 바라보며 시간을 낭비하는 거죠. 그럴 때는 시간이 정말 빨리 가기도 하고 동시에 정말 느리게 가기도 해요. 그러다가 밤 12시가 되면 할 수 없이 자야 돼요. 무슨 일이 있어도 다음 날 학교는 가야 되니까요. 내가 이런 처지라는 걸 학교에서도 다 알아차리면 안 되잖아요."

"잠을 자는 데는 별 문제가 없니?"

"없을 때도 있고, 심할 때는 무지 심해요. 지금까지 내가 한 일들이 모조리 실패로 돌아갔다고 생각하면 죽음과 실패라는 단어만 아른거리죠. 다른 아이들이 죄다 그렇게 똑똑하니 나는 직장도 못 구할 거고, 그러면 결국 노숙자가 되고 말겠죠. 아무런 희망이 없는 것처럼 느껴져요."

"하지만 모든 아이들이 너보다 더 똑똑한 건 아니잖아, 크레이그. 너만큼 똑똑하지 못한 아이들도 틀림없이 있을 텐데."

"음, 그런 아이들은 내가 신경 쓸 필요조차 없는 아이들이죠. 하지만 그런 아이들은 몇 되지 않고, 내 엉덩이를 걷어차려고 기회를 노리는 사람들만 사방에 우글거려요. 내 친구 에런 같은 애는—"

"걘 누구지?"

"제일 친한 친구예요. 걔 여자 친구도 있는데, 그 여자애도 나랑 친구예요."

“그 여자아이에 대해서는 어떻게 생각해?”

“글쎄, 별로…… 이러나저러나 별로 상관없으니까요.”

“음.” 바니 박사님은 또 뭔가를 적었다.

“아무튼……” 슬슬 정리를 하고 싶었다. 나는 지금 거짓말을 하고 있었다. 다시 말해서 서로가 서로를 알고 있다는 뜻이었다. “문제는 지속 가능한 삶을 사는 거예요. 나는 도저히 그런 삶을 살 수 있을 것 같지가 않거든요.”

“지속 가능한 삶이라.”

“그래요. 진짜 직장, 진짜 집, 그 밖의 모든 게 필요하죠.”

“가족도?”

“물론이죠! 가족도 반드시 있어야 해요. 가족이 없으면 진정한 성공을 거두었다고 할 수 없죠.”

“그렇군.”

“그러니 지금부터 착실하게 준비를 해야 하는데, 머릿속이 이렇게 뒤죽박죽이니 뭘 할 수가 있어야죠. 나도 내가 생각하는 것들이 말이 안 된다는 것을 알고, 그래서 ‘멈춰!’ 하고 비명이라도 지르고 싶어요.”

“하지만 멈춰지지는 않고.”

“네.”

“음.” 바니 박사님은 프로작 펜으로 책상을 톡톡 두드렸다. “너는 네가 원하지 않는 생각들에 사로잡혀 있어. 너 스스로 그걸 알고 있고. 이건 긍정적인 부분이지.”

“그래요.”

“무슨 목소리가 들리는 적은 없어?”

저런. 드디어 올 데까지 오고 말았다는 느낌이었다. 바니 박사님은 상당히 귀여운 구석이 있지만, 누가 그 사람에게 구속복을 주면 상대를 살살 꼬드겨서 그걸 본인이 입도록 유도한 다음, 부드러운 벽과 벤치가 있는 '아주 편안한' 방으로 들여보내 그가 편면 거울을 바라보며 사람들에게 자신이 스크루지 맥덕(디즈니 만화의 캐릭터로, 부자이지만 인색한 오리 아저씨—옮긴이)이라고 말하게 만들 수 있을 것 같았다. (그나저나 편면 거울은 어떻게 만들지?) 나도 나에게 문제가 있다는 것은 알지만, 내가 미치지는 않았다는 사실도 안다. 나는 정신병자가 아니다. 환청에 시달리지도 않는다. 음, 그 군인 같은 남자의 목소리가 들리는 것은 사실이지만, 그건 그냥 '내' 목소리다. 내가 나 스스로에게 자극을 주려고 그런 목소리를 꾸며 내는 것뿐이다. 내가 정신병원에 처박히는 일은 없을 것이다.

"그런 적은 없어요." 내가 대답했다. 엄밀히 말하면 거짓말이다. 또 거짓말을 했다.

"크레이그, 뇌에서 일어나는 화학작용에 대해서 좀 알아?"

나는 고개를 끄덕였다. 미리 생물 교과서를 훑어보고 왔다.

"우울증이 어떻게 생기는지 알아?"

"네." 설명은 간단했다. "뇌 속에는 하나의 세포에서 다른 세포로 메시지를 전달하는 화학물질이 있어요. 흔히 신경전달물질이라 불리죠. 그 가운데 하나가 바로 세로토닌이고요."

"아주 좋아."

"과학자들은 이 신경전달물질이 우울증과 관계가 있다고 생각해요……. 몸속에 이 화학물질이 부족하면 우울증이 시작되는 거죠."

바니 박사님은 고개를 끄덕였다.

나는 설명을 이어 갔다. "세로토닌이 하나의 뇌세포에서 다른 뇌세포로 메시지를 전달하고 나면 첫 번째 뇌세포로 흡수되어 재활용되죠. 하지만 때로는 뇌세포가 세로토닌을 너무 많이 빨아들이기만 하고 충분히 내놓지는 않기 때문에 메시지가 잘 전달되지 않는 경우가 발생해요. 이럴 때 선택적 세로토닌 재흡수 차단제(SSRI)라는 약을 먹으면 뇌가 세로토닌을 지나치게 많이 흡수하는 것을 막아 주게 되고, 그래서 메시지가 잘 전달되면 기분이 좋아지는 거예요."

"크레이그, 정말 대단하구나! 아주 잘 알고 있어. 너에게도 바로 그런 역할을 해 줄 약이 필요해."

"좋아요."

"처방전을 쓰기 전에, 달리 물어볼 건 없어?"

물론 있다. 바니 박사님은 아주 행복해 보였다. 멋진 금반지와 반짝거리는 안경을 끼고 있었다.

"선생님은 어떻게 해서 이 일을 시작하게 되었어요?" 내가 물었다. "나는 옛날부터 사람들이 어떻게 자기 일을 처음 시작하는지가 궁금했어요."

바니 박사님이 몸을 앞으로 숙이자, 복부가 그림자 속으로 사라졌다. 회색 눈썹이 아주 짙고, 표정은 그리 밝은 편이 아니었다.

"대학을 졸업하고 일 같지도 않은 일을 하다가, 어느 날 문득 이 세상의 모든 육체적 고통은 정신적 고뇌와는 비교조차 되지 않을 만큼 하찮은 것이라는 결론을 내렸지." 그가 말했다. "그리고 나 자신의 문제가 어느 정도 해결되자 다른 사람을 돕기로 마음먹었어."

"자신의 문제가 해결되었다고요?"

"그래."

"그게 뭐였는데요?"

박사님은 한숨을 내쉬었다. "너랑 비슷한 거."

"정말요?"

"그렇다니까."

나는 몸을 앞으로 숙였다. 이제 바니 박사님의 얼굴과 내 얼굴은 50센티미터 정도밖에 떨어지지 않았다. "어떻게 해결하셨어요?" 내가 물었다.

박사님의 한쪽 입가가 살짝 올라갔다. "너랑 같은 방법으로. 스스로 이겨 냈지."

뭐라고? 무슨 대답이 이래? 나는 얼굴을 찌푸렸다. 나는 지금 '도움'을 받으려고 여기 와 있는 거였다. 스스로 이겨 낼 방법을 알고 싶어서 온 것이 아니었다. 스스로 이겨 낼 방법을 알고 싶었으면 버스를 타고 멕시코로 여행을 떠나거나—

"졸로프트부터 시작해 보기로 하지." 바니 박사님이 말했다.

그래?

"아주 뛰어난 약이야. 많은 사람들에게 도움을 주었지. SSRI고, 네가 말한 것처럼 네 뇌 속의 세로토닌에 영향을 미칠 텐데 그렇다고 당장 효과가 나타나는 것은 아니야. 약이 네 몸에 적응하는 데 몇 주가 걸리니까 말이야."

"몇 주씩이나요?"

"대개 3주에서 4주 정도."

"더 효과가 빠른 약은 없나요?"

"하루에 한 번, 음식물과 함께 졸로프트를 복용해 봐. 일단 50밀리그램으로 시작하지. 조금 현기증이 날지도 모르는데, 부작용은 그게 다야. 성적인 부분만 빼면." 바니 박사님이 노트에서 고개를 들었다. "성욕이 강한 편이냐?"

하하하하하하. "아뇨."

"좋아, 크레이그. 또 하나, 다른 사람을 좀 만나 보는 것도 좋을 것 같은데."

"알아요. 시도를 해 보지 않은 것도 아니고요. 여자애들한테 말을 잘 붙이는 편이 못 되거든요."

"여자애? 아니, 내 말은 테라피스트를 만나 보라는 거야. 아무래도 그게 좋을 것 같아."

"선생님은 어떡하고요?"

"나는 정신약리학자야. 내가 테라피스트를 소개해 주지."

이건 또 뭘까? "좋아요."

"어디 한 번 찾아볼까." 바니 박사님은 책상 위에 놓여 있던 전화번호부 같은 것을 펼쳐서 무슨 대단한 정보라도 되는 듯이 이름과 주소를 이것저것 불러 주기 시작했다. 브루클린의 에이브럼스 박사, 맨해튼의 필드스톤 박사, 역시 맨해튼의 복 박사, 하는 식이었다. 왠지 복 박사라는 이름이 귀에 솔깃해서 약속을 잡았는데, 결과적으로 나는 그 사람을 만나지 못했다. 역사 숙제를 하느라 정신이 없어서 깜빡 잊어 버렸는데 미리 예

약을 취소하지도 않았으니, 앞으로도 복 박사를 만날 일은 없을 것이다. 그래서 다음번에 바니 박사님을 만났을 때 다른 테라피스트를 골라야 했는데, 그렇게 해서 만난 사람들이 나에게 성적으로 학대당한 적이 있냐고 물었던 할머니, 왜 그렇게 여자 문제가 심각하냐고 물었던 예쁜 빨강 머리 아줌마, 최면 요법을 제안했던 자전거 핸들 같은 콧수염을 기른 아저씨 등이었다. 꼭 맞선을 보는 기분이었다. 비록 한 번도 성공하지는 못했고, 남자들도 만났으니 양성애자가 된 느낌도 들기는 했지만 말이다.

"선생님이랑 얘기하는 게 좋아요." 내가 바니 박사님에게 말했다.

"음, 한 달 후에 약효를 확인하기 위해 한 번 더 만나게 될 거야."

"선생님은 테라피는 안 하시나요?"

"세상에는 훌륭한 의사들이 많아, 크레이그. 너에게 큰 도움이 될 거다."

바니 박사님이 자리에서 일어나—키가 대략 163센티미터쯤 될 것 같았다—부드러우면서도 두툼한 손으로 악수를 청했다. 박사님은 졸로프트 처방전을 건네주며 당장 복용하라고 했는데, 나는 집으로 돌아오는 지하철을 타기도 전에 그 지시를 따랐다.

13

졸로프트는 효과가 있었다. 몇 주가 걸리지도 않았다. 복용 첫날부터 바로 효과가 나기 시작했다. 왜 그런지는 모르겠는데 갑자기 내 인생에 대한 느낌이 좋아지기 시작한 것이다. 문제가 뭐야? 나는 아직 어린애일 뿐이잖아. 앞으로도 할 일은 얼마든지 있어. 비록 좀 이상한 경험을 하기는 했지만, 거기서도 교훈을 배울 수 있어. 이 약이 나를 예전의 나로 되돌려 줄 것이고, 모든 일을 두려움 없이 맞서는 온전하고 효율적인 사람으로 만들어 줄 거야. 학교에서 여자애들한테 내가 정신적으로 좀 문제가 있었는데 나름대로 잘 대처하고 있다고 떠벌리면, 걔들도 내가 용감하고 섹시하다고 생각하며 따로 만나자고 하겠지.

흔히 말하는 플라세보효과가 틀림없겠지만, 설령 그렇다 해도 정말 신기했다. 플라세보효과가 이렇게 놀라운 위력을 발휘한다면 굳이 다른 우울증 치료제가 필요하지 않을 것 같았다. 어쩌면 그게 현실인지도 몰랐다. 이 졸로프트라는 약도 사실은 옥수수 녹말에 지나지 않는 거 아닐까. 내 뇌는 '그래, 내가 돌아왔어'라고 말하고 있었고, 나도 이제 게임은 끝났다고 확신

했다.

그러나 이것은 내가 경험한 최초의 가짜 반전일 뿐이었다. 정말 한심한 노릇이었다. 시험을 잘 보고, 어떤 여자애한테서 재미있다는 소리를 듣고, 온라인 채팅을 하다가 화장실로 달려갔을 때 유난히 아랫도리에 힘이 들어가는 느낌이 들면, 이제 다 끝났다고 생각하는 것도 무리가 아니다. 하지만 다음 날 아침에 일어나서 마치 누가 보스인지를 확인시켜 주는 것처럼 예전의 증상들이 고스란히 되살아난 것을 깨달으면, 사태는 오히려 예전보다 더 악화되기 마련이다.

"정말로 기분 좋아요!" 나는 집에 돌아오자마자 엄마에게 말했다.

"의사 선생님이 뭐라고 하시든?"

"졸로프트를 먹으래요!" 나는 엄마에게 약병을 보여 주었다.

"그렇구나. 우리 사무실에도 이 약 먹는 사람들이 많아."

"효과가 있는 것 같아요!"

"벌써 효과가 나타나지는 않아, 크레이그. 진정해."

나는 매일같이 졸로프트를 먹었다. 어떤 날은 아침에 일어나면 정상적인 사람처럼 침대에서 나와 이를 닦았다. 또 어떤 날은 일어나면 그냥 침대에 누워 천장만 쳐다보며 정상적인 사람처럼 침대에서 나와 이를 닦는 게 도대체 무슨 의미가 있는지 모르겠다는 생각을 하기도 했다. 하지만 한 번도 약을 거르지는 않았다. 한 알 이상을 먹으려고 시도하지도 않았다. 이것은 그런 종류의 약이 아니었다. 특별히 기분이 달라진다는 느낌은 안 들었지만, 사람들 말처럼 한 달이 지나자 정말 기분이 좋지 않을 때도 어떤 부력 같은 것이 나를 똑바로 지탱해 주는 느낌이 들기 시작했다. 쳇바퀴가 돌아가기 시작하면 좋은 생각에 연결된 비상 단추를 누르면 되었다. 그 단추를 누르면 가족, 동생, 친구들, 인터넷, 학교의 좋은 선생님들을 떠올릴 수 있었다. 그것들은 나의 '닻'이었다.

심지어는 새라하고도 놀아 주었다. 새라가 나보다 훨씬 더 똑똑한 것만은 분명했다. 그 애라면 내가 겪고 있는 일들을 의사들의 도움 없이도 충분히 이겨 낼 수 있을 터였다. 새라는 이제 4학년밖에 안 되었는데 벌써 대수 숙제를 해야 했다. 그래서 내가 그 애 숙제를 도와주었는데 때때로 빈 종이에 나선이나 무늬 같은 걸 그리며 시간을 때우곤 했다. 지도는 더 이상 그리지 않았다.

"진짜 멋있다, 오빠." 새라가 말했다.

"고마워."

"미술 공부를 좀 더 해 보지 그래?"

"시간이 없어."

"피, 남는 게 시간이면서."

"아, 그래."

"그래, 시간이란 사람이 만들어 낸 개념이야."

"정말? 어디서 그런 소리를 들었어?"

"내가 생각해 낸 건데."

"정말 그런지는 나도 모르겠어. 우리는 모두 시간 속에서 살아가잖아. 시간이 우리를 지배한다고."

"나는 내가 원하는 방식대로 시간을 써. 그러니 내가 시간을 지배하는 거지."

"넌 철학자가 되어야겠다, 새라."

"으, 싫어. 그게 뭔데? 인테리어 디자인?"

식욕도 조금씩 돌아왔다. 처음에는 커피요구르트로 시작해 베이글과 닭고기로 발전했다. 반면 잠은 이보 전진에 일보 후퇴를 되풀이했다. (그게 바로 심리학의 황금률 가운데 하나다. 슈링크들은 우리 삶의 모든 것이 이보 전진에 일보 후퇴를 거듭하는데, 이를테면 시너를 마시고 지붕에서 몸을 던지려 하는 시도조차도 그저 '일보 후퇴'에 지나지 않는다고 정당화하는 것이다.) 어떤 날 밤에는 통 잠이 오지 않다가 그다음 이틀은 꿀처럼 단잠을 잤다. 심지어 꿈도 꿨다. 하늘을 나는 꿈, 버스에서 니아를 만나 이야기하며 그녀를 바라보는 꿈도 자주 꾸었다. (애석하게도 그녀와 같이 자는 꿈은 한 번도 못 꿨다.) 내가 다리에서 뛰어내려 크고 푹신푹신한 주사위에 떨어진 뒤, 다시 튀어 올라 허드슨강을 건너 맨해튼에서 뉴저지까지 날아가며 내가 주사위의 점 몇 개짜리 면에 떨어졌는지 돌아보는 꿈도 있었다.

하지만 잠이 오지 않을 때는 정말 괴로웠다. 그럴 때면 부모님이 나에게 그리 많은 유산을 물려주지 않을 거라는 생각, 동생을 대학에 보낼 돈도 충분하지 않을 거라는 생각, 역사 숙제를 해야 된다는 생각, 오늘 도서관에 가는 걸 빼먹었다는 생각, 며칠째 이메일을 확인하지 않았다는 생각 따위가 꼬리를 물고 이어지곤 했다. 내가 왜 이렇게 이메일에 신경을 쓰는 걸까? 왜 내 베개는 땀으로 흠뻑 젖는 걸까? 덥지도 않은데. 왜 나는 오늘도 대마초를 피우고 자위를 했을까? 그러다가 한 가지 원칙을 세웠다. 자위를 하는 날은 대마초를 피우지 않고, 대마초를 피우는 날은 자위를 하지 않기로. 두 가지를 다 하는 날은 진짜 아무 의미 없이 낭비한 날, 일보 후퇴가 아니라 삼보 후퇴를 하는 날이기 때문이었다.

언제부터인가 조금씩 패턴이 생기기 시작했다. 3주 정도는 지극히 정상적이고 할 일도 그럭저럭 해냈다. 하지만 모든 일을 빈틈없이 해낼 때도 나는 사람들의 관심을 크게 끌지는 못했다. 내가 학교에서 복도를 걸어가면 지나가는 아이들은 "아, 크레이그 길너다. 저 녀석이 무슨 짓을 할지 궁금해" 하는 표정으로 나를 바라보지 않았다. 내가 지나가는 것을 보고도 "저 녀석 뒤에 붙은 포스터에 뭐라고 적힌 거야? 애니메이션 클럽 모임이 오늘이야?" 하고 수군거릴 뿐이었다. 하지만 중요한 것은 내가 학교 복도를 걸어가고 있다는 점이었다. 내 방의 침대에서 빈둥거리지 않고 학교에 가 있는 것이 어딘가.

그러다가 또 어느 순간 상태가 나빠지기 시작했다. 대개는 에런의 집에서 머리를 식히고 오면 그렇게 되는 경우가 많았다. 우리는 심한 환각 상태에 빠져 정말로 형편없는 영화를 보기도 했는데, 윌 스미스가 나오는 어떤 영화를 볼 때는 영화 속에 등장하는 모든 간접 광고와 플롯상의 허점들을 짚어 낼 수 있을 정도였다. 그러다가 에런의 집 거실 소파에서 잠을 깨면 (에런이 니아와 함께 자기 방에서 자는 동안 나는 소파에서 자야 했다.) 정말 죽고 싶었다. 나 자신이 낭비되고 소진된 기분, 내 시간과 내 몸과 내 에너지와 내 말과 내 영혼까지 낭비해 버린 느낌이었다. 당장 집으로 돌아가서 할 일을 하고 싶었지만, 일어나서 지하철을 탈 엄두가 나지 않았다. 5분만 더 누워 있자, 5분만 더…… 그 5분은 한없이 길어졌고, 급기야 에런이 일어나서 나오면 나는 소변을 보고 몇 마디 이야기를 나누다가 억지로 아침을 몇 입 먹곤 했다. 어느 토요일 아침, 에런이 커피를 사러 나간 사이에 니아가 나에게 "괜찮아, 친구?" 하고 물었다. 나는 괜찮지 않다고 대답했다.

"왜?"

나는 한숨을 내쉬었다. "올해는 진짜 우울해. 약 먹고 있어."

"크레이그, 맙소사. 정말 안됐다." 니아가 나에게 다가와 그 조그만 몸으로 나를 끌어안았다. "어떤 상태인지 알 것 같아."

"그래?" 나도 그녀를 끌어안았다. 나는 울보는 아니다. 하지만 포옹은 좋아한다. 조금 유치하다는 것은 알지만, 어쩔 수 없다. 나는 상당히 어색한 기분이 느껴질 때까지 니아를 끌어안고 있었다.

"그래. 나도 프로작을 먹고 있어."

"말도 안 돼!" 나는 그녀를 놓았다. "진작 얘기를 했었어야지!"

"너야말로 왜 말 안했어? 우리는 같은 병을 앓는 동지였어!"

"아마 우리가 제일 심할 거야!"

"너는 무슨 약 먹어?" 니아가 물었다.

"졸로프트."

"그건 엄살쟁이들이 먹는 약인데." 그러면서 니아는 혀를 쏙 내밀었다. 혀에 링이 달려 있었다. "진짜 엉망인 사람들은 프로작을 먹어."

“테라피스트는 만나 봤어?” 원래는 ‘슈링크’라고 할 생각이었지만, 아무래도 소리 내어 그 단어를 말하기는 좀 우스웠다.

“한 주에 두 번씩 만나.” 니아는 미소를 지었다.

“제길. 우리는 뭐가 잘못된 걸까?”

“나도 몰라.” 니아는 춤을 추기 시작했다. 니아는 음악이 없어도 자기가 추고 싶으면 언제든지 춤을 출 수 있었다. “항상 약을 먹어야 견디는 미국의 엉망진창 세대 아이들이라 그런가 보지.”

“난 그렇게 생각 안 해. 우리가 다른 세대 아이들보다 더 엉망진창이라고 할 수는 없잖아.”

“크레이그, 내가 아는 사람 가운데 80퍼센트가 약을 먹고 있어. ADD(주의력 결핍 장애—옮긴이) 때문이든 뭐든.”

그건 나도 알지만 그 문제는 별로 생각하고 싶지 않았다. 멍청하고 유아기적인 생각인지 모르지만, 나는 그저 나 자신에 대해 생각하고 싶었다. 내가 어떤 추세의 일부가 된다는 게 싫었다. 유행에 휩쓸리는 얼간이가 되고 싶지 않았다.

“그 많은 사람들에게 약이 꼭 필요한지 모르겠어.” 내가 말했다. “나는 필요하지만.”

“너 혼자만 그렇다고 생각해?”

“나 혼자만 그렇다는 게 아니라…… 이건 그냥 개인적인 문제잖아.”

“좋아, 크레이그.” 니아는 춤을 멈췄다. “그럼 앞으로 이 이야기는 꺼내지 않을게.”

“뭐?”

"젠장. 너도 네가 왜 그렇게 되었는지 알잖아. 다른 사람들하고 '커넥션'이 없어서 그렇다고."

"그렇지는 않아."

"나만 해도 그래, 방금 내가 너랑 같은 문제를 가지고 있다고 말했잖아—"

"같은 문제는 아닐지도 모르지." 나는 니아의 문제가 무엇인지 짐작이 가지 않았다. 어쩌면 조울증인지도 몰랐다. 조울증이라면 그냥 우울증보다는 훨씬 낫다. '조증'일 때도 있으니까. 별것 아닌 일에도 너무 기쁘고 행복해서 어쩔 줄을 모른다는 뜻이다. 너무 불평등하다.

"거 봐. 내가 말했잖아, 너는 '벽'을 쌓고 있다고."

"무슨 벽?"

"네가 우울증이라는 얘기를 몇 사람한테 했니?"

"우리 엄마. 아빠. 동생. 의사 선생님."

"에런한테는?"

"에런은 알 필요가 없어. 너는 몇 사람한테 얘기했는데?"

"당연히 에런도 알 필요가 있어! 걔는 너랑 제일 친한 친구잖아!"

나는 그녀를 바라보았다.

"내가 보기에 에런도 여러 가지 문제가 있어, 크레이그."

니아는 내 옆에 앉았다. "에런도 약을 좀 먹으면 훨씬 좋아질 거야. 하지만 스스로 그런 사실을 인정하지 않고 있어. 어쩌면 네가 얘기하면 들을지도 몰라."

"너는 얘기해 봤어?"

"아니."

"거봐. 아무튼 우리는 서로를 너무 잘 알아."

"우리라니? 나랑 너 말이야? 아니면 너랑 에런?"

"우리 셋 다."

"난 그렇게 생각하지 않아. 나는 너를 알아서 기쁘고 에런을 알아서 기뻐. 기분이 가라앉으면 나한테 전화해도 돼."

"고마워. 그런데 사실 난 네 전화번호도 몰라."

"여기."

니아는 전화번호를, 아니 마법의 숫자를 알려 주었다. 나는 그 번호를 전부 대문자로 적은 그녀의 이름과 함께 내 휴대전화에 저장했다. '얘가 바로 나를 구원해 줄 사람이다.' 문득 그런 생각이 들었다. 테라피스트들은 다른 사람에게 눈길을 돌리기 전에 자기 자신 속에서 행복을 찾아야 한다고 말하지만, 나는 만약 에런에게 무슨 일이 생기면 밤마다 니아를 안고 잠자리에 들 사람이 바로 나라는 생각을 했다. 그러면 나도, 그녀도 다 행복해질 것이다.

집으로 돌아오자 나는 전기담요를 덮고 소파에 누워 부모님이 가져다준 물을 마시며 땀을 뺐다. 또 우울증이 시작되었다는 핑계로 사람들을 피하고 싶었지만 한 번도 그런 생각을 실천에 옮기지는 못했다. 그럴 수만 있으면 정말 좋을 텐데. 며칠 후 소파에서 일어난 나는 핑계를 만들 필요가 없는 크레이그로 돌아갔다. 그즈음에 니아에게 전화를 걸어 기분이 조금 좋아졌다고 했더니, 그녀는 자기도 마찬가지라고 했다. 어쩌면 우리는 같은 주기를 타는지도 몰랐다. 나는 그녀에게 나를 유혹하지 말라고 했다. 니아는 웃음을 터뜨리며 "내가 제일 잘하는 게 그건데 어떡하지" 하고 대답했다.

3월이 되어 약이 여덟 알밖에 남지 않은 무렵, 나는 더 이상 졸로프트를 먹지 않아도 될 것 같다는 생각이 들기 시작했다.

나는 훨씬 좋아졌다. 그래, 좋아진 건 아닐지 모르지만 괜찮은 건 사실이었다. 마치 내 뇌의 무게가 느껴지지 않는 것처럼 묘한 기분이었다. 수업도 열심히 쫓아갔다. 바니 박사님이 추천해 준 여섯 번째 슈링크인 미네르바 박사님을 만났는데, 차분하면서도 현실적인 태도가 나랑 잘 맞는 것 같았다. 성적은 여전히 93점에 머물러 있었지만 누군가 그런 점수를 받는 사람도 있어야 한다.

약을 먹는 게 뭐 어떻단 말인가? 나는 그저 사소한 문제가 하나 있을 뿐이고, 조금 혼란스러운 나머지 적응할 시간이 필요할 뿐이다. 새로운 학교에 들어가면 누구나 힘든 시간을 보내기 마련이다. 어쩌면 애초에 의사를 찾아갈 필요가 없었을지도 모른다. 구토 때문에? 이제는 구토도 하지 않는다. 때로 밥을 먹지 못할 때도 있지만 성경 시대 사람들은 늘 그랬다. 종교에서 금식이 큰 비중을 차지한다고 말한 사람은 우리 엄마였다. 미국 사람들은 너무 뚱뚱해서 탈이다. 굳이 나까지 그 대열에 합류할 필요가 있을까?

그래서 먹던 졸로프트가 다 떨어진 다음부터는 더 이상 먹지 않았다. 바니 박사님에게 전화도 하지 않았다. 그냥 약병을 던져 버리고 '또 기분이 나빠지면 그날 밤 브루클린 다리에서 얼마나 기분이 좋았는지를 떠올리자'고 다짐했다. 약은 엄살쟁이들이나 먹는 것이고, 나에게는 이제 해당 사항이 없다. 나는 나로 돌아왔다.

하지만 세상사는 돌고 도는 법, 그로부터 두 달 뒤 나는 또 캄캄한 화장실에서 변기에 고개를 박아야 했다.

제3부

바둠

14

부모님은 화장실 앞에서 방금 내가 먹은 저녁을 게워 내는 소리를 듣고 있다. 문 쪽을 돌아보니 아빠가 자리에서 일어나기 직전에 먹은 음식을 씹는 소리가 들리는 것 같다.

“크레이그, 구급차를 부를까?” 엄마가 묻는다. “평소보다 더 심한 것 아냐?”

“아니에요.” 나는 몸을 일으키며 간신히 대답한다. “괜찮아질 거예요.”

“음, 그래, 내가 네 엄마한테 호박 요리 만들지 말라고 얘기했는데 말이다.” 아빠는 이 와중에 농담을 한다.

“하하.” 나는 겨우 세면대로 기어가 물로 입가를 닦고 입속을 헹군다. 부모님이 연신 질문을 던져 댄다.

“바니 박사님한테 전화할까?”

“미네르바 박사님한테 전화하는 게 더 낫겠니?”

“차 좀 마셔 볼래?”

“차? 물이나 좀 가져다줘. 크레이그, 물 가져다줄까?”

나는 화장실 전등을 켠다.

“아, 불도 안 켜고 있었네. 괜찮니, 크레이그? 넘어지지는 않왔어?"

불빛에 비친 나 자신을 바라본다. 그래, 나는 괜찮다. 계획이 있고, 해결책도 있으니까. 나는 죽기로 결심했다.

오늘 밤이 그날이다. 이렇게 우스꽝스러운 꼴로 더 이상 살 수가 없다. 좋아졌다고 생각했는데, 사실은 전혀 좋아진 게 없다. 안정을 찾으려고 노력했는데, 도저히 안정이 되지 않는다. 모퉁이를 돌아가려 했는데, 끝내 모퉁이는 나오지 않는다. 먹을 수가 없다. 잠도 못 잔다. 그저 자원을 낭비하고 있을 뿐이다.

부모님에게는 정말 힘든 일이 될 것이다. 어린 새라도 마찬가지겠지. 새라는 정말 예쁘고 똑똑한 아이다. 적어도 나 같은 멍청이가 아니라는 사실만은 분명하다. 그런 동생 곁을 떠나는 것은 쉽지 않을 것이다. 그 아이가 얼마나 충격을 받을지, 보지 않아도 뻔하다. 게다가 부모님은 스스로를 패배자라고 생각할 것이다. 스스로를 비난할 것이다. 두 분이 지금까지 살아오면서 겪은 가장 중요한 사건이 될 것이고, 혹시 파티에 참석하더라도 다른 부모님들이 등 뒤에서 수군거릴 것이다.

'저 사람들 아들 이야기 들었어?'

'청소년 자살이라며.'

'영원히 치유되지 않을 거야.'

'치유되는 사람이 어디 있겠어.'

'경고 메시지를 미리 알아차리지 못했나 봐.'

하지만 그보다 더 중요한 게 뭔지 아는가? 이제는 다른 사람들의 감정을 나보다 앞세우는 짓을 그만둘 때가 되었다는 점이다. 연예계 스타들이 하는 말처럼, 이제는 나 자신을 좀 더 진실하게 대해야 할 때다. 나의 진실한 자아는 이제 그만 이 실랑이를 끝내기를 바라고 있다.

오늘 밤이 그날이다. 아주 늦은 밤. 정확히 말하면 새벽이 되겠지. 일어나서 자전거를 타고 브루클린 다리로 간다. 그리고 그 다리 위에서 몸을 날릴 것이다.

하지만 떠나기 전에 엄마 침대에서 마지막 밤을 보내고 싶다. 엄마랑 같이 잘 나이는 아니라 해도, 그래도 기분이 너무 우울하다고 하면 엄마는 내 부탁을 들어줄 것이다. 아빠는 거실에서 주무시겠지. 그렇다고 내가 엄마 품에 안겨서 자겠다는 것은 아니지만, 엄마 침대는 아주 넓어서 공간은 충분하다. 엄마는 따뜻한 우유와 시리얼을 가져다줄 것이다. 오늘 밤만큼은 그래도 되지 않을까. 하나밖에 없는 아들이 떠나기 전에 마지막으로 엄마와 함께 시간을 보내겠다는 거니까. 그것조차 하지 않으면 나는 그야말로 피도 눈물도 없는 놈이다. 아빠도, 그리고 동생도 안아 줘야 한다. 하지만 유서는 남기지 않을 것이다. 그딴 것을 남겨서 뭐 하겠는가?

"난 괜찮아요." 나는 그렇게 말하며 욕실 문을 열고 나온다. 부모님이 동시에 나를 끌어안으니, 에런의 집에서 우리의 밝은 미래를 확인하며 빽적지근한 파티를 벌였을 때가 생각난다.

"사랑한다, 크레이그." 엄마가 말한다.

"정말이야." 아빠도 거든다.

"어…… 네."

나는 미네르바 박사님에게 나의 촉수와 닻에 대해 이야기했다. 박사님, 드릴 말씀이 있는데, 이제 우리 부모님도 촉수의 일부가 되어 버렸어요. 친구들도 마찬가지고요. 촉수에 또 촉수가 달려 영원히 잘라 낼 수가 없다. 하지만 나의 덫, 그건 아주 간단하다. 죽어 버리면 되니까. 오로지 그 생각으로 하루를 견뎠다. 나는 내가 할 수 있다는 것을 안다. 그 정도를 깨끗이 해낼 정도의 힘은 아직 남아 있다.

"오늘 밤에 엄마 침대에서 자면 안 돼요?" 내가 엄마에게 묻는다.

"되고 말고, 당연히 되지."

아빠도 고개를 끄덕여 보인다.

"저는 잘 준비 다 끝났어요." 나는 내 방으로 가서 잠옷을 갈아입고, 죽을 때 입을 옷을 미리 준비해 둔다. 새벽에 집을 나설 때 갈아입으면 된다. 엄마는 잠을 자는 데 도움이 될 거라며 우유를 좀 데워 주겠다고 한다. 나는 새라의 방으로 들어간다. 새라는 책상에 앉아 주방을 스케치하고 있다.

"사랑해, 새라." 내가 말한다.

"괜찮아?" 새라가 묻는다.

"응."

"토했잖아."

"들었어?"

"우웩, 우우우우우웨에에에엑 소리가 얼마나 크게 났는데. 당연히 들었지."

"그럴까 봐 물을 틀어 놓았었는데."

"난 귀가 밝거든." 새라는 자기 귀를 가리킨다.

"너 이제 보니 토하는 소리 흉내도 잘 내네." 내가 말한다.

"그럼." 새라는 다시 스케치를 들여다보며 대답한다. "내가 커서 코미디언이 되면 무대에서 그 소리만 흉내 내도 크게 성공할 거야."

"아니지." 내가 말한다. "너도 할 수 있고 나도 할 수 있는 게 있어. 무대에 올라가서 진짜로 토하는 거 말이야. 사람들은 그걸 보려고 돈을 낼 거고. 토하는 건 내가 전문가잖아."

"크레이그, 더러운 소리 좀 하지 마."

하지만 나는 더럽다고 생각하지 않는다. 오히려 상당히 좋은 아이디어처럼 느껴진다. 공연 예술이라는 게 원래 그렇게 시작된 것 아니겠는가.

'쓸데없는 생각에 한눈팔지 마라, 병사.'

'예, 알겠습니다.'

'너는 이미 결심을 했고, 그 결심을 따를 것이다, 그렇지 않은가?'

'맞습니다.'

'자네가 이 방에 들어온 이유는 동생에게 작별 인사를 하기 위해서다, 그렇지 않은가?'

'맞습니다.'

'일이 이렇게 되어서 유감이다, 병사. 나는 자네의 미래가 보장된 줄 알았어. 하지만 해야 할 일은 해야 하는 법, 때로는 할복을 해야 할 때도 있다.'

'예.'

나는 새라를 끌어안는다. "넌 정말 착하고 똑똑한 아이야. 좋은 아이디어도 많고. 절대로 그것들을 잊어버리지 마."

"물론이지." 새라가 나를 쳐다본다. "무슨 일 있어?"

"아무 일도 없어."

"상태가 안 좋은데? 나를 속일 생각은 하지 마."

"내일이 되면 괜찮아질 거야."

"알았어. 이 스케치 어때?"

새라가 종이를 들어 보인다. 출입문은 4분의 1짜리 원으로 표시했고, 싱크대와 냉장고의 윤곽까지 상세하게 그린, 스케치라기보다는 청사진에 가까운 그림이었다. 누구에게 돈을 받고 팔아도 될 것 같았다.

"정말 대단해, 새라."

"고마워. 오빠는 이제 뭐 할 거야?"

"오늘은 일찍 자려고."

"푹 자고 나면 좋아질 거야."

새라의 방에서 나오니 엄마가 벌써 따뜻한 우유와 함께 내가 잘 자리를 준비해 놓았다.

"좀 나아졌어?"

"네."

"정말이지, 크레이그?"

"그렇다니까요."

"베개에 기대." 나는 엄마 침대로 올라간다. 매트리스가 단단해서 좋다. 이불 속에서 발을 꼼지락거리며 그 촉감을 음미한다. 발에 깨끗한 이불을 덮으면 조그만 산마루가 생긴다. 이것은 누구나 즐길 수 있는 느낌이다. 엄마가 우유를 건네준다.

"이제 9시밖에 안 됐어, 크레이그. 잠이 잘 안 올 텐데."

"책 읽다가 잘게요."

"좋아. 내일 바니 박사님에게 연락해서 약속을 잡아 보자. 새로운 약이 필요할지도 모르니까."

"그럴지도 모르죠."

나는 앉아서 따뜻한 우유를 마시고 아무 생각도 하지 않는다. 이것은 내가 새롭게 개발한 재주다. 얼마 전부터 아무 생각도 하지 않는 법을 깨우친 것이다. 비결은 이렇다. 주위 세상에 대해 아무런 관심을 두지 말고, 미래에 대해 어떤 희망도 가지지 말며, 몸을 따뜻하게 하라.

하지만 제길. 통화를 해야 할 사람이 있다. 주머니에서 휴대전화를 꺼내 이름이 모두 대문자로 저장된 번호를 선택한 뒤, '통화' 단추를 누른다.

"니아?" 그녀가 전화를 받자, 내 입에서 그녀의 이름이 흘러나온다.

"잘 있었어? 무슨 일이야?"

"얘기를 좀 하고 싶어서."

"무슨 얘기?"

나는 한숨을 내쉰다.

"아휴? 괜찮아, 친구?"

"아니."

"어딘데?"

"집. 정확히 말하면 엄마 침대에 누워 있어."

"저런. 아무래도 우린 우리가 생각한 것보다 더 큰 문제가 있는 거 같아, 크레이그."

"아니야! 잠을 좀 푹 자고 싶어서 엄마 침대로 왔을 뿐이야. 너도 어렸을 때 부모님 침대에서 잔 적이 있을 것 아냐."

"음, 우리 아빠는 내가 세 살 때 돌아가셨어."

젠장. 그건 사실이다. 우리 중에는 진짜로 불평할 만한 과거를 가진 사람도 있다.

"맞다. 미안해, 난—"

"괜찮아. 나도 가끔 엄마랑 같이 자기는 했어."

"하지만 지금은 안 그럴 거 아냐."

"아니, 지금도 그래. 너랑 비슷한 처지야."

"하. 지금 뭐 해?"

"집에서 컴퓨터 하고 있어."

"에런은?"

"집에서 자기 컴퓨터 하고 있겠지. 무슨 말을 하고 싶어서 그래, 크레이그?"

나는 큰 숨을 들이쉰다. "니아, 우리가 모두 EPP에 가게 되었다는 사실을 알았을 때 파티를 열었던 거, 기억나?"

"으음……"

"그 파티에 올 때부터 네가 에런과 지금 같은 사이가 될 줄 알았니?"

"크레이그, 우리 이런 이야기는 하지 말자."

"부탁이야, 목에 칼이 들어와도 알아야 해."

"무슨 칼이 들어온다고 그래?"

"제발. 내가 죽어 가고 있다고 생각하고 대답해 줘."

"너, 드라마를 너무 많이 본 것 아냐?"

"하, 그래."

"그날 내가 초록색 드레스를 입고 갔던 건 생각나."

"그건 나도 알아."

"에런이 나한테 아주 잘해 줬다는 것도."

"스크래블 할 때 에런이 네 옆에 앉았었잖아."

"걔가 나를 좋아한다는 건 진작 알고 있었어. 하지만 고등학교에 들어갈 때까지는 누구를 사귈 엄두가 나지 않더라고. 괜히 마음이 딴 데 가 있으면 안 되니까. 너랑 에런에 대해서는, 그러니까 너희 둘이 경쟁을 하는 것 같더라. 둘 다 나한테 관심이 있다고 생각했어. 하지만 너는 턱에 사마귀가 있잖아."

"뭐?"

"엄청나게 크고 털까지 났잖아. 울퉁불퉁하고, 너무 징그럽더라고."

"나 사마귀 없어!"

"크레이그, 농담이야."

"아, 그래." 우리는 동시에 웃음을 터뜨렸다. 그녀의 웃음은 가득 차 있었고, 나의 웃음은 텅 비어 있었다.

"내가 이런 말 한다고 딴 생각하면 안 돼. 약속할 수 있어, 크레이그?"

"물론." 물론 거짓말이다.

"만약 네가 좀 더 확실한 모습을 보여 주었으면 아마 너랑 사귀게 되었을지도 몰라. 하지만 넌 그러지 않았잖아."

죽음.

"차라리 잘됐지 뭐. 덕분에 우리는 친구가 되었고, 지금 이런

이야기도 나눌 수 있으니까."

"그래."

죽음.

"이건 진심인데, 이제 에런과 얘기하는 게 너무 귀찮아졌어."

"왜?"

"걔는 늘 자기 이야기, 자기 고민만 얘기하잖아. 너도 마찬가지고. 너희 둘 다 너무 자기중심적이야. 그래도 너는 너 자신을 낮춰서 말하는 편이라 참을 만한데, 에런은 너랑 정반대거든. 진짜 괴로워."

"그렇게 말해 줘서 고마워, 니아."

"나도 애 많이 쓰는 거, 알지?"

"지금이라도 내가 노력을 해 보면 어떨까?" 내가 묻는다. 어차피 밑져야 본전이다.

"무슨 노력?"

"알잖아. 내가 지금 너희 집으로 달려가서 네가 나올 때까지 기다렸다가, 너를 와락 끌어안고 키스하면 어떻게 될까?"

"하! 넌 절대 그렇게 못 해."

"만약 하면?"

"때려 줄 거야."

"때린다고?"

"그래. 기억 안 나? 그때 진짜 재밌었는데."

나는 반대쪽 귀로 전화기를 옮긴다.

"음, 그냥 확실히 해 두고 싶어서 한 말이야." 내 얼굴에 미소가 떠오른다. 그건 사실이다. 대충 흐지부지 끝내고 싶지는 않다. 내가 어디에 서 있는지 확실히 알고 싶다. 솔직히 니아하고는 친구, 그 이상도 이하도 아니라는 것을 안다. 나는 기회를 놓쳤다. 하지만 그건 괜찮다. 어차피 기회를 한두 번 놓친 것도 아니니까. 그래도 후회는 많이 남는다.

"난 네가 걱정이야, 크레이그." 니아가 말한다.

"왜?"

"어리석은 짓은 하지 마, 알았지?"

"안 할 거야." 내가 대답한다. 이것은 거짓말이 아니다. 내가 하려고 하는 것은 어리석은 짓이 아니니까.

"어리석은 짓을 하고 싶은 생각이 들면 나한테 전화해."

"잘 있어, 니아." 이어서 나는 전화기에 대고 입 모양으로 '사랑해'라고 덧붙인다. 만약 그 울림이 그녀에게 조금이라도 전달된다면, 어쩌면 다음 생에서 나에게 유리하게 작용할지도 모른다. 만약 다음 생이라는 게 있다면……. 만약 내가 다시 태어난다면, 과거에 태어났으면 좋겠다. 미래에 태어나면 지금보다 더 잘 견뎌 낼 자신이 없다.

"안녕, 크레이그."

'종료'라고 적힌 단추를 누른다. 이 단추가 빨간색인 게 조금 마음에 걸린다.

15

오늘 밤에 조금이라도 잠을 잘 수 있을 거라고 생각한 내가 바보다. 불을 끄고 컵을 치우자마자 좀처럼 잠이 오지 않을 것 같은 예감이 엄습한다. 이것은 머릿속에서 묵시록의 네 기사가 뇌에 밧줄을 걸고 두개골 앞쪽으로 잡아당기는 느낌이다. 그들은 이렇게 소리친다. '어림도 없지, 바보 같은 놈! 감히 누구를 농락하려고! 밤을 꼴딱 새지 않고도 새벽 3시에 일어나 브루클린 다리에서 몸을 던질 수 있을 줄 알았나? 우리가 그렇게 만만해 보여?'

마음속에서 쳇바퀴가 돌아가기 시작한다. 지금까지 겪어 본 것 중에서 최악의 쳇바퀴가 될 것 같다. 숙제와 실패와 고민의 악순환이 끊임없이 되풀이된다. 이렇게 어린 나이에 벌써 인생이 망가져 버렸다. 나는 똑똑하지만, 고민을 알아차릴 수 있을 정도, 딱 그만큼만 똑똑할 뿐이다. 좋은 성적을 얻을 정도는 못 된다. 여자 친구를 사귈 정도도 못된다. 여자아이들은 나를 좀 이상한 아이로 취급한다. 나는 돈을 쓰는 것도 좋아하지 않는다. 돈을 쓸 때마다 강간당한 느낌이 든다. 대마초도 별로 좋아하지 않지만, 그러면서도 대마초를 피우고 우울해진다. 한 번도 내 인생을 온전히 살아 보지 못했다. 스포츠를 즐기지 않는다. 태보도 그만뒀다. 사회 활동과는 아예 거리가 멀다. 얼간이 같은 내 친구는 세상에서 제일 예쁜 여자 친구를 둔 천재지만, 정작 자기는 그런 사실을 모른다. 그 밖에도 내가 결단을 피할 수 없는 이유는 수없이 많다. 지금쯤 최소한의 성공을 맛보았어야 하지만, 나는 그러지 못했고 다른 아이들—나보다 더 어린—이 그 자리를 차지하고 있다. 나보다도 어린 사람들이 텔레비전에 나오고, 돈을 벌고, 장학금을 받고, 번듯한 삶을 살고 있다. 나는 아무것도 아니다. 나는 언제쯤 아무것도 아닌 존재에서 벗어날 수 있을까?

꼬리에 꼬리를 물고 이어지는 생각은 내 머릿속 뒤쪽 윗부분에서 앞쪽으로 당겨졌다가 턱 밑으로 떨어진다. 나는 아무도 아니다. 나는 아무것도 이루지 못할 것이다. 이제 내가 엉터리라는 사실이 드러날 것이다. 아니, 이미 드러났음에도 불구하고 나는 아직 그 사실조차 모르고 있다. 나는 엉터리다. 아닌 척하고 있을 뿐이다. 지난 가을 이후 잊을 만하면 한 번씩 떠오르는 좋은 생각, 정상적인 생각들은 내 목과 척추에 무엇이 도사리고 있을지 몰라 겁을 먹고 어디론가 숨어 버렸다. 이제 곧 최악의 순간이 다가올 것이다.

눈을 감아도 숙제들—'월 스트리트 입문'의 주식투자 게임, 잉카 역사를 주제로 한 에세이, 수학 시험—이 마치 묘비명처럼 눈앞에서 빙글빙글 돈다. 이제 이것들도 다 지나갈 것이다.

엄마가 침대 위 내 옆으로 올라온다. 이것은 아직도 시간이 너무 이르다는 뜻이다. 아직 11시도 안 되었다. 정말이지 기나

긴 밤이 될 것 같다. 벌써 죽었어야 마땅하다는 조던 녀석이 엄마를 따라 침대 위로 기어오른다. 내가 녀석의 온기를 느끼며 위안을 얻으려고 손을 뻗었더니, 녀석이 나를 향해 짖어 댄다.

배를 깔고 엎드린다. 땀이 베개를 적신다. 다시 등을 대고 돌아눕는다. 땀은 다른 방향으로 흘러내린다. 아기처럼 옆으로 누워 웅크린다. 아기들도 땀을 흘리나? 자궁 속은 어떨까? 거기서도 땀이 날까? 오늘 밤이 영원히 끝나지 않을 것 같다. 엄마가 몸을 뒤척인다.

"크레이그, 아직 안 자?"

"네."

"12시 반이다. 시리얼 좀 먹을래? 어떨 때는 시리얼 한 공기에 나가떨어지는 때도 있더라."

"좋죠."

"치리오스?"

치리오스 정도는 소화할 수 있을 것 같다. 엄마가 일어나서 시리얼을 가지러 나가더니, 커다란 공기에 수북이 치리오스를 담아 온다. 이것이 지상에서 먹는 마지막 음식이라는 생각에, 마치 평소 시리얼과 원수라도 진 사람처럼 게걸스럽게 퍼먹는다. 이것만은 절대로 토하지 않을 것이다.

옆에 누운 엄마의 숨소리가 점점 리듬을 타기 시작한다. 나는 다시 한 번 계획을 점검해 본다. 일단 자전거를 타고 나가는 것까지는 확정이다. 자전거는 두고두고 그리울 게 분명하다. 주말이면 자전거를 타고 미친놈처럼 브루클린을 돌아다녔다. 오가는 승용차와 트럭들, 기다란 파이프를 실은 승합차를 요리

조리 피하고, 로니를 만나 지하철역에 자전거를 묶어 놓고 에런의 집으로 가곤 했다. 자전거를 타는 것은 무엇보다 순수하고 단순하다. 로니는 자전거야말로 인류의 가장 위대한 발명품이라고 주장한다. 처음에는 좀 멍청한 소리 같았지만, 지금은 잘 모르겠다. 엄마가 자전거를 타고 학교에 가지 못하게 하기 때문에 한 번도 자전거를 타고 다리를 건넌 적은 없다. 이번이 처음이다. 헬멧은 쓰지 않을 생각이다.

자전거를 타고 따뜻한 봄철의 밤공기 속으로 나간다. 브루클린의 동맥과도 같은 플랫부시 애비뉴를 달리면 도로가 여기저기 파인 브루클린 다리 입구가 나온다. 경찰이 밤새 진을 치는 곳이다. 경찰은 나를 눈여겨보지 않을 것이다. 어린아이가 자전거를 타고 다리를 건너는 게 불법은 아니지 않은가. 경사로를 올라가 곧장 지난번에 갔던 다리 한복판에 도착한 뒤, 거기서부터는 걸어서 차도를 건너 마지막으로 다시 한 번 베라자노 다리를 돌아보겠지.

그나저나 자전거는 어떻게 해야 하나? 바퀴를 난간에 붙여 잠가 놓으면 밤새 그 자리에 놓여 있을 것이고, 결국은 사람들이 증거물로 생각하고 자물쇠를 뜯거나 톱으로 체인을 자를 것이다. 얼마나 비싼 체인인데! 하지만 잠가 놓지 않으면 누군가가 냉큼 집어가 버릴 것이고—'롤리'라는 브랜드의 꽤 좋은 자전거다—내가 거기 갔다는 증거는 어디에도 남지 않을 것이다. 결국 나는 자전거를 버릴 수는 없다고 결심했다. 다리에서 뛰어내릴 때 자물통 열쇠를 주머니에 넣어 두면 나중에 엄마 아빠도 내가 어디로 갔는지 알게 될 것이다. 경찰이 자전거를 찾아내면 부모님께 알릴 것이다. 가슴 아픈 일이기는 하지만, 엄마 아빠도 진실을 알게 될 것이다. 아무것도 남기지 않는 것보다는 그쪽이 나을 것 같다.

몇 시나 됐을까? 시간이 멈춰 버린 것 같다. 잠은 오지 않고 자꾸 땀만 흘러서 어떻게 하면 녹초가 될지 궁리하다가, 팔굽혀펴기를 하기로 마음먹었다. 이제 잠은 아주 포기했지만 그래도 어떻게든 나를 피곤하게 만들어서 조금이라도 휴식을 취했으면 싶다. 그러다가 한 시간쯤 지나서 적당한 때가 되면 집을 나설 생각이다. 침대 위에서 팔굽혀펴기 자세를 취한다. 문득 그 자세가 섹스 할 때의 자세와 비슷하다는 생각이 든다. 나는 아직 한 번도 못 해 봤으니, 결국 총각 딱지를 떼지 못하고 죽는 셈이다. 그것이 곧 내가 천국에 갈 수 있다는 뜻일까? 그렇지 않다. 성경에 따르면 자살은 죄악이니 나는 곧장 지옥으로 떨어질 것이다. 제기랄.

나는 태보를 할 때 팔굽혀펴기를 배웠다. 꽤 잘하는 편이다. 손바닥은 물론, 손가락이나 주먹을 쥐고도 할 수 있다. 내가 잠든 엄마 옆에서 팔굽혀펴기 하는 모습을 측면에서 동영상으로 찍으면 상당히 민망한 작품이 나올 것 같다. 아무튼 나는 팔굽혀펴기를 시작한다. 하나, 둘, 셋…… 엄마가 깰까 봐 아주 천천히 움직인다. 엄마는 잠을 아주 깊게 자는 편이어서 내 움직임을 알아차리지 못한다. 마침 머리도 반대쪽으로 돌린 자세다. 팔굽혀펴기 열 번을 한 뒤 다섯부터 거꾸로 카운트다운을 한다. 그러고는 다시 시작하지만, 고작 열다섯에서 침대 위에 쓰러진다.

지난 24시간 동안 먹고 토하지 않은 것은 치리오스밖에 없으니 기운이 날 리 없다. 고작 팔굽혀펴기 열다섯 번에 녹초가 되어 버렸다. 하지만 뭔가 느낌이 오기 시작한다. 내 심장이 뛰는 것이 느껴진다. 매트리스에 닿은 내 심장박동이 증폭하고 침대뿐만 아니라 내 몸으로 도로 반사된다. 발에서, 다리에서, 배에서, 팔에서 박동이 느껴진다. 온몸이 뛰고 있다.

다시 손바닥으로 몸을 지탱하고 엎드린다. 하나, 둘, 셋…… 팔이 불에 덴 것처럼 화끈거린다. 목도 뻐적지근하다. 침대는 팔굽혀펴기를 하기에 적당한 장소가 아니다. 몸이 자꾸 가라앉기 때문이다. 이번이 아까보다 더 힘들다. 그래도 열다섯에서 멈추지 않고 스무 번까지 계속한다. 마지막 스무 번째는 그야말로 젖 먹던 힘까지 다 짜내야 했고, 끝나자마자 다시 매트리스 위에 쓰러졌다.

쿵쾅. 쿵쾅. 쿵쾅.

이제 심장이 더 난리가 났다. 온몸에서 심장박동이 느껴진다. 팔목과 손가락, 목에서 피가 혈관 속을 통과하는 압력이 느껴진다. 심장은 하루 종일 이렇게 쿵쾅거리고 싶어 한다. 정말 한심한 녀석이다.

쿵쾅.

몸속이 깨끗해지는 느낌과 함께 기분이 좋아진다.

쿵쾅.

빌어먹을. 나는 내 심장을 원한다.

나는 내 심장을 원하지만, 내 뇌는 행동을 시작한다.

나는 살고 싶지만, 동시에 죽고 싶다. 어떻게 해야 할까?

침대를 나오며 시계를 본다. 5시 7분이다. 언제 시간이 이렇게 되었는지 모르겠다. 심장이 계속 쿵쾅거리는 가운데, 거실로 나와 부모님의 책장에서 책을 한 권 꺼낸다.

《사랑의 상실에서 살아남는 법》이라는 책이다. 표지에 분홍색과 초록색이 섞여 있다. 200만 부가 팔린 책이라고 한다. 사람들이 이별의 아픔을 이겨 내기 위해 읽는 심리학 책 가운데 한 권이다. 엄마는 외할아버지가 돌아가셨을 때 이 책을 샀는데, 그다음부터 이 책의 열렬한 팬이 되었다. 엄마가 이 책의 표지를 나한테 보여 준 적이 있다.

무슨 책인지 궁금해서 펼쳐 보니, 1장에 이런 구절이 나왔다. "지금 이 순간, 스스로 자해를 하고 싶은 충동을 느낀다면 20쪽을 펼쳐 보라." 독자가 모험의 종류를 선택할 수 있게 만든 책처럼 조금 유치하다는 생각이 들었지만, 무심코 20쪽을 펼치니 다짜고짜 자살 예방 센터로 전화를 걸라는 말이 적혀 있다. 자살 충동은 의학적인 조치가 필요한 증세기 때문에 당장 의료진의 도움을 받아야 한다는 것이다.

지금, 나는 어둠 속에서 《사랑의 상실에서 살아남는 법》의 20쪽을 펼쳐 들고 있다.

"모든 지자체는 자살 예방 센터를 운영하고 있으며, 그 연락처는 전화번호부의 정부 서비스 항목에서 찾을 수 있다."

좋다. 나는 당장 주방으로 가서 전화번호부를 뒤적인다.

정부 서비스 어쩌고를 찾기란 정말 성가신 일이다. 초록색으로 표시된 페이지에 있을 줄 알았는데, 초록색은 음식점 안내다. 정부 기관은 맨 앞의 파란색으로 표시된 페이지에 나오는

데, 거기에는 온통 차량이 견인되었거나 거주지에 쥐가 출몰할 때 이용할 수 있는 전화번호밖에 없다. 아, 여기 '건강'이라는 항목이 있다. 독극물, 응급실, 정신건강…… 수많은 전화번호가 나열되어 있다. 제일 위에 '자살'이라는 단어가 보인다. 마침 시내 번호여서 당장 전화를 걸어 본다.

신호음이 울리는 동안, 나는 거실에 서서 손을 바지춤에 찔러 넣고 기다린다.

16

"여보세요."

"안녕하세요, 자살 예방 센터죠?"

"여긴 브루클린 불안 관리 센터입니다."

"아, 그래요……."

"우리는 '선한 사마리아인'이라는 자선단체와 협력하고 있고, 뉴욕 자살 예방 센터에 통화량이 폭주하면 우리 쪽으로 넘어오죠. 내 이름은 키스라고 하고요."

"그럼 지금 자살 예방 센터에 통화량이 폭주하고 있다는 말인가요?"

"그래요. 금요일 밤이잖아요. 제일 바쁜 시간이죠."

그렇군. 자살조차 평범해 빠진 꼴이라니.

"음, 무슨 일입니까?"

"나는 그러니까…… 너무 우울해서 죽어 버리고 싶어요."

"저런. 이름이 어떻게 되나요?"

"아……" 진짜 이름을 댈 수는 없다. 가짜 이름이 필요하다.

"스콧인데요."

"몇 살이지요, 스콧?"

"열다섯 살이요."

"왜 죽고 싶죠?"

"우울증 진단을 받았어요. 그러니까 그냥…… 기분이 좀 울적하다든지 하는 차원이 아니라는 거죠. 새 학교에 들어가서부터 증세가 시작되었는데, 너무 힘들어요. 지금이 최악의 상태인데, 도저히 더 이상 참을 수가 없어요."

"우울증 진단을 받았다고 했는데, 약은 복용하고 있나요?"

"졸로프트를 먹었어요."

"그런데 어떻게 됐습니까?"

"지금은 안 먹어요."

"아, 그건 별로 좋지 않은 생각이었던 것 같네요."

키스의 말투는 마치 정신과 의사의 상담 과정을 처음부터 새로 시작하려는 듯하다. 비쩍 마르고 철 테 안경을 낀 대학생의 모습이 연상된다. 그는 조그만 스탠드를 켜 놓은 책상에 앉아 창밖을 내다보며 자기가 하고 있는 선행에 고개를 끄덕이고 있다.

"복용하던 약을 중단하면 많은 사람들이 문제에 봉착하게 되거든요."

"음, 이유야 어찌 됐건 도저히 더 이상 견딜 수가 없어요."

"어떻게 자살을 할지 계획은 세웠습니까?"

"네. 브루클린 다리에서 뛰어내릴 생각이에요."

키스가 자판을 두드리는 소리가 들린다.

"음, 스콧, 우리는 자살 예방 센터가 아니지만, 불안한 마음을 가라앉힐 수 있는 5단계 훈련법을 준비해 두고 있어요. 원한다면, 한 번 해 볼래요?"

"어…… 그러죠."

"펜과 종이를 준비할 수 있어요?"

나는 주방 서랍에서 종이와 펜을 꺼낸다. 그걸 욕실로 가져간 다음, 변기에 앉아 통화를 계속한다. 불은 켜 놓았다.

"준비됐죠? 첫째, 당신에게 일어난 사건을 하나 적어 보세요. 직접 경험한 사건 말이에요."

"아무 사건이나 괜찮아요?"

"그래요."

"좋아요……." 나는 '지난주에 피자를 먹었다'라고 종이에 적었다.

"적었어요?" 키스가 묻는다.

"네."

"자, 그럼 그 사건에 대한 느낌이 어땠는지를 적으세요."

"알았어요." '기분이 좋고 배가 불렀다'라고 적었다.

"이제 그 사건과 관련해서 '마땅히 해야 했던 일', 혹은 '하고 싶었던 일'을 적으세요."

"예를 들면요?"

"후회스러운 것, 혹은 그 느낌을 더 좋게 만들 수는 없었을까 하는 것 말이에요."

"잠깐만요. 어, 아무래도 내가 선택한 사건이 별로 적당하지 않은 것 같아요." 나는 제일 위에 적어 놓았던 문장을 얼른 지운다. 그러고는 키스에게 잠깐 기다리라고 하고 '피자를 먹었다'라고 썼던 자리에 '엄마가 만들어 준 호박 요리를 토했다'라고 적고, 2번 항목에는 '죽고 싶다는 생각이 들었다'라고 쓴다. 정신이 하나도 없다.

"그럼 다시 '마땅히 해야 했던 일'과 '하고 싶었던 일'을 적으세요."

음, 호박을 토하지 말았어야 했고, 그랬으면 배가 불렀을 것이다. 그래서 그렇게 적는다.

"이제 그 사건과 관련해서 당신이 실제로 해야 했던 일을 적으세요."

"해야 했던 일이라고요?"

"그래요. 세상에는 '마땅히 해야 했던 일'이나 '하고 싶었던 일' 따위는 없으니까요."

"그런가요?" 슬며시 이 키스라는 사람이 의심스러워지기 시작한다. 불안 관리 센터에서 일한다는 사람이 나를 더 혼란스럽고 초조하게 만들고 있지 않은가.

"그럼요." 그가 말한다. "세상에는 다르게 전개될 수 있었을 일들만 존재합니다. 우리의 인생에 '마땅히 해야 했던 일'이나 '하고 싶었던 일' 따위는 없어요, 안 그런가요? 실제로 다른 방식으로 전개될 수 있었을 일들만 존재할 뿐이에요."

"아."

"당신이 마땅히 해야 했던 일이나 하고 싶었던 일을 했더라면 실제로 어떤 일이 벌어졌을지는 아무도 몰라요. 오히려 인생이 더 힘들어졌을 가능성도 있지 않아요?"

"내가 지금 이렇게 전화통을 붙잡고 있는데 어떻게 그럴 수가 있는지 모르겠네요."

"당신이 가지고 있는 것은 '욕구'예요. 그리고 그 욕구는 음식, 물, 집, 딱 이 세 가지밖에 없고요."

공기도 필요하다. 친구도 필요하고, 돈도 필요하다. 그렇게 따지면 마음도 필요하다고 할 수 있다.

"다음 단계는 당신이 적은 사건과 관련해서 실제로 했어야 하는 일을 적고, 그것을 방금 적은 항목과 비교하는 겁니다."

"전부 몇 단계가 있다고 했죠?"

"5단계. 마지막 5단계가 제일 중요해요. 지금은 4단계고요."

"그런데 말이에요, 음……, 아무래도 자살 예방 센터 사람하고 직접 통화를 하는 게 나을 것 같아요." 나는 피자와 호박이 이러쿵저러쿵 적었다가 지웠다가 하느라 난장판이 된 종이를 내려다본다. "아직도 기분이 너무…… 안 좋아서요."

"알았어요." 키스의 한숨 소리가 들린다.

그가 일을 제대로 하지 못했다고 자책할까 봐 신경이 쓰여서 한마디 덧붙인다. "괜찮아요. 당신 덕분에 정말 큰 도움을 받았어요."

"젊은 사람들을 상대하기가 더 힘들어요." 그가 말한다. "정말 힘들죠. 1-800-SUICIDE에 전화해 봤어요?"

1-800-SUICIDE? 맞다, 그런 게 있었지! 왜 진작 몰랐을까. 여기는 미국이다. 누구나 1-800 번호를 가지고 있다.

"생명의 전화예요. 전국번호죠. 각 지역별로 자살 감시단이라는 조직도 있어요." 그러면서 키스는 또 다른 전화번호를 불러 준다.

"고맙습니다." 나는 두 번호를 다 받아 적는다. "정말 고맙습니다."

"천만에요, 스콧." 그 말을 마지막으로 전화가 끊어진다. 휴대전화가 아닌 전화로 전화를 걸기도 정말 오랜만이다. 1-800-SUICIDE로 전화를 건다. 자살(suicide)이라는 단어가 알파벳 일곱 글자인 게 다행스럽다.

"여보세요." 이번에는 여자 목소리다.

"안녕하세요, 나는……" 조금 전에 키스한테 했던 이야기를 한 번 더 되풀이한다. 이 여자의 이름은 마리차라고 한다.

"그래서 졸로프트 복용을 중단했다고?" 그녀가 묻는다.

"네."

"몇 달 정도는 먹어야 되는데."

"몇 달 먹었어요."

"어떤 사람들은 몇 년씩 먹더라. 적어도 4개월에서 9개월은 먹어야 돼."

"음, 그건 아는데, 훨씬 좋아진 느낌이었거든요."

"좋아, 그래서 지금은 어때?"

"죽고 싶어요."

"알았다, 스콧. 아직 어린데도 얘기를 들어 보니 무척 성숙한 것 같구나."

"고마워요."

"고등학교가 아주 힘든 건 나도 알아."

"그렇게까지 힘들지는 않아요. 내가 감당을 못 할 뿐이죠."

"부모님도 네 상태를 아시니?"

"별로 좋지 않다는 건 아세요. 지금은 주무시고요."

"너는 지금 어디 있는데?"

"욕실에요."

"집 욕실이야?"

"네."

"부모님이랑 같이 사니?"

"네."

"죽고 싶은 생각이 든다는 건 의학적으로 아주 심각한 상태야. 너도 알지?"

"그렇겠죠."

"기분이 그런 상태면 병원에 가 봐야 해, 알았지?"

"그런가요?"

"그래, 지금 당장 응급실을 찾아가. 응급실 사람들은 이럴 때 어떻게 대처해야 하는지 잘 알고 있어. 아마 너를 잘 보살펴 줄 거야."

응급실? 응급실은 초등학교 때 공원에서 놀다가 썰매에 받혀서 기절했을 때 말고는 가 본 적이 없다. 그때는 한쪽 귀에서 피가 났는데, 정신을 차려 보니 사흘 동안 계속 잠을 잔 기분이었고 올해가 몇 년도인지 잘 기억이 나지 않았다. 밤새 경과를 지켜보다가 혹시 뇌에 문제가 생기지 않았는지 확인하기 위해 MRI를 찍고 집으로 돌아왔다.

"바로 응급실에 갈 거지, 스콧?"

"아……"

"내가 911에 전화를 걸어 줄까? 네가 지금 혼자 응급실에 찾아갈 형편이 못 되면 구급차를 보내 줄 수도 있어."

"아니에요, 그럴 필요는 없어요." 이웃 사람들에게 들것에 실려 나가는 모습을 보여 주고 싶지는 않다. 게다가 평소에는 전혀 의식하지 못한 사실인데, 우리 집은 바로 병원 옆이다. 두 블록밖에 떨어지지 않은 곳에 커다란 냉동 산소 탱크를 거느린 회색 건물이 솟아 있는데, 쉴 새 없이 공사 차량들이 들락거리며 증축 작업을 하고 있다. 바로 아제논 병원이다. 걸어가도 되는 거리다. 걸어가는 동안 기분이 좀 나아질 지도 모른다. 일단 이 병원에 도착하면 특별히 내가 해야 할 일은 아무것도 없다. 내가 왜 왔는지를 설명하면 약을 줄 것이다. 어쩌면 새로 개발된 신약을 줄지도 모르고—그 사이에 더욱 효과가 빠른 졸로프트가 개발되었을 수도 있다—그러면 바로 집으로 돌아올 수 있다. 엄마 아빠는 내가 나갔다 온 사실조차 모를 것이다.

"스콧?"

"듣고 있어요. 지금……."

"옷을 갈아입어야 한다고?"

"네."

"좋아. 아주 좋아. 넌 지금 옳은 행동을 하고 있는 거야."

"고마워요." 나는 신발을 찾는다. 아니, 바지가 먼저다. 면바지를 찾아 입는다. 신발은 벌써 까마득한 옛날처럼 느껴지는 오늘 오후에 미네르바 박사님을 만나러 갔을 때 신었던 구두밖에 보이지 않는다. 반짝거리는 락포트 구두다.

"아직 출발 안 했니?"

"네. 지금 재킷을 입고 있어요." 옷걸이에서 재킷을 꺼내 몸에 걸친 다음, 다시 전화기를 집는다.

"됐어요."

"정말 용감하구나, 스콧."

"고마워요."

"그럼 곧장 병원으로 가는 거다, 알았지? 어느 병원으로 갈 거야?"

"아제논 병원이요."

"훌륭한 병원이지. 정말 네가 자랑스럽다, 스콧. 넌 지금 옳은 행동을 하고 있는 거야."

"고마워요, 마리차. 고마워요."

전화를 끊고 현관을 나선다. 그때 조던이 기어 나와 나를 향해 고개를 갸웃거린다. 다행히 짖지는 않는다.

제4부

병원

17

새벽 5시 30분의 응급실은 무척 한산하다. 나에게는 정말 다행스러운 일이 아닐 수 없다. 기다란 검정색 철제 의자에 드문드문 사람들이 앉아 있다. 라틴계 부부가 돌아다니고 있는데, 아줌마는 연신 무릎이 아프다고 비명을 지른다. 나이 지긋한 백인 할머니와 덩치가 태산 같은 그 아들이 나란히 서서 서류를 작성하고 있다. 안경을 낀 흑인 남자는 벤치 끄트머리에 앉아 땅콩을 까고 있는데, 가만 보니 껍질은 조끼 왼쪽 주머니, 알맹이는 오른쪽 주머니에 집어넣는다. 평범한 여느 진료소와 다름없는 풍경이다. 땅콩 까는 아저씨만 빼면.

나는 '접수'라는 팻말이 붙은 정면의 책상으로 다가간다. 직원은 두 명인데, 한 명은 앉아 있고 또 한 명은 그 뒤에 서 있다. 서 있는 여자는 내 또래 정도로밖에 안 보이는데, 아마도 학점 때문에 실습을 나온 학생 같다.

"나는…… 음, 그러니까 접수를 해야 될 것 같은데요." 내가 말한다.

"신청서를 작성하면 곧 간호사가 올 거예요." 앉아 있는 여자가 대답한다. 뒤에 서서 봉투를 정리하던 여자가 나를 힐끗 쳐다본다. 어디서 본 적이 있는 얼굴인가? 나는 얼굴을 가리려고 괜히 겨드랑이 냄새를 맡는 척한다.

신청서가 복사된 용지를 받아 든다. 생일과 주소, 부모님 성함과 전화번호, 건강보험 가입 여부 등을 적게 되어 있다. 건강보험에 대해서는 아는 게 없지만 사회보장 번호를 적으면 될 것 같다. 그렇게 신청서를 작성하다 보니 무슨 특수학교에 응시하는 것 같아서 살짝 기분이 좋아진다.

완성된 신청서를 접수 데스크 한쪽 옆에 걸린 검정색 쟁반 위에 올려놓는다. 내 앞에 다른 신청서는 한 장밖에 없다. 땅콩 아저씨 옆에 앉아서 기다리기로 했다. 무심코 바닥을 내려다보니 30센티미터 길이의 빨갛고 하얀 타일이 체스 판처럼 번갈아 깔려 있어서, 그 위를 이리저리 내달리는 기사의 모습을 잠시 떠올려본다. 내가 완전히 미쳐 버린 걸까? 조금 전의 결심은 어떻게 된 거지? 이제는 너무 늦은 건가? 내 자전거는 우리 아파트 복도에 서 있다. 지금이라도 할 수 있다. 그 정도의 힘은 남아 있다.

"크레이그?" 접수 데스크 한쪽 끝의 출입문에서 어떤 여자의 얼굴이 불쑥 튀어나온다.

내가 일어서자, 라틴계 부부는 자기네가 먼저 왔다며 소리를 지르고, 누군가가 나와 스페인어로 그들을 달랜다. 미안해요.

"이리 와." 새로 나타난 여자가 말한다. "난 간호사야."

나는 그녀와 악수를 나눈다.

"좀 앉아." 그녀를 따라 좁고 긴 방으로 들어가니, 컴퓨터 한 대와 의자 두 개가 놓여 있고 벽에 붙은 옷걸이에 튜브와 가운

따위가 걸려 있다. 방의 한쪽 끝에 난 창으로 동이 트고 있다. 맞은편에는 가정 폭력에 대한 포스터가 붙어 있다. '집 안에서 구타를 당하거나, 성관계를 강요당하거나, 돈을 빼앗기거나, 이민 서류를 가지고 협박을 당한다면, 당신은 가정 폭력의 피해자입니다!'

자그마한 키에 곱슬머리와 조금 우스꽝스러운 얼굴을 가진 간호사는 등 뒤의 고리에 걸려 있던 혈압계를 집어 든다. 나는 옛날부터 혈압계를 좋아했다. 특별히 기분이 좋아져서가 아니라, 혈압도 잴 수 없을 만큼 심각한 상태가 될 수도 있지 않을까 하는 생각 때문이다. 아무튼 간호사는 혈압계를 무슨 판독 장치에 연결한 뒤 펌프질을 한다.

"그래, 무슨 일이지, 무사태평 아저씨?" 간호사가 묻는다.

'무사태평 아저씨?' 나는 다시 한 번 간단한 설명을 되풀이한다.

"혹시 너 자신에게 무슨 짓을 했니? 이를테면 자해를 시도했다거나, 어딘가를 갔다거나 하는 것 말이야."

"아뇨. 1-800-SUICIDE에 전화를 했더니 여기로 가라고 했어요."

"좋아, 잘했어. 넌 옳은 행동을 한 거야. 그 사람들도 잘 대처했고."

간호사는 혈압계를 풀고 돌아앉아서 컴퓨터에 뭔가를 입력한다. 그러고는 모니터 오른쪽에 놓인 쟁반에서 내 신청서를 집어 드는데, 나는 그 신청서에 병원을 찾은 이유로 '죽고 싶은 충동 때문에'라고 적었다.

"자, 약은 먹었니?"

"졸로프트를 먹다가 끊었어요."

"끊었다고?" 그녀의 눈이 휘둥그레진다. "그런 사람들이 참 많더구나." 그녀는 또 뭐라고 자판을 두드린다. "그러면 안 되는데 말이야."

"그러게요." 모든 사람들이 지적할 수 있는 뚜렷한 이유가 있는 것 같아서 차라리 다행스럽다.

"다음에 또 약을 끊고 싶은 생각이 들면 지금 이 순간의 네 기분이 어떤지를 꼭 기억해야 할 거야."

"알았어요." 그 말을 기억 속에 담아 두어야겠다. 나는 죽어 마땅하고, 아무 짝에도 쓸모없는 쓰레기가 된 듯한 끔찍한 기분을 느꼈다. 그런 감정은 쉽사리 잊히지 않는 법이다.

"너는 괜찮아질 거야, 무사태평 아저씨." 그녀가 말한다.

컴퓨터 화면을 통해 그녀가 뭐라고 적는지가 보인다. 그녀는 '내원 이유'에 '자살 충동'이라고 적었다.

그럴듯한 표현이다.

"이리 와." 그녀가 컴퓨터 앞에서 일어나며 말한다. 그 뒤의 프린터에서 뭔가가 지지직거리며 출력된다. 간호사는 손을 뻗어 스티커 두 장을 꺼내더니, 간호사 전용 만능 벨트 같은 허리춤에 차고 있던 플라스틱 팔찌에 스티커를 붙여서 내 오른쪽 손목에 채워 준다.

둘 다 크레이그 길너라는 이름과 함께, 사회보장 번호와 바코드 따위가 찍혀 있다.

"왜 두 개나 차야 되죠?" 내가 묻는다.

"넌 아주 특별하니까."

간호사를 따라 다시 응급실로 나오니, 커튼이 쳐지지 않은 침상을 차지한 토요일 아침의 응급실 환자들의 면면이 나타난다. 대부분 노인들인데, 특히 튜브를 주렁주렁 달고 신음과 고함을 번갈아 내지르는 백인 할머니들이 눈에 띈다. 그들은 한결같이 "무우우울, 무우우우울!" 하면서 물을 달라고 외치지만, 아무도 그들을 거들떠보지 않는다. 의사들—의사는 흰색 가운, 간호사는 파란색 가운을 입는 걸로 알고 있는데, 맞나?—이 클립보드를 든 채 분주히 오간다. 덥수룩한 금빛 수염을 기른 젊은 의사도 있었는데, 평소에 내가 생각하던 전형적인 의사의 모습과는 걸맞지 않지만 그의 명찰에는 분명 '케플러 박사, 레지던트'라고 적혀 있었다. 레지던트라면 아직 학생이라는 뜻이다. 내가 이 지경이 되어 병원을 찾는 신세가 되지 않았더라면 나도 언젠가 대학생이 될 수 있었을 텐데.

"이쪽이야." 간호사가 말한다.

사방에서 삐삐 소리가 울린다. 종류도 다양해서, 아주 시끄러운 소리, 소름 끼치는 소리, 귀여운 소리 등등 제각각이다. 저 소리들을 좀 정리할 수 없을까 하는 생각을 하며 바퀴가 달린 커다란 철제 선반 앞을 지나가는데, 안을 들여다보니 비닐로 덮은 연노랑 쟁반들이 담겨 있다. 환자들에게 나눠 줄 아침 식사인 모양이다. 간호사 한 명이 그 선반을 밀고 '조리실'이라 적힌 문으로 들어간다.

조금 더 걸음을 옮기니 라틴계 남자들 한 무리가 침대에서 빈둥거리는데, 아무래도 술집에서 싸움판을 벌인 일당처럼 보인다. 한 사람은 얼굴에 붕대를 감았고, 또 한 사람은 의사에게 자신의 가슴팍을 가리키고 있으며, 또 한 사람은 바짓가랑이를 걷고 상어한테 물린 것 같은 상처를 보여 주고 있다. 의사가 스페인어로 뭐라고 나무라자, 그는 얼른 바짓가랑이를 내린다. 간호사는 여러 대의 컴퓨터가 설치된 곳을 지나자마자 나에게 잠시 기다리라고 하고는 인도 출신인 듯한 의사에게 신호를 보냈다. 그러자 그 사람이 빨갛고 검은 손잡이가 잔뜩 달려 아주 비싸고 복잡한 기계 장치처럼 보이는 바퀴 달린 침대를 '22'라는 숫자가 적힌 방으로 밀고 들어간다.

22호실은 그 침대가 들어가고도 남을 만큼 널찍하다. 입구에 문짝은 없고 그냥 문틀만 있다. 벽은 노란색이다. 간호사가 나를 안으로 데리고 들어간다.

"의사 선생님이 곧 오실 거야." 그녀가 말한다.

방 안은 아주 환하다. 마치 지옥처럼. 그리고 나는 지금까지 한숨도 못 잤다. 침대에 걸터앉자, 내가 여기서 뭘 하고 있나 하는 생각이 든다. 할 일이 아무것도 없다. 벽에 고리조차 하나 달려 있지 않다.

이 방 앞에 머리를 길게 땋은 흑인 남자가 커튼 옆에 놓인 침대에 누워 있다. 짙은 갈색 옷차림이 제법 고급스러워 보이고 나처럼 검정 구두를 신었는데, 엉덩이를 붙잡고 고통스럽게 꿈틀거리고 있다. 누군가가 잔뜩 얼굴을 찌푸린 채 이를 악물고 가쁜 숨을 몰아쉬며 "간호사, 어떻게 좀 해 봐요" 하고 사정하는 모습을 영화가 아닌 실제 상황에서 직접 목격한 건 이번이 처음이다. 엉덩이뼈가 탈구된 것 아닌가 싶다. 옆으로 몸을 돌렸다가 똑바로 누웠다가 이리저리 자세를 바꿔 보지만, 어느 쪽도 별로 도움이 되지 않는 모양이다.

'병사, 저 사람하고 너하고, 어느 쪽이 더 괴롭겠나?'

'모르겠습니다.'

'정답이 있는 질문은 아니다, 병사.'

'음, 아마 저 사람 아닐까요? 나는 이렇게 빈둥거리며 앉아 있지만, 저 사람은 금방이라도 숨이 넘어갈 것 같잖아요.'

'고작 그 정도밖에 머리가 안 돌아가나?'

'예?'

'너는 똑똑한 아이다. 연기인지 아닌지 정도는 알아차릴 수 있어야지. 그리고 병사,'

'네.'

'조금 전에는 아주 잘했다. 네가 아직 잘 버티고 있으니 다행이야.'

'기분은 별로 좋아지지 않았어요.'

'우리의 인생에서 중요한 것은 기분이 아니다. 할 일을 제대로 처리하는 것이 중요해.'

나는 다시 한 번 흑인 남자를 바라본다. 그 사이에 머리를 짧게 자르고 목 뒤에 지방 덩어리가 약간 솟아 오른 덩치 큰 경찰관 한 사람이 신문과 커피 한 잔을 들고 어슬렁거리는 모습이 보인다. 그가 역시 문짝이 없고 벽장만 한 크기의 21호실과 22호실 사이에 놓인 오렌지색 플라스틱 의자에 앉으며 나를 바라본다.

"어이, 별일 없지?" 그가 나를 향해 말한다. 아주 느리고 차분한 말투다. "내 이름은 크리스야. 필요한 게 있으면 나한테 얘기해." 말을 마친 그는 신문을 펼쳐 든다.

흑인 남자의 신음 소리는 더욱 커지고, 지나가는 모든 간호사를 향해 눈알을 부라린다. 이제는 두 손으로 엉덩이를 움켜잡고 있다. 어쩌면 헤로인 중독자인지도 모른다. 그런 사람들이 모르핀을 구하려고 병원에 와서 통증을 호소하는 경우가 있다고 한다. 나는 잠시 그 사람을 유심히 지켜보며 진짜로 아픈 건지 아닌지 판단해 보려고 애쓴다. 시계는 어디에도 보이지 않는다. 삐삐 소리만 넘쳐날 뿐이다.

크리스가 신문을 흔들며 페이지를 넘긴다. 2면에 '엠파이어 스테이트 86층에서 추락한 남자'라는 기사 제목이 보인다.

"우와." 내가 말한다. 도저히 믿기지가 않는다. "엠파이어 스테이트 빌딩에서 뛰어내린 사람 이야기예요?"

"아니." 크리스는 미소를 지으며 어깨 너머로 나를 슬쩍 돌아본다. "절대 아니야." 그는 바람을 펄럭이며 신문을 닫는다. "너는 이런 거 보면 안 돼."

웃음이 터진다. "너무하잖아요."

"그 사람은 살았어!" 크리스가 말한다.

"네, 그래요."

"살았다고! 너도 살 수 있어."

내가 왜 여기 왔는지 누가 이 사람에게 이야기를 한 걸까? 아니면 정신적으로 문제가 있는 사람은 모두 22호실로 안내되는 건가?

"그 사람이 어떻게 했는데요? 나무 위로 떨어졌나요?"

하지만 크리스는 이미 4면을 펼쳐 든 상태다. "너는 이런 것 보면 안 돼."

누군가에게서 이야기를 들은 게 틀림없다. 원래 그는 응급실에서 일어날 수도 있는 만일의 사태에 대비하기 위해 파견된 경찰관인데, 22호실에 우울증 걸린 소년이 있다는 이야기를 듣고 도움을 주러 온 것 아닌가 싶다.

침대에 눕는다. 재킷을 벗어 얼굴에 덮는다. 그래도 아주 캄캄하지는 않다. 이렇게 잠을 잘 수는 없을 것이다. 팔굽혀펴기라도 하고 싶지만 바퀴 달린 침대에서는 곤란하다. 그렇다고 언제 걸레질을 했는지 알 수 없는 타일 깔린 바닥에서 하는 것도 썩 좋은 생각은 아니다. 우울증 때문에 병원을 찾았다가 디프테리아에 걸려서 나가고 싶지는 않다.

"간호사! 간호사! 제발 어떻게 좀 해 줘요!" 흑인 남자가 또 비명을 지른다.

"무울. 무우울!" 할머니의 갈라진 목소리도 들린다.

"어이, 무슨 일이야?" 크리스가 전화를 받는 모양이다. "아니, 근무 중이야."

삐삐. 어디선가 계속 삐삐 소리가 난다.

이런 것이 병원의 소리인가 보다.

"안녕, 크레이그?"

어떤 의사가 22호실로 들어선다. 길고 검은 머리, 동그스름한 얼굴, 밝은 초록색 눈동자를 가진 여자 의사다.

"안녕하세요."

"나는 데이터 박사라고 해."

"데이터 박사님이라고요?"

"응."

허. 혹시 인조인간이냐고 물어보고 싶지만 실례가 될 것 같다. 별로 그러고 싶은 기분도 아니다.

"좀 어때?"

또 한 번 설명을 되풀이한다. 한 번 할 때마다 점점 짧아진다. 죽고 싶었어요. 자살 예방 센터에 전화를 걸었어요. 그래서 여기 왔어요. 어쩌고저쩌고.

"옳은 행동을 했구나." 그녀가 말한다. "많은 사람들이 약을 끊었다가 많은 문제를 일으키거든."

"그렇다고 들었어요."

"자, 브루클린 다리에서 뛰어내리고 싶었던 것 말고 뭐 다른 건 없어? 뭔가가 보인다거나 들린다거나?"

"없어요." 장교의 목소리에 대해서는 말하지 않을 생각이다. 바니 박사님을 만날 때도 마찬가지였다.

"부모님도 네가 여기 있는 걸 아셔?"

"아뇨."

"좋아, 그럼 이제부터 우리가 너를 위해 할 수 있는 일이 뭔지를 말해 줄게, 크레이그." 그녀는 청진기를 꺼내 손에 들고 팔짱을 낀다. 꽤 예쁜 얼굴이다. 눈매가 조금 심각해 보이긴 하지만, 그래도 예쁘다. "오늘은 토요일이라 제일 훌륭한 정신과 선생님들이 오시는 날이야. 너는 마호무드 박사님을 만나 보는 게 좋을 것 같아. 조금 있으면 오실 텐데, 너에게 필요한 조치를 취해 주실 거야."

갑자기 마흐무드 박사가 이 병원 안에 있는 자신의 사무실로 나를 데려가는 장면이 눈앞에 그려진다. 사무실은 굉장히 수수하고 쾌적하다. 아마 검정색 소파와 커다란 창문, 그리고 피카소 그림이 몇 점 걸려 있지 않을까 싶다. 마흐무드 박사가 나를 그 사무실로 데려가 응급 요법을 시도한다. 그는 미네르바 박사와 달리 반전을 이뤄 낼 것이고, 졸로프트(아마도 효과가 더 빠른 버전으로)를 다시 처방해 줄 것이며, 그러면 나는 집으로 돌아갈 수 있을 것이다.

"좋은 계획이네요."

"자, 이제 부모님에게 네가 여기 있다는 사실을 알리는 게 좋겠어. 마흐무드 박사님이 오시면 너희 부모님에게 서명을 받아야 하니까."

"아아아아."

"무슨 문제라도 있어?"

"아뇨. 괜찮아요."

"부모님은 어디 계시니?"

"여기서 두 블록 떨어진 곳이요."

"두 분이 같이 사셔? 너를 잘 보살펴 주시고?"

"네."

"부모님이 네가 여기 있는 것을 알게 되어도 별다른 일은 없겠지?"

나도 모르게 한숨이 새어 나온다. "네. 별일이 있는 건…… 나니까요."

"걱정하지 마. 많은 사람들이 너랑 비슷한 경험을 하니까. 주로 스트레스랑 깊은 연관이 있지. 자, 숨 한 번 크게 쉬어 볼래, 크레이그?"

그녀는 내 등에다 청진기를 대고 숨을 크게 쉬라는 둥 기침을 해 보라는 둥 여러 가지를 주문한다. 내 불알을 움켜잡지 않아서 다행이다. 문도 없는데.

그녀가 진찰을 하는 동안 나는 주위를 둘러본다. 간호사 한 사람이 흑인 남자를 들여다보고 있다.

"마흐무드 박사님이 곧 내려오실 거야. 그럼 부모님께 연락해서 두 시간 안에 오시라고 전해 줘."

두 시간이라고? 젠장. 두 시간이나 더 기다려야 되는 건가?

"알았어요."

데이터 박사님은 나를 향해 고개를 끄덕여 보인다. "우리가 도와줄게."

"고마워요." 나도 애써 미소를 짓는다.

그녀가 방을 나간다. 어차피 부모님에게 연락을 해야 한다면 최대한 빨리 하는 게 나을 것 같다. 휴대전화를 여니, 응급실이라 그런지 신호가 잡히지 않는다. 혹시 공중전화가 있나 하고 방을 나오니, 크리스가 벌떡 일어난다.

"어이, 친구. 아까 말했잖아, 필요한 게 있으면 나한테 얘기하라고. 무슨 일이야?"

그를 돌아보니 경찰 배지와 허리에 찬 곤봉이 제일 먼저 보인다. 이제야 그가 왜 여기 있는지 알 것 같다. 그는 일상적으로, 혹은 응급실을 지키기 위해서가 아니라 나를 지키려고 여기 와 있는 것이다. 정신적인 문제 때문에 병원을 찾는 사람에게는 경찰을 붙여서 자해를 하지 못하도록 예방하는 모양이다. 말하자면 자살 감시라고나 할까. 자살을 하고 싶으면 1-800-SUICIDE로 전화하세요. 자살 감시도 해 드립니다.

"엄, 우리 엄마한테 전화를 해야 해서요."

"문제없어. 저기, 전화 보이지? 9번 누르고 걸면 돼." 그가 턱짓으로 한쪽을 가리킨다.

정말로 세 발짝도 떨어지지 않은 곳에 전화기가 있다. 하지만 크리스는 두 손을 허리에 얹은 채 수화기를 집어 드는 나를 유심히 지켜본다.

18

'안녕, 엄마. 나 지금 병원에 있어.' 이건 아니다.

'안녕하세요, 엄마. 지금 앉아 있어요?' 이건 더 아니고.

'엄마, 내가 지금 어디서 전화를 거는지 절대 안 믿어질걸요!' 젠장.

"여보세요, 엄마?" 수화기에서 엄마의 갈라진 목소리가 흘러나오자마자 자동적으로 대사가 흘러나온다. "별일 없죠?"

"크레이그! 너 어디야?! 벨 소리에 일어나 보니 네가 침대에 없더구나. 괜찮니?"

"괜찮아요."

"에런네 집이니?"

"어……" 이 사이로 공기가 빨려 들어온다. "아니에요, 엄마. 에런네 아니에요."

"그럼 어디니?"

"그게, 저…… 어젯밤에 그러고 나서 너무 상태가 안 좋은 것 같아 아제는 병원에 왔어요."

"아, 맙소사." 엄마는 숨만 몰아쉴 뿐 좀처럼 말을 잇지 못한다. 엄마가 털썩 주저앉는 소리가 들린다. "너…… 정말 괜찮은 거지?"

"음, 그러니까…… 죽고 싶은 생각밖에 없었어요."

"아, 크레이그." 엄마가 울음을 터뜨리지는 않았지만, 손으로 얼굴을 감싸는 소리가 들린다.

"죄송해요."

"아니다, 아니야! 내가 미안하지. 내가 그것도 모르고 잠만 잤어!"

"그러지 마세요, 엄마. 엄마가 어떻게 아시겠어요?"

"상태가 안 좋은 줄은 알았지만, 그 정도인 줄은 몰랐어. 어떻게 된 거냐? 거기까지는 어떻게 갔어?"

"걱정하지 마세요. 아무 짓도 안 했으니까요. 다 엄마 책 덕분이에요."

"성경 말이냐?"

"아뇨, 《사랑의 상실에 대처하는 법》이라는 책 있잖아요."

"살아남는 법이겠지. 《사랑의 상실에서 살아남는 법》. 정말 좋은 책이야."

"그 책을 보니까 자살 예방 센터에 전화하라는 말이 나와서 그렇게 했어요."

"전화기 옆에 놓여 있는 종이가 그거냐?"

"네. 이제 버리셔도 괜찮아요. 전화를 하니까 응급 상태라는 느낌이 들면 응급실로 가야 된다고 해서 신발을 신고 여기로 온 거예요."

"아, 크레이그, 다른 짓은 안 했지?" 엄마는 그렇게 물어 놓고 숨을 죽인다.

"그럼요. 그냥 병원에 접수만 했어요."

두 블록 떨어진 우리 집에서 엄마가 손으로 가슴을 천천히 쓸어내리며 참았던 숨을 몰아쉬는 소리가 들린다. "네가 정말 자랑스럽다."

"정말요?"

"지금까지 네가 한 일 중에서 제일 용기 있는 행동이야."

"어…… 고마워요."

"이건 지금까지 네가 한 행동 중에서 제일 생명을 소중히 생각하고 한 일이야. 정말 올바른 결정을 내렸어. 사랑한다, 크레이그. 하나밖에 없는 우리 아들, 정말 사랑해. 그것만은 꼭 기억해 줘."

"저도 사랑해요, 엄마."

"나 자신이 형편없는 엄마라고 생각했는데, 네 스스로 그런 결정을 내릴 수 있도록 가르친 걸 보니 그렇게 형편없는 엄마는 아닌가 보구나. 너는 어떻게 행동해야 할지를 스스로 판단할 수 있는 아이야. 그게 얼마나 중요한지 모른다. 그리고 그 병원에서 너를 잘 보살펴 줄 거야. 굉장히 좋은 병원이거든. 내가 당장 달려갈게. 아빠도 같이 갈까?"

"모르겠어요. 지금은 옆에 사람이 적을수록 좋을 것 같기는 하네요."

"지금 있는 곳이 정확히 어디야?"

"응급실이에요. 엄마가 서명해야 할 서류가 있나 봐요."

"이제부터 어떻게 한대?"

"마흐무드 박사님이라는 의사 선생님을 만날 거예요."

"기분은 좀 어떠니?"

"잘 모르겠어요. 모든 게 현실 같지가 않아요. 어젯밤에 한숨도 못 잤어요."

"아, 크레이그, 진작 내가 알았더라면…… 그런 줄도 모르고……"

내 얼굴에 미소가 떠오른다. "사랑해요, 엄마. 그만 끊어야겠어요." 크리스가 나를 쳐다보고 있다.

"사랑한다. 네가 정말 자랑스러워."

전화를 끊는다. 엄마는 내가 고등학교에 들어갔을 때보다 병원에 들어온 걸 더 행복해하는 것 같다.

크리스를 돌아보다가, 그 옆의 21호실에 누가 들어온 것을 발견한다. 흑인 남자가 침대에 앉아 있다. 대머리이기는 한데 면도칼로 박박 민 대머리가 아니다. 가장자리에 흰머리가 듬성듬성 남아 있는 걸로 봐서는 나이가 들어 머리가 빠진 모양이다. 대신 얼굴에는 수염이 텁수룩하고 두 팔을 다리 위에 X자로 얹은 모습이다. 살집이 없고 트레이닝 바지와 흰 티셔츠를 입었는데, 목 바로 밑에서부터 정체를 알 수 없는 짙은 얼룩이 잔뜩 묻어 있다. 벽 쪽으로 고개를 돌릴 때 보니 귀에서 목까지 길게 팬 흉터가 보인다. 갑자기 그가 내 쪽을 돌아본다. 순간적으로 그가 하얗고 멀쩡한 앞니를 드러낸 채 미소를 짓는 것 말고는 아무것도 보이지 않는다.

조심스럽게 22호실로 돌아와 다시 머리를 땋은 남자를 지켜본다. 이제 꿈틀거리지는 않는다. 침대 위에 일어나 앉아 눈을 감고 바짓가랑이를 무릎까지 걷어 올린 채 종아리와 가슴과 얼굴 할 것 없이 온몸을 긁으며 뭐라고 웅얼거리고 있다. 아마도 간호사가 그 사람에게 필요한 조치를 취해 준 모양이다. 가만 보니 정말로 가려움증을 달래기 위해 몸을 긁는 것 같지는 않다. 삐삐 소리에 맞추어 리듬을 타듯 천천히 몸을 앞뒤로 흔들고 있고, 대략 15초에 한 번 꼴로 눈을 떴다가 다시 감는 듯하다.

나도 저렇게 되었어야 했다. 나도 진작 마약에 손을 댔더라면 우울증에 빠질 시간도 없었을 것이다. 아마 헤로인이겠지? 내가 필요한 게 바로 그거다. 하지만 다시 한 번 생각해 보니 친구들한테 '이봐, 어디 가면 헤로인을 구할 수 있는지 아는 사람?' 하고 묻기란 좀 거시기하다. 다들 내가 농담하는 줄 알 것이다. 게다가 헤로인의 별명이 '말(horse)'이라는 점도 무척 마음에 걸린다. 멀쩡한 얼굴을 하고 '말 좀 주세요.' 할 엄두가 나지 않는다. 만약 내가 헤로인을 하면 나는 헤로인에 중독된 10대 우울증 환자가 될 것이다. 너무 진부하다.

"아침 좀 먹을래?" 크리스가 묻는다. 괜찮다고 대답할 겨를도 없이 노란 쟁반 하나가 내 앞에 놓인다. 쟁반에는 오트밀처럼 보이는 죽 반 사발에, 뚜껑 달린 스티로폼 그릇에 담은 삶은 달걀 으깬 것, 커피 한 잔(뚜껑에 커피 얼룩이 조금 묻어 있어서 보지 않아도 커피인 줄 알 수 있다.), 알루미늄 호일로 덮은 오렌지 주스, 그리고 샌드위치 한 조각 등이 담겨 있다. 포크와 스푼, 나이프, 소금, 후추, 설탕도 있다. 보기만 해도 속이 거북해진다. 구미가 당기는 게 하나도 없다. 하지만 누가 지켜보고 있을지도 모른다는 생각에 빵을 조그맣게 뜯어서 입에 넣고 오렌지 주스를 삼킨다. 간호사에게 차를 한 잔 부탁했더니 또 커피를 가져다준다. 커피 냄새를 맡아 보니 상당히 불길한 예감이 느껴져서 크리스한테 슬쩍 떠넘긴다.

"나도 있어." 크리스는 세계 어디서나 흔히 볼 수 있는 브랜드의 커피를 들고 있다. 병원이라 그런지 좀 낯설게 느껴지는 광경이다.

크리스가 휴대전화로 수다를 떠는 동안 (그가 어느 통신사를 이용하고 있는지 궁금하다. 어떤 남자가 두꺼운 벽 뒤에서 전화기를 들고 "내 말 들려요?" 하고 소리치는 광고에 써먹어도 될 것 같다.) 데이터 박사가 돌아와 내 나이와 주소 등을 적어 넣어야 하는 서류를 건넨다. 21호실에 있는 아저씨도 같은 서류를 작성해야 하는 모양이다.

"좀 어때요, 지미?" 데이터 박사가 21호실에서 한껏 목청을 높여 묻는다.

"말했잖아, 그게 올 거라고!" 아저씨가 걸쭉한 남부 사투리로 대답한다.

데이터 박사는 혀를 끌끌 찬다. "왜 또 돌아왔어요, 지미? 한동안 안 만나도 될 줄 알았더니."

"내, 내, 내가 일어나 보니 침대에 불이 붙었어."

아무래도 엄마가 당장 도착할 것 같지는 않다. 아마 짐을 꾸리느라 상당히 시간이 걸릴 것이다. 잠 좀 자면 소원이 없겠다. 침상에 드러누워 얼굴에 재킷을 뒤집어써 보지만 머릿속이 너무 복잡하다. 이제 어떻게 하지? 슬그머니 속이 불편해지기 시작한다. 여기는 병원이다. 오늘 밤에 약속이 있는데. 에런의 집에서 큰 파티가 열리기로 되어 있다. 내가 거기 갈 수 있을까? 못 가면 뭐라고 말해야 되지? 대안은 있나? 집에서 숙제를 하려고 끙끙거리다가 잠도 못 자고 꼴딱 밤을 새지 않을까? 또 하루를 뜬눈으로 지새우면 정말 미쳐 버릴 것 같다.

바닥을 쳤다는 사실을 어떻게 알 수 있지? 진짜 바닥은 병원이 아니라 길거리에 나가야 부딪힐 수 있다. 하지만 쳇바퀴가 돌아가기 시작하면 도저히 감당이 안 되어 마치 거기가 바닥처럼 느껴진다. 나는 재킷을 걷고 일어나 앉는다.

"화장실 좀 갔다 와도 돼요?" 내가 크리스에게 묻는다.

크리스는 앞장서서 말 많은 라틴계 환자들 앞을 지나 깨끗한 화장실로 나를 안내하는데, 아마 이 화장실도 볼 것 못 볼 것 많이 봤을 듯하다. 크리스는 바깥에서 기다린다. 나는 잠시 주위를 둘러보며 만약 꼭 필요하다면 어떻게 이 화장실 안에서 내 목숨을 끊을 수 있을지 생각해 본다. 변기에다 머리를 처박는 수밖에 없을 것 같다. 젠장. 공포 영화에서도 그런 장면은 본 기억이 없다. 변기를 살펴보니 아무래도 서서 볼일을 보는 게 낫겠다. 이제 더 이상 누구에게 걷어차인 강아지처럼 앉아서 볼일을 보지는 않을 것이다. 선 채로 시원하게 오줌을 누고 손을 씻은 다음, 화장실에서 나온다.

"우와, 동작 빠른데?" 크리스가 말한다.

21호실의 지미를 지나 원래 있던 자리로 돌아온다. 여전히 두 손을 무릎 위에 엇갈리게 놓은 그에게, 데이터 박사님이 질문을 던지고 있다.

"딱 한 번만 말할 거야. 그 숫자를 걸라니까. 그 숫자가 당신한테 올 거야!"

머리 땋은 남자는 여전히 제정신이 아니다.

나는 다시 침상 위에 드러눕는다. 간호사가 카트를 밀고 오는 것을 보니, 또 밥을 먹으라고 할까 봐 겁이 난다. 간호사는 문짝도 없는 문에 노크를 하더니 내 심장박동을 재야 한다고 한다. 그러기 위해서는 온몸에 전선이 연결된 끈적끈적한 전극을 붙여야 한다. 아프지는 않지만, 나중에 뗄 때 조금 따끔한 느낌이 들 것이다. 내가 카트를 향해 돌아눕자 간호사가 전극을 붙이고, 전축 바늘처럼 생긴 금속 침이 내 박동을 기록하기 시작한다. 날카로운 쐐기가 하나 그려지더니, 조금 더 평평한 쐐기와 깊이 팬 계곡이 되풀이된다. '저게 바로 너야. 저게 네 심장이라고.'

"됐어." 간호사는 그렇게 말하며 전극을 뗀다. 접착제가 그렇게까지 강력하지 않아서 별로 아프지 않다. 전극들이 무슨 나무뿌리처럼 얽힌 채 카트 옆으로 늘어져 대롱거린다. 잠시 아무것도 하지 않고 누워 있던 나는, 일어나서 셔츠와 재킷을 입는다. 내가 여기 들어온 지 얼마나 됐지? 휴대전화를 열어 본다. 두 시간 반쯤 지난 것 같다.

"길너 씨?"

짙은 색 정장에 회색 넥타이를 맨 남자가 내 방 입구에 서 있다. 드럼통처럼 우람한 체구가 문틀을 완전히 가릴 태세다. 근엄한 얼굴에는 살짝 얽은 자국이 있고 흰머리는 많이 났으며 눈썹이 짙다. 악수를 해 보니 손아귀도 묵직하다.

"나는 닥터 마흐무드라고 한다. 기분은 어때? 여긴 왜 왔지?"

또 한 번 사정을 설명한다.

"부모님이 여기 와 계시냐?"

"음, 전화를 드렸는데……"

"여기요? 알았어요, 고마워요!" 어디선가 엄마 목소리가 들린다. 나는 두 손으로 머리를 감싼다.

"여기라고요? 22호실?"

마흐무드 박사가 옆으로 비켜서자, 왼손에는 커다란 가방을 들고 오른팔로 조던을 안고 있는 엄마의 모습과 함께, 나를 여기로 데려다준 간호사가 보인다.

"아주머니!" 간호사가 소리친다. "여기까지 개를 데리고 오시면 안 된다니까요!"

"개라뇨?" 엄마는 조던을 가방 속으로 집어넣으며 시치미를 뗀다. 조던은 가방 밖으로 머리를 내밀고 나를 향해 몇 번 짖더니 이내 잠잠해진다.

갑자기 응급실 안에 정적이 흐른다. 심지어는 정신을 못 차리고 버둥거리던 머리 땋은 남자조차 엄마를 바라본다. 크리스가 엄마를 향해 다가서고, 나를 데려다준 간호사는 나를 가리키며—

"잠깐!" 마흐무드 박사가 말한다. "길너 부인이십니까?"

"네? 크레이그! 아, 하나님!"

이제 아무도 엄마 앞을 가로막지 못한다. 사람들이 길을 터주자, 엄마는 마치 다섯 살짜리 소녀라도 되는 듯이 나를 있는 힘껏 끌어안으며 몸을 좌우로 흔든다. 조던이 나를 향해 으르렁거린다.

"하도 난리를 피워서 할 수 없이 데려왔어. 아, 사랑한다, 크레이그." 엄마가 뜨뜻한 침을 튀기며 내 귀에 대고 속삭인다.

"알아요." 나도 엄마를 끌어안는다.

"길너 부인—"

"당장 개를 데리고 여기서 나가셔야 해요." 간호사가 말한다.

"개를 데리고 왔다고? 개는 못 들어오게 되어 있는데." 크리스가 중얼거린다.

"잠깐만." 마흐무드 박사가 말한다.

우리는 일제히 그를 돌아본다.

"좋아요, 길너 부인. 이왕 이렇게 오셨으니 몇 가지 묻겠습니다. 부인의 아드님은 자살 충동과 극심한 우울증 때문에 자기 발로 이 병원을 찾아왔어요. 알고 계십니까?"

"네."

"졸로프트를 복용하다가 끊었다고 하더군요."

"그랬니?" 엄마가 나를 돌아보며 묻는다.

"많이 좋아졌다고 생각했어요." 나는 그렇게 말하며 어깨를 슬쩍 들었다 놓는다.

"아빠를 닮아서 얼마나 고집이 센지 몰라요, 선생님."

"음, 다음 질문은 크레이그한테 묻는 겁니다. 크레이그, 들어가기를 원하니?"

들어간다고? 나는 그게 무슨 특수한 방으로 들어가서 마흐무드 박사와 이야기를 나눌 수 있겠느냐는 뜻인 줄 알았다. 잠깐 이야기를 나누고 집으로 돌아가면 될 것이다. 그렇게라도 해야 응급실에서 이 고생을 한 보람이 있을 것 같다.

"네." 내가 대답한다.

"잘 생각했다." 엄마도 한마디 거든다.

"길너 부인, 부인께서 크레이그의 이 결정을 뒷받침하는 양식에 서명을 하셔야 합니다." 마흐무드 박사는 그렇게 말하며 내 쪽을 향하고 있던 클립보드의 방향을 돌려 엄마에게 내민다. 위쪽에 조그만 글자가 깨알처럼 박혀 있고, 아래쪽의 글자는 그보다 더 작다. 한복판에 가로로 선이 하나 그어져 있고, 서명하는 칸이 있다.

"미리 말해 둘 게 있어요." 마흐무드 박사가 말한다. "현재 이 병원은 내부 수리를 하고 있어서 공간이 부족합니다. 그래서 아드님은 성인들과 함께 지내게 될 겁니다."

"네? 뭐라고요?"

"청소년 병동이 아니라 성인 환자들과 함께 지내게 될 거라는 말씀입니다."

아, 그럼 어른들과 함께 마흐무드 박사님을 만날 차례를 기다려야 한다고? "상관없어요." 내가 말한다.

"좋아." 의사는 미소를 짓는다.

"괜찮겠죠?" 엄마가 묻는다.

"물론입니다. 여기는 브루클린에서 제일 환자들을 잘 돌보는 병원이에요. 내부 수리는 일시적인 상황일 뿐이고요."

"좋아요. 크레이그, 정말 괜찮겠니?"

"그럼요. 괜찮아요."

엄마는 서류에 아무도 알아볼 수 없는 서명을 휘갈긴다.

"좋아. 이제 준비는 다 됐다, 크레이그." 마흐무드 박사가 말한다. "이제 훨씬 기분이 좋아질 거야."

"고맙습니다." 나는 다시 한 번 그와 악수를 나눈다. 그는 돌아서서 응급실의 다른 환자들을 살펴보기 시작한다.

간호사가 엄마의 어깨를 건드리며 말한다. "죄송합니다만 당장 그 개를 데리고 나가셔야 해요, 부인."

"내 아들한테 옷 가방은 전해 줘도 되겠죠?"

"옷이 왜 필요해요?" 내가 묻는다. 가방 속을 들여다보니 평소에 내가 별로 좋아하지 않는 옷들과 함께, 조던이 그 위에 올라앉아 있다.

"아드님에게 뭔가를 놓고 가시려면 나중에 다시 가져오셔야 해요." 간호사가 대답한다.

"그럼 이제 얘는 어디로 가는 거죠?" 엄마의 말투는 마치 내가 그 자리에 없는 것 같다.

"제6북병동이요." 간호사가 대답한다. "나중에 아드님에게 물어보세요. 자, 그만 나가세요."

"사랑한다, 크레이그."

"안녕히 가세요, 엄마."

짧은 포옹을 나눈 엄마가 돌아선다. 크리스는 허리에 손을 얹은 채 이 장면을 지켜보고 있다. 병원에 이런 보안요원이 왜 필요한지 아직도 잘 납득이 가지 않는다.

"제6북병동이 뭐예요?" 내가 크리스에게 묻는다.

"아, 어, 우리는 이야기를 나누면 안 돼." 크리스는 그렇게 대답하고 다시 자리에 앉아 신문을 펼친다. 뭔가 새로운 소식이 없나 하고 문밖을 내다보지만, 달라진 것은 하나도 없다. 정말

지겨운 곳이다. 우울증만 아니었어도 이런 곳에 올 이유가 없었을 텐데.

"길너 씨?" 이윽고 누군가의 목소리가 들린다. 호리호리하고 짧은 턱수염을 기르고 안경을 낀, 머리만 좀 더 길었어도 영락없이 나이든 히피처럼 보일 법한 처음 보는 남자가 문 앞에 나타난다. 하얀 가운도, 파란 가운도, 경찰 제복도 아닌, 청바지에 싸구려 셔츠와 가죽으로 보이는 조끼를 입었다.

"나는 스미티라고 해. 이제 올라갈 준비가 다 된 것 같구나."

"두 명이에요!" 어떤 의사가 지나가다가 참견을 한다. "21호실과 22호실."

"음, 21호실 환자에 대해서는 아직 서류를 못 받았어요." 스미티는 고개를 가로젓는다. "그러니 일단 길너 씨를 먼저 데리고 가고, 나중에 다시 내려오면 되잖아요. 아니, 저 사람은 지미 아니에요?"

"돌아왔어요." 의사가 신음을 내뱉듯 중얼거린다.

"저런, 토요일이잖아요. 다 잘될 겁니다. 길너 씨?" 스미트는 나를 돌아본다.

"어, 네."

"이 북새통을 빠져나갈 준비가 되었니?"

"그럼요. 마흐무드 박사님을 만나러 가는 건가요?"

"그래. 나중에 만날 거야."

"자네가 맡을 거야, 스미티?" 크리스가 묻는다.

"설마 말썽을 피울 생각은 아니겠지, 길너 씨?"

"음, 아닌데요."

"좋아, 소지품 다 챙겼어?"

나는 팔찌와 열쇠와 휴대전화와 지갑을 확인한다. "네!"

"그럼 가자."

나는 침상에서 뛰어내려 크리스한테 고개를 한 번 끄덕여 보인 다음, 천천히 걸음을 옮기는 스미티를 따라 걷는다. 화장실 옆의 문을 통해 응급실을 나서니, 전혀 다른 풍경이 펼쳐진다. 실내에서 자라는 나무들이 무성하고, 붉은 벽돌 벽에는 이 병원에서 근무하는 저명한 의사들의 포스터가 붙어 있다. 스미티는 여러 대의 엘리베이터가 있는 복도로 나를 데려간다.

그가 올라가는 단추를 누른 뒤, 내 옆에 서서 고개를 끄덕인다. 두 대의 엘리베이터 사이에 붙은 동판이 각 층의 용도를 말해 준다.

4층: 소아과 병동

5층: 분만실

6층: 성인 정신과 병동

'저런, 6층으로 올라갈 모양이네.'

"혹시 성인 정신과 병동으로 가는 거예요?" 내가 스미티에게 묻는다.

"음." 그가 나를 돌아보며 대답한다. "넌 아직 노인 정신과 병동으로 들어갈 나이는 안 됐잖아." 그러면서 미소를 짓는다.

엘리베이터에서 '딩' 소리가 난다. 스미티와 나는 엘리베이터에 올라 각각 하나씩 모퉁이를 차지하고 돌아선다. 6층에 도착하자 스미티가 내리라는 몸짓을 한다. 파란 가운을 입은 통통한 라틴계 남자가 한 손으로 입을 막고 있는 포스터가 보인다. '쉿! 환자들이 쉬고 있어요.' 스미티가 커다란 문에 카드를 넣었다 빼자 문이 열리고, 우리는 안으로 들어선다.

어른 한 명이 두 팔을 머리 위로 쭉 뻗고 가로로 누워도 될 만큼 널따란 복도가 나온다. 복도 끝에는 큼직한 창문 두 개, 그리고 형형색색의 소파들이 보인다. 오른쪽에 유리로 된 창문이 달린 조그만 사무실이 있는데, 유리에 2~3센티미터가량 구멍을 뚫고 전깃줄을 집어넣었다. 컴퓨터 앞에 간호사들이 앉아 있다. 사무실 뒤에 이어진 복도가 오른쪽으로 갈라진다. 계속 스미티를 따라가니 두 개의 홀이 만나는 교차로가 나오는데, 나는 우선 오른쪽부터 먼저 살펴본다.

한 남자가 홀과 복도를 구분하는 난간에 기대 서 있다. 땅딸막한 체구에 눈이 툭 튀어나왔고, 잔뜩 일그러진 얼굴에 입술도 약간 뒤틀린 것이 영락없는 언청이의 모습이다. 목에는 솜털이 가득하고, 조그만 얼굴에 검은 머리칼이 한 움큼 나 있다. 그는 마치 내가 맨홀 속에서 튀어나와 달에서 떨어진 운석을 건네기라도 한 것처럼 노숙자 같은 눈빛으로 나를 바라본다.

'맙소사.' 그제야 정신이 번쩍 든다. '여기가 바로 정신병원이야.'

제5부
제6북병동, 토요일

19

“이쪽으로 오거라, 일단 혈압부터 확인해 보자.” 스미티가 나를 조그만 사무실로 데리고 들어가며 말한다. 카트를 끌고 와 혈압을 재더니 섬세한 손가락으로 내 맥박을 짚어 본 다음, 앞에 놓인 종이에다 120/80이라고 적는다.

“120에 80이면 더럽게 정상이잖아요, 그렇죠?” 내가 묻는다.

“그렇지.” 스미티는 미소를 짓는다. “이왕이면 깨끗하게 정상인 게 더 낫지 않니?” 그가 혈압계를 정리하며 말을 잇는다. “여기서 잠깐 기다려. 너랑 이야기할 간호사를 불러올 테니까.”

“간호사요? 그럼 아저씨는 뭐예요?”

“나는 이 층의 주간 근무자 가운데 한 명이야.”

“이 층이 정확하게…… 뭐죠?”

“성인 정신과 환자들이 단기로 입원하는 병동이야.”

“한마디로 정신병원이라는 얘기죠?”

“흔히 생각하는 정신병원하고는 달라. 이제 나머지 질문은 간호사한테 하렴.” 스미티는 서류를 한 장 남겨 놓고 사무실을 나선다. 또 이름과 주소, 사회보장 번호 등을 적어야 하나 보다. 그런데 잠깐, 이 서류는 예전에도 본 적이 있는데? 그래, 바니 박사님의 사무실에서 작성한 설문지와 똑같다. '일상생활을 감당할 자신이 없다.' 1) 전혀 아니다, 2) 가끔 그럴 때가 있다, 3) 거의 매일 그렇다, 4) 그렇지 않을 때가 없다.

젠장, 누가 병원 아니라고 할까 봐. 나는 스무 개가량 되는 설문에 자해, 음주, 마약 복용 등을 제외하고는 모두 4번을 선택한다. (대마초에 대해서는 절대 언급하지 않는 것이 원칙이다. 에런은 의사든, 선생님이든, 아무리 믿을 만한 사람이라 해도 절대 대마초를 피운다는 이야기를 하면 안 된다고 몇 번이나 강조했다. 자칫하면 FBI의 대마초 흡연자 명단에 오르기 십상이라는 이유였다.) 내가 서류 작성을 거의 끝낼 무렵, 땅딸막하고 머리를 촘촘히 땋은 흑인 간호사가 들어온다. 그녀가 걸쭉한 서인도제도 발음으로 자기소개를 한다.

"크레이그, 난 모니카야. 이 층의 전담 간호사지. 네 기분을 파악해서 어떻게 도움을 줄지 판단하려면 몇 가지 질문을 해야 하는데, 괜찮겠지?"

"네, 아……." 또 한 번 같은 소리를 되풀이해야 할 시간인가 보다. "내가 이 병원을 찾아온 이유는 심한 자살 충동을 느꼈기 때문인데, 아래층에서 접수를 하긴 했지만 정확하게 어디로 가게 될지 모르는 상태에서 얼떨결에 여기까지 올라오게 되었어요. 그래서 말인데 내가 정말로—"

"잠깐만, 크레이그. 보여 줄 게 있어." 모니카 간호사는 내 옆으로 와서 섰는데, 키가 너무 작아서 내 앉은 키와 별 차이가 나지 않는다. 그녀는 엄마가 불과 한 시간 전에 아래층에서 서명한 서류를 꺼낸다.

"여기, 보이지? 네가 자발적으로 아제논 병원의 정신과 병동에 입원하는 데 동의했다는 내용이야, 안 그래?"

"예……."

"잘 봐. 여기에는 담당 의사가 퇴원 계획을 세워도 좋다는 판단이 들 때 퇴원할 수 있다고 되어 있어."

"그럼 의사 선생님의 허락이 없으면 여기서 못 나간다는 말이에요?"

"기다려 봐." 그녀는 의자에 엉덩이를 걸치며 말을 잇는다. "여기가 너에게 적합한 곳이 아니라고 생각되면 5일 이후에 편지를 쓸 수 있어. 우리가 흔히 '5일 편지'라고 부르는 건데, 왜 여기가 너에게 적합하지 않은지를 설명하는 편지야. 우리는 그걸 검토해서 너를 퇴원시킬지 말지를 결정하는 거고." 그녀는 미소를 짓는다.

"그럼 내가 최소한 5일은 여기 있어야 한다는 거예요?"

"더러는 이틀만 있다가 나가는 사람들도 있어. 30일을 넘기는 경우는 거의 없고."

맙소사. 여기에 대해서는 더 이상 얘기할 필요도 없을 것 같다. 엄마의 서명이 떡하니 버티고 있으니까. 나는 의자에 몸을 기댄다. 오늘 아침까지만 해도 비교적 멀쩡하던 내가, 지금은 정신병 환자가 되어 버렸다. 하지만 솔직히 말해서 아침에도 나는 별로 멀쩡하지 않았다. 차라리 이렇게 된 게 잘된 건가? 아니, 꼭 그렇지는 않다. 이건—

"이제 네가 어떻게 하다가 여기까지 오게 되었는지 얘기해 보자." 모니카가 재촉한다.

어쩔 수 없이 또 사정을 설명한다.

"마지막으로 병원에 입원을 한 게 언제니?"

"한 4년 전쯤? 썰매를 타다가 다쳤을 때요."

"그럼 정신적인 문제 때문에 입원을 한 적은 없구나."

"어, 없어요."

"좋아. 이제 이 차트를 좀 봐 봐. 이거 보이지?"

그녀 앞에 놓인 종이에 0부터 10까지 단계가 나뉘어 있다.

"이건 육체적인 고통을 나타내는 차트야. 자, 지금 네가 느끼는 육체적인 고통을 0부터 10 사이의 숫자로 표현한다면 얼마쯤 될까?"

종이를 좀 더 자세히 들여다본다. 0 밑에는 '전혀 고통스럽지 않다'라고 적혀 있고, 10 밑에는 '참을 수 없을 만큼 너무 고통스럽다'라고 적혀 있다. 나도 모르게 혀를 깨문다.

"0이요." 내가 간신히 대답한다.

"좋아, 이게 진짜 중요한 질문인데—" 그녀는 잠시 말을 끊고 몸을 앞으로 숙인다. "여기 도착하기 전에 자해를 시도한 적이 있니?"

내가 보기에도 이건 아주 중요한 질문인 것 같다. 아마도 내 대답에 따라 텔레비전이 놓인 정상적인 방으로 들어가느냐, 온몸을 묶을 끈이 준비된 특수한 방으로 들어가느냐가 결정될 것 같다.

"아뇨." 내가 대답한다.

"뭘 먹은 적은 없니? 그러니까 잠을 잘 자기 위해서?"

"네?"

"잠이 오지 않아서 약을 먹는 사람들도 있잖아. 수면제를 먹거나 술을 마시면—"

"아, 아뇨." 내가 대답한다.

"음, 아주 좋아." 모니카가 말한다. "우리는 너를 잃고 싶지 않아. 네가 가진 재능을 생각해 봐. 네가 가진 능력들 말이야. 네 손끝에서 발끝까지."

생각을 해 보려고 애쓴다. 서류에 서명하는 내 손, 수업 시간에 늦었을 때 전속력으로 달리는 내 발. 확실히, 나도 잘하는 게 전혀 없지는 않다.

"자, 이제 점심 먹을 시간이 되었구나." 모니카가 말한다. "기독교인이니?"

"어, 네."

"채식주의자?"

"아니에요."

"그럼 특별히 가리는 음식은 없겠구나. 좋아, 이 규정들을 잘 읽어 봐." 모니카는 네 장짜리 문서를 내 앞에 내려놓는다. "이 층에서 꼭 지켜야 할 행동 수칙을 적은 종이야." 내 눈길은 제일 먼저 '6) 환자들은 말끔하게 면도를 해야 한다. 매일 아침 식사를 마친 뒤 병원 직원이 지켜보는 앞에서 면도를 한다'라는 항목을 발견한다.

"벌써 봤겠지만, 1번에 뭐라고 적혀 있는지 확인해 볼래?"

"어…… 휴대전화는 이용할 수 없다……."

"맞아. 혹시 가지고 있니?"

주머니에 든 휴대전화가 느껴진다. 이것을 빼앗기고 싶지는 않다. 지금 이 순간, 내가 나일 수 있는 것은 바로 이 휴대전화 덕분이다. 휴대전화가 없으면 나는 어떤 존재가 될까? 친구들 전화번호를 하나도 외우고 있지 않으니, 친구가 없어질 것이다. 가족도 없어지는 거나 다름없다. 집 전화번호 말고 엄마 아빠 휴대전화 번호는 외우지 못하니까. 한마디로 짐승이나 다를 바 없는 처지다.

"여기다 꺼내 놔." 모니카가 말한다. "퇴원할 때까지 네 사물함에 보관해 둘 거야. 아니면 면회 온 사람한테 가지고 가라고 하든지."

나는 전화기를 꺼내 놓는다.

"전원을 꺼 줄래?"

폴더를 여니 새 음성 메시지 두 건이 와 있다. 누군지 궁금하지만 종료 버튼을 길게 누른다. 안녕, 내 전화기야.

"자, 이것도 아주 중요해. 혹시 몸에 날카로운 물건 같은 거 지닌 거 있니?"

"열쇠는 어때요?"

"열쇠도 마찬가지야. 우리가 보관해 둘게."

나는 소지품을 모두 꺼내 테이블 위에 내려놓는다. 모니카가 공항의 보안요원처럼 그것들을 쟁반에 담는다.

"아주 좋아. 뭐 다른 건 없지?"

'모니카, 이제 지갑이랑 몸에 걸친 옷밖에 없다고요.' 나는 고개를 가로젓는다.

"됐다." 모니카는 자리에서 일어난다. "이제 보비가 이 층의 어디에 뭐가 있는지 안내를 해 줄 거야." 모니카는 나에게 고개를 끄덕여 보인 뒤, 내 차트를 가지고 복도로 나간다. 잠시 후 그녀가 눈 밑에 짙은 그림자가 드리워지고 코는 세 군데쯤 부러진 적이 있는 듯한 수척한 얼굴의 남자와 함께 돌아온다. 방금 본 행동 수칙과는 달리, 그의 턱에는 수염이 무성하다. 나이는 제법 들어 보이지만 아직 머리가 빠지지는 않아서, 건성으로 빗다 만 듯한 회색 머리칼이 머리통을 뒤덮고 있다. 자세가 마치 머리 받침에 기대고 있는 것처럼 뒤로 비스듬히 기울어져 무척 어색해 보인다.

"맙소사, 아직 어린애잖아!" 그가 입술을 비틀며 중얼거린다. 그는 나에게 악수를 청하는데, 엄지가 구부러진 오른손을 옆으로 비스듬히 들어 올리는 느낌이다.

"나는 보비라고 한다." 그가 말한다.

그의 셔츠에는 '화성인 마빈'이 그려져 있고, 그 밑에 '세계 정복자'라는 글자가 박혀 있다.

"크레이그예요." 나는 의자에서 일어난다.

그가 고개를 끄덕이자, 회색 수염이 길게 자란 그의 목울대가 까딱거린다. "관광을 시작할 준비는 다 되었겠지?"

20

보비는 그 이상한 걸음걸이로 나를 환한 홀로 데리고 간다.

"지금은 다들 식당에 있을 시간이야." 그는 내가 들어온 복도에서 반대편으로 갈라지는 복도로 접어들며 말한다. 왼쪽에 파란색 페인트가 칠해진 식당이 있는데, 높은 곳에 텔레비전이 달려 있고 원형 식탁들이 가득하다. 식당은 사각형 구멍이 뚫린 유리벽으로 홀과 구분되어 있다. 안으로 들어가니 식탁을 모두 한쪽으로 밀어 놓은 채 각양각색의 사람들이 느슨하게 원을 그리고 앉아 있다.

나는 지금까지 그토록 다양한 사람들이 한자리에 모여 있는 것을 한 번도 본 적이 없다. 제멋대로 수염을 기른 할아버지(면도 규정은 어떻게 된 거야?)가 몸을 앞뒤로 흔들고 있고, 거대한 몸집을 자랑하는 흑인 여자는 지팡이 위에 턱을 기대고 있다. 탈진 직전으로 보이는 긴 금발 남자는 손가락으로 머리칼을 쓸어 넘기고 있고 땅딸막한 대머리 아저씨는 인상을 잔뜩 찌푸린 채 겨드랑이를 벅벅 긁고 있다. 안경을 낀 할머니는 혼자서 뭐라고 중얼거리며 독수리가 날아가는 흉내를 내다가 갑자기 몸을 돌려 의자 등받이를 살핀다. 조금 전에 홀에서 본 조그만 남자는 연신 다리를 떨어 대고, 검은 머리칼에 파란색 하이라이트를 넣은 여자는 자기도 남들 못지않게 혼란스럽다는 것을 입증하고 싶은 듯 의자에 널브러져 있다. 유난히 안색이 창백한 덩치 큰 여자는 의자에 몸을 기댄 채 엄지 두 개를 맞대고 빙글빙글 돌려 댄다. 철 테 안경을 낀 젊은 남자는 넋 나간 사람처럼 꼼짝도 하지 않고 앉아 있고, 언제 올라왔는지 아래층에서 본 지미도 보인다. 여전히 얼룩진 셔츠를 입고 전등을 멍하니 올려다보는 모습이다. 전에도 입원한 적이 있는 환자라서 수속을 빨리 진행한 모양이다.

이 무리의 대장이 누구인지는 내가 봐도 한눈에 알 수 있다. 검은 머리를 짧게 자른 호리호리한 여자가 그 주인공이다. 열두 명 남짓한 사람들 가운데 옷을 제대로 갖춰 입은 사람은 그녀가 유일하다. 더러는 감청색 목욕 가운이나 목이 헐렁한 브이넥을 걸친 사람들도 있다.

"이봐, 크레이그." 보비가 나를 잡아당기며 말한다. "그렇게 관심이 가면 너도 저 자리에 들어가도 돼."

"아니에요, 그냥—"

"나는 너를 안내해야 되기 때문에 참석하지 않은 거야."

"그렇군요."

"자, 담배는…… 잠깐, 너 혹시 담배 피우니?"

"어…… 뭔가 피우기는 해요."

"담배 말이다."

"아니, 담배는 안 피워요."

"누가 물어본 사람이 있었어?"

"아뇨."

"아마 네가 미성년자라 그런가 보다. 몇 살이냐?"

"열다섯이요."

"맙소사! 좋아, 아무튼 담배는 아침 식사 후, 점심 식사 후, 오후 3시, 저녁 식사 후, 그리고 소등 직전, 이렇게 하루에 다섯 번 피울 수 있어."

"알았어요."

"대부분은 담배를 피우지. 피운다고 하면 너에게도 담배를 줄 거야."

"저런." 그 소리를 들으니 슬그머니 웃음이 나온다.

"여기는 흡연을 허용하는 몇 안 되는 병원 가운데 하나야." 보비는 우리 뒤쪽을 가리키며 말을 잇는다. "흡연실은 반대쪽 홀에 있어."

우리는 처음에 들어간 홀과 직각을 이루는 세 번째 홀로 들어선다. 이제야 이 층이 H자 모양이라는 걸 알 것 같다. 처음에 들어온 입구는 왼쪽 세로막대 아랫부분이고, 간호사 사무실은 왼쪽 세로막대와 가로막대가 만나는 지점이다. 식당은 가로막대와 오른쪽 세로막대가 만나는 지점, 방들은 왼쪽과 오른쪽 세로막대를 따라 길게 배치되어 있다. 우리는 지금 이 방들을 지나 오른쪽 세로막대 윗부분으로 올라가고 있다. 방마다 문에 환자 이름과 담당 의사 이름이 적힌 쪽지를 붙여 놓았다. 환자들은 이름, 의사들은 성을 적기로 원칙을 정한 모양이다. 이를테면 베티/마흐무드 박사, 피터/물런스 박사, 무끄타다/마흐무드 박사 하는 식이다.

"내 방은 어디예요?"

"아직 준비가 안 됐을 거야. 점심시간 이후에는 확실히 정해지겠지. 자, 여기는 샤워실이고—" 보비는 그렇게 말하며 오른쪽을 가리키는데, 문에 좌우로 밀었다 당겼다 할 수 있는 분홍색 막대가 달려 있어 '사용중'과 '비었음'을 가리킬 수 있도록 했다.

"안으로 들어가면 저 막대를 '사용중'으로 밀어야 되는데, 사람들이 자세히 살펴보지 않을 뿐 아니라 자물쇠도 없으니 되도록 문에 가깝게 서서 씻는 게 좋을 거야. 물살이 거기까지 오지 않기 때문에 쉽지는 않겠지만 말이다."

"안에서 어떻게 '사용중' 쪽으로 막대를 밀 수 있죠?"

"아니, 그건 여기서 하면 돼." 보비는 그렇게 대답하며 막대를 민다. 막대가 '비었음'을 가리니 '사용중'만 보인다.

"머리 잘 썼네요." 나는 막대를 도로 밀어 넣으며 중얼거린다. 아주 간단한 원리지만 보비가 보여 주지 않았으면 못 알아차렸을 것이다.

"남자용 욕실과 여자용 욕실이 따로 있나요?"

"여기는 욕실이 아니라 샤워실이야. 욕실은 방에 따로 있고. 여기는 남녀 공용이야. 다른 홀에도 샤워실이 있는데……" 보비는 계속 걸음을 옮기며 말을 잇는다. "나 같으면 거긴 안 가. 솔로몬이 싫어하거든."

"솔로몬이 누구예요?"

그 사이에 홀 끝에까지 도착했다. 창문에는 유리가 두 개 붙어 있고 블라인드도 있는데, 이상하게 블라인드는 창문 사이에 달려 있다. 바깥으로 구름이 여기저기 떠 있는 5월의 브루클린 하늘이 보인다. 벽 앞에 의자들이 늘어서 있다. 우리가 그쪽으로 다가가자 얼굴에 흉터가 있는 금발 소녀가 무슨 종이를 앞에 놓고 있다가 우리를 보고는 황급히 방으로 사라진다.

"가끔 여기서 영화를 틀어 줄 때가 있어." 보비가 어깨를 슬쩍 들어 올리며 말한다. "반대쪽에 있는 흡연실에서 틀어 줄 때도 있고."

"그렇군요. 방금 걔는 누구예요?"

"노엘. 청소년 병동에서 옮겨 왔어." 우리는 방향을 바꾸어 오던 길을 되짚어 간다. "아침 식사 후, 점심 식사 후, 그리고 잠자리 들기 전에 약을 나누어 줄 거야." 보비는 스미티가 앉아서 음료수를 따르고 있는 식당 맞은편의 책상을 가리킨다. "저기가 간호사실이야. 아까 거기는 간호사 사무실이고. 개인 소지품을 보관하는 사물함은 저 간호사실 뒤에 있어."

"내 휴대전화도 뺏겼어요."

"그래, 그렇게 하도록 되어 있지."

"이메일은 어떻게 해요?"

"뭐?" 우리는 식당으로 돌아왔다. 나는 조금씩 걸음을 늦춘다. 식당 안에서는 사팔뜨기의 땅딸막한 대머리 아저씨가 열변을 토하고 있다.

"……이따금 당신을 제대로 된 인간으로 대접해 주지 않는 이들이 있는데, 나는 개인적으로 이것을 상당히 불만스럽게 생각하지. 내가 의사를 찾아가 '나는 죽는 게 두렵지 않소. 오히려 사는 게 두렵소. 내 배에다 대검을 찔러 넣고 싶소'라고 말한다고 해서 그게 곧 내가 당신들을 두려워한다는 의미는 아니거든."

"우리를 행복하게 만드는 것들에 대한 이야기에 집중해 봅시다, 험블." 의사가 말한다.

"나는 정신과 의사들을 잘 알아. 그 사람들이 우리가 하는 말을 종이에 적는 척할 때, 실제로는 자기네 최신 요트를 팔면 돈이 얼마나 남을까를 적고 있는 거거든. 왜냐하면 그들은 인간의 존엄성을 모르는 여피족이라……"

"가자." 보비가 나를 툭 치며 말한다.

"저 사람 이름이 험블이에요?"

"그래. 벤슨허스트 출신이지." 벤슨허스트라면 이탈리아 사람들과 유대인들이 많이 사는, 브루클린에서도 제일 후진 동네다. 여자 혼자 이 동네를 걸어가면 건달들이 가득 탄 차가 쫓아오며 '이봐, 아가씨, 태워 줄까?' 하고 지분거린다.

"아저씨는 어디 출신이에요?" 내가 묻는다.

"쉽스헤드 베이." 역시 브루클린에 속하지만, 여기도 만만치 않은 동네다. 러시아 사람들이 많이 산다. 둘 다 중심가에서 꽤 떨어진 곳이다.

"나는 여기 토박이에요." 내가 말한다.

"그래? 좋은 동네지."

"맞아요, 나도 그렇게 생각해요."

"제길, 나도 이런 동네에서 살 수 있으면 남은 불알 한쪽이라도 떼어 주겠다. 이 근처에서 집을 구하려고 알아보는 중이야. 그나저나, 전화는 저기 있다."

보비는 왼쪽을 가리킨다. 노란 수화기가 달린 공중전화가 보인다. "밤 10시까지 사용할 수 있어." 그가 말한다. "받는 번호는 오른쪽 귀퉁이에 적혀 있고, 네가 받은 종이에도 적혀 있어. 혹시 전화를 받을 일이 있으면 말이지만. 너한테 전화가 온 걸 어떻게 아느냐고? 그건 걱정하지 마, 누군가가 너를 찾으러 올 테니까."

보비는 잠시 말을 멈춘다.

"이상이야."

정말로 아주 간단하다.

"이제 여기서 뭘 하죠?" 내가 묻는다.

"여러 가지 활동들이 있어. 사람들이 와서 기타를 연주하기도 하고, 조니는 미술과 공작 시간을 지도하지. 그럴 때 말고는 전화나 놓치지 않고 받으면 돼. 여기서 빠져나갈 궁리도 하고."

"보통 사람들이 여기서 얼마나 있어요?"

"너는 아직 어린 데다가, 돈도 있고 가족도 있으니 며칠이면 나갈 수 있을 거야."

깊게 꺼진 보비의 눈을 바라본다. 정신병원에서 지켜야 할 에티켓을 내가 어떻게 알고 있는지 모르겠지만, 어쩌면 타고났거나 언젠가 이런 곳에 오게 되리라는 걸 알고 있었던 것인지도 모른다. 아무튼 여기서는 누구에게 어쩌다가 여기 들어오게 되었는지를 물어보면 절대 안 될 것 같다. 그것은 마치 교도소 안에서 마주친 사람한테 "그래? 그래서 어떻게 되었는데? 사람이라도 죽였어? 정말 그런 거야?" 하고 꼬치꼬치 따져 묻는 것과 비슷할 것이다.

하지만 동시에, 내가 자발적으로 여기 들어온 이유를 설명한다 해도 그것 가지고 나를 판단할 사람은 아무도 없을 것 같다는 인상을 받았다. 누구도 그런 나를 완전히 미친놈이라거나 조금 덜 미친놈이라고 손가락질 하지는 않을 것이고, 따라서 그것은 친구를 사귀는 방법이 될 수 있을 것이다. 어차피 여기서 달리 할 이야기가 뭐 있겠는가? 그래서 나는 보비에게 이렇게 말한다. "나는 심각한 우울증에 시달린 끝에 이 병원을 찾았어요."

"나도 그래." 보비는 고개를 끄덕인다. "열다섯 살 때부터 그랬어." 그의 눈에 깊은 어둠과 두려움이 잠시 번득인 것 같기도 하다. 우리는 악수를 나눈다.

"이봐, 크레이그!" 스미티가 자기 책상에서 나를 부른다. "네 방이 준비됐어. 룸메이트 만나 볼래?"

21

내 룸메이트는 무끄타다다.

무끄타다라는 이름에서 연상되는 모습 그대로이다. 키가 훤칠하고 꼿꼿한 회색 수염을 길렀으며, 주름지고 까무잡잡한 얼굴은 약간 넓적한 편이고 하얀 뿔테 안경을 꼈다. 지독한 체취를 풍기는 암청색 장삼 같은 것을 입고 있는 걸 보면 다른 옷은 한 벌도 없는 게 분명하다. 사실 이런 것들을 알아차리기가 그리 쉽지만은 않았는데, 왜냐하면 내가 방으로 들어갔을 때 그는 침대에 드러누워 꿈쩍도 하지 않았기 때문이다.

스미티가 전등을 켜며 말한다. "무끄타다! 점심때가 다 됐어요! 그만 일어나세요. 새 룸메이트도 왔으니까."

"음?" 그가 겨우 이불을 들추며 돌아본다. "누가 왔다고?"

"저는 크레이그라고 해요." 나는 주머니에 손을 넣은 채 인사를 건넨다.

"음, 여기는 너무 추워, 크레이그. 마음에 들지 않을 거야."

"무끄타다, 난방 장치 고치는 사람 안 왔어요?"

"그래, 어제 고쳤어. 그래도 너무 추워. 오늘도 고쳤는데, 오늘 밤에도 아주 추울 거야."

"지금 봄이에요, 무끄타다. 하나도 안 춥다고요."

"음."

"크레이그, 네 침대는 여기야."

반대편 구석에 내 침대가 놓여 있는데, 솔직히 저런 것도 침대라고 부를 수 있을지 모르겠다. 지금까지 이렇게 빈약한 침대는 본 적이 없다. 너무 작고 색깔도 누렇다. 까는 시트 한 장, 덮는 시트 한 장, 베개 하나가 전부다. 담요도, 인형도, 서랍도, 무늬도, 촛불도, 머리판도 없다. 그러고 보니 방의 구조 자체도 크게 다르지 않다. 역시 블라인드가 달린 창문 하나, 패널 밑에 가려진 라디에이터, 침대 두 개, 테이블 하나, 테이블 위에 놓인 우스꽝스러운 병원 특유의 주전자 하나, 전등, 벽장, 욕실. 벽에도 무늬 따위는 없다. 천장에만 작은 구멍들이 뚫린 타일을 붙였는데 한참 쳐다보고 있으면 재미있을 것 같다. 벽장을 열어 보니 무끄타다가 맨 아래 선반에 잘 접은 바지 한 벌을 넣어 두었다. 나머지 공간은 온통 내 차지다. 재킷을 벗어 벽장에 집어넣었다.

"됐지?" 스미티가 말한다. "5분 후에 점심시간이야."

그가 문을 열어 놓고 나간다.

나는 내 침대에 걸터앉는다.

"문 좀 닫아라." 무끄타다가 말한다. 문을 닫고 돌아오니 그가 나를 빤히 쳐다본다. "고맙다."

"점심때는 뭐가 나와요?" 내가 묻는다.

"음."

어떤 반응을 보여야 좋을지 모르겠다. 내 질문을 못 알아들은 걸까? "어…… 음식은 먹을 만해요?"

"음."

"아…… 아저씨는 어디서 오셨어요?"

"이집트." 발음이 아주 간략하다. 그나마 그가 한 말 중에서 제일 기분 좋은 목소리다. "너는?"

"백인이에요. 독일과 아일랜드와 체코 쪽 혈통이 섞였죠. 유대인의 피도 조금 섞였고요. 그래도 전 크리스천이에요."

이런 이야기를 하다 보니 문득 이 방에도 국제 기드온 협회(성경의 전 세계적인 출판과 보급을 지향하는 국제 개신교 단체. 전 세계 호텔, 병원, 군부대, 학교, 교도소 등에 무료로 성경을 배포한다.—옮긴이) 사람들이 성경책을 가져다 놓았을지 궁금해진다. 그들은 이 세상의 모든 모텔 방에 성경책을 가져다 놓는 사람들이다. 틀림없이 여기도 다녀갔을 것이다. 일단 서랍과 주전자 밑을 확인해 봤는데, 아무것도 없다. 기드온의 손길이 미치지 않는 곳이라니, 사태가 심각하다.

"음." 무끄타다가 중얼거린다. "뭘 찾는 거냐? 여긴 아무것도 없다." 그는 계속 나를 쳐다본다.

침대에 드러누워 간밤에 못 잔 잠을 좀 자고 싶은데 바로 옆 침대에 무끄타다가 누워 있으니 왠지 나가서 좀 돌아다니는 게 더 나을 것 같다는 생각이 든다. 하지만 어쩌면 나보다 상태가 더 안 좋은 사람과 같은 방을 쓰는 것도 나쁘지는 않을 것 같다. 지금까지 한 번도 생각해 보지 않은 문제지만, 세상에는 나보다 더 심각한 사람들도 있다. 그렇지 않은가? 그러니까 내 말은, 집이 없는 사람들도 있고 침대를 벗어날 수 없는 사람들도 있으며 직장을 구하지 못하는 사람들도 있고 무끄타다 같은 경우는 온도에 굉장히 민감한 것 같은데, 이게 다 뇌에 이상이 생겼기 때문이다. 그들과 비하면 나는…… 음, 배부른 망나니라고나 할까. 그렇게 생각하니 또 기분이 확 가라앉는다. 어느 쪽이 더 심각한 것일까?

방을 나오다가 하마터면 커다란 철제 카트에 머리를 박을 뻔했다. 위생모를 쓴 병원 직원이 밀고 지나가던 이 카트에는 김이 모락모락 나는 음식 쟁반이 잔뜩 담겨 있는데, 냄새만 맡아도 방금 요리한 티가 난다.

"조심해." 직원이 나를 향해 소리친다.

아, 안 돼. 저 음식을 먹을 자신이 없다. 이제 사람들은 내가 얼마나 심각한 상태인지 알게 될 것이 분명하다. 아래층에서 달걀조차 하나 먹지 못했으니 지금도 마찬가지일 것이다. 스트레스가 심해지면 내 위장 속의 남자가 밧줄을 당길 것이고, 그러다가 식당에서 구토를 하면 어떻게 될까? 신고식 한 번 제대로 치르는 꼴이다.

"점심이다!" 언청이 비슷한 자그마한 남자가 큰 소리로 외친다. 그는 식당에서 튀어나와 반대편 창문까지 갔다 돌아오며 방마다 문을 두드린다. 방의 주인이 깨어 있건 말건 상관하지 않는다. "어서 나와, 칸다스! 가자, 버니! 밥 먹어, 케이트! 밥 먹을 시간이다! 어서 나와, 무끄타다!"

"저 사람은 아멜리오야." 등 뒤에서 누군가의 목소리가 들린다. 돌아보니 보비가 화성인 셔츠를 입고 서 있다. "다들 저 사람을 대통령이라고 부르지. 이 층을 다스리는 사람이니까."

“어이, 넌 누구냐?” 아멜리오가 지나가다가 나에게 묻는다.

“크레이그예요.” 나는 그 사람과 악수를 나눈다.

“만나서 반갑다! 좋아, 여러분! 여기 새로운 인물이 등장했다! 아주 좋아, 친구! 새로운 친구가 생겼군. 좋은 일이지! 점심 시간이다! 솔로몬, 말썽 피우지 말고 어서 방에서 나와! 밥은 먹어야 할 것 아냐! 누구나 다 먹어야 한다!”

연신 고함을 질러 대는 아멜리오를 따라 식당으로 들어온 나는 아직도 정신과 의사와 요트 이야기에 여념이 없는 험블이라는 대머리 아저씨 옆에 앉는다.

22

아제논 병원이 나의 첫 식사로 내가 먹을 수 있는 음식을 골랐을 가능성은 얼마나 될까? 다른 사람들의 쟁반을 보니 생선튀김과 송아지 마르살라, 테크니컬러 파이, 그 밖에 보기만 해도 속이 울렁거리는 음식뿐인데(대통령 아멜리오가 사람들의 이름을 부르며 쟁반을 나눠 준다. 내 차례가 되자 그는 "길너, 길너, 내 새로운 친구로군!" 하면서 쟁반을 건넨다.) 다행히 나한테는 카레맛 닭가슴살 요리가 나왔다. 진짜 액체 카레를 얹은 게 아니라 노란 향신료를 뿌려서 보기에도 먹음직하고, 플라스틱 나이프와 포크가 따라 나와 잘라 먹기도 편하다. 그 밖에 내가 제일 좋아하는 채소인 브로콜리와 양념한 당근도 한쪽 옆에 놓여 있다. 쟁반에 달린 플라스틱 뚜껑을 여는 순간, 내 입가에 미소가 번진다. 위장 속에서 완벽한 반전까지는 아니지만 그나마 약간의 변화가 일어난 덕분에 이 음식들을 먹을 수 있을 것 같다. 닭고기와 채소 외에도 커피, 뜨거운 물, 티백, 우유, 설탕, 소금, 후추, 주스, 요구르트, 쿠키 등이 같이 나왔다. 이렇게 먹음직스러운 음식을 언제 마지막으로 봤는지 모르겠다. 나는 닭고기를 자르기 시작한다.

"소금 남는 사람 없어?" 험블이 목을 길게 뽑고 소리친다.

"여기요." 나는 내 소금 봉지를 건넨다. "아저씨를 유혹하려는 건 아니지만요."

"뭐야, 나한테 하는 얘기야?" 험블이 자기 닭고기에 소금을 뿌리며 말한다. 그는 일주일 전에 누구한테 얻어맞은 것처럼 양쪽 눈두덩에 희미한 자주색 멍이 남은 눈으로 나를 바라본다. "그러니 내가 너를 여피족이라고 판단하는 것도 무리가 아니겠지."

"아닌데요." 나는 닭고기 한 조각을 입에 넣으며 대답한다. 맛이 괜찮다.

"이 동네에는 여피족이 아주 많아. 너도 그렇게 생겼고. 돈 많은 여피족이 어떻게 생겼는지는 너도 알지?"

"네."

"다른 사람에게는 전혀 관심이 없는 자들이야. 나하고는 딴판이지. 봐라, 나는 진심으로 남을 생각하는 사람이야. 그렇다고 가끔은 나도 누군가를 사정없이 두들겨 패고 싶은 충동을 느끼지 말라는 법이 있나? 천만에, 환경이 그런 걸 어떡해. 나는 동물 같은 사람이야."

"우리 모두 동물 같은 사람들이에요." 내가 말한다. "특히 이렇게 한 방에서 다 같이 밥을 먹으니 더 그래요. 고등학교가 생각나기도 하고요."

"넌 똑똑한 녀석이로군. 척 보면 알지. 우리는 모두 짐승이다. 고등학교도 짐승이고. 하지만 우리 중에는 남들보다 더 짐승 같은 자들이 있어. 내가 읽은 《동물 농장》에서는 모든 짐승이 평등하게 창조되었지만, 남들보다 더 평등한 자들도 있나? 현실 세계에서는 모든 평등이 동물을 창조하지만, 더러는 남들보다 더 짐승 같은 자들도 있어. 잠깐, 내가 알기 쉽게 써서 설명을 해 주지." 험블은 각종 보드게임을 쌓아 둔 등 뒤의 창가로 손을 뻗는다. 그러고는 제일 위에 놓여 있던 스크래블 상자를 집어 들고 안에서 펜을 꺼내더니, 판을 엎어서 이미 온갖 낙서들이 빽빽한 그 뒷면에 뭔가를 휘갈겨 쓰기 시작한다.

"험블!" 문 앞에 선 스미티가 소리친다.

"알았어, 알았다니까!" 험블은 두 손을 치켜든다. "내가 안 그랬어!"

"스크래블 판에 낙서하지 말라고 몇 번이나 얘기해야 돼요? 종이랑 연필 필요해요?"

"좋을 대로." 험블이 중얼거린다. "어차피 모든 건 여기 다 있으니까." 그는 자기 머리를 가리키며 그렇게 말하더니, 마치 아무 일도 없었다는 듯이 다시 나를 돌아보며 말을 잇는다. "너랑 나, 우리는 평등할지도 모르지만 사실은 내가 더 짐승 같아."

"어, 네." 아무래도 내가 자리를 아주 잘 고른 모양이다.

"나는 언제 어떤 상황에서도 대장 수컷이 되어야 해. 너를 보자마자 내가 몇 가지 판단을 내린 이유도 바로 그 때문이고. 척 보니 너는 아직 어리군. 광야에서는 사자가 다른 무리, 다른 종의 새로운 새끼를 발견하면 곧바로 잡아 죽이지. 자기 새끼를 먹여 살리기 위해서 말이야. 하지만 여기는……" 그는 이 대목에서 '여기'라는 단어가 무슨 뜻인지 설명해야 되는 것처럼 손으로 주위를 한 바퀴 가리키는데, 마치 일단 이 안에 들어오고 나면 그것이 더 이상 당연하게 받아들여지지 않는다고 생각하는 것 같다. "불행하게도 나의 양육 본능을 받아 줄 여성이 현저하게 부족해 보인다. 따라서 너의 젊음은 나에게 전혀 위협이 되지 않아."

"알았어요." 건너편에서는 지미가 한 손으로 주스 병을 따려고 낑낑거린다. 다른 손은 옆구리에 늘어뜨리고 있는데, 그 손을 쓰지 못하는지 아니면 쓰고 싶지 않은지 잘 구분이 가지 않는다. 스미티가 다가가서 그를 도와준다.

"그게 너한테 올 거야!" 지미가 소리친다.

"내가 너에게 위협이 된다고 생각해?" 험블이 묻는다.

"아뇨. 아저씨는 참 좋은 사람처럼 보여요." 내가 음식을 씹으며 대답한다.

험블은 고개를 끄덕인다. 쟁반에 놓여 있던 그의 음식은 아무런 잘못을 저지르지 않았음에도 불구하고 불과 20초 만에 완전히 파괴되어 그 절반이 험블의 배 속으로 들어간다. 나는 천천히, 그러나 꾸준히 음식을 삼킨다.

"내가 네 나이 때, 너, 열다섯 살 맞지?"

나는 고개를 끄덕인다. "어떻게 아셨어요?"

"원래 나이를 잘 맞춰. 내가 열다섯 살 때 스물여덟 살 먹은 여자 친구가 있었지. 이유는 지금도 모르겠는데, 아무튼 나를 무척 좋아하더라고. 그때만 해도 내가 대마초를 많이 피웠어. 인생이 온통 대마초였지……."

어느 순간 나도 모르는 사이에 위장이 정상으로 돌아오는 것은 신기한 일이 아닐 수 없다. 나는 험블의 이야기를 귓등으로 흘려들으며 먹는 데 집중한다. 먹고 싶어서가 아니라 무언가를 극복해야 하기 때문에, 누군가에게 나를 증명해 보이기 위해서가 아니라 '음식이 거기 있기' 때문에. 내가 지금 음식을 먹는 이유는, 사람이라면 먹어야 하기 때문이다. 어떤 조직이 내 앞에 먹을 것을 내놓을 때, 그 뒤에 정체불명의 거대한 힘이 작용하고 누구에게도 고마움을 표시할 필요가 없을 때, 험블 같은 경쟁자가 낚아채기 전에 그 음식을 없애 버려야 한다는 동물적인 본능이 발동한다. 나는 닭고기를 씹으며, 생각을 너무 많이 하는 것이 나의 문제가 아닐까 생각한다.

'너는 그래서 군대에 들어갈 필요가 있는 것이다, 병사.'

'저는 이미 군대에 들어와 있다고 생각했는데요, 장교님!'

'너는 미합중국의 군대가 아니라 정신적인 군대에 들어와 있다, 길너.'

'그럼 어떻게 들어가면 됩니까?'

'나도 모른다. 감당할 수 있겠나?'

'잘 모르겠습니다.'

'음, 네가 질서와 규율을 좋아한다는 건 너도 알고 있는 것 같군. 너 같은 젊은이들은 그래서 군대에 들어가야 한다, 길너.'

'하지만 나는 군대에 가고 싶지 않아요. 그냥 정상적으로 살고 싶어요.'

'그렇다면 너도 생각을 좀 해 볼 필요가 있다. 정상적으로 산다고 다 잘 사는 건 아니니까.'

"여자 친구 있어?" 험블이 묻는다.

"네?"

"있지? 바깥에 어딘가 있겠지. 뜨거운 열다섯 살 시절을 보내고 있어?" 그는 음식 색깔의 포크로 나를 가리킨다.

"아뇨!" 나는 니아를 떠올리며 미소를 짓는다.

"예쁜 애들이 얼마나 많은데." 험블은 머리칼을 쓸어 넘기듯 머리를 어루만지지만, 사실 그는 대머리다. 대신 까무잡잡한 팔뚝에 털이 많고 조커와 칼과 불도그와 해적선이 문신으로 새겨져 있다. "요즘 애들은 점점 더 예뻐지는 것 같아."

"호르몬 때문이죠." 내가 대답한다.

"맞아. 너는 아주 똑똑하구나. 설탕 좀 남았어?"

나는 설탕 봉지를 그에게 건넨다. 닭고기를 다 먹고 나니 좀 더 먹고 싶은 생각이 들지만 누구에게 얘기해야 할지 모르겠다. 차나 한 잔 마시는 게 낫겠다. 티백에 '스위-터치-니'라는 상표가 붙어 있는데, 지금까지 한 번도 들어 보지 못했고 진짜로 존재하는 상표인지도 확신이 서지 않는다. 몇 번 티백을 담갔다 꺼내니 금방 물 색깔이 변한다. 내가 차를 다 마셨을 무렵, 스미티가 다가와서 처음 것과 똑같은 두 번째 쟁반을 건넨다.

"조금 부족해 보이는 눈치여서 말이다." 그가 말한다.

"고마워요."

"먹어 둬."

두 번째 닭가슴살을 먹기 시작한다. 나는 작동하는 기계다. 내 몸이 예전과는 달리 제대로 돌아가는 느낌이다.

"호르몬 먹인 소에서 나오는 우유를 여자애들이 마시거든요." 내가 닭고기를 씹으며 말한다. "그래서 훨씬 조숙하죠."

"맞는 말이다!" 험블이 말한다. "놀라운 사실은 우리 시대의 여자애들이 우리 아버지 시대의 여자들보다 훨씬 낫다는 점이지. 다음 세대는 어떨지 모르겠지만."

"섹스 로봇이 되지 않을까요."

"하하. 넌 어디 출신이냐?"

"이 근처예요."

"이 동네라고? 다행이군. 구급차 타고 왔으면 금방 도착했을 테니까. 사실 나는 어떤 가정도, 판단도 하지 않아. 단지 호기심 때문에 하는 소리일 뿐." 험블은 음식을 입속 가득 집어넣고 씹으며 말을 잇는다. "여기는 어떻게 들어왔지?"

그는 지금 제6북병동의 규칙을 위반하고 있다. 하지만 어쩌면 이런 규칙 따위는 없는지도 모른다. 아니면 같이 밥을 먹는 사람에게는 이 규칙을 지키지 않아도 되는지도 모르고.

"내 발로 들어왔어요."

"그래? 왜?"

"상태가 별로 좋지 않았어요. 죽고 싶은 마음뿐이었거든요."

"친구, 저번에 내가 의사한테 한 이야기가 바로 그거야. 나는 이렇게 얘기했지. '선생님, 나는 죽는 게 두렵지 않아요. 사는 게 두려울 뿐이지요. 대검으로 내 배를 찌르고 싶습니다.' 혈압약도 끊어 버렸어. 내가 가진 여러 가지 문제 가운데 제일 심각한 게 고혈압인데, 병원에서 주는 약을 먹으니까 자꾸만 정신이 이상해지는 거야. 나는 소금을 많이 먹어서 혈압을 조절하지 않으면 금방 죽어. 그래서 의사한테 약을 끊었다고 했더니, 의사는 '뭐라고요? 당신 미쳤어요? 죽고 싶어 환장을 한 겁니까!' 하면서 난리를 피우더군. 그래서 나는 그 양반 눈을 똑바로 쳐다보며 '예,' 하고 대답했지. 그랬더니 대뜸 여기로 실어 오더라고."

"저런."

"문제는 내가 작년 한 해 동안 차 안에서 생활했다는 점이야. 가진 게 아무것도 없어. 지금 입고 있는 이 옷 한 벌이 전부라고. 가진 것은 차 한 대뿐인데, 내 물건이 몽땅 들어 있는 그 차는 견인을 당했지. 차 안에 3,500달러어치의 촬영 장비가 실려 있어."

"우와."

"그러니 조만간 경찰서랑 견인 차량 보관소에 연락을 해 봐야 돼. 아마도 보호시설에 들어가게 되겠지. 내 딸한테 전화를 해야겠어. 그 아이도 네 또래야. 걔 엄마하고는 완전히 끝났지만 딸아이는 죽을 때까지 사랑할 거야. 걔 엄마도 죽을 때까지 사랑하고 싶기는 하지만."

"아."

"나한테 예의 갖출 필요는 없어. 우스우면 그냥 웃어도 돼."

"재미있긴 하네요."

"좋아. 지금 당장은 너에게 여피족이라는 딱지를 붙일 수가 없구나. 너는 어딘가 달라. 아직은 네 정체를 정확하게 파악하지 못했지만, 곧 알 수 있겠지."

"신기하네요."

"약이나 타러 가야겠다. 그래야 오늘 오후도 완전히 제정신이 아닌 상태로 앉아 있을 수 있을 테니까." 험블이 자리에서 일어선다. 나는 닭고기를 마저 먹는다. 쟁반을 깨끗이 비우자 정말 오랜만에, 거의 1년 만에 처음으로 뭔가 대단한 일을 해낸 듯한 뿌듯함이 느껴진다. 내가 해야 할 일은 이게 전부다. 불안 관리 센터의 키스가 아주 조심스럽게 말하기는 했지만, 나에게 필요한 것이 음식과 물, 그리고 보금자리라고 했던 그의 말은 틀리지 않았다. 지금 나는 여기서 그 세 가지를 다 가지고 있다. 다음은 뭘까?

식당 맞은편에 다른 사람들보다 훨씬 젊은 세 사람이 앉아 있다. 덩치 큰 여자애, 검은 머리칼에 파란색 하이라이트를 넣은 여자애, 그리고 얼굴에 상처가 있는 금발 여자애가 한 테이블에 앉아 있다.

"이리 와 봐." 파란색 하이라이트가 나를 부른다.

23

여자애들이 나를 자기네 테이블로 부른 건 실로 오랜만에 있는 일이다. 사실은 처음이다.

"나?" 나는 나 자신을 가리키며 되묻는다.

"아니, 다른 신참." 파란색 하이라이트가 대답한다.

쟁반을 어떻게 처리해야 되는지 모르겠다. 일단 일어섰다가, 다시 돌아섰다가, 도로 여자애들을 향했다가, 다시 몸을 돌리는데—

"카트에 놔." 파란색 하이라이트가 말한다. 그러고는 덩치 큰 여자애를 돌아보며 "아, 재 너무 귀엽다" 하고 소곤거린다.

쟤들이 지금 뭐라는 거야? 나는 쟁반을 카트에 내려놓고 여자애들 옆의 빈자리에 앉는다.

"이름이 뭐야?" 파란색 하이라이트가 묻는다.

"아, 크레이그."

"이 층에서 제일 핫한 사람이 된 소감이 어때, 크레이그?"

내 몸이 마치 도르래로 끄는 것처럼 제멋대로 꿈틀거린다. 그녀의 표현은 틀려도 많이 틀렸다. 정말 핫한 사람은 바로 그녀 자신이다. 그녀의 피부와 치아 중에서 어느 쪽이 더 완벽한 흰색인지 판단할 수가 없다. 눈동자는 까맣고 살짝 내민 입술은 적당히 벌어져 있다. 파란색 하이라이트가 머리칼과 얼굴의 대비를 더욱 강조하는 가운데, 그녀가 나를 향해 미소 짓고 있다. 저것이 미소가 아니면 무엇이란 말인가. 지금까지 식당을 몇 번이나 둘러보면서 왜 진작 그녀를 발견하지 못했는지 이해가 가지 않는다.

"난 제니퍼야." 덩치 큰 여자애는 그렇게 말하며 나를 향해 몸을 숙인다.

"내 이름은 베카. 제니퍼의 약점을 이용할 생각은 하지 마. 섹스 중독이거든."

제니퍼는 그녀의 입술을 찰싹 후려친다. "닥쳐!" 그러고는 다시 나를 향해 "난 하루만 있으면 여기서 나가." 하고 속삭이며 조금 더 다가앉는다. "마지막 하루를 나랑 보내고 싶지 않아?"

이럴 때 험블이 뭐라고 할지 궁금하다. 아마도 '그럼, 당근이지' 하고 대답할 것이다. 그는 대장 수컷이니까. 나는 최대한 느끼한 목소리를 내려고 안간힘을 다한다. "그럼, 당근이지."

"좋았어." 그녀의 대답과 동시에 내 무릎이 뜨뜻해지는가 싶더니, 손이 하나 내 다리 위로 쓱 올라온다. 그녀는 더욱더 몸을 밀착하며 속삭인다. "너, 진짜 하-앗하다." 그녀의 손이 내 허벅지를 조여 온다. "난 독방을 쓰고 있어. 이 병원은 내 상태가 너무 심해서 다른 사람이랑 방을 같이 쓰면 안 된다고 생각하나 봐."

"네가 독방을 쓰는 이유는 갈보라서 그런 거야!" 베카가 끼어들자, 제니퍼는 그녀를 냅다 걷어찬다.

"아야!"

얼굴에 상처가 있는 금발 여자아이가 예고도 없이 벌떡 일어나더니 잰걸음으로 식당을 나간다. 재빨리 유리창 너머를 살피지만, 이미 흔적도 보이지 않는다.

"재는 포기해." 제니퍼가 말한다. "너한테는 안 어울려." 다음 순간, 일종의 유체 이탈 비슷한 느낌과 함께 내가 지금 꿈을 꾸고 있는 것인지, 아니면 죽어서 끔찍한 지옥으로 떨어진 것인지 모르겠다는 생각이 뇌리를 스친다. 제니퍼가 완벽한 동그라미를 만든 입술에다 혓바닥을 탁 하고 튕긴다.

갑자기 홀 안에서 뭔가가 번쩍 하는 것 같더니, 금발 소녀가 유리벽을 향해 달려간다. 그게 정말로 그녀인지 잘 분간이 가지 않는다. 젖가슴이 불룩한 것으로 미루어 여자인 것은 틀림없다. 자그마한 몸집과 민소매 러닝셔츠 같은 웃옷으로 미루어 그녀가 맞는 것 같기도 한데, 유리에 종이를 한 장 갖다 대고 있어서 얼굴은 보이지 않는다. 종이에는 이렇게 적혀 있다.

'고추 조심.'

종이는 마치 엘리베이터처럼 서서히 미끄러져 내려간다.

"뭘 보고 있어?" 제니퍼가 뒤를 돌아본다. 그 틈을 타 그녀의 몸을 살핀다. 허리 위만 봐서는 고추가 달렸을 것 같지 않다. 혹시 메신저가 다시 나타날 경우를 대비해 연신 실눈을 뜨고 주위를 살핀다.

"하." 베카가 중얼거린다. "노엘이 너한테도 그 짓을 했구나."

"노엘이 어쨌다고?" 제니퍼는 그렇게 내뱉으며 자리에서 일어선다. 동그스름한 게 아무리 봐도 여자 몸매다. 다리에 꼭 붙는 청바지의 엉덩이에 레이스가 달려 있다.

"정말 이해할 수 없는 애다……. 얘!" 어느새 그녀가 나를 향해 돌아서 있다. "지금 내 바지 쳐다보는 거야?"

"어." 나도 모르게 침을 꿀꺽 삼킨다. 아무래도 대장 수컷이 되기는 글렀나 보다. 정 안 되면 졸개 수컷도 괜찮은데. 가끔은 행운이 필요할 때도 있겠지만 말이다. 섹스의 먹이사슬에서 제일 꼭대기 자리를 지키는 것도 상당히 피곤한 노릇일 것 같다.

"내가 직접 만든 거야." 제니퍼가 말한다. "난 패션 디자이너거든."

"우와, 정말? 멋진 직업이네." 갑자기 머리가 혼란스러워진다. 주제가 섹스에서 초등학생 논술로 바뀐 느낌이다. "내 또래일 거라고 생각했는데, 의상 디자인은 언제 배웠어—"

"좋아." 스미티가 성큼 들어서며 말한다. "쉬는 시간 끝. 이리와, 찰스."

"이건 또 뭐야!" 제니퍼는 공중으로 몇 센티미터 붕 떴다가 떨어지며 발을 구른다. 그보다 더 무시무시한 것은, 갑자기 그녀의 목소리가 두 옥타브쯤 떨어졌다는 사실이다. "너희는 어떻게 내가 재미 좀 보는 꼴을 못 봐!"

마치 개구리 울음소리 같아서, 설령 남자 목소리라 해도 그리 듣기 좋은 편은 아니다. 베카는 웃음보가 터져 배를 붙잡고 어쩔 줄을 모른다. 내가 할 수 있는 일이라고는 눈을 부릅뜨고 숨을 참은 채 제니퍼를 살피는 것뿐이다. 믿기지가 않는다. 제니퍼는 그냥 가슴이 좀 납작할 뿐이다. 대신 손은 솥뚜껑 같다. 손이 큰 여자들도 얼마든지 있다. 그러고 보니 목울대가 없다.

아, 잠깐, 터틀넥 차림이니 목울대가 보일 리 없지 않은가.

"크레이그 괴롭히지 마." 스미티가 말한다.

"너무 귀엽잖아요!"

"귀여운 게 아니라 너랑 똑같은 환자일 뿐이야. 너는 내일이면 퇴원인데, 괜한 말썽이라도 일으키면 취소될 수도 있어. 약은 받았어?"

"호르몬 치료 받는 중이야." 제니퍼/찰스가 나에게 윙크를 보내며 속삭인다.

"됐어, 그만해."

베카는 웃음과 한숨을 동시에 내뱉는다. "저런, 정말 안타까운 일이네. 약이나 먹으러 가야겠다."

그들이 떠나자 나는 테이블을 멍하니 내려다본다. 나도 약이 필요하다. 고개를 들어보니 환자들이 전화기 옆, 간호사실의 책상 앞에 줄을 서서 각자 나름의 방법으로 시간을 때우고 있다. 대통령 아멜리오는 양쪽 발을 번갈아 까딱거리고, 지미는 움직이기를 거부하는 손을 다른 손으로 붙잡고 있다가 알약이 든 조그만 플라스틱 컵을 받아 든다. 제니퍼/찰스도 베카와 함께 줄 맨 끝에 서서 수다를 떨다가 나를 향해 키스를 날린다. 지금은 그들 뒤에 줄을 서는 게 별로 바람직해 보이지 않는다. 게다가 내가 오전에 먹을 약은 졸로프트밖에 없다. 낮에 다른 약을 먹을 게 있으면 미리 얘기를 해 주었을 것이다.

베카와 제니퍼/찰스가 사라진 다음에도 아직 충격이 채 가시지 않은 내가 테이블에 멍하니 앉아 있는데, 유리에 또 종이가 한 장 나타난다. 이번에는 마치 거미줄에 매달린 것처럼 밑에서 천천히 올라온다.

'걱정하지 마. 걔는 아무한테나 다 그래. 제6북병동에 온 걸 환영해.'

부리나케 쫓아가 보지만, 유리벽 앞에는 이미 아무도 없다. 약을 다 나눠 주고 정리를 하는 간호사에게 나는 무슨 약을 먹어야 되느냐고 물었더니, 아직 처방 나온 게 없다고 한다. 간호사에게 뭐든 약을 좀 먹을 수 있냐고 물어본다. 그녀는 왜 약이 필요하냐고 되묻는다. 이런 미친 곳에서 견디려면 약이 필요하다고 대답했다. 간호사는 그런 약이 있으면 이런 곳이 애당초 필요하지도 않았을 거라고 쏘아붙인다.

24

“지내기는 어때?” 엄마가 묻는다. 엄마는 세면도구가 든 가방을 들고 있고, 그 옆에 아빠와 새라가 앉아 있다. 여기는 H의 오른쪽 세로막대 끝부분, 내가 그들 세 사람을 마주 보고 앉은 형태다. 면회 시간은 토요일 12시부터 8시까지다.

새라가 나에게 엄마의 질문에 대답할 틈을 주지 않는다.

“《뻐꾸기 둥지 위로 날아간 새》 같을 거야!” 새라가 잔뜩 흥분한 목소리로 조잘거린다. 면회를 오느라고 특별히 청바지와 인조가죽 재킷을 차려입은 모양이다. “그러니까 내 말은, 사람들이 전부…… 심각하게 미친 것 같다는 뜻이야!”

“쉿.” 내가 새라에게 주의를 준다. “지미가 들으면 어떡하려고.” 지미는 평소처럼 팔짱을 낀 채 새라 뒤쪽의 창문 앞에 앉아 있는데, 지금은 셔츠를 벗고 깨끗한 감색 가운을 입고 있다.

“지미가 누구야?” 당장 엄마가 큰 관심을 나타낸다.

“아래층에서 만난 아저씨예요. 정신분열증 같아요.”

“그건 인격이 두 개라는 뜻 아냐?” 새라가 뒤를 돌아보며 묻는다. “그냥 지미가 아니라 몰리가 될 수도 있고 또 다른 누군가도 될 수 있고.”

"아냐, 그건 다른 거야." 내가 눈썹을 치키며 대답한다. "지미는 그냥…… 정신이 조금 혼란스러울 뿐이야."

지미는 내가 자기를 보고 있는 것을 알아차리고 미소를 짓는다. "내가 말했지. 그 숫자를 걸어. 그게 너한테 올 거야!" 그가 중얼거린다.

"아무래도 로또 번호를 말하고 있는 것 같은데." 내가 설명한다. "좀 더 정확히 알아볼 생각이에요."

"맙소사." 새라가 손으로 얼굴을 가린다.

"안 돼, 새라. 그러지 말고 잘 봐." 엄마는 그렇게 말하며 지미를 똑바로 바라본다. "고마워요, 지미."

"내가 말했지. 그게 진리야!"

"난 여기가 마음에 들어." 엄마가 다시 내 쪽으로 고개를 돌리며 말한다. "다 좋은 사람들인 것 같아."

"나도 정말 마음에 든다." 아빠도 한마디 거든다. "나도 들어오면 안 될까?" 아무도 웃지 않자, 아빠는 무안한 듯 다시 의자에 몸을 기대며 깍지를 끼고 한숨을 내쉰다.

"저 사람은 성도착자 아냐?" 새라가 묻는다. 돌아보니 제니퍼/찰스가 10미터도 더 떨어진 곳을 지나가고 있는데, 새라는 어떻게 내가 코앞에서도 알아차리지 못한 사실을 벌써 간파했는지 도저히 납득이 가지 않는다.

"아냐, 내 말 잘—"

"진짜야?" 아빠도 눈을 가늘게 뜨고 그 쪽을 바라본다.

"아빠까지 왜 그래요!"

"성도—착자!" 갑자기 지미가 소리를 지른다. 지금까지 지미가 그렇게 큰 소리로 말하는 것을 한 번도 들어 보지 못했을 정도다. 홀 안에 있던 나와 우리 가족, 제니퍼/찰스, 그리고 물 잔을 들고 있던 교수 느낌의 아주머니까지 모두들 동작을 멈추고 지미를 돌아본다.

"내가 말했지. 그게 올 거야. 그게 너한테 올 거라고!"

제니퍼/찰스가 우리 쪽으로 걸어온다. "지금 내 이야기 하는 건가?" 그는 남자 목소리로 그렇게 중얼거리며 지미를 향해 손을 흔든다. "안녕, 지미." 그러고는 곧장 나와 새라 사이로 다가오더니, "크레이그, 네 이름이 크레이그 맞지?" 하고 묻는다.

"응." 내가 우물쭈물 대답한다.

"우와, 네 가족이야?"

"응." 나는 손을 들어 먼저 아빠를 가리킨다. 그러고 보니 내 손의 높이가 제니퍼/찰스의 바지에 달린 레이스와 비슷한 높이다. "우리 아빠고—" 아빠는 입술을 삐죽 내민다. "우리 엄마." 엄마는 얼굴 가득 미소를 지으며 고개를 끄덕인다. "얘는 내 동생, 새라야." 새라는 손을 내밀어 악수를 청한다.

"아, 하나님, 정말 보기 좋네!" 제니퍼/찰스가 말한다. "나는 찰스라고 해요." 그는 우리 식구들과 일일이 악수를 나눈다. "이곳 사람들이 아드님을 아주 잘 보살펴 주고 있어요. 아드님도 정말 착하고요."

"너는 어떻게 된 거지? 왜 여기 들어온 거야?" 아빠가 묻는다. 나는 아빠 다리를 슬쩍 걷어찬다. 아빠는 여기서 절대 묻지 말아야 될 질문이 있다는 걸 모르시는 걸까?

"괜찮아, 크레이그!" 제니퍼/찰스가 내 어깨를 툭 치며 말한다. "맙소사, 너 지금 아빠를 발로 찬 거야? 난 한 번도 못 해 봤는데." 이어서 그는 아빠를 향해 말을 잇는다. "나에게는 양성의 특징이 다 있어요. 마침 사건이 하나 생겨서 여기에 들어오게 되었죠. 오늘 퇴원할 예정이에요. 하지만 여기 의사들이 무척 세심해서 준비하는 데 시간이 좀 걸리네요."

"잘됐구나." 엄마가 말한다.

"그래요." 제니퍼/찰스는 우리 가족을 가리키며 말한다. "가족이 이렇게 든든하게 뒤를 받쳐 주면 훨씬 나아요. 병원에서도 퇴원 이후에 안전한 환경이 보장되는지 확인하고 싶어 하니까요. 내 경우는 그렇지가 못하거든요." 그는 고개를 설레설레 가로젓는다. "크레이그, 넌 행운아야."

나는 나의 '안전한 환경'을 둘러본다. 솔직히 말해서 그들 가운데 누군가가 이 병동에 들어온다 해도 별로 놀랄 것 같지도 않다.

"난 그만 빠질 테니 가족끼리 오붓한 시간 보내세요." 제니퍼/찰스는 그 말을 남기고 천천히 걸음을 옮긴다.

지미가 해독할 수 없는 높은 음조의 앓는 소리를 낸다.

"박수를 보내 줄 만하구나, 안 그래?" 아빠는 등 뒤로 엄지를 치켜세우며 말한다. "아주 마음에 들어."

"바지 죽인다." 새라가 중얼거린다.

"자, 그럼 본론으로 들어가 볼까, 크레이그." 엄마가 말한다. "필요한 것 없어?"

"전화 카드가 필요해요. 내 휴대전화는 가져가서 충전기에 꽂아 주세요. 그래야 혹시 어디서 전화가 오면 번호가 찍힐 테니까요. 옷도 좀 필요할 것 같아요. 엄마가 아침에 가져왔던 옷을 그대로 가져다주시면 되겠죠. 수건은 필요 없어요. 여기도 많으니까. 잡지책이랑 종이와 연필 같은 것도 있으면 좋고요."

"간단하구나. 잡지는 어떤 걸로 가져올까?"

"과학 잡지! 원래 그런 거 좋아하잖아." 아빠가 말한다.

"지금은 과학 잡지 같은 거 읽을 기분이 아닐 거야." 엄마가 말한다. "좀 더 가벼운 게 좋겠지?"

"《스타》는 어때?" 새라가 묻는다.

"새라, 내가 왜 그런 잡지를 원할 거라고 생각해?"

"재밌잖아." 새라는 얼마 전에 엄마가 사 준 검정색 핸드백을 뒤적이더니—새라가 난생 처음 가져 보는 핸드백이다—어느 유명 인물의 가슴 노출 사진이 담긴 잡지를 꺼낸다.

나는 지미를 향해 그 사진을 들어 보인다.

"으-음!" 지미가 신음을 토한다. "내가 말했지, 그 숫자를 걸어. 그게 너한테 올 거야!"

"정말 근사하구나." 눈이 툭 튀어나온 교수 같은 여자의 목소리다. 나는 그녀가 내 뒤에 바짝 다가와 있는 것을 미처 알아차리지 못했다. "아, 미안해요." 그녀가 고개를 들며 말한다. "여러분 대화를 엿들은 건 절대 아니에요." 그러고는 자기 방 쪽으로 걸어가 버린다.

"음……." 새라가 중얼거린다.

"이건 내가 가지고 있을게." 나는 그렇게 말하며 잡지를 깔고 앉는다. "여기 사람들이 좋아할 것 같아."

"내가 이상한 거냐, 아니면 네가 벌써 이 사람들하고 동지 의식을 느끼기 시작한 거냐?" 아빠가 묻는다.

"쉿." 나는 미소를 짓는다.

"크레이그, 두 번째 본론. 바니 박사님한테 전화했니?"

"아뇨."

"미네르바 박사님한테는?"

"안 했어요."

"보험 문제 때문에 두 분한테 네가 여기 와 있는 사실을 알리는 게 좋을 것 같아. 그런 이유가 아니더라도 두 분은 네 의사 선생님이고, 너한테 신경을 많이 쓰는 분들이잖아. 어쩌면 이게 그분들한테도 아주 중요한 일인지도 몰라."

"전화번호가 휴대폰에 저장되어 있어요."

"그래, 일단 전화부터 하자. 간호사실에서 네 전화기를 받아왔어." 엄마가 그렇게 말하며 가방에 손을 넣는데,

"안 돼!" 아빠가 엄마의 손을 붙잡는다. "꺼내지 마!"

"왜 그래요, 여보. 전화기를 가지고 있으면 안 되는 사람은 크레이그지 우리가 아니잖아요."

"음, 어, 우리 아들을 곤란한 지경에 처하게 할 수는 없어. 여기는 벌을 주려고 시간을 정해 놓고 가둬 두는 곳이 아니잖아."

나는 아빠를 빤히 쳐다본다. "아빠, 재미없어요."

"뭐? 아, 미안하다." 아빠가 중얼거린다.

"아빠, 정말이에요. 지금 농담하실 때가 아니잖아요……. 사태가 심각하다고요."

"분위기를 좀 바꿔 보고 싶었을 뿐이다, 크레이그—"

"그게 아빠의 주특기라는 건 나도 알아요. 그냥 여기서는 그

러지 않으셨으면 좋겠다는 것뿐이에요."

아빠는 내 눈을 똑바로 쳐다보며 고개를 끄덕인다. 천천히, 마지못해, 아빠의 얼굴에서 미소와 장난기가 사라지고, 이런 지경에까지 처한 아들을 바라보는 아빠의 표정으로 돌아간다.

"알았다."

잠시 적막이 흐른다.

"그거, 정말이에요, 지미?" 나는 뒤도 돌아보지 않고 묻는다.

"그건 진실이야. 그게 너한테 올 거야!"

나는 미소를 짓는다.

"그럼 전화는 나중에 하기로 하지." 아빠가 결론을 내린다.

"다음 용건은 뭐지?" 엄마가 묻는다.

"내가 여기 얼마나 있게 될까 하는 것 아닐까요."

"네 생각은 어떤데?"

"이틀 정도. 하지만 아직 의사 선생님을 못 만났어요. 마흐무드 박사님 말이에요."

"맞다. 그분은 어때? 괜찮은 분 같아?"

"나도 몰라요, 엄마. 나도 얼굴만 잠깐 봤을 뿐이니까요. 곧 회진을 오실 테니까 그때 얘기를 해 봐야죠."

"내 생각에는 어느 정도 상태가 호전될 때까지는 여기 있는 게 좋을 것 같아, 크레이그. 괜히 일찍 나왔다가 나중에 다시 들어오는 것보다는 그게 낫지 않을까? 시스템에 적응하려면 아무래도 그게 나을 텐데."

"맞아요. 이런 곳은 원래 그런 식으로 운영되는 모양이에요. 그래야 두 번 다시 돌아오고 싶지 않을 테니까."

"음식은 어때?" 새라가 묻는다.

"참, 깜빡 잊을 뻔했네." 나는 부모님을 바라보며 말한다. "제가…… 물론 이런 걸 자랑스럽게 생각하는 것 자체가 한심하기는 하지만요…… 무슨 대단한 일을 한 것도 아닌데…… 사실은 점심때 나온 음식을 다 먹었어요."

"그래?" 엄마가 갑자기 벌떡 일어나더니 나를 일으켜 세워서 힘껏 끌어안는다.

"네." 나는 얼른 엄마 품을 빠져나오며 대답한다. "닭고기가 나왔는데, 두 접시나 깨끗이 비웠어요."

"크레이그, 정말 잘했다." 아빠도 일어나서 내 손을 잡고 흔든다.

"뭐 꼭 그렇지도 않아요. 누구나 그렇게 하잖아요. 하지만 그래도 나한테는 조그만 승리를—"

"아니다, 크레이그." 엄마가 내 눈을 똑바로 쳐다보며 말한다. "네가 거둔 진짜 승리는 오늘 아침에 일어나서 '살기'로 결정한 거야. 바로 그게 승리지. 너는 오늘 정말 대단한 일을 한 거야."

나는 엄마를 향해 고개를 끄덕인다. 마치 나도 이만한 일에 눈물을 흘리는 사람은 아니라는 듯이.

"맞아, 만약 오빠가 죽었더라면……" 새라가 중얼거린다. "진짜 슬펐을 거야." 새라는 눈알을 굴리며 내 다리를 끌어안는다.

나는 다시 자리에 앉는다. "일단 내 앞에 음식이 나오니까 그냥 먹게 되더라고요. 여기 사람들은 다들 전문가잖아요. 우리를 어떻게 보살펴야 하는지 잘 알고, 뭔가 할 일을 만들어 주려고 노력하니까요."

“맞아.” 엄마가 말한다. “그래, 이제 뭘 할 생각이니?”

“무슨 활동이 있다고 하던데—”

“헤이, 크레이그, 네 가족분들이냐?” 대통령 아멜리오가 모습을 드러낸다. 새라는 그의 입술과 머리를 보고 적지 않은 충격을 받은 모양이지만, 정의에 대한 그의 열정—글쎄, 아직 잘은 모르겠지만 ‘삶’에 대한 열정만은 분명하다—은 사람들의 두려움을 없애 주기에 부족함이 없다. 그는 엄마, 아빠에 이어 새라하고도 악수를 나누며 정말 단란한 가족이라는 둥 나더러 정말 착한 아이라는 둥 설레발을 치더니, 불쑥 이렇게 말을 이어간다. “크레이그는 내 친굽니다! 어이, 친구, 카드놀이 하지 않겠나?”

아멜리오는 마치 방금 바다에서 건져 올린 보물이라도 되는 양 카드 한 벌을 손에 꼭 쥐고 있다.

“좋죠!” 내가 그렇게 대답하며 자리에서 일어선다. 마지막으로 카드놀이를 해 본 게 언제지? 입학시험을 보기 전이니까 중학교 때였던 것 같다.

“좋았어!” 아멜리오가 말한다. “역시 넌 정말 좋은 친구라니까! 어서 시작하자. 아무리 둘러봐도 여기는 나만큼 카드놀이를 좋아하는 사람이 아무도 없어. 어떤 게임으로 할까? 스페이드? 묵사발을 만들어 주지, 친구. 묵사발!”

나는 부모님을 돌아본다. “나중에 전화할게.” 엄마가 말한다. “참, 졸리지는 않아?”

“지금은 멀쩡해요.” 내가 대답한다. “하지만 좀 있으면 쓰러지겠죠. 두통도 조금 시작되는 것 같고요.”

“두통? 친구, 스페이드 게임에서 나한테 묵사발이 되면 두통이 엄청 더 심해질 텐데!” 아멜리오는 벌써 카드를 펼치려고 식당 쪽으로 걸음을 옮기기 시작한다.

“그럼 나중에 봐.” 새라가 나를 껴안으며 말한다.

“잘 있어라, 크레이그.” 아빠는 악수를 청한다.

“사랑해, 아들.” 엄마가 말한다. “나중에 통화할 때 의사 선생님들 전화번호 알려 줄게.”

“전화 카드 가져오시는 것 잊지 마세요.”

“알았어, 꼭 가져올게. 잘 지내고 있어, 크레이그.”

“네, 알았어요.” 부모님과 새라가 모퉁이를 돌아서는 순간, 나는 재빨리 식당으로 달려가 오후 내내 스페이드 게임을 배운다. 아멜리오가 나를 묵사발로 만든 것은 물론이다.

25

전화를 걸기가 겁난다. 제6북병동의 공중전화 앞은 수많은 드라마가 펼쳐지는 현장이기도 한데, 보비와 늘 탈진 직전 상태로 보이는 금발—이 아저씨 이름이 조니라는 것을 나중에 알게 되었다—이 그 주인공이다. 아무래도 여자 문제가 아닐까 싶다. 보비는 통화를 시작할 때만 해도 기분이 아주 좋아서 '자기'라는 단어를 뻰질나게 내뱉지만, 얼마 안 가 '잡년'이라는 단어가 그 자리를 대신하면서 결국 화가 치밀어 전화통이 부서져라 수화기를 내동댕이치기 마련이다. 스미티가 제발 그러지 말라고 타이르면 보비는 강력한 오라를 내뿜으며 아무 일도 없었다는 듯이 한 발 물러선다. 그리고 5분 후에 다시 전화가 걸려오면 그는 어김없이 '자기' 모드로 돌아간다. 하지만 절대 자기가 먼저 전화를 받는 법이 없다. 전화벨이 울릴 때 제일 먼저 수화기를 드는 것은 대통령 아멜리오의 일이다. 그는 전화벨이 울리면 늘 "조의 선술집입니다" 하고 전화를 받아서는 상대방이 찾는 사람을 바꿔 준다.

엄마가 아빠와 새라를 데리고 나간 지 20분 만에 다시 와서 전화 카드를 주고 갔다. 굉장히 드문 일이기는 하지만, 나는 조니와 보비가 전화기 근처에 얼씬거리지 않는 틈을 이용해 카드를 들고 조심스럽게 전화기로 다가간다. 수화기를 들고 신호음을 확인한 뒤, 전화 카드를 사용하기 위해 800으로 시작되는 번호를 누른다. 그런데 그다음부터 좀처럼 진도가 나가지 않는다. 이후에 일어날 일들을 감당할 자신이 없는 탓이다.

바깥에 있는 사람들은 나에게 어떤 일이 일어났는지 모른다. 나는 지금 나름 안정세에 접어든 상태다. 모든 게 비교적 정상적으로 돌아가고 있다. 하지만 언제 둑이 무너질지 모른다. 내가 월요일까지만 여기서 이러고 있어도 당장 소문이 퍼지기 시작할 것이고, 숙제는 산더미처럼 쌓일 것이다.

'크레이그는 어디 갔지?'

'아프대.'

'아픈 게 아니라 술도 약한데 너무 많이 마셔서 알코올중독에 걸렸대.'

'내가 듣기로는 누군가의 약을 훔쳐 먹고 뻗었다던데.'

'자기가 동성애자란 걸 깨닫고 마음을 단단히 먹었다나 봐.'

'부모님이 다른 학교로 보냈대.'

'우리 학교에서 제대로 적응을 못 한 건 사실이잖아. 걔는 옛날부터 루저였어.'

'컴퓨터 앞에서 기절했대. 마비가 와서 꼼짝도 못 한다던데.'

'겨우 깨어났는데 자기가 말이라고 생각한다나 봐.'

'그나저나 3번 문제가 뭐였지?'

내가 여기 들어올 때 내 전화기에 메시지가 두 건 있었으니, 지금쯤 더 늘어났을 것이다. 메시지를 남긴 사람한테 전화를 걸면 또 다른 전화로 이어질 것이고—이것 역시 촉수다—결국은 어젯밤으로 되돌아갈 것이다. 그럴 수는 없다는 생각에 그냥 기다리기로 결정한다. 5분이 지나니 도저히 더 이상 기다릴 수가 없다. 하지만 지금은 보비가 전화통을 붙잡고 있다. 또 5분을 기다린다. 지금도 메시지가 쌓이고 있을 것이다. 게다가 여기에 이메일은 포함되지 않는다. 선생님들이 또 어떤 지랄 같은 숙제를 이메일로 보냈을까?

"혹시 전화 쓸 거야?" 지팡이를 짚은 덩치 큰 흑인 여자가 전화기만 빤히 쳐다보는 나를 향해 묻는다.

"네? 아, 네."

"그래." 그녀는 입을 오물거리며 미소를 짓는데, 치아는 보이지 않는다. 나는 수화기를 들고 전화 카드의 비밀번호를 입력한 다음, 내 전화번호를 누른다.

"비밀번호를 입력하고 우물 정 자를 눌러 주세요."

시키는 대로 한다.

"새로운 메시지 세 건이 있습니다."

한 개가 늘었다. 나쁘지 않다.

"첫 번째 메시지. '긴급' 표시가 붙어 있습니다."

어, 뭐지?

"이봐, 크레이그, 니아야. 음…… 어젯밤에 통화할 때 네 목소리가 너무 안 좋더라. 그래서 네가 잘 지내고 있는지 확인하고 싶었어. 전화도 안 받고. 하긴 새벽 2시에 전화를 받는 것도 이상하지만, 그래도 혹시 네가 나 때문에 멍청한 짓이라도 했을까 봐 걱정이야. 제발 그러지 마. 부탁이야. 그래, 내가 할 말은 이게 다야. 지금 에런이랑 같이 있는데, 진짜 지겨운 녀석이야. 안녕."

"이 메시지를 지우시려면—"

나는 7을 누른다.

"다음 메시지."

"크레이그, 나 에런이야. 전화 좀 해 줘! 머리 좀 식혀야지."

나는 7-7을 누른다.

"다음 메시지."

"안녕, 길너 군. 나는 과학을 가르치는 레이놀즈 선생님이야. 학생부를 뒤져서 네 전화번호를 알아냈지. 네가 실험 시간에 자꾸 빠져서 이야기를 좀 해야 할 것 같아. 벌써 다섯 번이나—"

"새로운 메시지가 없습니다."

나는 마치 무슨 위험한 짐승이라도 되는 듯이 조심스럽게 수화기를 내려놓는다. 하지만 이내 도로 수화기를 들고 집으로 전화를 건다. 이제 와서 멈출 수는 없다.

"새라, 내 휴대전화에서 니아랑 에런 전화번호 좀 확인해 줄래? 그리고 부재중 전화를 확인해 보면 맨해튼에서 걸려 온 전화가 있을 거야. 과학 선생님이랑 통화를 좀 해야 되거든."

"알았어. 거긴 어때?"

나는 왼쪽을 돌아본다. 하얀 바지에, 머리에는 두건을 쓰고 술을 늘어뜨린 폴란드계 유대인 아저씨가 샌들 바람으로 홀을 가로질러 나를 향해 달려온다. 그의 검은 수염에 빨간 음식 찌꺼기가 붙어 있고, 초점 없는 눈동자가 희번덕거린다. 그가 나를 향해 말한다. "나는 솔로몬이다."

"음, 이름은 들어봤어요. 저는 크레이그예요. 그런데 제가 지금 통화하는 중이라서요." 나는 수화기를 손으로 가린 채 조그만 목소리로 대답한다.

"간절히 부탁하는데, 제발 좀 조용히 해 줘. 난 좀 쉬어야 하거든!" 그는 돌아서서 바지를 붙잡고 다시 달려간다.

"우! 솔로몬이 너한테 자기소개를 하는구나." 지팡이 짚은 여인이 놀리듯이 말한다. "예삿일이 아닌데."

"여긴 아무 일도 없어." 나는 새라를 향해 말한다.

"그렇지, 여기 있다." 새라는 니아와 에런의 전화번호에 이어 과학 선생님의 번호를 일러 준다. 나는 그 번호를 스미티가 준 종이에다 적는다. 이런 사실을 왜 진작 몰랐는지 모르겠다. 니아의 전화번호는 종이에 적어 놓고 보니 아주 온전하고 쓸모 있어 보인다. 반면 과학 선생님 번호는 울퉁불퉁하고 증오가 가득한 것처럼 보인다. 아무래도 오늘 전화를 걸기는 힘들 것 같다.

"고마워, 새라. 안녕."

전화를 끊고 지팡이 짚은 아주머니를 돌아본다.

"안녕하세요, 저는 크레이그예요." 내가 말한다.

"에보니라고 한다." 그녀가 고개를 끄덕이며 대답한다. 우리는 악수를 나눈다.

"에보니, 전화 한 통만 더 써도 괜찮을까요?"

"물론이지."

나는 800 번호를 누르고 비밀번호를 입력한 다음, 니아에게 전화를 건다.

"여보세요?"

"안녕, 니아. 나야."

"크레이그, 거기 어디야?"

사람들이 전화를 받자마자 제일 먼저 물어보는 질문이 뭔지를 생각해 보면 참 재미있다. 아마도 휴대전화의 보급에 따른 부산물이 아닐까 싶은데, 사람들—특히 여자 친구와 엄마들—은 상대방이 있는 물리적인 공간을 알고 싶어 한다. 휴대전화가 있으면 어디서든 전화를 걸 수 있으니 여기가 어디인지는 그렇게 중요하지 않다. 그럼에도 불구하고 사람들은 그걸 제일 먼저 물어본다.

"친구 집이야. 브루클린에 있는."

휴대전화 때문에 거짓말도 엄청 늘어났을 것 같다.

"저런, 크레이그. 아닌 것 같은데."

"무슨 소리야?" 나는 이마의 땀을 훔친다. 또 땀이 나기 시작한다. 이건 좋은 조짐이 아니다. 응급실에서는 땀을 흘렸지만 점심 먹을 때는 한 방울도 흘리지 않았다.

"친구 집이 아니라 어떤 여자애 집인 것 같은데."

나는 에보니를 돌아본다. 그녀는 미소를 지으며 지팡이에 체중을 싣는다. "어떻게 알았어?"

"나는 너를 알아. 어젯밤에는 나한테 전화를 걸더니, 오늘은 다른 여자애랑 놀고 있는 거지?"

"물론이지, 니아—"

"솔직하게 말해 봐, 좀 어때? 전화해 줘서 너무 고맙다. 얼마나 걱정이 되던지."

"알아, 네 메시지 확인했어."

"네가 나 때문에 상처 받는 걸 보고 싶지 않아. 긴장이 풀릴 때까지 시간이 좀 필요할 테고, 나 말고 다른 사람을 생각하려고 노력하면 좋겠어. 왜냐하면 너랑 나는 잘 어울릴 수도 있었겠지만, 나에게는 지금 다른 사람이 있잖아, 안 그래?"

"맞아…… 음…… 사실은 어젯밤에 너 때문에 상처 받은 거 아니야."

"그래?"

"응. 그보다 훨씬 더 중요한 문제가 있었어. 나에게 커다란 위기가 닥쳤다는 생각 때문에 누군가 나를 이해해 줄 사람에게 연락을 하고 싶었어."

"하지만 넌 우리가 새롭게 시작할 수 있는 가능성을 물었잖아."

"음, 그냥 한 번 확인해 보고 싶었어…… 그때는 멍청한 짓을 하기로 마음먹은 상태였거든."

니아가 한껏 목소리를 낮추며 되묻는다. "자살?"

"응."

"나 때문에 자살하고 싶었다고?"

"그게 아니라니까!" 내가 얼굴을 찌푸리며 대답한다. "내가 정말이지 와서는 안 될 곳에 와 있는 느낌이었는데, 마침 우연히 네가 거기에 있었을 뿐이야. 왜냐하면 너는 내 삶의 일부니까. 에런도, 우리 가족도 다 마찬가지야. 그래서 결심을 행동으로 옮기기 전에 너에게 뭔가 확인을 해 보고 싶었던 것뿐이야."

"크레이그, 내가 괜히 우쭐해지는데."

"아니야, 네가 잘못 생각하고 있어. 우쭐해하지 마."

"어떻게 안 그럴 수가 있어? 지금껏 나 때문에 죽고 싶다고 말한 남자는 한 명도 없었단 말이야. 정말 로맨틱하지 않니."

"니아, 너 때문에 그런 게 아니라니까."

"확실해?"

고개를 떨어뜨리니, 내 가슴속에 그 질문의 대답이 쿵쾅거리고 있다. "그래, 너보다 훨씬 더 큰 고민이 있었다고."

"아, 알았어."

"모든 게 다 너 때문이라고 생각할 필요는 없어."

"그러거나 말거나. 도대체 무슨 일인데 그래?"

"아무것도 아냐. 지금은 모든 게 훨씬 좋아졌어."

"진짜 멍청한 소리만 골라서 하는구나. 오늘 밤에 올 거야?"

"못 가."

"에런이 전화 안 했어? 걔네 집에서 큰 파티가 벌어질 거야."

"그래. 하지만 나는 이제 파티 같은 데는 못 갈 것 같아. 당분간…… 어쩌면 영원히."

"지금은 다 괜찮아졌다며?"

"응. 그냥…… 정리를 좀 하고 있을 뿐이야."

"친구 집에서?"

"응."

"마약 소굴 같은 데 있는 거 아니야?"

"아니야!" 나도 모르게 버럭 소리를 지르는데, 대통령 아멜리오가 나를 향해 다가온다. "이봐, 친구, 스페이드 게임 안 할래?

묵사발을 내 줄 테니까."

"지금은 안 돼요, 아멜리오."

"누구야?" 니아가 묻는다.

"건드리지 마세요, 여자 친구랑 통화하고 있으니까." 에보니가 지팡이로 아멜리오를 툭 치며 말한다.

"여자 친구 아니에요." 나는 에보니를 향해 속삭인다.

"누구냐니까?"

"아멜리오. 내 친구야."

"아니, 여자 목소리 말이야."

"내 친구. 에보니."

"거기 어디야, 크레이그?"

"그만 끊어야겠다."

"알았어……" 니아가 말꼬리를 흐린다. "상태가 좋아졌다니…… 다행이다."

"훨씬 좋아졌어." 내가 말한다.

'그녀는 끝이다.' 속으로 생각한다. '그녀는 끝이다. 너하고도 끝이고.'

"잘 있어, 크레이그."

나는 전화를 끊는다.

"끝난 것 같아." 나는 혼자 중얼거린다.

다음 순간, 나는 그 사실을 사람들에게 알리기로 결심한다. "이제 끝났어요!" 에보니가 지팡이로 바닥을 쾅쾅 치고, 아멜리오는 박수를 친다.

내 가슴속 깊은 곳, 심장 바로 밑에서 무언가가 왼쪽으로 이

동하더니 훨씬 편안한 곳으로 자리를 옮긴다. 결정적인 것은 아니지만 이것도 일종의 반전은 반전이다. 니아의 예쁜 얼굴과 조그만 몸집과 검은 머리칼과 뾰로통한 입술, 그리고 그녀의 몸을 더듬는 에런의 손이 머릿속에 떠오른다. 동시에 대마초를 피우는 그녀의 모습, 이마에 난 여드름, 사람들을 놀리거나 자기 옷차림을 자랑하기 좋아하는 그녀의 습관도 생각난다. 그런 그녀의 모습이 점점 흐릿해진다.

식당에서 아멜리오와 카드놀이를 하고 있는데, 보비가 불쑥 머리를 들이민다.

"크레이그? 네 방문에 담당 의사가 마흐무드 박사님이라고 적혀 있던데? 지금 회진 나오셨어."

26

"저는 여기 있고 싶지 않아요." 나는 마흐무드 박사님이 무끄타다와 상담을 시작하기 전에 내 방 입구에서 그를 따라잡았다. "나하고 잘 어울리는 곳이 아닌 것 같아요."

"그야 당연하지." 마흐무드 박사는 고개를 끄덕인다. 오전에 봤을 때와 똑같은 정장 차림이다. 그때가 까마득한 옛날처럼 느껴진다. "여기가 마음에 들면 그게 오히려 더 좋지 않은 예후라고 봐야 할 테니까."

"그렇군요." 나는 웃음을 짓는다. "그러니까 제 말은 이런 뜻이에요. 사람들은 다들 친절하고 좋은데, 제가 이제 처음보다 훨씬 상태가 좋아졌으니 그만 집으로 돌아가도 되지 않을까 싶다는 거죠. 월요일까지 있으라고요? 학교를 빼먹고 싶지 않아요."

'게다가 박사님, 지금 이 순간에도 제 전화기의 메시지와 이메일이 쌓여 가고, 온갖 소문이 퍼져 나가고 있을 거예요. 조금 전에 통화한 여자애한테는 그럭저럭 둘러댔지만, 촉수가 늘어나고 압력이 세지면 내가 여기서 나가는 순간 무슨 일이 일어날지 몰라요. 내가 여기 있는 시간이 길어지면 질수록 그만큼

힘들어질 것 같아요.'

"서두르면 안 된다." 마흐무드 박사가 말한다.

"중요한 건 정말로 네 상태가 좋아지는 거야. 겨우 몇 시간 만에 갑자기 모든 게 다 좋아져서 퇴원을 하겠다고 하면, 의사 입장에서 의심이 가는 것도 무리는 아니지."

"아, 그러니까 박사님도 아직 확신이 서지 않는 환자를 퇴원시키고 싶지는 않다는 말씀이네요."

"바로 그거야. 내가 봐도 네가 많이 좋아진 것 같기는 한데, 이건 가짜 회복일 수도 있거든—"

"가짜 반전."

"뭐라고?"

"가짜 반전이라고, 내가 나름대로 붙인 이름이에요. 끝났다고 생각했는데, 사실은 그렇지 않은 경우도 있으니까요."

"맞다. 그런 경우가 생기면 곤란하지."

"그럼 저는 진짜 반전이 올 때까지 이곳에서 지내야 하는 건가요?"

"무슨 소린지 모르겠구나."

"완전히 치료될 때까지 여기 있으라고요?"

"인생은 치료의 대상이 아니다, 길너 군." 마흐무드 박사가 말한다. "인생은 살아가는 것이지."

"알았어요."

솔직히 그의 그 말이 그렇게까지 감동적이지는 않다. 마흐무드 박사가 자세를 바로잡으며 말을 잇는다.

"우리는 네가 치료될 때까지 여기 붙잡아 두겠다는 게 아니야. 네가 어느 정도 안정을 되찾을 때까지 두고 보겠다는 거지. 우리는 그것을 '기준선을 확보한다'라는 말로 표현한단다."

"좋아요. 그럼 내 기준선은 언제 확보되는 거죠?"

"아마 5일 정도 걸리겠지."

하루, 이틀, 사흘…… "목요일? 목요일까지 기다릴 수는 없어요, 박사님. 학교에서 할 일이 너무 많아요. 학교를 나흘이나 빼먹어야 된다는 뜻인데, 그러고 나면 도저히 따라갈 수가 없다고요. 게다가 내 친구들이……."

"친구들이?"

"친구들이 내가 어디 있는지를 알게 될 거고요!"

"아하. 그게 문제가 되나?"

"그럼요!"

"왜?"

"제가 여기 있으니까요!" 나는 홀을 가리키며 대답한다. 솔로몬이 샌들을 신은 채 빠른 걸음으로 누군가에게 다가가 자기는 이제 좀 쉬어야 하니 제발 조용히 해 달라고 부탁하는 소리가 들린다.

"길너 군." 마흐무드 박사가 내 어깨에 한 손을 올리며 말한다. "너는 약간의 화학적 불균형을 경험하고 있을 뿐이야, 그게 다라고. 만약 네가 당뇨병에 걸린 거라면, 병원에 있는 게 창피하게 느껴질까?"

"아뇨, 하지만—"

"인슐린 주사를 맞다가 갑자기 끊으면 병원으로 실려 오게 될 텐데, 그게 말이 안 되는 거냐?"

"하지만 경우가 다르잖아요."

"어떻게?"

나는 한숨을 내쉰다. "화학적인 문제라는 말씀도 솔직히 잘 모르겠어요. 때로는 우울증 역시 세상에 대처하는 방법 가운데 하나라는 생각이 들어요. 어떤 사람들은 술을 마시고, 어떤 사람들은 마약을 하고, 어떤 사람들은 우울증에 걸리는 거죠. 세상에는 우리가 처리해야 할 일들이 너무 많으니까요."

"아, 그런 식으로 얘기하자면 바로 그게 네가 여기 더 오랫동안 있어야 하는 이유라고 볼 수도 있지." 마흐무드 박사가 말한다. "평소에 자주 만나던 정신과 의사가 있지? 그분한테는 전화했니?"

'제길. 뭔가 까먹은 것 같더라니.'

"전화를 해야 돼. 전화를 하면 그 선생님이 너를 만나러 여기까지 올 거다. 그분 이름이 뭐니?"

"미네르바 박사님."

"저런!" 마흐무드 박사가 탄성을 내지른다. 그의 입꼬리가 살짝 말려 올라가는 것 같기도 하다. "잘됐구나. 안드레아더러 얼른 오라고 해."

"안드레아?" 나는 미네르바 박사의 이름을 한 번도 들어 본 적이 없다. 무슨 큰 비밀이라도 되는 듯이 한 번도 얘기를 해 주지 않았기 때문이다. 자기 나름의 원칙이라면서 졸업장이나 의사 면허증 같은 데도 이름은 다 가려 놓았다.

마흐무드 박사가 한 손을 흔들어 보인다. "그녀랑 약속을 정해. 그래야 치료 계획을 세우기도 쉽고, 너도 최대한 빨리 여기서 나갈 수 있을 테니까. 일단 목요일을 목표로 해 보자."

"그 전은 안 되나요?"

"안 돼."

"목요일……." 나는 혼자 중얼거리며 방 안에 축 늘어져 있는 무끄타다를 물끄러미 바라본다.

"딱 5일이야! 다 잘될 거다, 길너 군. 인생은 그 정도는 기다려 줄 수 있어. 자, 이제 그룹 활동에 참석하고 미네르바 박사한테 전화를 해. 그리고 어른이 되어서 돈도 많이 벌고 성공하면 나를 잊지 마라, 알았지?"

"알았어요."

"그 문 좀 닫아 주겠소?" 무끄타다가 침대에 누운 채 중얼거린다.

"무끄타다 씨, 이제 당신 차롑니다. 어쩌면 그렇게 잠을 자고 자고 또 잘 수가 있지요?"

마흐무드 박사는 내 앞을 지나 방으로 들어간다. 나는 엄마에게 전화해서 이 소식을 알린 다음, 미네르바 박사에게 전화를 건다. 그녀는 내 상태가 이렇게까지 되어서 정말 유감이라면서 또 이보 전진과 일부 후퇴를 들먹인다.

"이게 일보 후퇴라면 다음 과정은 언제 시작되는 거죠?" 내가 묻는다. "복권에 당첨되고 텔레비전 토크쇼에 나가는 것 말이에요."

정신병원에서 복권에 당첨된 사람이라면 토크쇼에 나가도 될 법하다.

미네르바 박사는 내일은 일요일이니 안 되고, 월요일에 오겠다고 한다. 내일이 일요일이라고 해서 순간적으로 깜짝 놀랐다. 제6북병동에서는 요일의 차이가 별로 없을 것 같다.

27

"오늘 밤에 피자 파티가 벌어질 거라는군." 저녁 식사 때 험블이 나한테 들려준 말이다. 저녁으로는 연한 닭고기와 감자, 샐러드, 배 한 개가 나왔다. 나는 그것들을 모조리 먹어 치운다. "매일 밤마다 하는 소리이기는 하지만."

"피자 파티가 뭐예요?"

"돈을 조금씩 모아서 피자를 사 오는 거지. 하지만 여기는 현금을 가지고 있는 사람이 없으니, 돈을 모으기가 쉽지 않아. 페퍼로니라도 한 조각 살 수 있으면 다행이지."

"나한테 8달러 있어요."

"쉿! 그렇게 떠들고 다니지 마!" 험블이 씹던 동작까지 멈추며 열을 낸다. "여기 사람들은 돈이 없어. 나도 서로 맞대고 비빌 1센트짜리 동전 두 개조차 없다고."

나는 고개를 끄덕인다. "그런 표현은 처음 들어 봐요."

"그래? 마음에 들어?"

"네."

"그럼 이건 어때? '나는 오줌을 눌 요강도, 그걸 바깥으로 집어던질 창문도 없다.'"

"그건 별론데요."

"이건? '소똥과 말똥이 있었는데 소똥이 없어졌다.'"

"헤. 그것도 마찬가지예요. 그런 건 어디서 배웠어요?"

"옛날 이웃집 아저씨한테서. '한 통 때려. 다음에 보자고.' 대화는 이렇게 푸는 거야."

"한 통 때리라니, 전화를 하라는 뜻이에요?"

"여피족 같은 질문 좀 하지 마라."

험블은 누구 이야기를 할까 궁리하듯 식당 안을 둘러본다. 그가 말하는 걸 좋아한다는 건 진작부터 알았지만, 알고 보니 특히 다른 사람들에 대한 이야기를 하는 걸 아주 좋아한다. 그럴 때는 목소리부터 달라지는데, 그냥 단순히 소리만 낮추어 속삭이는 게 아니라 아무도 알아차릴 수 없을 정도로 주파수가 낮은 목소리가 나온다. 마음만 먹으면 언제든 내 왼쪽 귀에 대고 소곤거리는 듯한 그 목소리를 낼 수 있다.

"이제 이 층에 계신 손님 여러분하고는 대충 안면을 익혔겠지? 알다시피 아멜리오는 이 층의 대통령이야." 험블은 제일 먼저 식사를 마치고 쟁반을 가져다 놓으려고 일어나는 아멜리오를 향해 턱짓을 한다. "얼마나 빨리 먹는지 몰라. 저 양반의 에너지를 4분의 1만 끌어내도 맨해튼 전체에 불을 밝힐 수 있을 거다. 농담 아니야. 그는 정말로 우리 같은 사람들과 함께 일할 사람이지. 마음이 따뜻하고 절대 낙담하는 법이 없으니까."

"그런데 왜 여기 들어왔어요?"

"그야 정신병 때문이지 뭐겠니. 저 양반이 처음 여기로 들어올 때 정말 볼만했어. 엄마를 부르면서 얼마나 소리를 지르던지. 그리스 출신이야."

"아."

"저기는 엉덩이의 여왕, 에보니. 나는 지금까지 저렇게 큰 엉덩이를 본 적이 없어. 만에 하나, 저 엉덩이 속에 들어가는 일이 생긴다면 틀림없이 길을 잃고 말 거야. 커다란 마을과 맞먹을 테니까. 내가 보기에는 아마 그래서 지팡이가 필요한 것 같아. 그리고 그녀는 내가 아는 여자 중에서 유일하게 벨벳 바지를 입는 여자야. 틀림없이 XXXL 사이즈겠지만."

"그런 건 생각도 못 했어요."

"조금 시간이 지나면 달라질 거다. 며칠만 지나도 사람들의 옷이 눈에 들어오기 시작할 거야. 다들 매일 똑같은 옷만 입으니까."

"더러워지지도 않는 모양이죠?"

"매주 화요일과 금요일이 빨래하는 날이야. 네가 여기 들어올 때 안내를 누가 해 줬어?"

"보비요."

"그 이야기도 해 줬어야 하는데." 험블은 고개를 빙글 돌리며 뒤를 돌아본다. "보비와 조니는—" 두 사람은 점심때도 그러더니 지금도 한 테이블에 나란히 앉아 있다. "아마 90년대의 뉴욕에서 제일 지독한 메탐페타민 중독자였을 거야. 흔히 약쟁이1, 약쟁이2라고 불렸지. 저 둘이 나타나기 전에는 파티가 시작되지 않을 정도였으니까."

약도 약이지만 그런 상황 자체가 상당히 짜릿했을 법하다. 밖에 나갔다가 집으로 들어오면 다들 일어나서 "잘 다녀왔니?", "이제 왔구나!", "별일 없었지?" 하고 반갑게 맞이해 주는 분위기와 비슷할 것이다. 어쩌면 그런 분위기가 암페타민만큼이나 중독성을 발휘할지도 모른다. 에런이 그런 대접을 받는 부류 가운데 하나다.

"그런데 어떻게 된 거예요?" 내가 묻는다.

"어떻게 됐겠냐? 몸도 망가지고, 돈도 다 없어지고, 결국 여기까지 오게 됐지. 가족도 없고 여자도 없어. 참, 보비는 여자가 있는 것 같기는 하더라."

"전화 통화를 하던 걸요."

"그것 가지고 판단할 수는 없어. 괜히 전화기를 들고 연기를 하는 사람들이 많으니까. 저 여자도 마찬가지고." 험블은 내가 엄마 아빠와 이야기를 나누고 있을 때 내 뒤에 서 있었던 눈이 약간 튀어나온 여자를 턱짓으로 가리키며 말을 잇는다. "교수님이지. 그녀가 아무도 없는 전화통을 붙잡고 혼자 대화를 나누는 걸 내 눈으로 직접 봤거든. 그녀는 대학교수야. 누군가가 자기 아파트에 살충제를 뿌리려 한다는 망상에 시달리다가 여기까지 들어오게 되었지. 거기에 대한 신문 기사 스크랩을 비롯해 나름대로 연구는 많이 했더라고."

험블은 다시 눈길을 돌린다.

"저기 안경 낀 흑인 남자애 보이지? 겉으로는 아주 멀쩡해 보이지만 사실은 꼭 그렇지도 않아. 자기 방에서 나오는 법이 거의 없다는 건 너도 이미 알아차렸을 거야. 방에서 안 나오는 이유는 중력이 역전되어 자기가 천장으로 쓰러지는 사태를 두려워하기 때문이야. 밖에 나갈 때는 늘 나무 옆에 붙어 있어야 돼. 중력이 사라지는 순간 뭔가 붙잡을 게 있어야 하니까. 나이는 열일곱이라고 한 것 같아. 재랑 얘기해 봤어?"

"아뇨."

"얘기를 안 한다고 봐야지. 그러니 어떻게 치료를 할 수 있을지 모르겠다."

지금도 그는 식당 천장의 실링팬을 힐끔 올려다보더니, 몸서리를 치며 음식을 입으로 집어넣는다.

"그리고 저긴 지미. 여기 여러 번 들락거린 친구지. 내가 여기 들어온 지 오늘이 24일째인데, 벌써 지미가 두 번이나 들어왔다 나가는 걸 봤거든. 넌 저 친구를 꽤 좋아하는 것 같더라."

"같이 들어왔으니까요."

"괜찮은 친구야. 치아도 좋고."

"아, 그건 나도 봤어요."

"정말 희지 않냐? 여기는 저런 치아를 가진 사람이 많지 않아. 에보니의 치아는 어떻게 됐는지도 궁금하고."

"에보니의 치아가 왜요?" 나는 그렇게 되물으며 그녀를 돌아본다.

"쳐다보지 마. 치아가 하나도 없잖아, 못 봤어? 잇몸밖에 없으니 유동식을 먹을 수밖에 없는 상황이야. 혹시 이를 하나하나 빼서 팔아먹은 건 아닌지 몰라."

나도 모르게 혀를 깨문다. 도저히 참을 수가 없다. 내가—물론 험블도 마찬가지지만—지금 이 사람들을 보고 웃음을 터뜨릴 처지는 아니지만, 그래도 인생을 즐겨야 한다는 측면에서는 이럴 때 좀 웃어도 괜찮지 않을까? 글쎄, 확신은 서지 않지만.

두 테이블 옆에 앉아 있는 지미가 웃음을 참으려고 쩔쩔매는 나를 보고 자기도 미소를 짓더니, 결국 웃음을 터뜨린다.

"내가 말했지. 그게 너한테 올 거야!"

"자기 차례인 걸 알아차렸나 보지? 저 양반 마음속에는 뭐가 들어 있을까?" 험블이 묻는다.

더 이상 참을 수가 없다. 봇물처럼 웃음보가 터지면서 주스와 닭고기 파편이 내 쟁반으로 튄다.

"저런, 드디어 성공이군." 험블은 아랑곳없이 말을 잇는다. "오늘의 주인공이라고나 할까. 솔로몬 말이야."

폴란드계 유대인이 바지를 붙잡고 나타난다. 수염에는 아직도 음식 찌꺼기가 붙어 있다. 그는 자기 쟁반을 집어 들고 전자레인지에 데운 스파게티 접시를 열더니, 꿀꺽꿀꺽 소리를 내가며 마구 입속에 쑤셔 넣기 시작한다.

"저 양반은 하루에 한 끼를 먹는데, 그 한 끼를 마치 지상에서의 마지막 음식처럼 먹어 치우지. 아마 하나님하고 직통으로 통하는 모양이야."

솔로몬이 고개를 들고 머리를 좌우로 한 번 흔들더니 다시 음식을 먹기 시작한다.

험블의 목소리가 한층 더 낮아진다.

"LSD를 몇백 개나 삼키는 바람에 동공이 완전히 망가졌어. 안구가 계속 팽창되어 있는 상태지."

"설마."

"진짜라니까. 폴란드계 유대인들한테는 그런 전통 같은 게 있나 봐. 유대인 약쟁이들. 그들의 경전에는 그게 하나님과 대화를 나누는 방법이라는 내용이 나와. 하지만 저 양반은 너무 심하게 한 거지."

솔로몬은 자리에서 일어나더니 쟁반을 테이블에 그냥 놔 둔 채 놀라운 속도로 식당을 빠져나간다.

"두더지 인간이 자기 구멍으로 돌아가는군." 험블이 말한다. "진짜 두더지 인간은 거식증 환자들이지. 도통 얼굴을 볼 수가 없어."

"그런 사람들이 몇 명이나 되는데요?" 내가 묻는다.

"스물다섯 명이라고는 하는데." 험블이 대답한다. "무임승차한 사람들은 포함하지 않은 숫자야."

나는 주위를 둘러본다. 제니퍼/찰스가 보이지 않는다.

"찰스라고 아시죠? 걔는 나갔어요?"

"응, 변태의 퇴장이라고나 할까. 오늘 오후에 나갔어. 걔가 너한테 뭐라고 하든?"

"네."

"스미티가 눈감아 주는 모양이더군. 그래도 쫓겨난 거나 다름없어."

"걔가 그냥 그렇게 나가 버렸다는 게 믿기지 않아요. 나가기 전에 파티 같은 거라도 해 주지 않나요?"

"말도 안 돼. 여기 사람들은 나가고 싶어 하지 않아. 여기서 나간다는 것은 곧 길거리나 감방으로 돌아가거나, 나처럼 압수된 차에서 소지품을 찾으려고 안간힘을 다해야 한다는 뜻이거든. 너처럼 부모님과 집이 있는 경우는 아주 드물어. 게다가 워낙 많은 사람들이 들락거리니 그때마다 파티를 하려면 다들 미쳐 버리고 말 거야. 약쟁이1, 2처럼 되는 거지."

내 입에서 터져 나온 파편들로 내 쟁반이 엉망이다. "아저씨 때문에 빵 터졌잖아요, 험블." 내가 투덜거린다.

"알아. 나랑 같이 있는 사람은 누구나 다 그래. 이런 사람이 여기서 이러고 있으니 얼마나 한심해? 무대에서 돈 받고 웃겨도 시원찮을 판에."

"지금이라도 시도를 해 보지 그래요?"

"너무 늙었어."

"냅킨 좀 가져와야겠어요." 내가 일어나서 스미티에게 다가가니, 그가 말없이 냅킨을 건네준다. 내 자리로 돌아와 쟁반을 닦고 배를 먹기 시작한다.

"몰래 너를 좋아하는 사람이 있더군." 험블이 말한다. "진작 알아차렸어야 했는데. 네 작전이야 뻔하니까."

"무슨 소리예요?"

"방금 다녀갔어. 네 의자를 봐."

나는 엉덩이를 들고 의자를 확인한다. 종이 한 장이 거꾸로 놓여 있다. 집어서 뒤집어보니 이렇게 적혀 있다. '좋은 시간 보내고 있으면 좋겠어. 면회 시간은 내일 오후 7시부터 7시 5분까지. 난 담배 안 피워.'

"봤지? 얼굴에 흉터 있는 조그만 여자애가 방금 놓고 갔어." 험블은 자리에서 일어난다. "느낌이 오더라고. 이제 네가 경쟁자로 보이기 시작하는데? 앞으로 잘 감시해야겠어."

험블은 쟁반을 가져다 놓고 약을 타기 위해 줄을 선다. 나는 종이를 접어 평소 휴대전화를 넣어 두던 주머니에 집어넣는다.

28

"크레이그! 어이, 친구! 전화 왔어!"

밤 10시, 흡연 시간 동안 험블과 함께 흡연실 앞에 앉아 어젯밤 이 시간에 내가 뭘 했는지 생각해 본다. 엄마 침대로 들어갔을 시간이다. 험블은 담배가 역겹다고 피우지 않지만, 중력을 무서워하는 흑인 남자아이와 내가 미성년자라고 생각했던 두 사람, 덩치 큰 여자아이와 베카까지 포함해 모든 사람들이 담배를 피운다. 아멜리오, 에보니, 보비, 조니, 지미……. 얼마나 제정신이 아닌 것처럼 보이는지와 관계없이, H자의 왼쪽 윗부분에 마련된 흡연실로 모여들어 조용히 자기 담배가 나오기를 기다리는 데는 아무런 문제가 없다. 각자 피우는 담배의 종류가 다른데, 알고 보니 병원 측에서 제공하는 것이 아니라 자기네가 직접 가져와서 간호사에게 맡겨 두는 모양이다. 각자 자기 담뱃갑에서 한 개비를 꺼내 한 줄로 빨간 문으로 들어가면, 모니카 간호사가 지키고 있다가 불을 붙여 준다. 문이 닫히면 문틈으로 담배 냄새가 솔솔 새어 나오고, 사람들이 일제히 뭐라고 떠들어 대는 소리가 들리기 시작한다. 마치 담배 연기와 함께 날려 보내려고 할 말을 지금까지 꾹꾹 참고 있었던 사람들 같다.

"첫날 지내 보니 어때, 크레이그?" 5분 전, 모니카 간호사가 흡연실 문을 닫으며 나에게 물었다. "넌 담배도 안 피우는구나."

"네."

"다행이네. 담배는 정말 끔찍한 습관이야. 네 또래 아이들도 많이들 피우기는 하더라만."

"내 친구들도 많이 피워요. 난 그냥…… 별로 좋아하지 않을 뿐이고요."

"너도 이 층에 비교적 잘 적응해 가고 있는 것 같구나."

"네."

"좋아. 그게 중요하지. 내일은 네가 처한 상황이나 기분이 어떤지 등에 대해서 좀 더 자세히 이야기를 나눠 보도록 하자."

"알았어요."

"이 녀석 조심하는 게 좋을 텐데요." 험블이 끼어든다. "아주 영악한 친구예요."

"그래요?" 모니카가 되묻는다.

나는 노엘이라는 금발 여자아이를 찾아봤는데—그녀가 보자고 한 시간을 잘 기억하고 있어야 한다—보이지가 않는다. 솔로몬도 마찬가지다. 험블 옆에는 교수라고 불리는 여자가 앉아서 툭 튀어나온 눈으로 우리를 지켜본다. 험블은 누가 묻지도 않았는데 나와 모니카를 상대로 자기 옛날 여자 친구 이야기를 떠들어 대며 젖꼭지가 돼지 꼬리처럼 생겼었다고 몇 번이나 강조한다. 모니카는 연신 웃음을 터뜨린다. 교수는 험블이 아주 역겨운 인간이라고 쏘아붙인다. 모니카는 가끔씩 크게 한 번 웃는 것도 괜찮다고 맞받아치는 걸 보니, 그녀도 뭔가 하고 싶은 이야기가 있는 것은 아닐까?

"그래요, 교수님. 우리도 당신이 젊었을 때 철없는 짓을 많이 했다는 걸 다 알아요." 험블이 슬쩍 찔러 본다.

대번에 그녀의 눈동자가 꿈속을 헤매듯 아련해진다. 무슨 발작이라도 일으키지 않을까 걱정스러울 정도다. 이윽고 그녀가 약간 비음이 섞인 조그만 목소리로 입을 연다.

"남자는 많았지만 진짜는 하나밖에 없었어."

내가 전에 어디서 그 말을 들어 봤는지 기억을 더듬는데, 아멜리오가 끼어들었다.

"어이, 친구! 전화 왔다니까!"

"알았어요." 나는 자리에서 일어선다.

"운 좋은 줄 알아, 친구. 지금 10시가 넘었잖아. 원래 10시면 전화가 끊길 시간이라고."

'전화가 끊긴다고?' 머릿속에 어떤 남자가 커다란 손잡이 같은 것을 내리는 장면이 그려진다.

"전화가 끊긴 상태에서 누가 전화를 걸면 어떻게 되는 거죠?"

"계속 벨이 울리지." 험블이 소리친다. "사람들은 다들 여기가 캔자스가 아니라는 사실을 실감할 거고."

나는 홀을 가로지른다. 밑으로 늘어져 흔들거리는 공중전화 수화기를 집어 든다.

"여보세요?"

"예, 거기 정신병원이죠?" 에런이다. 잔뜩 흥분한 목소리다.

"번호는 어떻게 알았어?" 내가 묻는다. 내가 처음 들어올 때 식당에서 몸을 흔들고 있던 수염 난 남자가 중앙 복도를 가로지르며 나를 노려본다.

"내 여자 친구가 알려 줬지, 어떻게 알았겠어? 거긴 어때, 친구?" 에런이 묻는다.

"내가 여기 있는 걸 어떻게 알았냐고?"

"내가 찾아봤다니까! 내가 바보인 줄 알아? 나는 너랑 같은 학교에 다녀! 번호를 역으로 추적해 보니까 금방 아제논 병원, 성인 정신병동이 딱 나오더라고. 친구, 어떻게 성인 병동으로 들어갔어? 거기는 맥주도 나오는 것 아냐?"

"에런, 왜 이래."

"진지하게 물어보는 거야. 여자들은 어때? 괜찮은 여자들 좀— 으악!"

배경에서 랩음악과 함께 왁자지껄 웃는 소리가 들린다.

"전화 좀 줘 봐!" 특유의 높고 가느다란 목소리는 로니가 틀림없다. "나도 얘기 좀 하게."

로니의 목소리가 제대로 흘러나온다. "친구, 바이코딘 좀 구해 올 수 있어?"

우하하하. 또 웃음소리가 터진다. 뒤에서 니아가 외치는 소리도 들린다. "개 귀찮게 하지 마."

"크레이그, 장난이 아니라." 에런이 다시 나왔다. "정말 미안해, 친구. 난 그냥…… 그래, 좀 어때?"

"난…… 괜찮아." 땀이 나기 시작한다.

"어떻게 된 건데?"

"어젯밤에 상태가 별로 좋지 않아서 나 스스로 병원에 찾아 왔어."

"어젯밤에 상태가 좋지 않았다니, 그게 무슨 뜻이지?"

위장 속의 남자가 돌아와 끈을 잡아당기기 시작한다. 전화기에 대고 먹은 것을 다 게워내고 싶다.

"우울했다고, 에런. 무슨 말인지 알겠어?"

"그래, 그거야 알지. 그런데 뭐가 우울했다고?"

"그게 아니라 전체적으로 기분이 가라앉았다는 거야. 우울증이라는 거, 몰라?"

"말도 안 돼! 너처럼 행복한 애가 어디 있다고!"

"무슨 소리야?"

"농담이야, 크레이그. 너처럼 미친 애도 없지. 그날 다리에서, 생각나? 문제는 네가 머리를 많이 식히지 않아서 그래. 너는 여기 있을 때조차 늘 학교와 숙제 따위를 걱정했잖아. 다 떨쳐 버리고 될 대로 되라, 하는 기분을 한 번도 느껴 보지 못했다고. 무슨 뜻인지 알지? 우린 오늘 밤에 파티를 할 거야. 넌 어디 있을 거니?"

"에런, 거기 지금 누구누구 있어?"

"니아, 로니, 스크럭스, 어…… 내 친구 델릴라."

나는 델릴라가 누군지도 모른다,

"그럼 걔들이 다 지금 내가 어디 있는지 안다는 거네."

"친구, 우리는 지금 다들 네가 굉장한 곳에 가 있다고 생각하고 있어! 우리도 가 보고 싶다고!"

"믿을 수가 없어."

"뭘?"

"어떻게 이럴 수가 있는지."

"계집애처럼 굴지 마. 만약 내가 정신병원에 들어갔으면 너도 전화를 해서 놀려 댔을 거야. 그것도 다 우리가 친구 사이니까 그러는 거잖아."

"여긴 정신병원이 아니야."

"뭐?"

"성인 정신병동이라고. 환자들이 잠시 머물다가 나가는 곳이야. 정신병원은 훨씬 오래 있는 데고."

"음, 너도 전문가가 다 된 걸 보니 거기 오래 있었나 보다. 얼마나 더 있을 거야?"

"기준선이 확보될 때까지."

"그건 또 무슨 소리야? 잠깐, 난 아직도 잘 이해가 안 가는데, 네가 무엇 때문에 거기를 들어가게 되었다고?"

"말했잖아, 우울증이라고. 네 여자 친구처럼 나도 그것 때문에 약을 먹었어."

"내 여자 친구처럼?"

"크레이그, 그만해!" 뒤에서 니아가 외치는 소리가 들린다.

"내 여자 친구는 아무 약도 안 먹어." 에런이 말한다.

이번에는 로니의 목소리다. "걔가 먹는 약은—" 웃음소리와 함께 로니가 뭔가로 두들겨 맞는 소리 때문에 그 뒷말은 들리지 않는다.

"서로 대화가 부족한 모양이네. 좀 더 이야기를 나눠 보면 걔 상태가 어떤지 알게 될 거야." 내가 말한다. "네가 모르는 게 있으니까."

"지금 나한테 니아를 어떻게 대하라고 훈계하는 거야?" 에런이 묻는다. 그가 입술을 핥는 소리가 들린다. "내가 정말로 왜 이런 일이 생겼는지 모른다고 생각하는 거야?"

"무슨 소리야, 에런. 왜 이런 일이 생겼는데?"

"네가 니아한테 눈독 들였잖아. 그것도 벌써 2년 전부터. 도저히 개를 손에 넣지 못할 것 같으니까 아주 미칠 지경이었겠지. 그러다가 우울증에 걸렸으니, 그런 곳에 틀어박혀서 네가 뭘 하는지 누가 알아? 니아한테서 동정표라도 좀 얻어서 어떻게 해 보려는 거지? 그래도 나는 친구라고 기분 좀 풀어 주려고 전화했는데, 네가 나한테 어떻게 이렇게 나오냐? 도대체 넌 뭐 하는 놈이야?"

"이봐, 에런."

"뭐."

로니한테 배운 수법을 써먹을 생각이다. 로니가 오래전에 많이 써먹던 방법인데, 에런은 아마 기억하지 못할 것이다.

"이봐."

"뭐?"

"이봐, 이봐, 이봐, 이봐, 이봐—"

갑자기 나는 말을 끊는다. 여기서 잠깐 뜸을 들여야 한다.

"엿 먹어."

그러고는 수화기를 쾅 하고 내려놓는다.

그 순간, 수화기에 손가락을 찧는 바람에 비명을 지르며 내 방으로 달려간다. 무끄타다가 누워 있는 방이다.

"무슨 일이야?" 무끄타다가 묻는다.

"난 친구가 없어요." 나는 그렇게 말하며 손가락을 붙잡고 펄쩍펄쩍 뛴다.

"어려운 얘기로군."

블라인드 너머로 창밖을 내다보니 밤하늘이 보인다. 이제 진짜로 수렁에 빠진 기분이다. 일단 욕실에서 손가락을 찬물에 헹군다. 조금 전까지만 해도 어젯밤이 최악이라고 생각했는데 결국은 지금 이렇게 병원에까지 들어오고 말았다. 더 이상 내려갈 데가 없을 정도로 바닥까지 떨어진 것이다. 나는 지금 나 혼자서는 면도조차 하지 못하는—설령 생물학적으로 면도를 할 필요가 있다고 해도—곳에 들어와 있다. 사람들이 내가 면도칼로 무슨 짓을 할지 모른다고 생각하기 때문이다. 게다가 이런 사실을 모두가 알고 있다. 나는 지금 치아가 없어서 유동식을 먹는 사람들과 같은 곳에 들어와 있다. 이런 사실을 모두가 알고 있다. 나는 지금 집이 없어 차에서 생활하는 사람과 같은 곳에 들어와 있다. 이런 사실을 모두가 알고 있다.

이런 곳에서 도저히 온전한 나 자신으로 살 수가 없다. 내가 말하는 이런 곳이란 이 삶을 의미한다. 어젯밤 침대에 들어갔을 때와 비교해서 조금도 나아진 게 없다. 단 한 가지 차이가 있다면, 내 침대—혹은 엄마 침대—에서는 나름대로 내가 할 수 있는 일이 있었다. 지금은 할 수 있는 일이 아무것도 없다. 내 자전거를 타고 브루클린 다리로 달려갈 수도 없다. 수면제를 한 움큼 털어 넣고 잠을 잘 수도 없다. 내가 할 수 있는 일이라고는 변기에 머리를 처박는 것이 유일한데, 그 방법이 성공할 수 있을지조차 모른다. 선택의 여지가 없으며, 할 수 있는 것은 그저 '살아 있는' 것뿐이다. 험블의 말처럼 '죽는 게 두려운 게 아니라 살아 있는 게 두려운' 상황이다. 예전에도 사람들 앞에서 놀림감이 되는 게 두려웠지만, 지금은 그 두려움이 더욱 커졌다. 선생님들도 다른 아이들을 통해 소문을 들을 것이고, 그러면 내가 학교생활을 제대로 해 나가지 못하기 때문에 핑곗거리를 찾고 있다고 생각할 것이다.

나는 침대에 누워 한 장뿐인 시트를 뒤집어쓴다.

"더러워 못 살겠네."

"너, 우울증이야?" 무끄타다가 묻는다.

"네."

"나도 우울증으로 고생하고 있어."

쳇바퀴가 다시 돌아가기 시작하는 느낌이다. 나는 언젠가 여기를 나가 내 진짜 삶으로 돌아가야 한다. 여기는 진짜가 아니다. 여기는 망가진 사람들이 들어오는 짝퉁 세상일 뿐이다. 나는 짝퉁에 대처할 수 있지만, 현실에는 대처하지 못한다. EPP로 돌아가게 될 것이고, 선생님들과 에런과 니아를 상대해야 될 것이다. 그것 말고 내가 아는 게 뭐가 있는가? 나는 그 바보 같은 시험에 모든 것을 걸었다. 그것 말고 내가 잘하는 게 뭐가 있는가?

없다. 나는 잘하는 게 아무것도 없다.

일어나서 간호사실로 걸어간다.

"잠을 못 잘 것 같아요."

"잠을 못 잔다고?" 머리가 하얗고 안경을 쓴 나이 지긋한 간호사다.

"못 잘 것 같은 게 아니라 못 잘 게 분명해요." 내가 대답한다. "그래서 미리 조치를 취하고 싶어요."

"아타반이라는 진정제가 있어. 주사로 투약할 수 있지. 그 주사를 맞으면 긴장이 풀려서 잠을 잘 수 있을 거야."

"한 번 해 보죠." 내가 말한다. 나는 스미티가 전화기 옆에서 지켜보는 가운데, 나비 클립처럼 생긴 기구에 붙은 조그만 주삿바늘을 팔에 붙이고 앉는다. 내 몸속으로 노란 액체가 들어가는 것을 지켜보던 나는, 이윽고 비틀거리며 내 방으로 걸음을 옮긴다. 내 걸음이 비틀거리는 이유는 의자에서 일어나는 순간부터 약 기운이 느껴졌기 때문이다. 강력한 근육 이완제가 효력을 발휘하며 무끄타다를 지나 내 침대에 쓰러지는 나를 부드러운 손길로 붙잡아 주는 듯하다. 그러나 잠들기 직전 마지막으로 내 뇌리를 스친 생각은 바로 이것이었다.

'잘한다, 병사. 우울증에 빠져서 병원에 들어가더니 이제 약물중독이로군. 그걸 모르는 사람이 있을 것 같나?'

제6부

제6북병동, 일요일

29

하늘색 수술복 같은 가운을 입은 사람이 피를 뽑는 바람에 잠에서 깼다. 잠을 이런 식으로 깨울 수도 있다는 게 신기하다. 블라인드 틈으로 햇살이 스며들 무렵, 그 사람이 카트—여기서는 카트가 굉장히 인기 있다—를 밀고 내 방으로 들어왔다.

"아래층에서 피를 좀 뽑아 오라고 해서."

"어, 알았어요."

나는 팔을 내민다. 너무 피곤해서 아무것도 물어볼 엄두가 나지 않는다. 그는 능숙한 손놀림으로 내 중지 밑의 관절에서 피를 조금 뽑아내더니—아무런 흔적도 남지 않았다—무끄타다를 방해하지 않고 조용히 카트를 밀고 나간다. 무끄타다가 잠을 자고 있는지, 혹은 깨어 있지만 삶에 의해 마비된 상태인지는 나도 모른다. 잠을 조금 더 자고 싶지만 완전히 정신이 든 다음에 또 잠을 청하기도 그렇고 해서, 침대를 나와 병원에서 마련해 준 수건과 우리 부모님이 가져다준 샴푸, 그리고 욕실 벽에 붙어 있는 비누로 샤워를 한다. 더운 물줄기를 맞으니 기분이 날아갈 것 같지만 너무 오래 시간을 끌고 싶지는 않다. 욕실에서 기운을 다 빼는 습관은 이제 그만 떨쳐 버려야 한다. 물기를 닦고 젖은 수건을 간호사실로 가져간다. 스미티는 보이지 않고, 대신 스스로를 해럴드라고 소개한 덩치 큰 남자가 식당에 놓인 쓰레기통이랑 똑같이 생긴 바구니에다 수건을 넣으라고 한다. 험블과 보비가 먹다 남은 사과와 바나나 껍질 따위를 거기다 버리는 걸 본 적이 있다.

"어이, 친구, 벌써 일어났구나!" 아멜리오가 나를 향해 홀을 가로지르며 소리친다. "잘 잤어?"

"잘 못 잤어요. 주사를 한 대 맞고서야 겨우 잠들었어요."

"괜찮아, 친구. 누구나 가끔은 그럴 때가 있으니까."

"헤." 나는 오늘 일어나서 처음으로 미소를 짓는다. 아멜리오의 얼굴에도 미소가 떠오른다.

"사람들을 깨워야 할 시간이군." 그가 홀 쪽으로 걸음을 옮기며 중얼거린다. "자, 모두 일어나! 혈압이랑 맥박 잴 시간이야!"

퀭한 얼굴의 동료 환자들—정확하게 말하면 정신 치료를 받는 입원 환자들—이 무슨 중요한 할 일이 있거나 첫 커피를 마시려는 듯이 눈을 부비며 비척비척 각자의 방에서 걸어 나온다. 운 좋게도 내가 줄 제일 앞에 선 덕분에 제일 먼저 혈압과 맥박을 쟀다. 120에 80. 여전히 정상이다.

"크레이그?" 다들 혈압을 재고 나자, 덩치 큰 해럴드가 나를 부른다.

"네?"

"너, 아직 메뉴 안 적었군."

"그게 뭐예요?"

"매일 네가 원하는 음식을 기록해야 해. 이렇게."

그는 아침, 점심, 저녁으로 구분된 도표에 음식들의 목록이 적힌 접시 받침 같은 종이를 내민다. "여기 처음 들어올 때 간호사가 준 패킷에 들어 있었을 텐데."

아, 완전히 까먹고 있었다. 나는 고개를 끄덕이며 중얼거린다. "나는 아직……."

"괜찮아. 하지만 네가 원하는 메뉴를 표시하지 않으면 그냥 나오는 대로 먹어야 해. 일단 오늘 점심과 저녁 메뉴를 적어. 아침은 오믈렛을 먹는 수밖에 없고."

나는 책상에 팔꿈치를 대고 메뉴를 훑어본다. 햄버거, 생선튀김, 콩, 칠면조 고기, 신선한 과일, 푸딩, 오트밀, 오렌지 주스, 우유 4온스, 우유 8온스, 2퍼센트 우유, 탈지 우유, 홍차, 커피, 핫초콜릿, 콩 수프, 채소수프, 과일 샐러드, 치즈, 베이글, 크림치즈, 버터, 젤리……. 하나같이 가공식품이다. 나도 이런 걸 먹는데 큰 문제는 없을 것 같다. 내 눈길이 여러 가지 음식들 위를 떠다닌다.

"원하는 음식에 동그라미 표시를 하면 돼." 해럴드가 설명한다. 나는 동그라미를 치기 시작한다.

"한 가지를 두 개 먹고 싶으면 그 옆에다 x 표시를 두 개 하면 되고." x 표시도 몇 개 적어 넣는다.

세상이 다 이랬으면 좋겠다. 그러니까 아침에 잠을 깨서 내가 먹고 싶은 음식을 표시하면 점심이나 저녁 때 그 음식이 나오는 세상. 더욱 완벽하기 위해서는 내가 먹는 음식 값을 지불할 필요조차 없어야 할 테고, 어떻게 보면 내가 공산주의를 요구하는 것처럼 보일지도 모르지만 사실 이것은 공산주의보다 더 심오한 그 무엇이라고 생각한다. 내가 원하는 것은 단순함, 그리고 아무런 압박도 없이 순수하며 편안한 선택이기 때문이다. 정치가 나의 이런 바람을 채워 줄 리는 없고, 어쩌면 유치원에서나 가능한 일인지도 모른다. 결국 나는 유치원 같은 세상을 원하는 셈이다.

"아침을 먹고 나서 내일 먹을 메뉴를 표시해라." 내가 종이를 건네자, 해럴드가 말한다.

식당에 아침 식사가 준비되었다. 오믈렛은 무슨 과학 실험용 재료 같다. 달걀 비슷하게 생긴 재료에 정체불명의 구멍이 숭숭 뚫린 것은 치즈가 부족하기 때문일까?

"네 첫 번째 오믈렛이로군." 보비가 말한다. 오늘 나는 변화를 위해 험블 대신 보비와 같은 테이블에 앉았다. 조니도 합세했다.

"진짜 이상한 오믈렛이네요." 내가 중얼거린다.

"일종의 통과의례 같은 거지." 조니가 말한다. 그의 말투는 아주 느리고 억양이 전혀 없다.

"누구나 이 오믈렛을 먹어야 해."

"그래, 너도 이제 이 층 사람이 다 된 거야." 보비가 말한다.

"허." 조니는 한숨을 내쉰다.

"두 분 다 잠은 잘 잤어요?" 내가 묻는다.

"나는 너무 초조해서 잘 못 잤어." 보비가 말한다.

"왜요?"

"내일 보호시설 인터뷰가 있거든."

"그게 뭔데요?"

“허.” 조니는 또 한 번 한숨을 내쉰다. “우리 같은 사람이 사는 곳이지.”

“기본적으로는 여기와 비슷한데, 직장을 구해야 한다는 차이가 있어.” 보비가 설명한다. “여기처럼 출입증이 있어야 나갈 수 있는 게 아니라 원하면 아무 때나 나갈 수 있어. 하지만 어딘가에 고용이 되었다는 사실을 입증해야 하고, 7시까지는 반드시 돌아와야 해.”

“잠깐만요, 출입증이 있으면 여기서 나갈 수 있어요?”

“그래, 여기서 5일을 지낸 사람들은 얘기하면 출입증을 받을 수 있어.”

“나도 5일 지나면 한 번 시도해 봐야겠네요.”

“허.” 조니가 중얼거린다. “잘 해 봐.”

오렌지를 먹어 보니 오믈렛보다 200배는 더 먹기가 낫다. “그런데 왜 그 인터뷰 때문에 긴장이 된다는 거예요?”

“긴장되는 게 아니라 초조하다고. 그건 달라. 의학적인 개념이니까.”

“그럼 왜 초조해요? 인터뷰에 합격하면 되잖아요.”

“그렇게 쉬운 문제가 아니야. 까딱 잘못하면 진짜 골치 아파지거든. 나는 여기 너무 오래 있었어. 의료보험 혜택이 언제까지나 계속되는 건 아니거든. 신참한테 여기를 안내하는 역할을 한다는 것은 곧 떠날 때가 되었다는 뜻이니까.” 그는 천천히 오믈렛을 한 입 씹어 삼킨다. “지난번에도 식성이 너무 까다롭다는 이유로 떨어졌어. 거기는 여기 같지 않아서, 음식을 마음대로 선택할 수 없어.”

"그럼 인터뷰 때 그런 말을 안 하면 되잖아요!" 내가 말한다.

"그래, 그건 맞는 말이야."

"봐요, 한 번 실패를 경험하면 다음 시도에 써먹을 수 있는 교훈을 얻잖아요." 내가 신중하게 말을 잇는다. "그러니까 사람들한테 칭찬을 들을 때 오히려 더 조심해야 해요. 칭찬을 한다는 것은 곧 앞으로도 계속 그렇게 해 주기를 기대한다는 의미니까요."

보비는 고개를 끄덕인다. "그래, 정말 맞는 말이야."

"허, 맞아." 조니가 말한다. "우리 엄마는 늘 나한테 칭찬만 했어. 그런데 내가 지금 어떻게 되었는지 보라고."

"이 녀석, 아주 똑똑한 친구야." 보비가 웃음을 지으며 말한다. "믿을 만한 녀석이기도 하고."

"허, 그래, 믿을 만한 녀석이야. 너, 기타 칠 줄 알아?"

"아뇨."

"조니는 기타 도사야." 보비가 말한다. "진짜 잘 쳐. 80년대에 한가락 했다더군."

"그래요?"

"쉿." 조니가 중얼거린다. "아무것도 아니야."

보비가 말을 잇는다. "여기 와서 우리에게 기타 연주를 들려주는 친구보다 훨씬 더 잘 친다니까. 물론 그 양반도 괜찮은 친구이기는 하지."

"맞아, 괜찮은 친구야."

"정말 괜찮아. 그 친구 오는 날이 오늘인가?"

"내일. 오늘은 미술이고."

"그럼 조애니가 오겠군."

"맞아."

보비는 커피를 홀짝인다. "이 세상에 커피가 없었더라면 난 진작 죽었을 거야."

식당을 훑어본다. 솔로몬과 거식증에 시달리는 사람들(그들이 말 그대로 벽장 속의 해골처럼 방문 바깥을 살짝 내다보는 것을 보았다), 그리고 노엘 말고는 다들 아침을 먹고 있다. 노엘은 어디 있을까? 혈압 잴 때도 보이지 않았다. 출입증을 얻어서 외출을 했나? 오늘 밤 나하고 데이트 약속한 것을 잊어버리지는 않았겠지? 엄밀히 말해서 나의 첫 번째 데이트인 셈이다.

"내가 왜 초조한지를 얘기해 주지." 보비가 커피 잔을 향해 몸을 숙이며 말한다. "바로 이 멍청한 셔츠 때문이야." 그러면서 그는 '화성인 마빈, 세계의 정복자'라는 글자가 새겨진 셔츠를 가리킨다. "이런 옷을 입고 어떻게 인터뷰를 하냐고."

"허." 조니가 한숨을 내쉰다. "마빈의 힘을 과소평가하지 말라고."

"그만둬, 난 지금 심각해."

"나한테 셔츠가 있어요." 내가 말한다.

"뭐라고?" 보비가 고개를 든다.

"나한테 셔츠가 있다고요. 내가 빌려줄게요."

"뭐? 정말이야?"

"그럼요. 사이즈가 어떻게 돼요?"

"미디엄. 너는?"

"어, 아동용 라지."

"그게 어른용으로 치면 얼마나 되는 거야?" 보비가 조니를 돌아보며 묻는다.

"나는 아동용 사이즈가 따로 있다는 것조차 몰랐어." 조니가 대답한다.

"아마 맞을 거예요." 나는 자리에서 일어선다. 보비도 따라 일어서는데, 자세가 좀 이상하기는 해도 제법 번듯해 보인다.

"우리 엄마가 매주 교회 갈 때마다 꼭 나한테 입히는 파란색 칼라의 셔츠가 있어요. 엄마한테 가지고 오라고 하면 돼요."

"오늘? 인터뷰는 내일이야."

"그럼요. 문제없어요. 집이 여기서 두 블록도 안 되니까요."

"정말 나를 위해서 그렇게 해 주겠다고?"

"그렇다니까요!"

"좋아." 보비가 말한다. 우리는 악수를 나눈다. "넌 정말 괜찮은 녀석이야. 정말 괜찮아." 우리는 악수를 하면서 서로의 눈을 바라본다. 그의 눈동자는 아직도 죽음과 공포가 가득하지만 그 속에 비친 내 눈동자에는 약간의 희망이 어른거리는 것 같기도 하다.

"좋은 친구로군." 조니가 중얼거린다. 보비는 자리에 앉는다. 내가 쟁반을 카트에 가져다 놓는데, 험블이 다가온다.

"네가 내 옆에 안 앉아서 얼마나 슬픈지 몰라." 그가 말한다. "다음에 기회가 되면 네 점심 값이나 빼앗아야겠다."

30

모니카 간호사는 어제 나를 인터뷰했던 바로 그 방에서 나의 적응 상태를 확인하기 위한 질문을 던진다. 그녀가 통증 차트를 보여주었던 테이블과 하얀 벽을 보니 어제 이후 불과 하루 사이에 참 많은 일을 겪었다는 생각이 든다. 우선 밥을 먹고 잠을 잤다. 그것은 누구도 부정할 수 없다. 먹고 자는 것은 몸에 좋다. 비록 잠을 자기 위해 주사를 맞아야 하긴 했지만.

"오늘은 기분이 좀 어때?" 모니카 간호사가 묻는다.

"좋아요. 참, 어젯밤에는 잠이 안 와서 주사를 맞았어요."

"차트에서 봤다. 왜 잠이 안 왔다고 생각하니?"

"친구들한테서 전화가 왔었어요. 걔들이 내가 처한 상황을 놓고…… 놀리더라고요."

"걔들이 왜 그랬을까?"

"나도 몰라요."

"진정한 친구가 아니라서 그런 것 아닐까?"

"음, 내가 걔들한테…… '엿 먹어라' 하고 말했어요. 주범이라고 할 수 있는 에런한테 한 소리이긴 하지만요."

"그랬더니 기분이 좀 좋아졌어?"

나는 한숨을 내쉰다. "네. 여자애도 하나 있었어요."

"걔는 또 누군데?"

"니아. 친구예요."

"그래서?"

"걔하고도 끝났어요."

"그럼 너는 여기 들어온 첫날 하루 동안 중요한 결정을 많이 내린 셈이구나."

"네."

"그런 사람들이 많아. 여기 들어와서 중요한 결정을 내리는 사람들 말이다. 어떤 때는 좋은 결정일 때도 있고, 물론 그렇지 못할 때도 있어."

"음, 내 경우는 좋은 결정이었으면 좋겠네요."

"그러게. 그 결정에 대한 느낌은 어떠니?"

내 눈앞에서 니아와 에런의 모습이 사라지고 그 자리를 조니와 보비가 채운다.

"옳은 일을 한 것 같아요."

"아주 좋아. 자, 너는 여기서도 새로운 친구를 사귀었잖아, 그렇지?"

"네."

"어젯밤에는 흡연실 앞에서 훔볼트 코퍼하고 이야기를 나누더구나."

"그게 그 사람 본명이에요?" 나는 웃음을 터뜨린다. "네, 맞아요. 간호사님도 있었잖아요. 우린 다들 이야기를 나눠요."

"그래. 그런데 너는 이 층의 다른 환자들하고 너무 가까워지지 않도록 조심해야 할 것 같아."

"왜요?"

"치유 과정에 방해가 될 수 있거든."

"어떻게요?"

"여긴 병원이야. 친구를 사귀는 곳이 아니라는 거지. 물론 친구가 많으면 좋지만, 여기서는 너 자신이 중심이 되고 상태가 좋아지는지 여부에 초점을 맞춰야 해."

"하지만……" 나는 약간 불안한 기분을 느끼며 대답한다. "나는 험블을 존경해요. 보비도 마찬가지고요. 여기서 하루 반을 지내고 나니 바깥세상에서 만난 대부분의 사람들보다…… 그들을 더 존경하게 되었어요."

"그냥 지나치게 밀접한 관계가 만들어지지 않도록 조심하라는 거야, 크레이그. 너 자신에 초점을 맞춰야 하니까."

"알았어요."

"그래야 진정한 치유의 과정이 진행되거든."

"네, 알았어요."

모니카 간호사는 달덩이 같은 얼굴로 몸을 등받이에 기댄다. "너도 알겠지만 이 층에서는 몇 가지 단체 활동이 있어."

"네."

"첫날은 참석하지 않아도 괜찮지만, 그다음부터는 매일 참석하는 게 좋아."

"네, 그럴게요."

"다시 말해서 너도 오늘부터 참석해야 한다는 뜻이야. 이건 네 관심사를 알아볼 수 있는 좋은 기회이기도 하니까. 그래서 묻는 건데, 취미가 뭐니?"

모니카, 이건 별로 좋은 질문이 아닌데요.

"없어요."

"아하. 하나도?"

"네."

모니카, 나는 공부를 하고, 공부에 대해 생각하고, 공부 때문에 정신이 없고, 내가 공부에 대해 얼마나 많이 생각하는지를 생각하고, 내가 공부에 대해 얼마나 많이 생각하는지를 그렇게 많이 생각하느라 정신이 없고, 내가 공부에 대해 얼마나 많이 생각하는지를 생각하느라 얼마나 정신이 없는지를 생각해요. 그런 것도 취미라고 할 수 있나요?

"알았다." 모니카 간호사는 뭔가 메모를 한다. "그럼, 아무 그룹에나 넣어도 되겠네?"

"네."

"갈 거지?"

"그 시간에 아멜리오랑 카드놀이를 해도 되나요?"

"아니."

"단체 활동에 열심히 참석하면 목요일에 여기서 나갈 수 있어요?"

"단정할 수는 없어. 하지만 단체 활동에 참석하지 않으면 치유 과정이 제대로 진행되고 있지 않다고 간주될 수도 있지."

"알았어요. 참석할게요."

모니카 간호사는 자신의 무릎에 놓인 종이에다 표시를 한다. "첫 번째 프로그램은 미술과 공작이야. 오늘 저녁 식사 전에 조애니가 단체 활동 라운지에서 진행할 텐데, 간호사실 뒤에 있는 문으로 들어가면 돼."

"그 문은 열리지 않는 줄 알았는데요."

"우리가 열어 놓을 거야, 크레이그."

"몇 시에 시작해요?"

"7시."

"아, 7시 정각에는 못 가요."

"왜?"

"7시에 누구를 만나기로 했어요."

"누가 면회를 오니?"

"네." 거짓말이다.

"친구?"

"음, 네. 지금까지는. 그랬으면 좋겠어요."

31

오후 6시 55분, 나는 어제랑 오늘 3시에 부모님을 만났던 홀 끄트머리에 와 있다. 오늘은 새라가 친구 집에 가는 바람에 부모님과 같이 오지 못했다고 한다. 아빠는 재미없는 농담을 꺼내지 않았고, 엄마는 보비에게 빌려줄 셔츠를 가지고 왔다. 보비가 엄마에게 악수를 청하며 정말 훌륭한 아드님을 두셨다고 하자, 엄마는 자기도 안다고 대답했다. 아빠는 같이 영화를 봐도 되느냐고 물었고, 나는 영화를 보는 건 좋지만 캐리 그랜트와 그레타 가르보 같은 배우들이 나오는 옛날 영화는 너무 지루하다고 대답했다. 그랬더니 아빠는 〈블레이드2〉 DVD를 가져오면 어떻겠냐고 했다. 하워드에게 확인해 보니 이 병원에도 DVD 플레이어가 있다고 했고, 그래서 아빠가 늦게까지 일하지 않아도 되는 수요일 밤에 영화를 보기로 했다. 수요일이 되면 아빠가 〈블레이드2〉를 가지고 올 거고, 우리는 같이 그 영화를 볼 것이다.

지금 내가 앉아 있는 곳은 H자에서 흡연실을 마주 보는 곳이다. 노엘은 담배를 피우지 않는다고 했는데 아마 그래서 여기를 약속 장소로 정한 모양이다. 부모님한테 노엘 이야기는 하지 않았다. 친구들하고 통화한 이야기는 사실대로 털어놓았는데, 어쩌면 걔들 때문에 문제가 더 심각해졌을 수도 있으니 당분간 걔들과 떨어져 있는 것도 나쁘지 않을 것 같다고 덧붙였다. 엄마는 내 친구들이 대마초 피우는 걸 안다고 했고, 그게 나한테도 좋지 않은 영향을 미쳤을 거라고 했다. 아빠는 '너는 대마초 안 피웠지, 크레이그?' 하고 물었고, 나는 아빠가 말한 대로 수능 시험 보기 전까지는 안 피울 거라고 대답했다. 그 말에 우리는 다 같이 웃음을 터뜨렸다.

부모님이 밥은 잘 먹고 있냐고 물어서, 잘 먹고 있다고 사실대로 대답했다.

부모님이 잠은 잘 자고 있냐고 물어서, 잘 자고 있다고 대답했다. 오늘 밤에는 정말 그 대답대로 되었으면 좋겠다.

처음에는 다리를 꼬고 앉아 있다가 왠지 좀 어색한 것 같아서 풀었는데, 풀고 있으니 조금 춥고 초조한 기분이 들어서 다시 꼬았다. 오후 7시 정각이 되자 노엘이 어제와 똑같은 옷차림으로 홀을 내려온다.

그녀는 내 옆자리에 앉아 손톱에 매니큐어도 바르지 않은 조그만 손가락으로 얼굴에 흘러내린 머리카락을 쓸어 올린다.

"왔구나." 그녀가 말한다.

"어, 그래. 네가 쪽지를 줬잖아. 나는 여자한테 쪽지 받아 본 게 처음이거든." 내가 의자에 앉은 채 자세를 바로잡으려고 애쓰며 미소 띤 얼굴로 말한다.

"시간이 별로 없어." 그녀가 말한다. "게임 형식으로 하자."

"5분 정도밖에 없지?"

"그래. 질문하기 게임이야. 내가 너한테 질문을 하면, 너도 나한테 질문을 하는 거지."

"좋아. 대답도 해야 돼?"

"하고 싶으면 해도 돼. 중요한 건 반드시 다른 질문으로 마무리를 해야 된다는 거고."

"결국 질문을 주고받는 거네. 스무고개처럼. 왜 이런 식으로 얘기를 나눠야 돼?"

"사람을 알 수 있는 최선의 방법이거든. 쓸데없이 시간만 낭비하지 않으면 5분 동안 스무고개보다 훨씬 더 많은 것을 알 수도 있고. 내가 먼저 시작한다, 준비됐어?"

나는 바짝 정신을 차리려고 애쓴다. "응."

"아니, 질문으로 대답을 해야지. 멍청한 거 티 내고 싶어? 너 진짜 멍청하니?"

"아냐!" 나는 고개를 가로젓는다. "어…… 준비됐어?"

"그렇지. 자, 시작한다. 첫 번째 질문, 넌 내가 흉측하다고 생각해?"

맙소사, 초반부터 정면공격이로군. 나는 그녀를 살펴본다. 사실 여기에는 조금 민망한 부분이 있는데, 왜냐하면 인터넷에 뜬 여자 사진을 볼 때처럼 그녀를 밑에서부터 차근차근 올려다보고 있기 때문이다. 우선 수수한 검정색 운동화를 신은 발과 조그만 발목, 하얀 종아리, 그리고 무릎 밑에서 시작되는 바지가 살짝 팬 부분을 확인한다. 그리고 상체로 올라가면 잘록한 허리와 살짝 부풀어 오른 젖가슴이 보이고, 이어서 목덜미와 민소매 러닝셔츠 비슷한 웃옷의 헐렁한 목선, 그리고 조그만 턱과 입술이 눈에 들어온다. 그다음이 뺨과 이마에 난 흉터인데, 서로 평행을 이루는 세 개의 흉터가 아물면서 끝부분이 약간 부풀어 있다. 아주 깊은 상처는 아니었던 듯 흉터도 그리 크지 않고, 완전히 다 아물면 그렇게까지 보기 흉하지는 않을 것 같다. 게다가 얼굴이 워낙 예쁘다는 사실에는 의심의 여지가 없다. 세련된 눈동자는 초록색이다.

"아니, 넌 정말 예뻐." 내가 대답한다.

"네 질문은 뭐지?"

"어, 왜 나한테 쪽지를 건넸어?"

"재미있는 아이인 것 같아서. 넌 왜 그 쪽지에 적힌 대로 한 거야?"

"어……" 빨리 그럴듯한 대답을 생각해 내기가 벅차다. "난 동성애자가 아니거든. 무슨 뜻인지 알지? 여자가 나한테 말을 걸거나 하면 대부분은 하라는 대로 하는 편이야." 잠깐, 이제 '칭찬'을 해야 한다. "특히 상대가 예쁜 여자일 때는." 그러면서 미소를 짓는다.

"넌 이 게임에 소질이 없는 모양이구나. 질문이 뭔데?"

"아, 맞다. 어…… 너도 동성애자 아니지?"

노엘은 한숨을 내쉰다. "그래. 너무 흥분하지 마. 지금 그거 커진 거 아니지?"

"아냐!" 나는 다시 다리를 꼰다. "아니. 그래서…… 넌 어쩌다가 여기 들어왔어?"

"아, 중요한 질문이네. 선을 넘은 것 아냐? 왜 왔을 거라고 생각해?"

"네가 얼굴에 자해를 하는 동안 누가 들어왔나?"

"딩동댕! 정확히 말하면 '하고 나서'라고 해야겠지만. 세면대가 온통 피로 물들어 있었거든. 너는 어쩌다가 들어왔니?"

"내 발로 찾아왔어. 넌 언제 들어왔어?"

"왜 네 발로 찾아왔지? 나는 21일 됐어. 저런. 순서가 바뀌었네. 질문이 나중이었다고 생각해 줘." 그러면서 그녀는 팔을 문지른다.

"상태가 별로 안 좋았어. 자살 예방 센터에 전화를 했더니 여기로 가라고 하더라고. 넌 왜 이렇게 오래 동안 있는 거야?"

"내가 또 자해를 할지 어떨지 병원에서도 확신이 서지 않나 봐. 너는 무슨 약 먹고 있니?"

"졸로프트. 너는?"

"팍실. 집은 어디야?"

"이 근처야. 너는?"

"맨해튼. 부모님은 뭐 하시니?"

"엄마는 엽서 디자인을 하고 아빠는 건강보험 회사에서 일해. 너희 부모님은?"

"엄마는 변호사고 아빠는 돌아가셨어. 우리 아빠가 어떻게 돌아가셨는지 알고 싶어?"

"유감이네. 어떻게 돌아가셨는데? 내가 알고 싶은 거 맞아?"

"그렇게 되면 질문이 두 개잖아. 맞아, 알고 싶은 거 맞네. 아빠는 낚시하다가 돌아가셨어. 보트에서 떨어져서. 그렇게 멍청하게 죽은 사람 얘기, 들어본 적 있어?"

"아니." 내가 대답한다. "정말로 멍청하게 죽는 방법이 뭔지 알아?"

"뭔데?"

"질식 자위. 그게 뭔지 아니?"

"목에다 밧줄을 걸고 자위행위 하는 것 아냐?"

"맞아. DSM에서 봤어. DSM 읽어 본 적 있어?"

"정신질환 대백과 같은 거?"

"맞아!"

"물론이지. 온딘의 저주라고 들어 봤어?"

"맙소사! 그걸 아는 사람은 나 혼자밖에 없는 줄 알았어. 숨 쉬는 방법을 잊어버리는 병이지……. DSM을 맨 처음 본 게 어디야?"

"내 슈링크의 책꽂이에서. 너는?"

"나도. 너도 그들을 '슈링크'라고 부르는구나?"

"근데 그게 도대체 무슨 뜻이니?"

"그들이 환자의 머리를 오그라들게 만들기 때문에 생긴 말 아닐까 싶어. 넌 뭐든 질문만 하면 내가 다 대답할 수 있을 거라고 생각하니?"

잠시 말을 멈춘다. 숨을 좀 돌려야겠다. 무릎에 손을 얹고 몸을 앞뒤로 흔든다. 이건 진짜 어려운 게임이다. "노엘이 네 진짜 이름이니?"

"왜 아닐 거라고 생각해?"

"어제 점심때 그런 일을 겪고 보니 무엇을 믿어야 할지 모르겠어. 너, 내 이름이 뭔지는 아니?"

"물론이지. 크레이그 길너. 내가 바보인 줄 알아?"

"성은 어떻게 알았어?"

"네 팔찌에 쓰여 있잖아. 내 것도 볼래?"

"노엘 힌튼. 그런데 말이야……" 나는 잠시 생각을 정리한 뒤 말을 잇는다. "한 가지 물어보자. 넌 어제 점심때 무슨 일이 벌어질지 알고 있었어?"

"제니퍼 말이야? 물론 알았지. 걔는 아무한테나 그런 짓을 하거든. 내가 진짜 궁금한 건, 그때 네가 왜 그 테이블로 왔느냐 하는 거야."

"나는 그녀가, 아니 그가…… 여자애인 줄 알았어. 여자애가 오라고 하니까—"

"그럼 지금 여기는 왜 왔지?"

"잠깐, 방금 질문하는 거 잊어버렸어."

"괜찮아. 벌점 하나 먹으면 되니까. 왜 왔어?"

"음, 그건 벌써 얘기한 거 같은데. 네가 여자니까 그런 거지, 뭐. 그리고 네가 오라고 했잖아. 넌 상당히 멋있는 애 같지 않니?" 예쁘다는 소리는 벌써 했으니, 내가 그렇게 천박한 놈이 아니라는 것을 보여 주기 위해서라도 멋있다는 소리를 할 때가 되었다고 생각했다.

"네가 정답을 얘기하려고 애쓰는 모습을 보니 진짜 재미있다. 넌 정말 한심한 애야. 너도 알지?"

노엘은 몸을 뒤로 젖히며 기지개를 켠다. 얼굴을 가렸던 머리카락이 흘러내리고, 흉터가 불빛을 받아 반짝거린다. 웃옷 가장자리에 닿은 머리칼이 찰랑거린다.

"네 얼굴의 흉터가 사실은 그렇게까지 흉하지 않다는 걸 알고 있니?"

"내가 여기 들어온 지 얼마나 되었지, 크레이그?"

"아까 21일 됐다고 했잖아. 거짓말이었어?"

"아니. 내가 처음 들어왔을 때 사람들이 어떤 눈으로 나를 쳐다봤는지 상상할 수 있어?"

"그 흉터는 시간이 지나도 안 없어지나?"

"없애려면 성형수술을 해야 돼. 너도 내가 수술을 해야 한다고 생각해?"

"아니. 네가 겪은 과거를 굳이 숨겨야 할 이유가 있을까?"

"그게 진짜 질문인지는 나도 모르겠다. 아무튼 너무 뻔하잖아. 흉터가 없으면 더 행복해지지 않을까?"

"나도 모르겠어. 어떻게 해야 네가 더 행복해질지 어떻게 알겠어. 나도 고등학교에 들어가면 힘은 들어도 훨씬 행복해질 거라고 생각했는데, 결국 이 꼴이 되었잖아. 잠깐, 너는 어느 학교 다녀?"

"델핀." 맨해튼의 사립학교다. 내 생각에 아직도 교복을 입어야 하는 유일한 학교가 아닐까 싶다.

"너는?"

"EPP. 너희 학교는 교복 입어야 되지?"

"너 혹시 교복 좋아하는 변태니?"

"아니. 참 내, 아니야."

"벌점 2점. 질문 안 했어. 이 게임, 마음에 들어?"

"너랑 얘기하는 게 좋아. 수학 문제 푸는 것 같기도 하고. 너는 나랑 얘기하는 게 좋아?"

"나쁘진 않아. 수학 좋아하니?"

"나는 내가 수학을 잘한다고 생각했는데, 알고 보니 다른 아이들보다 한 학년 아래 수준이더라고. 너는?"

"난 학교생활을 잘 못했어. 대부분의 시간을 발레에 투자했으니까. 하지만 발레를 계속하기에는 키가 너무 작아. 너도 키 때문에 뭔가를 못 해 본 적 있어?"

"어렸을 때 키가 안 돼서 놀이 기구를 못 탄 적은 있지. 왜?"

"나는 지금도 못 타. 키가 작다는 건 정말 불쌍한 거야. 그걸 잊지 마." 그녀는 거기서 말을 끊는다.

"벌점 1점."

"너는 3점이야. 게임 끝."

"좋아." 나는 등받이에 몸을 기댄다. "휴. 이제 뭐 하지?"

"좋은 질문이네. 나도 몰라. 미술과 공작 배우러 가야 돼."

"나도."

"같이 갈래?"

"그러자." 나는 문득 동작을 멈춘다. 혹시 그녀가 지금 나를 유혹하는 것 아닐까? "우리…… 그러니까…… 키스 같은 것 해도 돼?"

노엘은 몸을 뒤로 젖히고 웃음을 터뜨린다. "아니, 안 돼! 세상에, 게임 한 번 같이 했다고 키스까지 해도 된다고 생각하는 거야?"

"음, 난 우리가 마음이 통하는 줄 알았거든."

"크레이그." 그녀는 자세를 바로 잡으며 내 눈을 똑바로 쳐다본다. "안 돼." 그러면서 미소를 짓는다. 흉터에 살짝 주름이 잡힌다.

“너, 언제 여기서 나가는지 알아?” 내가 묻는다.

“목요일.”

갑자기 가슴이 철렁 내려앉는 기분이다. “나도.” 나는 몸을 앞으로 내밀기 시작한다.

“안 돼, 크레이그. 미술과 공작 시간이라고.”

“알았어.” 나는 일어서며 노엘을 향해 손을 내민다. 노엘은 못 본 척한다.

“누가 빨리 가나 내기!” 노엘은 말을 끝내지도 않고 단체 활동 라운지를 향해 냅다 달리기 시작한다. 나는 다리도 내가 훨씬 긴데 질 수는 없다는 생각에 부리나케 그 뒤를 쫓는다. 발레에서 달리기도 가르치나? 간호사실 앞을 지나갈 때 하워드의 고함 소리가 들린다. “얘들아! 뛰어다니면 안 된다!” 그 소리가 지금 내 귀에 들어올 리가 없다.

32

"자, 그럼 그리고 싶은 사람?" 조애니가 묻는다.

짙은 화장과 팔찌로 치장한 조애니는 환한 미소가 아주 돋보이는 여자다. 지금 그녀는 내가 다니던 유치원의 미술실과 똑같이 생긴 단체 활동 라운지를 장악하고 있다. 벽에는 환자들이 그린 햄버거, 강아지, 연 등의 그림이 붙어 있고, 멋진 문구가 쓰인 포스터도 보인다. '우리의 마음이 목표에서 벗어날 때 무시무시한 장애물이 나타난다.', '꿈은 잠에서 깨어나 현실로 만들기 전까지만 꿈이다.', '내가 오늘 해야 할 일들. 1) 숨을 들이쉰다. 2) 숨을 내쉰다.' 고맙게도 알파벳은 어디서도 보이지 않는다. 진짜 유치원처럼 Aa Bb 하는 식으로 알파벳만 붙어 있었더라면 아마 내 머릿속에서는 또 쳇바퀴가 돌아가기 시작했을 것이다. 포스터 중에서 제일 눈길을 끄는 것은 '정신질환을 가진 사람들이 세상을 이끌어 간다.'라는 문장이다. 거기에는 에이브러햄 링컨, 어니스트 헤밍웨이, 윈스턴 처칠, 아이작 뉴턴, 실비아 플라스 등과 함께, 정신병자 취급을 받았던 다른 똑똑한 인물들의 이름이 길게 나열되어 있다.

하지만 다른 한편으로 마음이 심란해지는 것도 사실이다. 이 방은 평소 정신병원이라는 단어를 들을 때마다 내 뇌리에 떠오르던 공간과 상당히 흡사하다. 어린 시절로 돌아간 듯한 어른들이 손가락에 물감을 묻혀 그림을 그리고, 명랑한 지도교사는 입만 열면 잘했다고 칭찬하기에 바쁘다. 하지만 내가 먹을 음식에 표시를 하라는 말을 들었을 때부터 이런 상황을 염두에 두었어야 했던 것 아닐까?

'자네는 유치원을 원했다, 병사, 그래서 유치원에 들어온 거야.'

'내가 원한 것은 유치원 같은 푸근함이지 분위기만 유치원 같은 곳이 아닙니다.'

'좋은 점을 취하려면 나쁜 점도 받아들여야 한다. 저 여자아이처럼 말이다. 아마 여기 들어와서 그렇게 마음에 드는 깔치를 만나게 되리라고는 상상도 못 했겠지.'

'음, 걔는 깔치가 아니에요.'

내가 생각하는 깔치는 여자 친구라는 뜻이다. 노엘을 바라본다. 둘 다 어느 자리에 앉아야 할지 두리번거리고 있다.

'딱 한 번 이야기를 나눴을 뿐이에요.'

'그녀는 자네를 좋아한다. 그런 것조차 아직 알아차리지 못한다면 자네는 이 전쟁에서 라이플과 장난감 권총조차 구분하지 못할 거다.'

'이게 무슨 전쟁이라고 했죠?'

'머리로 싸워야 하는 전쟁이다.'

'그렇군요. 전세는 어때요?'

'자네가 승기를 잡아 가고 있다, 병사. 자네 눈에는 보이지

않나?'

노엘과 나는 험블과 교수님이 앉은 테이블을 선택한다.

"둘이서 벌써 친해진 것 같구나." 험블이 말한다.

"걔들 좀 가만 내버려 둬." 교수님이 쏘아붙인다.

"어디 갔었어?" 험블이 물고 늘어진다. "나무 밑에서 뽀-뽀라도 했어?"

"아니에요."

"아무 일도 없었어요." 노엘도 거든다.

"그냥 같이 앉아 있었을 뿐이라니까요." 내가 말한다.

"'크레이그랑 노엘이랑, 나무 밑에 앉아서—'" 험블은 일어나서 두 손을 엉덩이에 올리고 야릇한 걸음걸이를 흉내 낸다.

"잠깐, 이 테이블은 무슨 일이죠?" 조애니가 다가온다. "무슨 문제라도 있나요, 코퍼 씨?"

"아니에요. 뭐라고요? 지금 무슨 소리를 하는 겁니까?" 험블은 두 손을 치켜들고 자리에 앉는다. "나 말입니까?"

조애니는 콧잔등을 찌푸리며 말한다. "늦게 온 사람들을 위해 말하자면, 지금은 자유롭게 그림을 그리는 레크리에이션 테라피 시간이에요." 험블은 나와 노엘을 가리키며 '너희 때문이야' 하는 뜻의 몸짓을 한다. "다시 말해서 뭐든 원하는 대로 그림을 그릴 수 있다는 뜻이죠. 창의력을 개발하고 취미를 발견할 수 있는 좋은 기회예요. 취미도 아주 중요하니까요!"

말을 마친 조애니는 내 뒤로 다가온다. "처음 보는 얼굴이네. 안녕, 내 이름은 조애니야. 레크리에이션 담당자지."

"크레이그라고 해요." 나는 그녀와 악수를 나눈다.

"종이랑 연필 필요해, 크레이그?"

"아뇨. 필요 없어요. 나는 그릴 줄 아는 게 없거든요."

"그럴 리가 있나. 꼭 무언가를 구체적으로 표현하지 않아도 돼. 추상화를 그릴 수도 있으니까. 크레용을 가져다줄까?"

"아뇨." 맙소사, 이렇게 어색할 수가 없다. '크레용 가져다줄까?'라는 질문에 대답을 해야 하다니.

"물감은 어때?"

"말씀드렸잖아요, 그림 그릴 줄 모른다고."

"물감은 색칠을 하는 거지 그리는 게 아니야."

"음, 색칠이든 그림이든 다 못해요."

"마커는 어때?"

"그것도요."

"여러분?" 조애니는 다른 사람들을 돌아보며 말한다. "여기, 새로 온 크레이그가 '미술 장애'를 가지고 있는 모양이에요. 그리고 싶은 게 아무것도 없다고 하네요!"

"그것 참 안타까운 일이군, 친구!" 아멜리오가 자기 자리에 앉은 채 큰 소리로 말한다. "그럼 카드놀이나 할까?"

"아멜리오, 여기서 카드놀이는 안 돼요. 자, 크레이그에게 뭐든 단서를 주실 분 없어요?"

"물고기를 그려 봐!" 보비가 소리친다. "무지 쉬워."

"알약은 어때?" 조니가 말한다.

"조니." 조애니가 타이른다. "우린 알약은 그리지 않아요."

"샐러드." 에보니가 말한다.

"먹지도 못할 샐러드는 그려서 뭐 하려고." 험블은 그렇게 중얼거리고는 너털웃음을 터뜨린다.

"코퍼 씨! 도저히 안 되겠어요. 이 방에서 나가 주세요."

"우—" 다들 야유를 보낸다.

"지당하신 말씀!" 에보니가 소리친다. 그러고는 심판처럼 한 손을 번쩍 치켜들며 덧붙인다. "퇴장!"

"좋아." 험블은 자리에서 일어난다. "마음대로 해. 나를 욕하라고. 남을 배려하고 존중한 죄밖에 없는 사람에게 실컷 욕을 퍼부어 봐." 험블은 챙길 것도 없는 소지품을 챙기느라 잠시 꾸물거린 뒤, 성큼성큼 라운지를 나선다. "여피족들 같으니라고!"

나는 그의 뒷모습을 물끄러미 바라본다.

"고양이를 그려 봐." 중력을 무서워하는 아이가 말한다. "나도 옛날에 고양이를 길렀어. 오래전에 죽었지만."

"밀방망이." 이번에는 수염이 무성한 아저씨가 말한다. 나는 처음 여기 들어올 때 식당에서 그를 본 이후로 그가 말을 하는 것을 처음 본다. 여전히 몸을 앞뒤로 흔들고 있고, 여전히 자기 방으로 달려 들어갈 때 말고는 홀 여기저기를 서성인다.

"뭐라고 했어요, 로버트?" 조애니가 묻는다. "정말 좋은 생각인 것 같은데, 뭐라고 했죠?"

하지만 그는 또 조개처럼 입을 꽉 다물어 버린다. 두 번 다시 입을 열 태세가 아니다. '밀방망이.' 그게 그 사람에게 무슨 의미일지 궁금하다. 아마도 진짜 밀가루 반죽을 밀 때 쓰는 밀방망이는 아닐 것이다. 어쩌면 섹스를 의미하는지도 모른다. 아니면 반전?

"어린 시절의 기억을 되살리면 뭔가를 그릴 수 있을 거예요."

내 옆에 앉은 노엘이 말한다.

"아, 그것도 좋은 생각이네. 노엘, 조금 더 설명해 볼까?"

노엘은 짧은 한숨을 내쉬더니 전체를 향해 입을 연다. "크레이그가 어린 시절의 기억을 살려서 뭔가를 그리면 어떨까 해서요."

"좋아." 조애니는 고개를 끄덕인다. "크레이그, 너는 지금까지 나온 얘기들을 어떻게 생각해?"

하지만 나는 이미 그림을 그리기 시작한 상태다. 제일 위에서 강줄기가 꾸불꾸불 내려와 두 번째 강을 만난다. 아니다, 강보다는 도로를 먼저 그려야 한다. 그래야 강을 가로지르는 다리의 위치를 정할 수 있으니까. 제일 먼저 고속도로, 그다음에 강, 그다음이 일반 도로다. 조금씩 기억이 되살아난다. 마지막으로 이런 그림을 그린 게 언제였지? 아홉 살 때였나? 어떻게 지금까지 이걸 잊고 지냈을까? 종이 한복판을 고속도로가 가로지르고, 멋진 국수 가락 같은 나들목이 연결된다. 한쪽 경사로에서 뻗어 나온 도로가 공원을 관통해 동그라미를 그리면, 그 속에 멋진 주거지가 생겨난다. 여기서부터 마을이 형성된다. 조금씩 지도가 모습을 드러낸다. 나만의 도시다.

"아, 누군가 꽁꽁 닫혀 있던 크레이그의 마음을 활짝 열어젖혔어!"

맞은편에 서 있던 조애니가 외친다. 뒤를 돌아보니 조금 전까지 자기 자리에 앉아 있던 에보니가 지팡이를 짚고 일어나 나를 향해 다가오고 있다. "나도 좀 보자."

"고마워요, 에보니." 나는 그렇게 말하고는 다시 지도에 집중한다.

에보니가 내 어깨 너머로 지도를 내려다본다.

"우와, 진짜 멋있다." 그녀가 탄성을 내지른다.

"뭔데 그래?" 아멜리오가 소리친다.

"소리는 지르지 맙시다, 여러분." 조애니가 주의를 준다.

"이건 정말 대단해." 교수님이 내 옆에서 중얼거린다.

"절반은 내 덕이야." 내 오른편에 앉은 노엘은 꽃을 그리다 말고 한마디 거든다. 그녀가 곁눈질로 나를 슬쩍 돌아보는 것이 느껴진다. "너도 알지?"

"알고 말고." 나는 그렇게 말하며 잠시 손을 멈추고 그녀를 바라보다가, 다시 지도를 그리기 시작한다. 생각하고 말고 할 것도 없이 그냥 술술 그려진다.

"그거 혹시 사람의 뇌 아냐?" 에보니가 묻는다.

나는 입가에 가득 미소를 머금은 그녀의 얼굴을 올려다본다. 그러고는 다시 지도를 본다. 뇌가 아닌 것은 분명하다. 이것은 지도다. 강과 고속도로와 나들목이 보이지 않는가? 하지만 그러고 보니 정말로 뇌처럼 생긴 것 같기도 하다. 이리저리 얽힌 도로가 뇌 속의 뉴런이라면, 감정이 자유롭게 전달되어 도시에 활력을 불어넣을 것이다. 살아 있는 뇌는 지도와 같아서, 누구나 고속도로를 타고 원하는 곳으로 쉽게 이동할 수 있다. 나처럼 뇌가 제대로 작동하지 않으면 공사 중인 도로처럼 여기저기가 막히고 막다른 길에 다다른다.

"그래요." 나는 그녀를 향해 고개를 끄덕인다.

"바로 그거예요. 이건 뇌예요." 갑자기 더 이상 지도가 그려

지지 않는다. 예전에도 항상 이게 문제였다. 마무리를 어떻게 해야 좋을지 모르는 탓이다. 종이 한 장을 다 채우기 전에 에너지가 떨어져 버린다. 하지만 이제 그럴 필요가 없다. 지도 가장자리에 머리의 윤곽을 그린다. 이어서 코를 붙인 다음, 길쭉한 한 쌍의 공터로 입술을 만들고, 그 밑으로는 목이 뻗어 내려간다. 뇌가 있어야 할 자리에 복잡한 도심이 들어가도록 머리를 그린 셈이다. 로터리를 그려 눈 모양을 만들고, 입까지 내려가는 도로도 이어 붙인다. 에보니가 지팡이를 탁탁 내려치며 웃음을 터뜨린다.

"너무 멋있다!"

"고마워요." 그렇게 대답하고 지도를 내려다보니, 이제 그만 그려도 되겠다 싶다. 제일 밑에 CG라고 내 이름의 머리글자를 적어 넣으니 마치 '컴퓨터 그래픽'을 줄인 것 같다. 이 지도를 옆으로 밀어 놓고 종이를 한 장 더 달라고 해서 다음 지도를 또 그리기 시작한다.

이건 일도 아니다. 너무 쉽고 결과물도 그럴듯하다. 이런 거라면 하루 종일 그릴 수도 있다. 남은 시간에 모두 다섯 점을 완성했다.

지도를 그리느라 너무 몰두한 나머지, 노엘이 나가는 것도 못 봤다. 나중에 물건을 챙기면서 보니 꽃으로 장식된 쪽지가 한 장 놓여 있을 뿐이다.

'잠깐 너랑 떨어져 있어야겠다. 너무 집착하면 안 될 것 같아. 다음 만남은 화요일, 같은 시간 같은 장소에서. 그렇게까지 오래 기다리지는 않아도 되니까 너무 걱정하지 마. 넌 좀 귀여

운 데가 있는 것 같아.'

나는 쪽지를 잘 접어서 지난번에 받은 쪽지와 함께 주머니 속에 넣는다. 미술 시간이 끝나니 금방 저녁 먹을 시간이고, 험블이 다가와서 나 때문에 자기가 곤란한 지경에 처했지만 용서하겠다고 해서 고맙다고 대답했다. 저녁을 먹고 나서는 아멜리오랑 카드놀이를 했는데, 그는 나도 이제 어느 정도 경험이 쌓였으니 내일 밤에 벌어질 카드 게임 토너먼트에 들어와도 될 것 같다고 한다.

"진짜 돈을 걸고 하나요?" 내가 묻는다.

"아니야, 친구. 돈 대신 단추를 걸지."

흡연 시간에도 흡연실 주위를 서성인다. 그러고 보니 하루의 대부분을 사람들 뒤를 쫓아다니는 것 같다. 그들이 가는 곳에는 나도 간다. 그 사이에 보비와 오늘 하루를 어떻게 보냈는지 잠시 이야기를 나눈다. 그러고 나서 내가 그린 지도를 가지고 내 방으로 들어온다. 침대가 아침에 일어났을 때 그대로 어질러져 있다. 여기서는 아무도 내 침대를 대신 정리해 주지 않는다. 하지만 베개는 원래 모양으로 돌아와 있어서 내 머리에 눌린 자국은 보이지 않는다. 그걸 베고 누우니 천천히 공기가 새어 나오는 소리가 들린다. 지금까지 한 번도 들어본 적이 없는, 마음을 차분하게 달래 주는 소리이다.

"기분은 좀 나아졌니?" 무끄타다가 묻는다.

"네, 많이 좋아졌어요." 내가 대답한다. "아저씨도 좀 더 자주 방에서 나오는 게 좋겠어요, 무끄타다. 바깥에 어떤 세상이 펼쳐져 있는지 아셔야죠."

"나도 언젠가 너처럼 좋아지기를 매일 기도하고 있다."

"내가 그렇게까지 많이 좋아진 건 아니에요, 아저씨."

하지만 그래도 잠을 자는 데 문제가 없을 정도는 된다. 오늘은 주사를 맞지 않아도 될 것 같다.

제7부

제6북병동, 월요일

33

오늘은 월요일, 학교에 있어야 할 시간이다.

험블이랑 같이 아침을 먹으며 그의 여자 친구가 버거킹 앞을 지나갈 때마다 무슨 짓을 했는지 떠들어 대는 것을 듣는 대신, 학교에 있었어야 했다.

전화통을 붙잡고 에보니의 친구에게 내가 그린 것이 사람의 뇌를 형상화한 지도였다는 사실을 설명하며 에보니가 쉴 새 없이 중얼거리는 "얘 진짜 대단해, 마를린, 진짜 대단하다고" 하는 소리에 귀를 기울이는 대신, 학교에 있었어야 했다.

인터뷰를 위해 내 셔츠를 빌려 입은 보비와 함께 줄을 서서 졸로프트를 받아먹는 대신, 학교에 있었어야 했다.

오전 11시, 나는 용기를 내어 공중전화로 나에게 온 음성 메시지를 확인한다.

"이봐, 크레이그. 나 에런이야. 정말 미안하다, 친구. 사실은 너한테서 니아가 약을 먹는다는 얘기를 듣고 대판 싸웠어……. 아무래도 요즘은 우울증인가 뭔가 하는 게 나한테도 찾아온 건 아닐까 싶어. 아침에 일어나기가 너무 힘들 때도 많고, 너무 졸려서 정상적으로 생각을 하지 못할 때도 많아. 그래서 너한테 그런 식으로 전화를 했나 봐. 니아 말로는 나 자신의 스트레스를 그런 식으로 표현한 것 같다고 하더라. 그래서 너한테 면회를 갈까 하고 심각하게 생각하고 있어. 니아하고도 별로 안 좋아."

나는 에런에게 전화를 걸어 메시지를 남긴다. 우울증에 걸렸다고 생각되면 먼저 일반 의사를 찾아가서 정신약리학자를 소개받은 다음, 내가 밟은 과정을 거쳐야 된다고 설명한다. 창피하게 생각할 것은 하나도 없다. 메시지를 남겨 준 것은 고맙지만 면회를 오는 것에 대해서는 별로 확신이 생기지 않는다. 나는 지금 머릿속을 정리하려고 최선을 다하고 있기 때문에 바깥 세상하고는 되도록 접촉하지 않는 게 좋을 것 같다. 이어서 니아와의 관계에 무슨 문제가 있는지, 아직 화해를 하지 않았는지 묻는다.

"안녕, 크레이그. 또 레이놀즈 선생님인데—"

나는 레이놀즈 선생님한테도 전화를 걸어 지금 개인적인 이유 때문에 병원에 있으며 몸이 괜찮아지면 즉시 그동안 빼먹은 연구 수업을 따라잡을 생각이라고 메시지를 남긴다. 필요하다면 정신약리학자와 정신과 전문의, 심리학자, 간호사, 레크리에이션 담당자, 심지어는 대통령 아멜리오의 증언을 포함해, 병원에서 정식으로 진단서를 발급받아 보낼 수도 있다고 덧붙인다. 그 서류에는 내가 이 병원에서 적절한 치료를 받고 있으며, 가급적 스트레스를 줄이기 위해 연구 수업에 빠질 수밖에 없다는 내용도 포함될 것이다. 마지막으로, 또 나하고 통화할 일이 있으면 이 번호로 전화를 하면 되는데, 누군가가 "조의 선술집입니다" 하고 전화를 받아도 당황할 필요는 없다고 덧붙인다.

"안녕, 크레이그. 나는 니아의 친구, 제나라고 해. 음, 말하기 좀 민망하긴 하지만…… 조만간 나랑 데이트 한 번 하지 않을래? 네가 지금 어떤 상황에 처해 있는지는 다 들었어. 병원에 있다는 이야기도. 얼마 전에 헤어진 내 남자 친구는 그런 문제에 너무 둔감해서 나도 네 심정을 어느 정도는 알 것 같아. 그래서 너도 나를 이해해 줄 거라고 생각하고. 나는 처음부터 네가 아주 괜찮은 애라고 생각했는데—너랑 나랑은 두어 번 만난 적이 있어—네가 너무 내성적이라 별로 재미는 없을 거라고 생각했어. 네가 우울증에 시달리고 있는 줄은 꿈에도 몰랐어. 그걸 솔직히 인정한 건 정말 용기 있는 행동이야. 이제는 너랑 데이트를 해도 괜찮을 것 같아."

음. 나는 제나에게도 전화를 걸어 아마 다음 주쯤에는 만날 수 있을 거라고 메시지를 남긴다.

이상 끝. 그 밖에 로니와 스크럭스가 남긴 메시지도 있었지만 온통 대마초 이야기밖에 없어서 그냥 무시하기로 했다. 이번에는 손가락을 찧지 않도록 조심해서 수화기를 내려놓는다. 돌아서니 무끄타다가 바로 내 앞에 서 있다.

"네 충고를 따르려고 방에서 나와 봤어."

"우와, 좋은 아침이에요! 나와 보니 어때요?"

무끄타다는 어깨를 슬쩍 들었다 놓는다. "좋네. 이제 뭘 하면 되지?"

"할 일이야 얼마든지 있죠. 그림 그리는 거 좋아하세요?"

"에."

"카드놀이는요?"

"에."

"그럼…… 음악 듣는 건 어때요?"

"그건 좋아하지."

"됐어요! 그럼—"

"이집트 음악만."

"허." 내가 어디 가면 이집트 음악을 구할 수 있을지, 그런 음악을 뭐라고 부르는지 생각하고 있는데 갑자기 솔로몬이 샌들 바람으로 휙 지나간다.

"미안하지만 내가 좀 쉬어야 하니 조용히 해 주겠소!" 그가 우리를 향해 소리친다. 그를 힐끗 돌아본 무끄타다의 얼굴에 웃음이 번지는가 싶더니, 이내 웃음보가 터지면서 코에 걸린 안경까지 들썩거린다.

"뭐가 그리 재미있지?" 솔로몬이 묻는다.

"17일!" 무끄타다가 대답한다. "저 유대인은 자그마치 17일 동안이나 나한테 말을 걸지 않더니 이제야 한마디 하는군. 정말 영광이야."

"당신한테 말한 것 아니오. 얘한테 한 거요." 솔로몬이 나를 가리키며 말한다.

무끄타다와 솔로몬은 악수를 나눈다. 솔로몬의 바지가 조금 흘러내리지만, 다리를 벌리고 있어 더 이상은 내려가지 않는다. 이내 솔로몬은 손을 거두고 어디론가 사라진다. 무끄타다가 나를 돌아보며 말한다. "오늘은 이 정도로 만족해야겠어." 그러고는 방으로 돌아간다. 나는 고개를 설레설레 가로젓는다.

바로 옆에서 전화벨이 울린다. 내가 아멜리오를 부르니, 그가 허겁지겁 달려와 수화기를 집어 들고 "조의 선술집입니다" 한다. 그러더니 이내 나에게 수화기를 내민다.

"저요?"

"그래, 친구."

내가 수화기를 받아 귀에 대니, 상당히 권위적인 목소리가 흘러나온다. "크레이그 길너를 찾고 있소."

"아, 접니다. 누구시죠?"

"나는 알프레드 야노비치 선생이다, 크레이그. 네가 다니는 EPP 고등학교의 교장이야."

"하느님 맙소사!" 나는 나도 모르게 그렇게 소리치며 얼른 전화를 끊어 버린다.

이내 전화벨이 다시 울리기 시작한다. 나는 전화기 옆에 서서 아멜리오를 비롯해 지나가는 사람들한테 나를 찾는 전화지만 도저히 받을 수가 없다고 설명한다. 다들 이해한다는 듯이 고개를 끄덕인다. '교장 선생님이야.' 역시 내 생각이 옳았다. 전에도 본 적이 있었다. 에런과 함께 처음으로 학교에 갔던 날, 그는 이 학교가 최고의 학생들만 뽑았으며 최고의 학생들만 그에 합당한 보상을 받을 것이라고 훈계를 늘어놓았다. 불시에 수업을 참관하는가 하면 가끔씩 시험 감독관으로 나오기도 하고, 무슨 중요한 보상이라도 되는 듯이 초콜릿을 나눠 주기도 하는 사람이 바로 이 교장 선생님이다. "너희의 학교생활은 오후 5시까지 계속 이어진다"라고 협박하기도 하고, 세상에서 제일 고지식한 교장으로 신문에도 자주 오르내리는 분이기도 하다. 그런 교장 선생님이, 내가 미쳤다는 것을, 내가 숙제를 하지 않는다는 사실을 알고 전화를 건 것이다. 애당초 레이놀즈 선생님한테 메시지를 남기지 말았어야 했다. 이제 끝장이다. 나는 학교에서 쫓겨날 것이다. 퇴학이다. 두 번 다시 고등학교에 돌아가지 못할 것이고, 대학에 진학하는 일도 없을 것이다.

이윽고 전화벨이 잠잠해지자 나는 이리저리 서성이기 시작한다.

역시 내 생각이 옳았다. 내가 무슨 생각을 했냐고? 여기 들어온 뒤로 사소한 일들이 몇 가지 잘 풀려 나간다고 무슨 대단한 성과라도 된다고 생각했다. 이 제6북병동이 진짜 세상이라도 되는 양 착각했던 것이다. 친구들이 생기고, 여자아이와 이야기 한 번 나눴다고 엄청난 성공을 거둔 것처럼 의기양양했다. 하지만 크레이그, 너는 아무것도 이루지 못했다. 제대로 해결된 일도 없다. 아무것도 증명해 보이지 못했다. 상태가 나아진 것도 아니다. 일자리를 구한 것도, 돈을 번 것도 아니다. 오히려 주 정부의 돈을 축내며 전에 먹던 약이나 먹고 있을 뿐이다. 너는 지금 부모님의 돈과 납세자들이 낸 세금을 축내고 있다. 사실은 아무 문제도 없이 멀쩡하면서 말이다.

이 모든 것은 하나의 핑계일 뿐이다. 따지고 보면 나도 그럭저럭 괜찮았다. 평균 93점이면 아주 물속에 잠길 정도는 아니다. 좋은 친구들과 사랑스러운 가족도 있다. 그러나 나는 사람들의 관심을 한몸에 받고 싶어서, 뭔가 더 많은 것이 필요하다고 욕심을 내다가, 주위 사람들에게 내가 무슨 병이라도 걸린 것처럼 보이고 싶어서…… 결국 여기까지 들어오고 만 것이다.

나한테는 아무 병도 없다. 계속 발길 닿는 대로 서성인다. 우울증은 병이 아니다. 그저 주인공이 되고 싶은 핑계일 뿐이다. 누구나 그걸 안다. 친구들도 알고, 교장 선생님도 안다. 또 땀이 나기 시작한다. 뇌 속에서 쳇바퀴가 굉음을 내며 돌아가기 시작한다. 내가 한 일이라고는 아무 짝에도 쓸모없는 그림 몇 장 그린 것밖에 없지 않은가? 그건 아무것도 아니다. 나는 끝장이다. 교장 선생님이 전화를 걸었는데 그냥 끊어 버렸고, 선생님께 다시 전화 걸지도 않았다. 끝이다. 퇴학이다. 모든 게 끝장이다.

위장 속의 남자가 다시 나타나는 것을 느끼며 화장실로 달려가지만 뭔가가 나를 붙잡고 놓아주지 않는다. 변기에 머리를 처박고 신음을 토하지만 아무것도 올라오지 않는다. 하릴없이 입만 헹구고 화장실을 나와 침대에 들어간다.

"무슨 일이냐?" 무끄타다가 묻는다. "넌 원래 낮잠 안 자잖아."

"큰일 났어요." 나는 그 말을 끝으로 침대에 드러누워 애꿎은 시간만 보내다가 점심도 먹는 둥 마는 둥 다시 쓰러졌다. 오후 3시, 누가 내 방으로 머리를 들이민다. 미네르바 박사님이다.

"크레이그? 얘기 좀 하러 왔어."

34

"정말 반가워요." 여기는 내가 여기 처음 들어올 때 모니카 간호사를 만났던 방이다. 미네르바 박사님도 이 방에 아주 익숙해 보인다.

"나도 반가워. 네가 잘 지내고 있는 것 같아서 너무 다행스럽고." 그녀가 말한다.

"네, 솔직히 말하면 롤러코스터를 타고 있는 기분이에요."

"감정의 롤러코스터 말이로구나."

"네."

"지금은 그 롤러코스터가 어디쯤에 있지, 크레이그?"

"밑바닥이요. 제일 밑바닥."

"왜 그렇게 밑에까지 내려갔어?"

"우리 학교 교장 선생님한테서 전화가 왔어요."

"왜?"

"저도 몰라요. 그냥 끊어 버렸어요."

"교장 선생님이 왜 전화를 하신 것 같아, 크레이그?"

"저를 퇴학시키려고."

"왜 너를 퇴학시키려고 하실까?"

"정말 몰라서 그러세요? 그야 제가 지금 학교에 안 있고 여기 들어와 있기 때문이 아닐까요?"

"크레이그, 교장 선생님은 네가 정신병원에 들어와 있다는 이유만으로 너를 퇴학시킬 수 없어."

"음, 다른 문제들이 많다는 걸 박사님도 아시잖아요."

"뭔데?"

"틈만 나면 친구들과 어울리고, 우울증이나 걸리고, 숙제는 안 하고……."

"저런, 여기서 잠깐 다른 이야기를 좀 해 보자, 크레이그. 내가 너를 본 건 지난주 금요일이 마지막이야. 네가 왜 여기 왔는지 간단하게 설명할 수 있겠니?"

이미 여러 번 해 본 이야기다. 게다가 이제는 이 층에 대해 덧붙일 게 꽤 많이 생겼다. 노엘에 대해서, 음식을 먹고도 토하지 않는 것에 대해서, 2인실의 침대 하나로 대변되는 잠자리에 대해서.

"지난 금요일과 비교하면 어떤 것 같아, 크레이그?"

"좋아졌어요. 훨씬 좋아졌죠. 하지만 문제는 정말로 좋아졌느냐, 아니면 이 층의 인위적인 환경 때문에 그냥 좋아졌다고 느끼는 것뿐이냐 하는 점이에요. 여기는 '정상'이 아니잖아요."

"그런 의미라면 정상인 곳은 아무 데도 없어, 크레이그."

"아마 아닐 걸요. 제가 여기 들어온 뒤로 제일 큰 뉴스거리가 뭐죠?"

"어떤 사람이 맨해튼에 있는 포시즌스 호텔에 독가스를 뿌리려고 했어."

"맙소사!"

"그러게." 미네르바 박사님의 얼굴에 미소가 번진다. 이어서 그녀는 몸을 앞으로 숙이며 덧붙인다. "크레이그, 내가 너희 레크리에이션 담당자에게서 들은 이야기는 꺼내지 않는구나. 미술 시간에 완전히 스타가 됐다면서?"

"아, 네. 하지만 그건 정말 아무것도 아니에요. 어제 있었던 일이기도 하고요."

"어떻게 했기에?"

"음…… 지난번에 제가 어렸을 때 지도 그리는 걸 좋아했다고 말씀드린 거 기억나세요? 말하자면 거기에서부터 시작된 거예요."

"어떻게?"

"미술 시간에 선생님이 종이랑 연필을 주면서 아무거나 그리라고 했는데, 갑자기 지도 생각이 났어요. 아니, 사실은 나 스스로 생각해 낸 게 아니라 노엘이 힌트를 주기는 했지만요."

"네가 만났다는 그 여자애 말이니?"

"네."

"네가 그 아이를 설명하는 눈치를 보니까 진정한 우정이 싹트고 있는 것 같구나."

"아, 이건 우정이 아니에요. 여기서 나가면 진짜 제대로 사귀어 볼 생각이니까요."

"크레이그, 그럴 준비가 되었다고 생각하니?"

"물론이죠."

"좋아." 박사님은 뭔가 메모를 한다. "노엘이 어떻게 너를 도와주었지?"

"어린 시절의 기억을 되살려서 뭔가를 그려 보라고 했어요. 그 말을 듣는 순간 지도가 떠올랐고요."

"그랬구나."

"한 장을 그리기 시작했는데 에보니가 오더니—"

"이제 이곳 사람들하고는 다들 스스럼없이 이름을 부를 정도의 사이가 되었구나."

"그럼요."

"혹시 네가 친구를 잘 사귀는 편이라고 생각해 본 적 있니, 크레이그?"

"아뇨."

"하지만 여기서는 잘 사귀잖아."

"그건 그래요. 음, 여기는 좀 다르잖아요."

"어떻게 다른데?"

"글쎄요, 모르겠어요…… 부담이 없다고나 할까요."

"친구를 사귀는 데 부담이 없다?"

"네, 열심히 공부를 해야 된다는 부담도 없고요."

"바깥에는 그런 부담이 있다는 얘기로구나."

"맞아요."

"사실 바깥에는 엄청나게 큰 부담이 있겠지. 네가 촉수라고 부르는."

"네."

"여기도 촉수가 있니, 크레이그?"

잠시 생각을 해 본다. 이제 이 층이 어떻게 돌아가는지 대충 알 만하다. 병원 측에서는 우리가 시간을 때울 수 있도록 끊임없이 뭔가 할 일을 만드는 데 집중한다. 아침에 일어나자마자 혈압을 재고, 누군가가 맥박을 체크한다. 그러고 나면 아침 식사를 한다. 그러고 나면 줄을 서서 약을 타고, 그러고 나면 흡연 시간이 되고, 그러고 나면 15분 동안 자유 시간을 가진 다음 단체 활동이 시작된다. 그러고 나면 점심시간이 되고, 또 약을 먹고, 또 흡연 시간이 되고, 또 단체 활동에 참석하고, 그러고 나면 갑자기 하루가 끝나 버린다. 저녁을 먹으면서 소금과 디저트 가지고 소란을 떨다가, 10시에 또 한 번의 흡연 시간에 이어 취침 시간이 시작된다.

"아뇨, 여기는 촉수가 없어요." 내가 말한다. "촉수의 반대는 아주 간단한 일, 그저 앞에 주어져서 아무 의문도 품지 않고 처리할 수 있는 일이거든요. 여기선 모든 게 다 그런 식이에요."

"그렇구나. 여기서는 촉수라고 할 수 있는 게 기껏 전화 정도밖에 없겠네. 지금도 너는 그것 때문에 이렇게 밑바닥까지 내려온 거고."

"맞아요."

미네르바 박사님이 또 뭔가 메모를 한다. "자, 이게 진짜 중요한 질문이야, 크레이그. 여기에 닻도 있어?"

"허."

"네가 의지할 수 있는 그 무엇."

생각을 해 본다. 만약 닻을 고정되어 있는 그 무엇이라고 생각한다면, 그런 것은 많다. 먼저 FM 라디오에서 흘러나오는 음악. 이따금 위험스러울 만큼 섹시한 음악도 들리지만, 간호사실에 앉아 있는 사람이 스미티건 하워드이건 간에 늘 거기서는 음악 소리가 흘러나온다. 우리의 일정 역시 고정되어 있다. 식사 시간, 약 나눠 주는 시간, 거기에 아멜리오가 뭐라고 외치는 소리까지. 언제든 카드놀이를 할 준비가 되어 있다는 점에서는 아멜리오 자신도 고정된 부분이다. 늘 "그게 너한테 올 거야!"라고 중얼거리고 다니는 지미 역시 마찬가지다.

"사람들이 닻이죠." 내가 말한다.

"하지만 사람은 좋은 닻이 될 수 없어, 크레이그. 늘 변하니까. 이곳 사람들도 언제 변할지 몰라. 떠나는 환자들도 있을 거고. 그런 사람들에게 의지할 수는 없잖아."

"언제 떠나는데요?"

"그야 나도 모르지."

"직원들은 어때요?"

"그들도 변하기는 마찬가지야. 단지 시간대가 다를 뿐이지. 한 번 온 사람은 반드시 떠나게 되어 있어."

"그래도 노엘이 있잖아요. 걔는 예쁘고 똑똑해요. 내가 정말 좋아하기도 하고요. 그녀라면 닻이 될 수 있어요."

"네가 매력을 느끼는 이성이라면 더더욱 닻으로 적합하지 않아." 미네르바 박사님이 말한다. "관계란 사람보다도 훨씬 잘 변하는 그 무엇이니까. 양쪽 다 변할 수 있다고 생각하면 가능성이 두 배로 높아지는 셈이지. 특히 그 두 사람이 10대라면 더욱더."

"하지만 로미오와 줄리엣도 10대였잖아요." 내가 말한다.

"그래서 로미오와 줄리엣이 어떻게 되었지?"

"아." 더 이상 할 말이 없다. "그러네요."

"그리고 이런 이야기는 우리가 벌써 한 적이 있잖아, 크레이그. 심지어 한 단계 더 높은 차원의 이야기까지 한 것 같은데?"

"맞아요." 나는 고개를 끄덕인다.

"같은 생각을 되풀이한다는 건 결국 같은 자리로 돌아올 수밖에 없다는 뜻이야."

"저도 알아요. 그건 안 되죠."

"왜?"

"그건…… 자살은 정말 못 할 짓이에요. 많은 사람들에게 상처를 안겨 줄 테고…… 정말 못 할 짓이죠."

"맞아." 미네르바 박사님은 테이블 너머로 몸을 숙이며 말을 잇는다. "정말 못 할 짓이야. 다른 사람들이 중요한 게 아니라 너 자신이 중요하니까."

"고귀한 것도 아니고 아무것도 아니에요." 내가 말한다. "내 룸메이트인 무끄타다 같은 사람은 사실 죽은 거나 다름없어요. 아무것도 하지 않으니까요. 하루 종일 침대에 누워만 있어요."

"맞아."

"나는 절대 그렇게 되고 싶지 않아요. 그렇게 살고 싶지는 않다고요. 하지만 내가 죽으면 어쩔 수 없이 그렇게 될 수밖에 없잖아요."

"훌륭한 생각이야, 크레이그."

미네르바 박사님은 말을 멈춘다. 내가 말한 대로, 뛰어난 슈링크는 극적인 효과를 자아내기 위해 언제 말을 멈추어야 할지를 안다.

내 발가락이 까딱거린다. 형광등에서 웅- 하는 소리가 난다.

"너의 닻들이 더욱 강력해졌으면 좋겠다." 미네르바 박사님이 말한다. "네가 여기서 나가면 네 시간을 투자할 만한 거, 다른 뭔가를 발견한 건 없어?"

생각을 해 본다. 뭔가가 있다는 것은 안다. 그 말이 혀끝까지 올라오지만 입 밖으로 나오지는 않는다.

"없어요."

"좋아, 그건 괜찮아. 넌 오늘 많은 발전을 이뤘어. 이제 우리가 할 일은 딱 한 가지 남았어. 교장 선생님한테 전화하는 거."

"안 돼요!" 내가 다급하게 소리치지만, 그녀는 이미 휴대전화를 꺼내고 있다. 미리 허락을 받은 게 틀림없다. "여보세요, 맨해튼에 있는 EPP 고등학교 전화번호 좀 부탁해요."

"안 돼요, 안 돼요, 절대 안 돼요!" 나는 그렇게 소리치며 박사님의 전화기를 뺏으려고 테이블 너머로 몸을 내민다. 다행히 블라인드가 내려져 있어 밖에서는 이 장면이 보이지 않을 것이다. 누가 보면 강제로 진정제를 주사할지도 모른다. 미네르바 박사님은 일어나서 문 쪽으로 걸어가며 바깥을 가리킨다. '보안요원을 부를까?' 나는 하는 수 없이 도로 주저앉는다.

"네." 그녀가 말한다. "교장 선생님과 통화하고 싶은데요. 교장 선생님이 어느 학생에게 건강 문제, 법적인 문제로 전화를 하셨다고 해서요. 나는 그 학생의 어머니예요."

잠시 침묵이 흐른다.

"좋아요." 그녀가 손으로 수화기를 가리며 속삭인다. "연결해 준대."

"박사님이 이러시는 게 믿어지지 않아요." 내가 중얼거린다.

"나는 내가 이러는 걸 걱정하는 네가 믿어지지 않아……. 네, 여보세요?" 박사님은 나를 향해 입 모양으로 교장 선생님의 이름을 묻는다.

"야노비치." 내가 대답한다.

"야노비치 선생님이신가요?"

박사님의 전화기에서 교장 선생님의 무뚝뚝한 대답이 새어 나온다.

"나는 미네르바 박사라고 하고, 선생님 학교의 학생인 크레이그 길너를 대신해 전화를 걸었어요. 선생님은 브루클린에 있는 아제논 병원으로 크레이그에게 전화를 거신 적이 있죠? 나는 크레이그의 테라피스트고, 지금 같이 있어요. 통화 좀 해 보시겠어요?"

그녀는 고개를 끄덕이면서 전화기를 내민다. "받아 봐, 크레이그."

휴대전화를 받아 든다. 내 것보다 훨씬 작고 세련되어 보인다. "음, 여보세요?"

"크레이그, 왜 내 전화를 그냥 끊었지?" 교장 선생님의 그윽한 목소리는 아주 부드러워서 거의 웃고 있는 것처럼 느껴질 정도다.

"아…… 그때는 큰일 났다는 생각밖에 없었어요. 제가 학교에서 쫓겨날 거라고 생각했거든요. 교장 선생님이 직접 병원으로 전화를 거셨으니까요."

"크레이그, 내가 전화를 한 건 어느 선생님한테서 전해 들은 말이 있기 때문이야. 네가 지금 겪고 있는 모든 일에 대해, 우리 학교가 전폭적으로 너를 도울 준비가 되어 있다는 말을 하고 싶었던 것뿐이다. 필요하다면 이번 학기를 다시 들을 수도 있고, 여름 학기를 활용할 수도 있고, 만약 네가 출석 일수를 채울 수 없게 되면 지금 네가 있는 곳에서 공부를 계속할 수 있도록 배려할 수도 있어."

"아."

"우리는 절대 학생이 병원에 있다는 이유만으로 모든 것을 판단하지는 않는다, 크레이그. 절대로."

"하지만 여기는 정신—"

"거기가 어디인지는 나도 알아. 지금까지 너 같은 상황에 처한 학생이 한 명도 없었을 것 같아? 너 같은 젊은이들 사이에서는 아주 흔한 현상이야."

"아, 어, 감사합니다."

"잘 지내고 있지?"

"많이 좋아졌어요."

"언제 퇴원할지 알고 있니?"

차마 목요일이라고 대답하고 싶지는 않다. 괜히 그랬다가 금요일, 혹은 다음 주 목요일, 혹은 내년이 되면 어떡하라고.

"곧 할 것 같아요." 내가 대답한다.

"좋아. 아무쪼록 잘 조리해라. 언제가 됐건 우리 EPP는 너를 기다리고 있다는 사실만 잊지 말고."

"감사합니다, 야노비치 교장 선생님." 내가 학교로 돌아가는 장면을 상상해 본다. 내 친구들—이제 더 이상 친구라고 할 수도 없겠지만—은 우울증에 시달리다 돌아온 나를 좋아하는 여자아이들과 나에게 동정심을 느끼는 선생님들, 그리고 갑자기 더없이 인자해진 교장 선생님에게 가로막혀 내 근처에 다가오지도 못한다. 이렇게만 되면 얼마나 좋을까만, 그렇게 되지는 않을 것이다.

"봤지, 그렇게 나쁘지 않잖아?" 미네르바 박사님이 나를 향해 말한다. 나도 고개를 끄덕이지 않을 수 없다. 하지만 그 말은 교도소에 갇혀 있는 죄수한테 너는 지금 일시적으로 벌을 받고 있지만 우리는 네가 돌아올 때까지 언제까지나 두 팔을 벌리고 기다릴 거다, 라고 말하는 것과 별로 다를 게 없다.

"자, 이제 우리 목표는 목요일에 퇴원하는 것으로 정해졌어, 크레이그. 그럼 난 수요일에 다시 올게, 알았지?" 미네르바 박사님이 말한다. 나는 그녀와 악수를 나누며 고마운 마음을 전한다. 당신과 이야기를 나누고 나니 정말 마음이 편해졌고, 따라서 그것은 당신이 자신의 일을 확실하게 할 줄 안다는 뜻이라고 말해 주고 싶다. 박사님과 헤어진 나는 내 방으로 돌아가 뇌 지도를 몇 장 그린다. 오늘 밤은 아멜리오의 카드 게임 대회가 있는 날이라, 나도 모르게 약간 마음이 설렌다.

35

"좋아!" 아멜리오가 말한다. "다들 모였나?"

다시 단체 활동 라운지. 조니와 험블, 에보니, 그리고 교수님이 참석했다. 다들 깔끔하게 면도를 해서—이제 보니 면도를 해야 한다는 규정은 주중에만 적용되는 모양이다—열 배는 더 얼굴이 좋아 보인다. 심지어 밀방망이 로버트조차 꽤나 사근사근한 얼굴로 홀을 서성거린다. 나도 이건 반드시 기억해 두어야겠다. 면도를 하면 정신병자조차 훨씬 얼굴이 좋아 보인다는 점.

"허." 조니가 한숨을 내쉰다. "보비는 아직 인터뷰가 안 끝났나 봐."

"그래." 에보니가 말한다. "크레이그가 보비한테 셔츠를 빌려줬어. 넌 정말 착한 아이야, 크레이그."

"고마워요."

"그림은 더 안 그릴 거니?"

"있다가 카드 게임 끝나고 그릴까 해요."

"좋아, 친구. 지금은 카드 게임에 집중해야 하니까." 아멜리오가 말한다. 그는 테이블 제일 상석에 서 있는데, 그 자리는 울퉁불퉁한 나무 위에 페인트 방울과 크레용 자국, 잉크 자국 따위가 범벅되어 있다. 테이블 한복판에는 네 칸으로 구분된 플라스틱 단추 통이 놓여 있다. 처음에는 크기나 색깔별로 구분해 둔 줄 알았는데, 이제 보니 온갖 종류와 모양과 색깔의 갖가지 단추들이 제멋대로 섞여 있다. 얼핏 보면 무슨 보석 같다.

"끝날 때까지 단추가 한 개라도 없어지면 안 돼요!" 조애니가 뒷전에서 주의를 준다. 그녀는 다른 테이블에서 로맨스 소설을 읽으며 모임을 감독하고 있다.

"맞습니다, 우리는 아직도 단추 도둑을 찾고 있어요." 험블이 말한다. "갑자기 바지를 추켜올리는 사람은 커다란 의심을 사게 될 겁니다. 다시 말해서 솔로몬을 조심하라는 말이지요. 에보니도요."

"내 바지 들먹이지 말라고 몇 번이나 얘기했어, 이 멍청아?"

"좋아. 자, 모두들 준비됐지?" 아멜리오가 말한다. "각자 단추 확보!"

각자 번개처럼 손을 뻗어 한 움큼씩 단추를 집어 든다. 그걸 자기 앞에 펼쳐 놓고 서로 포개지지 않도록 가지런히 펼친다. 모두들 같은 숫자의 단추를 가졌는지 확인하는 것은 아멜리오의 몫이다.

"험블, 여섯 개 반납해. 에보니, 당신은 열 개. 조니, 자네는 지금 뭐 하는 거야? 최소한 200개는 뱉어 내야겠는데?"

"난 보너스를 받았어요." 조니가 말한다. 바로 그때 보비가 라운지로 들어선다.

보비는 내 셔츠를 입은 채 특유의 비스듬한 자세로 걸어와서는 우리 테이블 끄트머리에 멈춰서더니, 모두의 관심이 집중된 것을 확인한 뒤 무슨 마술이라도 부리는 사람처럼 오른손을 허공에 흔든다. 이어서 두 주먹으로 테이블을 쾅 내려쳐 두 팔로 V자를 만드는 모습이, 마치 대기업 회장이라도 된 듯한 기세다. 그의 입가에 미소가 번진다.

"합격했어요."

갑자기 방 안에 침묵이 감돈다.

조애니가 뒤에서 천천히 손뼉을 치기 시작한다. 느리기는 하지만, 뚜렷한 목적과 주인공에 대한 경의가 깃든 박수 소리 같다. 이어서 아멜리오가 가세하자, 박수는 점점 템포가 빨라지기 시작한다.

"좋았어!"

"축하해!"

"브루클린의 사기꾼 만세!"

"보-비! 보-비!"

좁은 방 안에서 여덟 사람이 박수를 쳐 대니 요란하기 이를 데 없다. 박수 소리에 벽에 붙은 포스터가 흔들리는 느낌이다. 박수 소리는 기쁨에 겨운 환호성과 합쳐져 더욱 거세진다. 조니가 일어나서 있는 힘껏 보비를 포옹한다. 20년 전부터 서로 알고 지낸 두 남자, 약쟁이1과 약쟁이2로 불리던 두 남자, 한 사람의 성공이 다른 한 사람에게도 똑같은 기쁨으로 다가가는 두 남자다운 포옹이다.

"보비, 수고했어, 이 친구야!" 아멜리오가 아직도 포옹을 풀지 않은 두 남자에게 다가가 보비의 등을 두드리다가, 하마터면 서로 엉켜 다 같이 넘어질 뻔했다.

"잠깐만." 보비가 말한다. 그는 조니와 아멜리오의 품을 빠져나와 오른손을 치켜든다. "너무 흥분하기 전에, 단추가 나와 있는 걸 보니 먼저 이 젊은 친구에게 고맙다는 말을 해야 할 것 같아요." 그러면서 그는 나에게 다가온다. "이 아이는 말 그대로 자기가 입었던 셔츠를 나에게 벗어 주었어요. 바로 이 파란색 셔츠 말입니다. 서로 알게 된지 며칠 되지도 않았는데 아무것도 묻지 않고 나한테 그런 호의를 베풀었어요. 이 친구 아니었으면 나는 이 집에 들어갈 수 없었을 거예요. 이 새 집 말입니다."

내가 일어서자, 보비는 그 크고 앙상한 손으로 내 등을 끌어안는다. 그의 뺨에서 전해지는 피부의 감촉과 함께 내가 입었을 때보다 그에게 훨씬 잘 어울리는 고급스러운 내 셔츠의 감촉이 느껴진다. 보비의 인생에서는 지금이 고등학교보다도, 여자보다도, 친구보다도 더 큰 의미를 갖는 순간이 아닐까 싶다. 그에게는 이제 살 곳이 생긴 것이다. 나는 어떤가? 나야 살 곳은 원래 있었다. 앞으로도 마찬가지일 것이다. 나로서는 살 곳을 걱정해야 할 이유가 없다. 노숙자가 되지 않을까 하는 걱정은 말 그대로 어리석은 공상일 뿐이다. 언제, 어디서든 부모님이 나를 맞이해 줄 테니까. 하지만 그것은 모든 사람이 누리는 행운이 아니다. 그리고 나는 내가 누군가에게 행운을 가져다줄 수 있을 거라고는 한 번도 생각해 보지 못했다. 문득 '보비에게 살 곳이 생긴다면 내 인생도 살아갈 가치가 있는 것 아닐까' 하는 생각이 든다.

"고마워, 친구." 보비가 말한다.

"별말씀을요." 내가 중얼거린다. "내가 처음 들어왔을 때 안내를 해 주어서 고마워요."

"자, 여러분, 이제 카드 게임을 시작해야지?" 아멜리오가 말한다. 하지만 보비는 아직 할 말이 끝나지 않은 모양이다.

"한 가지만 더 얘기할게요. 정말 미안해, 크레이그. 인터뷰를 마치고 돌아오다가 실수로 넘어졌는데 말이야." 보비는 그렇게 말하며 나에게 등을 보이고 돌아선다. 잠깐, 저게 뭐지?

내 셔츠 등짝에, 그러니까 보비의 혁대 바로 위에 커다란 개똥이 붙어 있다.

"아……" 지금까지 냄새를 알아차리지 못한 게 믿어지지 않는다. 아까 포옹을 할 때 내가 손으로 저걸 건드린 건 아닐까? "아, 보비…… 괜찮아요, 엄마한테 말씀드려서 깨끗하게 세탁을 하면—"

"진짜인 줄 알았지!" 보비는 그렇게 말하며 손을 등 뒤로 돌려 개똥을 떼어 내더니 나를 향해 휙 집어던진다. 개똥은 내 셔츠(이 층의 다른 모든 사람들과 마찬가지로 나도 지금 홀치기염색을 한 티셔츠를 입고 있다)를 때린 뒤 단추 통이 놓인 테이블 위에 떨어진다.

"플라스틱이야! 내가 80년대부터 즐겨 써먹던 장난이라고. 하하! 정말 재미있지 않아?"

아멜리오가 웃음을 터뜨린다. "우라질, 저것 좀 봐! 우리 엄마가 내 침대에 숨겨 두던 것과 똑같이 생겼어."

모두들 동작을 멈추고 그를 돌아본다.

"아멜리오 대통령, 굳이 그런 얘기까지 꺼낼 필요는 없잖아요." 험블이 투덜거린다.

"당신 모친이 당신 침대에다가 대변을 봤다고?" 교수님이 묻는다.

"그 말이 아니잖소!" 아멜리오가 쏘아붙인다. "플라스틱 개똥 이야기를 하고 있는 중인데 갑자기 그게 무슨 소리요?"

"다들 진정하세요." 조애니가 일어나서 읽고 있던 책을 옆구리에 늘어뜨리며 말한다. "장난치는 건 좋지만 너무 흥분하지는 말자고요."

"좋아요, 그럼 이 응가 단추는 누가 갖지?" 험블이 개똥을 집어 들며 말한다. "이건 단추 두 개로 쳐줘야겠는데?"

보비가 자리를 잡고 앉으면서 게임이 시작된다. 각자 일곱 장의 카드를 갖고 하는 포커 게임이다. 내가 자신 있는 종목은 아니다. 패가 돌자, 사람들은 시작부터 서너 개의 단추를 걸며 미친 듯이 베팅을 하기 시작한다. 아무리 봐도 자신이 없다. 패가 영 엉망이다. 나는 한 번도 패가 잘 들어오는 법이 없다. 그냥 죽는 게 나을 것 같다. 그래서 세 판을 연속으로 죽었더니 조니가 "너도 걸어 봐. 어차피 잃어 봐야 단추잖아" 하고 부추긴다.

"그래." 험블도 거들고 나선다. "내가 비밀 하나 알려 줄까?" 그러고는 단추 통으로 손을 뻗어 한 움큼을 꺼낸다. "봤지?"

"봤어." 아멜리오가 그를 빤히 쳐다보며 말한다. "그런 술책이 통한다고 생각하면 착각이야, 험블. 한 번만 더 그러면 퇴장이야."

나는 웃음을 터뜨리며 단추 여섯 개를 건다.

“내가 왜 퇴장이에요?” 험블이 아멜리오에게 묻는다. “누가 잭팟이라도 터뜨렸어요?”

“버릇없이 굴지 마.” 교수님이 말한다.

“아, 너도 들었지?” 험블이 엄지를 흔들며 나를 향해 중얼거린다. “중재인이 되고 싶은 모양이야. 저 할머니 같은 표정에 속으면 안 돼. 완전 사기꾼이니까.”

“뭐라고?” 교수님이 카드를 내려놓으며 쏘아붙인다. “‘할머니’라니, 그게 무슨 뜻이지?”

“아무것도 아니에요. 방금 약간 할머니 같은 표정을 지었잖아요, 사람들을 헷갈리게 해서 좋은 패를 포기하게 하려고.” 그러면서 험블은 도저히 믿기지 않는다는 몸짓을 해 보인다.

“내가 늙었다고 했잖아.”

“아니에요. 할머니라고 했을 뿐이에요.”

“험블, 사과하세요.” 조애니가 뒤에서 말한다.

“왜요? 할머니가 얼마나 좋은 건데요.”

“당신이 워낙 멍청하니까 알려 주는 건데 말이야.” 교수님이 말한다. “나는 여기 있는 몇몇 사람들과 달리 내 나이를 속이고 있어.”

“저런, 그럼 이제 나는 거짓말쟁이가 되는 겁니까?” 험블이 자리에서 일어서며 되묻는다.

“그걸 모르는 사람도 있나?” 교수님이 말한다.

“여러분……” 조애니의 목소리가 한층 날카로워진다.

“내가 거짓말쟁이면, 당신은 뭔지 알아요?”

"뭐? 한 번만 더 나를 늙었다고 놀리면 모두들 보는 앞에서 이 지팡이로 당신 머리통을 갈겨 줄 거야."

"내 지팡이에 손대지 마세요!" 에보니가 자신의 지팡이를 꽉 붙잡으며 말한다. 어느 틈에 대부분의 단추가 그녀 앞에 쌓여 있다.

"당신은 여피족이야!" 험블은 그렇게 소리치며 개똥을 집어 교수님의 머리를 향해 집어던진다. "남을 존중할 줄 모르는 멍청한 여피족!"

"아이고!" 교수님이 두 손으로 얼굴을 감싼다. "코뼈가 부러진 것 같아. 아이고, 코야!" 그녀의 코를 때린 개똥은 반대편으로 저만치 날아갔고, 그걸 가볍게 뛰어넘은 조애니가 황급히 방을 나간다.

"저런." 아멜리오가 말한다. "잘들 하는 짓이다. 신성한 카드 게임이 어쩌다가 이렇게 됐지?"

이내 해럴드가 하늘색 제복 차림의 보안요원 두 명을 데리고 들이닥친다. 그들 뒤에는 조애니가 버티고 있다. 험블은 얼른 두 손을 치켜든다. "뭐야? 내가 안 그랬어요!"

"나오세요, 코퍼 씨." 해럴드가 말한다.

"믿을 수가 없군!" 험블은 정말 억울하다는 듯이 항변한다. "저 여자가 나를 모욕했어요. 저 개똥은 내 것도 아니라고요! 무기 같은 건 없어요!" 그러면서 그는 보비를 가리킨다. "저 녀석이 주범이에요. 내가 끌려 나가면 저 녀석도 나가야 해요."

"험블, 3초 안에 이 방에서 나오세요."

"알았어요, 알았어." 험블은 아직까지 들고 있던 카드를 휙 집어 던진다. "단추 가지고 재미있게들 노시라고요." 그가 해럴드와 보안요원들에게 끌려 나가는 사이, 교수님이 그의 엉덩이를 철썩 후려친다. 그녀는 피가 난다며 아직도 손으로 얼굴을 감싸고 있지만, 정작 손을 떼자 얼굴은 말짱하기만 하다. 조애니는 다시 자신의 테이블에 앉는다.

"당신들도 다 봤잖아. 그 녀석이 나를 공격했어." 교수님이 말한다.

"그래, 그래, 다 봤어요, 둠바." 아멜리오가 중얼거린다.

"뭐라고요?"

"당신은 둠바야. 여기 있는 사람들은 다 알아."

"둠바가 뭐예요?" 내가 묻는다.

"물어보는 걸 보니 너도 둠바인가 보구나." 아멜리오는 제정신이 아닌 사람처럼 보인다. 그의 그런 모습은 처음이다.

"허." 조니는 한숨을 내쉰다.

"크레이그는 둠바가 아니에요." 보비가 말한다. "지극히 멀쩡한 아이예요."

"내가 다 딴 거 맞지?" 에보니가 묻는다.

"언제 단추가 그렇게 많아졌어요?" 아멜리오가 묻는다. "아직 한 판도 못 이겼잖아요!"

"그야 내가 무식하게 베팅을 하지 않았으니까 그렇지." 에보니는 그렇게 말하며 무심코 몸을 앞으로 숙이는데, 갑자기 그녀의 옷 속에서 단추가 쏟아져 나오기 시작한다.

"이런!"

단추는 그칠 줄 모르고 계속 쏟아져 조그만 산처럼 수북이 쌓인다. 갑자기 에보니가 깨끗한 잇몸을 훤히 드러내며 웃음을 터뜨리기 시작한다. "우와! 내가 이겼다! 내가 1등이야!"

"도저히 안되겠군." 아멜리오는 자신의 카드를 집어던지며 말한다. "월요일마다 카드 게임이 늘 개판으로 변해 버려! 난 잠이나 자야겠어!"

"대통령 자리를 포기하는 겁니까?" 보비가 그에게 묻는다.

"꿈도 꾸지 마, 친구!"

하도 깨물어서 혀가 얼얼하다. 정상적인 게임은 아니었지만, 감정의 기복만큼은 텔레비전으로 중계해 주는 포커 게임과 비교해도 손색이 없다. 보비와 조애니를 도와 뒷정리를 하고 잠자리에 드니 도대체 둠바가 무엇일까 궁금해서 미칠 것만 같다. 에보니가 가슴에 단추를 쑤셔 넣을 때 기분이 어땠을지도 궁금하지만, 무엇보다 내일 노엘을 만날 생각을 하니 어서 잠이나 자야겠다는 생각뿐이다.

제8부

제6북병동, 화요일

36

다음 날, 아침 식사 시간에 험블의 모습이 보이지 않는다. 보비와 조니가 함께 앉은 테이블로 가니 보비가 깔끔하게 접은 내 셔츠를 돌려주어서 일단 의자 등받이에 걸쳐 둔다. 그러고는 차를 한 모금 홀짝이며 험블은 어떻게 되었는지 아느냐고 물어본다.

"아, 멀쩡해. 그들이 데리고 가서 독한 약을 먹였을 테니까."

"무슨 약이요?"

"약에 대해서 좀 알아?"

"그럼요. 이래 보여도 10대잖아요."

"험블은 우울증을 비롯한 몇 가지 정신질환을 앓고 있어." 보비가 설명한다. "그러니 SSRI, 리튬염, 재낙스 같은—"

"바이코딘도." 조니가 덧붙인다.

"바이코딘, 발리움…… 이 층에서 약을 그렇게 많이 먹는 사람도 없을걸."

"그럼 보안요원들이 데리고 가서 그 약들을 한꺼번에 다 먹이는 거예요?"

"아니지. 그건 그가 평소에 먹는 약들이고, 어제 같은 경우는 데려가서 아마 주사를 놨을 거야. 아타반 같은."

"그건 나도 맞은 적 있어요."

"그래? 그거 한 대 맞으면 정신이 없지. 재미있었어?"

"괜찮았어요. 그래도 매일같이 그런 주사를 맞고 싶지는 않아요."

"허. 바람직한 태도로군." 조니가 말한다. "보비랑 나는 그런 약들 때문에 조금 옆길로 샌 경우니까."

"맞아, 농담이 아니라고." 보비가 말한다. 그러고는 고개를 한 번 가로젓고, 천장을 올려다보고, 음식을 씹고, 두 손으로 깍지를 낀다. "사실 옆길로 샜다는 표현도 썩 적절하지는 않아. 이 지구의 표면을 박차고 날아오를 것 같았으니까. 하루 24시간을 골방에 처박혀 있었지. 그 덕분에 공연도 수없이 놓쳤고."

"그것 참—"

"—산타나, 제플린, 그 뒤에 나온 애들이 뭐였지? 너바나…… 마음만 먹으면 러시, 반 헤일런, 머틀리 크루, 다 볼 수 있었어. 그때만 해도 단돈 10달러면 모든 공연을 볼 수 있었거든. 하지만 당시의 나는 완전 쓰레기통이었으니까."

"쓰레기통은 또 뭐예요?"

"뭐든지, 아무 약이나 다 하는 사람." 보비가 설명한다. "무슨 약이든 나한테 주기만 해 봐, 무조건 삼켜 줄 테니까. 그러고 나서 어떻게 되는지는 나중 이야기고."

맙소사. 솔직히 상당히 섹시하게 들린다. 무슨 이야기인지 대충 알 것 같다. 하지만 따지고 보면 나도 바로 그런 이유 때문에 여기까지 오게 된 것 아닐까.

"험블이 그런 약을 얻으려고 일부러 그 난리를 피웠다고 생각해요?" 나는 지금 베이글에 크림치즈를 바르는 중이다. 아침 식사로 베이글 옆에 ×2를 표시하기 시작했다. 아침 메뉴로는 이게 최고다.

"그거야 알 수 없는 일이지." 보비가 말한다. "저런, 저기 네 애인이 오는군."

돌아보니 노엘이 쟁반을 들고 식당으로 들어와 한쪽 구석에 앉더니, 주스를 한 모금 마시고 오트밀을 먹는다. 그녀가 내 쪽을 힐끗 쳐다보기에, 나는 최대한 가볍게 손을 살짝 들어 보인다. 누가 봤으면 팔에 경련이 일어나서 터는 줄 알았을 것이다. 일요일 이후로 그녀를 처음 본다. 어제는 하루 종일 뭘 했는지 모르겠다. 방에서 나오지 않으면 밥은 어떻게 먹지? 무끄타다도 마찬가지다. 방으로 먹을 것을 가져다주나? 나는 아직도 이 층에 대해서 모르는 게 너무 많다.

"허, 정말 예쁘네." 조니가 말한다.

"정신 차려, 이 친구야, 그런 소리 하는 것 아니야. 열세 살밖에 안 된 것 같구먼." 보비가 말한다.

"그래서? 얘도 열세 살이잖아."

"저는 열다섯 살이에요."

"그런 소리는 얘가 해야지." 보비가 조니를 향해 말한다. "열세 살짜리는 열세 살짜리한테 맡겨 놓으라고."

"열다섯 살이라니까요."

"크레이그, 너도 아마 몇 년 기다려야 할 거야. 열세 살 때부터 섹스를 하면 인생이 망가지는 수가 있으니까."

"저 열다섯 살이에요!"

"허, 나도 열다섯 살 때 그 짓 했는데." 조니가 말한다.

"그렇지." 보비가 말한다. "남자하고."

잠시 침묵이 흐른다. 만약 로니가 이 자리에 있었으면 대뜸 "침묵!" 하고 소리쳤을 것이다.

"허, 이건 진짜 못 먹겠네." 조니는 먹던 와플을 옆으로 밀어 놓는다. "얘야." 그가 말한다. "나를 봐서라도 꼭 한 번 해 줘. 걔랑 자게 되면 말이야, 반쯤 죽여 놓으라고. 무슨 뜻인지 알지?"

"그만해." 보비가 조니를 노려보며 말한다. "너도 저 또래의 딸이 있잖아."

"내 딸하고도 잘 해 봐. 어쩌면 더 잘 해 줄지도 모르지."

"잠깐만요, 두 분은 도대체 뭘 어떻게 알고 그런 말씀을 하시는 거죠? 나는 걔랑 딱 한 번 얘기한 것밖에 없어요, 그것도 아주 잠깐. 아무 일도 없었다고요."

"그래, 하지만 넌 단체 활동 라운지에 저 아이랑 같이 들어왔잖아."

"우리도 다 봤어."

나는 고개를 가로젓는다. "오늘 프로그램은 뭐죠?"

"11시에 기타 치는 친구가 올 거야. 조니도 연주할 거고."

"오, 그래요?"

"기분이 내키면."

베이글을 다 먹고 나니 기타 치는 사람이 올 때까지 뭘 해야 할지 감이 잡힌다. 뇌 지도를 그려야 한다. 이제 팬들도 생겼다. 어제 카드 게임 이후에 뒷정리를 도왔더니 조애니가 고급

연필과 광택지를 빌려주어서, 이제 아무 때나 그리고 싶으면 그릴 수 있다. 내가 그림을 그리면 사람들이 모여들어 구경을 한다. 특히 에보니가 내 그림을 제일 좋아한다. 내 뒤에 앉아서 사람의 머리가 지도로 채워지는 것을 보는 게 다른 어떤 일보다 즐거운 눈치다. 어떻게 보면 나보다 더 내 그림을 좋아하는 것 같다. 교수님도 마찬가지다. 그녀는 내 그림이 아주 '특별'하다며 길거리에 나가서 팔아도 되겠다고 한다. 그 사이에 나는 내 그림을 다양하게 발전시키기 시작했다. 지도가 사람의 몸속으로 들어가기도 하고, 동물도 등장하고, 두 사람이 지도를 통해 서로 연결되기도 한다. 하다 보니 자연스럽게 그런 그림으로 이어지고, 그러다 보면 시간도 잘 갈 뿐 아니라 카드 게임을 하는 것보다 성취감도 조금 더 생긴다.

"그림이나 그려야겠어요." 내가 보비와 조니를 향해 말한다.

"내가 너를 반만 따라갔어도 지금쯤 내 신세가 달라졌을 텐데." 보비가 말한다.

"허, 그렇지. 나도 자라서 너처럼 되었으면 좋겠어." 조니가 말한다.

나는 쟁반을 들고 식당을 나선다.

37

기타리스트의 이름은 닐이다. 까만 염소수염을 길렀고, 검정색 셔츠와 스웨이드 바지를 입었으며, 뭔가에 잔뜩 취한 사람 같다. 그가 골동품처럼 보이는 전자 기타—브랜드는 모르지만 비틀즈가 들고 다니면 잘 어울릴 것 같다—를 의자 위에 올려 둔 앰프에 연결해 놓고 우리를 기다린 모양이다. 내가 생각했던 것하고는 분위기가 전혀 다르다. 동그랗게 배치된 의자마다 악기가 놓여 있어서, 사람들이 자기가 원하는 악기를 먼저 차지하려고 막 달려간다. 오늘은 실습을 나온 간호대학 학생들이 초대 손님으로 참석해 우리와 함께 그 방으로 들어왔는데, 각자 봉고 드럼과 콩가 드럼, 리듬스틱, 빨래판 등을 누가 맡을지 고민하는 눈치다. 특히 전자 키보드를 탐내는 사람들이 많다.

"자, 여러분!" 닐이 몸을 흔들며 외친다. "음악 탐험 시간에 오신 것을 환영합니다!"

그는 제법 비트가 강한 단순한 코드를 연주하고 있는데, 처음에는 무슨 레게음악인 줄 알았는데 듣다 보니 〈나는 보안관을 쏘았다〉다. 그가 노래를 시작하자 목소리가 꼭 자메이카 흰 개구리가 개골개골하는 소리 같기는 하지만, 아무튼 우리는 각자 차지한 악기를 두드리며 목청을 높여 따라 부른다.

무슨 막대기로 의자를 두드리던 아멜리오는 금방 싫증이 났는지 슬그머니 나가 버린다.

봉고 드럼(작은 북)을 선택한 덩치 큰 여자애 베카가 콩가 드럼(큰 북)을 치고 있던 나에게 악기를 바꾸자고 해서 그러라고 했다. 〈나는 보안관을 쏘았다〉 코러스 부분이 나온 직후에 봉고로 박자를 맞추려고 몇 번 봉고를 두드렸더니, 닐이 내 의도를 알아차리고 그 부분이 나올 때마다 독주의 기회를 준다. 그런데 좀처럼 따라가지지가 않는다.

내 맞은편에 자리 잡은 노엘은 환한 미소와 함께 열심히 마라카스와 머리칼을 흔들어 댄다. 나는 가끔씩 순전히 노엘을 위해 있는 힘껏 봉고를 두드리지만 그녀가 알아차렸는지는 모르겠다.

이 무대의 주인공은 단연 지미다.

나는 그가 내는 찢어질 듯한 고음이 '노래'라는 사실을 미처 모르고 있었다. 일단 연주가 시작되자 미친 듯이 빨래판을 두드리며 가성을 내지르는데, 깜짝 놀랄 만큼 음정이 정확하다. 문제는 그가 〈나는 보안관을 쏘았다〉를 부르는 게 아니라는 점이다. 그가 부르는 노래는 딱 한 구절이 전부다.

"얼마나 달콤하던지!"

전체의 흐름과는 아무런 상관도 없다. 필요할 때마다 화음을 넣다가 다른 사람들의 연주가 잠깐 끊어지면 어김없이 "얼마나 달콤하던지!"를 외치는 그의 목소리가 흘러나온다. 어떻게 보면 〈사우스 파크〉에 나오는 미스터 행키의 목소리와 비슷하다.

간호 실습생들—모두 모니카 간호사와 마찬가지로 서인도제도 출신이지만 나이는 훨씬 젊은—은 그런 지미의 모습에 홀딱 빠져서 연신 미소를 보내는데, 본인도 그걸 알아차리고 한층 열을 올린다. 가사도 몇 줄밖에 모르는 것 같은데, 예쁜 여자들이 자신에게 관심을 주면 어떻게 대처해야 하는지는 본능적으로 알고 있는 것 같다.

나도 그의 박자에 맞추어 봉고를 두드린다. 지미가 노래로 화답한다. 그는 우리가 제법 조화를 이루고 있다는 것을 아는 게 분명하다.

노래가 끝날 때가 됐지만, 나를 포함해 모든 사람들이 자기 손으로 마지막을 장식하고 싶어서 자꾸 소리를 덧붙이는 바람에 좀처럼 끝날 줄을 모른다. 이윽고 〈나는 보안관을 쏘았다〉가 마무리되자, 닐은 〈당신의 손을 잡고 싶어요(I Wanna Hold Your Hand)〉와 〈난 괜찮아(I Feel Fine)〉 같은 비틀즈의 곡으로 넘어간다. 비틀즈가 시작되자마자 사람들은 일제히 일어나서 춤을 추기 시작한다. 선두 주자는 닐 왼쪽에 있던 베카였다. 어느 실습생이 그녀를 일으켜 세우자, 그녀는 콩가를 치워 버리고 그 큰 엉덩이를 흔들기 시작한다. 우리는 그녀를 둥그렇게 에워싸고 환호성을 지른다. 베카가 빨갛게 상기된 얼굴로 활짝 웃으며 자리에 앉자, 보비가 그 뒤를 이어받는다. 그는 〈펄프 픽션〉에 나오는 존 트라볼타처럼 몸보다는 발을 더 많이 움직이며 간결하게 엉덩이를 흔드는 동작을 되풀이한다.

조니는 끝내 춤을 추지는 않지만 계속 고개를 까딱거리며 박자를 맞춘다. 실습생들도 자기네들끼리, 혹은 닐을 마주 보고 열심히 몸을 흔들어 댄다. 그러다 보니 내 차례가 되었다. 나는 원래 춤추는 것을 싫어한다. 한 번도 제대로 춤을 춰 본 적이 없다. 수줍은 10대라 그런 것이 아니라, 원래 춤은 젬병이다.

하지만 어느 실습생이 나를 가운데로 끌어내고, 노엘도 맞은 편에서 지켜보고 있다.

나는 봉고를 옆으로 치우고 어떻게 이 위기를 모면할지 궁리하기 시작한다. 사실 생각을 해 가면서 춤을 춘다는 것은 아무도 듣지 않는 노래를 부르거나 아무도 봐 주지 않는 춤을 추는 것처럼 문제가 있는 발상이다. 이왕이면 보비처럼 춤을 추고 싶은데, 그러기 위해서는 엉덩이를 많이 움직여야 할 것 같아서 오로지 거기에만 초점을 맞춘다. 팔에 대해서는 생각할 필요도 없다. 다리나 머리도 마찬가지다. 눈을 질끈 감은 채 오로지 엉덩이를 앞뒤로, 좌우로, 이어서 동그랗게 흔드는 동작에만 전념한다. 어느 순간 눈을 떠 보니 내 뒤에서 실습생 한 명이 내 동작을 따라 하고 있고, 곧이어 앞에도 다른 실습생이 나와 나를 크레이그 길너 샌드위치로 만들어 버렸다. 나는 마치 여자를 둘씩 거느리고 클럽을 주름잡는 바람둥이처럼 신나게 엉덩이를 흔들어 댄다.

자신감이 생긴 나는 노엘을 향해 손을 내민다. 그녀가 일어나자, 우리는 함께 무대 한복판으로 나와 엉덩이를 흔든다. 우리 둘의 엉덩이가 서로 닿지는 않았지만 시선을 서로에게 고정한 채 활짝 미소를 짓는다. 노엘이 내 리드를 기다리는 것 같아서 입 모양으로 "그냥 엉덩이만 흔들어!" 하고 말한다.

나처럼 두 팔을 옆구리에 늘어뜨린 채 열심히 엉덩이를 흔드는 노엘의 모습이 그렇게 섹시할 수가 없다. 춤출 때 팔을 어떻게 할 것인지를 고민하는 사람들이 많다. 아마도 다른 사람의 어깨나 허리에 팔을 두르는 것이 가장 무난할 듯하다.

지미 차례가 되자 그는 빨래판을 던져 버리고 벌떡 일어나더니, 닐을 향해 손가락을 입술에 갖다 대는 시늉을 한다. 닐이 연주를 멈추자, 지미는 우리가 미친 듯이 쳐 대는 타악기 소리에 맞추어 발끝으로 한 바퀴를 빙글 돌더니 바닥에 무릎을 꿇고 소리친다. "얼마나 달콤하던지!"

38

기타를 챙긴 닐이 나에게 다가온다.

"봉고 소리 정말 멋있었어."

"정말요?"

"정말이라니까. 처음 보는 얼굴인데, 이름이 뭐지?"

"크레이그."

"리듬 감각이 아주 뛰어나더구나. 사람들을 움직이게 만드는 힘이 있어. 아, 이런 질문을 해도 괜찮은지 모르겠지만…… 왜 여기 들어왔지? 내가 보기에는, 그러니까, 아주 멀쩡해 보이는데."

"우울증이에요." 내가 대답한다. "상태가 별로 안 좋았거든요. 이제 이틀 있으면 나가요."

"잘됐구나, 정말 다행이다. 내가 아는 사람들 중에도 그런 친구들이 많아." 그는 나를 향해 고개를 끄덕여 보인다. "여기서 나가면 혹시…… 이런 곳에서 자원봉사를 할 생각은 없니?"

"뭘로 자원봉사를 하죠?"

"음, 악기 다룰 줄 아는 것 없어?"

"없어요."

"넌 충분히 할 수 있어. 음악적인 감각이 아주 뛰어나니까."

"고마워요. 사실 난 그림을 그려요."

"어떤 그림?"

나는 그를 데리고 나와 간호사실과 공중전화를 지나 무끄타다가 누워 있는 내 방으로 안내한다.

"크레이그, 네가 소리 지르는 게 여기까지 들리더라." 무끄타다가 말한다.

"아저씨도 오셨으면 좋았을 텐데요."

닐이 무끄타다에게 미소를 지으며 인사한다. "안녕하세요."

"음."

나는 뇌 지도를 꺼내 닐에게 보여 준다. "이런 걸 그리죠." 지금 내가 건넨 그림들은 지금까지 그린 것 중에서 제일 마음에 드는 열다섯 점을 추린 것이다. 제일 위에 올려 둔 그림은 마음속의 도시들을 잇는 다리와 함께, 한 쌍의 남녀 형상을 그렸다.

"정말 멋있다!" 닐이 탄성을 내뱉으며 그림들을 넘긴다. "이런 그림을 그린 지가 오래되었나 보지?"

"생각하기 나름이에요." 내가 대답한다. "어떻게 계산하느냐에 따라 한 10년쯤 되었다고 할 수도 있고, 이틀밖에 안 되었다고 할 수도 있어요."

"한 장 가져도 돼?"

"공짜로 줘도 되는지 잘 모르겠어요."

"하하! 진심으로 하는 얘긴데 말이야, 일단 여기, 내 명함부터 받아 둬." 닐은 수수한 흑백 명함을 꺼내 준다. 그의 이름 위에 '기타 테라피스트'라고 적혀 있다. "여기서 나오는 대로 나한테 전화 한 통 줘. 자원봉사에 대해서 구체적으로 얘기를 좀 나눠 보게. 그리고 이 그림은 몇 장 샀으면 좋겠다. 너 몇 살이냐? 청소년 병동에 있어야 할 것 같은데, 공사 중이라 여기로 들어왔나 보지?"

"아직 어리니까요." 내가 말한다.

"무슨 병동이든 네가 필요한 도움을 받을 수 있어서 다행이다." 닐은 그렇게 말하며 악수를 청하는데, 나는 그 악수에서 이곳 사람들 특유의 우월감 같은 것을 느꼈다. 말하자면 너는 환자고 나는 의사/직원/자원봉사자라는 의식이 은연중에 느껴지는 것이다. 그들이 우리를 좋아하고 우리가 빨리 회복되기를 바라는 것은 사실이겠지만, 악수를 통해 이런 거리감이 느껴지면 우리는 여전히 어딘가가 망가진 사람들, 언제 무너져 내릴지 모르는 사람들이라는 인식이 고스란히 전해져 온다.

닐이 가고 난 뒤 나는 그림을 그리거나 아멜리오와 카드 게임을 하면서 시간을 보낸다. 1시 반쯤 엄마에게 전화를 걸어 음악 시간과 카드 게임 대회, 그리고 내가 어떻게 춤을 추었는지 따위를 이야기한다. 엄마는 내 목소리만 들어도 훨씬 좋아진 게 느껴진다며 마흐무드 박사님이 별다른 돌발 변수가 없는 한 목요일에 퇴원해도 될 거라고 했다는 말을 전해 준다. 엄마 아빠가 시간 맞춰 나를 데리러 올 것이다. 집까지는 두 블록밖에 안 되지만, 그래도 부모님이 직접 오셔서 데리고 가야 한단다.

오후 늦게 아멜리오와 카드 게임을 하면서 신나게 묵사발이 되고 있는데, 스미티가 와서는 나에게 누가 면회를 왔다고 전한다.

엄마 아빠와 새라는 아닌 게 분명하다. 아빠가 〈블레이드2〉를 가지고 내일 오시기로 했으니, 그때가 부모님하고는 마지막 면회가 될 것이다. 면회 온 사람이 제발 에런이나 그의 친구가 아니기를 바라는 마음이 간절하다.

뜻밖에도, 주인공은 니아다.

식당의 커다란 유리 너머로 그녀의 모습이 보인다. 금방이라도 울음을 터뜨릴 것 같은, 혹은 지금도 이미 울고 있는 것 같은 표정이다. 그녀가 어색한 걸음으로 복도를 내려오는 것을 보자, 나는 아멜리오에게 인사도 하지 않고 그녀를 향해 다가간다.

39

"여기서 뭐 해?" 나는 무심코 그렇게 묻고는 입을 다문다. 그건 다른 사람들이 나한테 던져야 할 질문이다.

"뭐 하는 것 같아?" 살짝 화장을 한 듯, 입술이 유난히 반짝거리고 두 뺨은 아시아계 소녀 특유의 홍조가 감돈다. 머리카락을 뒤로 넘겨서 동그스름한 얼굴이 더욱 돋보인다. "너 보러 왔잖아."

"왜?"

그녀가 돌아서며 대답한다. "나 지금 너무 힘들어, 크레이그."

"그래." 나는 그녀와 나란히 걸음을 옮긴다. "이리 와. 여기가 얘기하기 제일 좋은 곳이야."

니아는 내가 너무 자신 있고 당당한 모습으로 방향을 안내해서 조금 놀란 표정이다. 나도 이제 이 층의 터줏대감이 된 느낌이다. 대장 수컷이라고나 할까. 그러고 보니 문득, 아직도 험블의 모습이 보이지 않는다는 데 생각이 미친다.

"여기야." 나는 부모님과, 또 노엘과 함께 앉았던 의자를 니아에게 권한다. "무슨 일인데?"

니아는 두 손을 무릎 위에 올려놓고 의자에 앉는다. 베이지색 전투복 같은 옷차림에 검정색 부츠를 신었다. 마치 갓 입대한 소련의 신참 병사 같다. 그녀의 등 뒤에 전등이 켜져 있어 피부에서 환한 빛이 나오는 느낌이다. 전에도 그녀의 이런 옷차림을 본 적이 있다. 지금까지 내가 본 그녀의 모습 중에서 제일 마음에 든다. 아담한 젖가슴이 전투복 같은 옷으로 가려져 있어 더욱 호기심을 자아낸다.

"에런하고 헤어졌어." 그녀가 말한다.

"설마." 내 눈이 휘둥그레진다.

"정말이야, 크레이그." 니아는 얼굴을 쓸어내린다. "걔가 여기로 전화한 날 있지? 너한테서 내가 프로작 먹는다는 이야기를 들었다고 하더라."

"뭐? 지금 너희 헤어진 게 내 탓이라고 말하려는 거야?"

"누구 탓이라는 이야기가 아니야!" 니아는 두 손으로 자신의 허벅지를 내리누르며 깊은 한숨을 내쉰다.

교수님이 문밖으로 고개를 내민다.

"아줌마는 누구세요?" 니아가 그녀를 바라보며 묻는다.

"나는 아만다야." 교수님이 대답한다. "크레이그의 친구지."

"음, 우리 지금 얘기 중이라서요. 정말 미안해요." 니아가 머리칼을 쓸어 올리며 말한다.

"괜찮아. 하지만 큰 소리는 내지 않는 게 좋을 거야. 솔로몬이 나타날 테니까."

"솔로몬은 또 누구야?" 니아가 나에게 묻는다. "위험한 사람이야?"

"여긴 위험한 사람 없어." 나는 그렇게 대답하며 허벅지 위에 놓인 니아의 손 위에 내 손을 포갠다. 왜 그랬는지 모르겠다. 위로하고 싶어서? 그냥 본능적인 반응이었던 것 같다. 하지만 무의식중에 그녀의 허벅지가 아주 섹시하다는 생각, 중간에 그녀의 손이 가로막지 않고 내 손이 직접 그 허벅지에 닿았으면 좋겠다는 생각을 한 것 같기도 하다. 나는 지금까지 여자의 허벅지를 만져 본 적이 한 번도 없다. 그래서 그런지 니아의 허벅지가 유독 내 마음을 끌어당긴다. 심지어는 '허벅지'라는 단어 자체도 너무 섹시하다.

"크레이그, 뭐 해?"

"미안, 잠시 멍 때리고 있었어."

니아는 내 손을 내려다보며 살짝 미소를 짓는다. 내 손을 치울 생각은 없는 게 분명하다. "너 참 재미있다. 여기가 마음에 드느냐고 물었잖아."

"나쁘지 않아. 학교보다는 나으니까."

"그렇겠다." 그녀는 나머지 한 손을 자신의 허벅지 위에 놓인 내 손 위에 포갠다. 문득 라운지에서 춤을 추다가 간호 실습생들 사이에 샌드위치가 되었던 내 모습이 떠오른다. 니아의 손이 참 따뜻하다는 생각과 함께, 파티에서 그녀를 만났던 기억이 까마득한 옛일처럼 아른거린다. "나도 이런 곳에 들어오면 어떨까 하는 생각을 해 봤어."

"뭐라고?" 나는 몸을 약간 뒤로 젖히면서 되묻는다. 그래도 손은 빼지 않는다. "그게 무슨 뜻이야?"

"나도 너처럼 여기, 꼭 여기가 아니더라도 이런 병원을 찾아와서 시간을 좀 보내면 어떨까 하는 생각을 하고 있다고."

"니아." 나는 고개를 가로젓는다. "여기는 들어오고 싶다고 들어올 수 있는 데가 아니야."

"너는 그렇게 했잖아."

"아니라니까!"

"그럼 넌 어떻게 했는데?" 그녀가 고개를 갸우뚱거린다.

"나는…… 응급 상황이었어." 내가 설명한다. "자살 예방 센터에 전화를 했더니 여기로 보내 줬다고."

니아는 몸을 뒤로 기댄다. "자살 예방 센터에 전화를 했다고?" 그녀는 내 손을 꼭 쥐고 힘을 준다. "아, 크레이그!"

나도 모르게 내 사타구니를 내려다본다. 가운데가 부풀어 오르고 있다. 어떻게 할 수가 없다. 지금 니아가 너무 가까이 있다. 그동안 내가 수없이 자위를 하면서 떠올렸던 바로 그 얼굴이 내 코앞에 다가와 있는 것이다. 그동안 나는 이 얼굴에 대한 욕망을 키워 왔다. 그녀의 체온이 느껴지면서 지금 당장 러시아 군인 같은 그녀의 옷 속으로 들어가고 싶다. 이 옷을 벗으면 그녀가 어떤 모습일지 보고 싶다. 이 옷을 반쯤만 벗으면 또 어떤 모습일지도 보고 싶다.

"그런 줄도 모르고……." 그녀가 중얼거린다. "네가 죽고 싶어 한다는 건 알았어. 하지만 정말로 자살을 계획할 줄은 몰랐어. 그렇게 심각한 줄 알았더라면 네가 전화를 걸었을 때 찍힌 이상한 발신 번호를 절대 에런에게 알려 주지 않았을 거야."

"음, 너는 사람들이 왜 이런 곳에 들어온다고 생각해?" 그녀의 손을 맞잡은 내 손이 자꾸 꼼지락거린다.

"예전보다 좋아지려고?" 그녀가 되묻는다.

"그래, 바로 그거야. 하지만 이런 곳에서 예전보다 좋아지려면 상태가 그만큼 안 좋아야 해."

니아가 머리를 흔들자 머리칼이 그녀의 검은 눈동자 위로 흩어진다. "나는 네가 나 때문에 상처를 받았다고 생각했어. 그래서 내가 그 상처를 달래 줄 수 있다고 믿었고."

정말이지 너무 예쁘다. 얼굴이 어떤 각도일 때 제일 예뻐 보이는지 밤낮 연구한 것 같다. 우리의 눈길이 서로를 마주 본다. 그녀의 눈동자 속에 내 모습이 비친다. 그 모습은 무슨 짓이라도 할 준비가 되어 있는, 열정적이면서도 다른 한편으로는 더없이 멍청해 보이는 모습이다.

그 모습이 마음에 들지 않는다. 험블도 마찬가지였을 것이다. 어떤 힘도, 의지도 찾아볼 수 없다. 하지만 나는 니아와 함께 있을 때면 어떤 힘도, 의지도 발휘하지 못한다. 선택의 여지가 없다. 그녀가 원한다면 무엇이든 할 수 있다.

"에런은 어때?" 내가 묻는다.

"얘기했잖아." 니아의 목소리가 거의 속삭임에 가까울 만큼 작아진다. "헤어졌다고."

"정말?" 한 번 더 쐐기를 박고 싶다.

"둘 다 같은 생각이었어. 그게 중요해?"

"정말로 완전히 끝났다고?"

"그런 것 같아."

"그게 정말이라면 지금 여기서 나랑 이러고 있는 게 너무 이르다고 생각하지는 않아?"

니아는 고개를 가로저으며 아랫입술을 내민다. "지난 금요일

밤에 통화를 한 뒤로 줄곧 네 생각을 했어. 이제야 너를 훨씬 잘 알게 된 느낌이야. 지금까지 네가 들려준 너 자신에 대한 이야기를 듣고 나니까…… 글쎄, 네가 굉장히 성숙한 사람인 것 같아. 사소하고 어리석은 고민에 사로잡힌 다른 아이들하고는 달라. 그러니까 너는…… 진짜로 맛이 간 것 같아." 니아는 웃음을 터뜨린다. "좋은 뜻으로 하는 말이야. 그만큼 경험을 쌓을 수 있다는 뜻으로."

"허." 무슨 말을 해야 좋을지 모르겠다. 아니, 정말로 모르는 것은 아니다. 이렇게 말하면 어떨까. '그만 가 줘. 난 네가 필요하지 않아. 그때 전화 통화를 끝으로 완전히 마음을 접었어. 사실은 여기서 너보다 훨씬 똑똑하고 매력적인 여자애를 만났거든.' 하지만 정말로 끝내주는 여자아이가 내 코앞에 앉아 입술을 깨문 채 낮은 목소리로 속삭이며 미소를 지을 때, 그런 말을 입 밖에 내기란 결코 쉬운 일이 아니다.

"허…… 어…… 음……" 그러고 보니 내가 또 말을 더듬고 있다. 어쩌면 나한테 이런 문제가 생긴 게 처음부터 니아 때문이었는지도 모른다. 식은땀도 나기 시작한다.

"네 방 좀 구경시켜 줄래?" 그녀가 묻는다.

이건 좋은 생각이 아니다. 식사를 거르거나, 아침에 눈을 떠서도 침대에서 미적거리거나, 졸로프트 복용을 중단하는 것만큼이나 안 좋은 생각이다. 하지만 지금의 나에게는 아무런 희망이 없다. 나는 말 그대로 내 방 쪽을 '가리키는' 내 하반신의 명령을 거역하지 못하고 그녀를 그쪽으로 안내한다.

40

무끄타다가 방에 없다. 정말 놀라운 일이다. 내가 여기 들어온 뒤로 이런 경우는 처음이다. 헝클어진 그의 이불을 노려보며 그 밑에 사람의 형상이 누워 있지 않은지 몇 번이나 확인해 보지만, 아무리 봐도 그 정도의 부피가 나오지 않는다. 욕실을 들여다봐도 아무도 없다.

"방을 같이 쓰는 사람이 있어?" 니아가 묻는다.

"응, 하루 종일 여기 있어야 정상인데……."

"어휴……" 니아는 자기 코앞에서 손으로 부채질을 한다. "무슨 냄새야?"

"내 룸메이트가 이집트 사람이야. 데오도란트를 안 쓰는 것 같아."

"그건 나도 마찬가진데."

나는 내 침대 근처에 어질러진 물건들을 치우는 척하지만, 사실은 뇌 지도를 보이지 않도록 엎어 놓는 게 목적이다.

"텔레비전도 없어?"

"응."

"책도 여기서 읽어?"

"책은 밖에 나가서 다른 사람들과 같이 읽는 게 나아. 내 여동생이 〈스타〉를 가져다 줬는데, 간호사들이 먼저 보겠다고 가져가 버렸어."

니아가 더없이 태연하고 순진한 표정으로 나에게 다가선다. "이런 곳에서 외롭지 않아?"

"꼭 그렇지는 않아." 내가 대답한다. 이마에 달라붙은 머리칼을 쓸어 올리다 보니 어느새 땀이 흥건하다. "여긴 아주 사교적이야. 친구도 생겼고."

"어떤 친구?"

"아까 밖에서 얘기하던 아줌마."

"그 아줌마? 너무 무례하더라. 우리가 무슨 이야기를 하는지 엿들으려고 귀를 쫑긋 세운 사람 같았어."

"그녀는 누군가가 자기 아파트에 살충제를 뿌렸다고 믿고 있어, 니아. 일종의 편집증 같은 거지."

"정말? 그건 진짜로 미친 건데."

"잘 모르겠어. 곧 괜찮아질 거야." 니아는 이제 몇 발짝밖에 떨어지지 않은 곳에 서 있다. 어깨는 내 쪽으로 살짝 기울어진 상태다. 지난 2년 동안 에런이 그랬던 것처럼, 나도 그녀를 번쩍 안아 들어 내 침대 위로 던져 버릴 수 있을 것 같다. 지금 우리가 나누는 이야기는 일종의 준비 작업에 지나지 않는다. "그 아줌마는 대학교수야. 아마 학교에서 무슨 일이 벌어졌던 모양이야."

"크레이그……" 이제 그녀는 내 코앞에 다가와 있다. "나한테 전화했던 거, 기억나?" 그녀가 내 이마를 건드리며 속삭인다.

"저런, 이게 다 땀이야?"

"응, 긴장하면 원래 그래."

"괜찮겠어? 땀이 장난 아닌데?"

"괜찮아." 나는 그렇게 대답하며 손등으로 이마를 훔친다.

"크레이그, 웬일이니." 니아는 얼굴을 찌푸리며 조금 뒤로 물러선다. "그때 전화했을 때, 만약 네가 나를 덮치고 키스를 하면 어떻게 할 거냐고 물었던 거 기억나?"

"응." 갑자기 속이 거북해진다. 위장 속의 남자가 밧줄을 잡아당기고 있다. 그동안 밥을 너무 잘 먹어서, 그 증세는 이제 완전히 끝난 줄 알았다.

"가만히 있을 거야." 그녀가 말한다. "너도 알지?"

그녀가 반짝거리는 입술을 노골적으로 나를 향해 내미는 순간, 정말 기분이 이상해진다. 마치 내가 이 층에 들어오기 이전, 엄마의 침대에 누워 있던 그 시간, 내 뇌는 죽기를 원하지만 내 심장은 살기를 원했던 그 순간으로 돌아간 느낌이다. 내 위장은 당장 화장실로 달려가라고 다급한 경고음을 울린다. 가서 속을 깨끗이 게워 내고 아멜리오나 보비나 스미티에게 니아를 이 방에서 쫓아내 달라고, 노엘하고의 두 번째 데이트를 준비할 수 있게 해 달라고 부탁하고 싶다. 하지만 내 하반신은 그동안 너무 오랫동안 외면당해 왔다. 지난 2년 동안 이 순간을 준비해 왔으니, 자신이 무엇을 원하는지 분명히 알고 있다. 그것은 내가 안고 있는 모든 문제점이 사실은 자신을 만족시키지 못했기 때문에 초래되었다고 외친다.

그리고 이 입술은, 내 욕망을 충족하고자 할 때 아무 데서나 발견할 수 있는 그런 흔한 입술이 아니다. 이것은 몇 년 전부터 내가 마음속으로 수없이 갈구했던 바로 그 입술이다. 욕실에서 나 혼자 이 입술을 상대로 끔찍한 짓을 정말 많이도 했다. 그러니 기회를 놓칠 수 없다. 언젠가 한 번은 시도해야 할 일이다.

나는 허리를 숙여 니아를 붙잡은 다음, 그녀를 무끄타다의 침대로 밀어붙인다.

처음부터 그러려고 한 것은 아니었다. 원래는 그녀를 돌려세워서 내 침대에 눕힐 생각이었는데, 갑자기 그녀가 내 정면에 서 있는 것을 발견하고는 중간에 방향을 바꿀 수가 없었다. 그녀와 함께 침대로 쓰러진 나는 먼저 그녀의 윗입술과 아랫입술에 차례로 키스를 한 다음, 위아래 입술을 동시에 내 입속으로 빨아들이려고 해 봤는데, 그것은 그녀의 입술이 통째로 떨어져 나오지 않는 이상 불가능한 시도임이 드러났다. 그녀가 웃음을 터뜨리자 나는 그 아름다운 미소와 희고 단단한 치아에 키스를 퍼부으며 영화에서 본 대로 열심히 혀를 움직인다. 이어서 그녀의 군복 상의로 손을 가져가니 나한테는 없는, 그래서 더 간절히 원했던, 단단하면서도 동시에 말랑말랑한 그녀의 신체 부위가 내 가슴을 누른다.

"으으으으으으음." 니아는 조그만 손으로 내 뒤통수를 잡은 채 신음을 토한다. 그녀가 내 머리칼을 어루만지자 나도 모르게 고개를 흔들어 그 손을 뿌리친다. 느낌이 너무 좋다. 이렇게까지 좋을 줄은 미처 몰랐다. 내가 왜 우울증 따위로 고생했는지 알 수가 없다.

나는 여자의 뺨 속이 마치 다른 세상처럼 느껴진다던 에런의 말을 기억해 내고 혀로 니아의 빰 안쪽을 더듬어 본다. 니아의 몸이 가볍게 떨리는 게 느껴진다. 그녀도 이 순간을 즐기고 있는 것이 틀림없다. 역시 그녀가 섹스를 좋아한다던 에런의 말은 거짓이 아니었나 보다. 그녀의 혀가 쉴 새 없이 내 입속을 드나든다. 니아의 혀에 붙은 조그만 금속 고리가 더욱 낯설고 이국적인 질감을 선사한다. 그러거나 말거나, 할 일은 해야 한다. 나는 그녀의 상의에 달린 단추를 향해 손을 뻗는다. 나는 아까부터 눈을 질끈 감고 있는데, 아무래도 눈을 뜨면 너무 흥분해서 바지를 더럽힐 것 같다. 엄마는 갈아입을 바지를 가져다주지 않았다.

제길, 지금 내가 붙잡고 있는 단추는 가운데 단추다. 하나 위의 단추를 풀어야 한다. 아니, 그것도 아니다. 하나 더 위.

"맙소사." 니아가 중얼거린다. "옛날부터 병원에서 꼭 한 번 해 보고 싶었어."

"뭐라고?" 나는 그녀의 턱을 올려다본다. 무끄타다의 침대에서 니아를 올라타고 있으니 내 다리가 거의 내 침대에 닿을락 말락 한다.

"내 목록에 있는 거라고." 그녀가 눈을 내리깔며 덧붙인다. "에런하고는 한 번도 이렇게 못 해 봤어."

이것은 거의 결정적인 한 방이다. 내 하반신은 이 상황을 간절히 원하고 있지만, 상반신이 끊임없이 경고의 메시지를 보내고 있다. 니아의 그 말에 어떤 반응을 보여야 좋을지 알 수가 없다. '제발 부탁이니 나를 에런과 비교하지 말아 줘?', '에런 이야기는 꺼내지 마?' 목록이라니, 무슨 목록을 말하는 것일까? 니아는 그저 "어…… 음……" 하는 소리만 되풀이한다.

"뭐야!" 방문 앞에서 무슨 소리가 들린다.

무끄타다의 목소리다.

"내 침대에서 뭐 하는 거야? 어린애들이 내 침대에서 섹스를 하고 있어!" 무끄타다가 우리에게 달려든다. 나는 그가 나를 한 대 후려치려는 줄 알고 벌떡 일어나 두 손을 치켜드는데, 무끄타다는 그 냄새 나는 몸으로 나를 꽉 끌어안고는 방 한쪽 모서리로 데려간다.

"어, 무끄타다—"

"크레이그, 저 사람 누구야?" 니아가 소리친다.

"나는 이 방 주인이야! 이 망할 계집애가 내 친구를 망가뜨리고 있어!"

무끄타다는 내 허리를 놓고 돌아서더니, 팔짱을 끼고 니아를 마주 본다. 영락없이 나를 보호하려는 사람의 자세다. "당장 나가!" 그는 열린 문을 가리키며 말한다.

"이 방에는 노크할 문도 없어?!" 니아는 당황한 표정으로 일어나서 옷매무새를 고치더니, 무끄타다의 베개 옆에 놓여 있던 핸드백을 집어 든다. 언제 꺼냈는지 휴대전화가 그녀의 옆구리에서 깜빡거리고 있다. 그녀가 그 전화기로 나를 가리킨다.

"문이 있기는 하지." 나는 무끄타다의 어깨 너머로 니아에게 말을 하려고 까치발을 한다. "우리가 닫는 걸 잊어버려서—"

"저년이랑 말하지 마!" 무끄타다는 돌아서서 내 코앞에다 손가락을 흔든다. "저년이 내 침대에서 섹스를 하려고 했다고!"

"나 혼자 그런 게 아니잖아요, 안 그래요?" 니아가 항변한다.

무끄타다가 그녀를 돌아본다. “혹시 못 보셨을까 봐 하는 얘긴데, 크레이그가 내 위에 있었잖아요. 그리고 우리는 섹스를 하려던 게 아니라고요.”

“여자는 요물이야. 내 마누라도 나를 버렸어. 내가 다 알아.”

“크레이그, 나 그만 가야겠어.”

“어, 그래.” 나는 무끄타다의 등에 대고 대답한다. 이 상황을 어떻게 정리해야 할지 모르겠다. “아, 그러니까 난 너랑 노는 건 좋지만…… 솔직히 너라는 아이 자체를 그렇게 좋아하지는 않아.”

“그래, 피차일반이네.” 니아가 말한다.

“무슨 일이에요?” 어디선가 스미티의 목소리가 들린다. 어느 틈에 그가 문 앞에 서 있다. “무끄타다, 지금 뭐 하시는 겁니까? 이 젊은 아가씨는 누구지?”

“지금 나가는 참이에요.” 니아가 말한다.

“잠깐, 넌 크레이그를 면회 온 아이잖아, 맞지?”

“이제는 아니에요.”

“무슨 일이 있었어요?”

“아무것도 아니야.” 무끄타다가 말한다. “아무 일도 없어.” 그는 옆으로 비켜서서 나를 돌아보더니, 안경 너머로 혹시 윙크가 아닐까 싶은 표정을 지어 보인다.

“아, 그럼요.” 나도 장단을 맞춘다. “무끄타다가 들어왔다가 방 안에 두 사람이 있는 것을 보고 조금 놀랐나 봐요.”

“음, 그럴 만도 하지.” 스미티가 말한다. “손님은 방에 데려오지 못하게 되어 있으니까. 앞으로는 그러지 마라, 알았지?”

"당연하죠."

"그렇겠지. 너는 앞으로 두 번 다시 나를 보지 못할 테니까." 니아가 말한다. 스미티는 복도가 쾅쾅 울리도록 씩씩거리며 걸어가는 그녀를 미심쩍은 표정으로 바라본다. 이어서 우리를 향해 어깨를 슬쩍 들었다 놓더니, 니아의 등에다 대고 소리친다. "나갈 때 사인하는 것 잊지 마, 아가씨."

"크레이그, 이런 엿 같은 상황까지 참아 낼 여자가 있을 줄 알아?" 니아는 돌아서서 두 팔을 쫙 벌려 사방을 가리키며 복도 전체가 자기 것이라도 되는 양 의기양양하게 뒷걸음질을 친다.

"조용히 해, 둠바!" 어디선가 아멜리오의 고함 소리가 터져 나온다. 니아는 다시 돌아서서 뒤도 돌아보지 않고 출입구로 걸어간다.

"허." 스미티가 중얼거린다. "예쁜 아가씨로군. 두 분 다 괜찮은 거지요?"

무끄타다와 나는 유치원생처럼 얌전히 고개를 끄덕인다. "네."

"다시는 이런 일이 벌어지지 않도록 해, 크레이그."

"알았어요."

"그렇지 않으면 여기서 아주 오래 있어야 될지도 몰라." 스미티는 그렇게 말하며 문 앞에서 물러선다. 무끄타다는 잠시 기다렸다가 나를 돌아본다.

"크레이그, 미안하게 됐다. 나는 섹스에 대해서 아주 중요한 믿음을 가지고 있어서 말이야."

"아니, 괜찮아요. 정말 잘하셨어요."

"나 때문에 골치 아프게 된 건 아니지?"

"아니에요. 아저씨 덕분에 잘 해결되었어요." 나는 하이파이브를 하자는 뜻으로 손바닥을 내밀었는데, 무끄타다는 악수를 하자고 그러는 줄 안 모양이다. 그래서 그냥 악수를 하고 힘껏 그를 끌어안는다. 냄새가 좀 나지만 못 참을 정도는 아니다. 그의 안경이 내 머리에 부딪힌다.

"병원 안에 혹시 이집트 음악이 있나 하고 나가 봤어." 무끄타다가 말한다. "네 덕분에 그런 생각도 하게 되었지. 하지만 하나도 없더구나. 이제 난 좀 쉬어야겠다." 그는 침대로 올라가 이불을 정리하더니, 마치 태아 같은 자세로 웅크린 채 나를 쳐다본다.

무심코 문 쪽을 돌아보는 순간, 연두색 눈동자 한 쌍이 반짝인다. 노엘이다.

나는 황급히 그녀를 향해 달려가지만, 그녀는 어느새 자기 방으로 뛰어들어 문을 닫아 버린다. 몇 번 노크를 해도 대답이 없고 마침 스미티가 지나가면서 째려보는 바람에 더 이상 문을 두드릴 수도 없다.

복도에 걸린 시계를 확인한다. 5시다. 노엘과의 두 번째 데이트까지는 두 시간밖에 남지 않았다.

41

"딱 두 가지만 물어볼게." 7시 정각, 노엘이 나를 향해 다가오며 말한다. 나는 지금 내 '회의용 의자'에 앉아 있다. 이 의자에 앉아 워낙 많은 사람들을 만나서 그렇게 부르게 되었다. 문득 이 의자에서 지금까지 어떤 일들이 벌어졌을까 하는 궁금증이 생긴다. 누군가가 이 의자에 오줌을 쌌을지도 모르고, 또 누군가는 바로 그 자리를 혀로 핥았을 수도 있으며, 이 의자에 앉아 헛소리를 중얼거리거나 등받이에 머리로 박치기를 한 사람이 있을지도 모른다. 그렇게 생각하니 왠지 마음이 편해진다. 파란만장한 역사를 지닌 의자니까.

솔직히 노엘이 약속 장소에 나올 거라고 생각하지 않았기 때문에 나도 안 오려고 했다. 하지만 후회를 남기고 싶지 않아서 마음을 고쳐먹은 터였다. 이제 후회하기도 지겹다. 후회란 실패자의 변명일 뿐이다. 바깥세상으로 나가면, 이제부터라도 뭔가 후회스러운 일이 생길 때마다 내가 할 수도 있었을 일을 상기하기로 했다. 그런다고 내가 정신병원에 입원했었다는 사실이 달라지지는 않을 것이다. 바로 이것이 내 평생 가장 후회스러운 일로 남을 것이다. 문제는 여기가 그렇게 나쁘지 않다는 점이다.

노엘은 내가 먼저 뭐라고 말을 꺼내기를 기다리는 눈치다. 하지만 나는 그녀의 옷차림에 정신이 팔려 있다. 보는 사람이 아찔할 만큼 짧은 바지 속으로 하얀 속옷이 살짝 드러나 보인다. 속옷에는 분홍색 별 모양이 그려져 있다. 여자아이들은 분홍색 별이 그려진 속옷을 좋아하는 것일까? 정신없이 그녀의 다리를 바라보던 내 눈길이 무슨 신비로운 마법에 이끌린 듯 티셔츠에 가려진 복부의 부드러운 곡선으로 옮겨간다. 티셔츠에 '나는 남자를 싫어한다'라는 문구가 새겨져 있다.

여자아이들이 어느 날 갑자기 이렇게 요상한 옷차림으로 나타나는 이유는 무엇일까?

셔츠 위에는 뒤로 묶은 금발의 머리칼, 그리고 흉터가 돋보이는 얼굴이 보인다.

"어…… 왜 그런 티셔츠를 입고 나왔어?" 내가 묻는다. "나한테 하고 싶은 소린가?"

"아냐. 내가 싫어하는 건 남자지 네가 아니니까. 그 이유를 한 가지만 얘기하자면, 남자들은 너무 건방져. 왜 그럴까?" 노엘은 허리에 손을 올린 채 버티고 서서 그렇게 묻는다.

"음……" 궁리 끝에 내가 되묻는다. "정말 솔직한 대답을 원해?" 내 뇌가 조금 전보다 훨씬 잘 돌아가는 느낌이다. 그 속에 베이글과 수프와 설탕과 닭고기가 들어 있다. 옛날처럼 팽팽 돌아간다.

"아니, 난 진짜 멍청한 엉터리 대답을 원해." 노엘은 그렇게 말하며 눈알을 굴린다. 같은 속도로 박자를 맞춰 가슴이 출렁거리는 것 같다. 여자들의 젖가슴은 정말 신기하다.

"잠깐, 질문을 안 했잖아!" 내가 살며시 웃으며 말한다. "벌점 1점이야."

"우린 지금 게임하는 거 아니야, 크레이그. 원래는 할 생각이었지만 지금 내가 제정신이 아니거든."

"알았어. 음, 젠장……." 일단 말문을 열고 본다.

"무슨 이야기를 하던 중이었지?"

"남자들이 왜 그렇게 건방지냐고."

"맞다. 음, 너도 알다시피 우리는 태어날 때부터 세상을 바라보는 방식이 약간 좀…… 우리는 여자애들보다 약간 쉽게 세상을 바라보는 경향이 있어. 세상이 우리를 위해 만들어졌다고 보기 때문에 자기가 최고인 줄 아는 거지. 게다가 이런 태도가 남자답다는 소리를 자주 듣고 자라고, 남자다운 게 곧 좋은 거라고 배우는 거지. 내가 보기에는 그래서 그렇게 되는 것 아닌가 싶어."

"우와, 솔직하네." 노엘은 의자에 앉으며 말한다. "솔직한 멍청이야." (좋았어, 자리에 앉았어!) "그 여자애는 누구야?"

"아는 애."

"예쁘더라." (여자애들이 이 말을 그렇게 아무렇지도 않게, 동시에 가장 심한 욕처럼 말할 수 있다는 것은 정말 신기한 일이다.) "여자 친구야?"

"아냐. 난 여자 친구 없어. 예전에도, 지금도."

"그럼 걔는 그냥 우연히 네 방에 찾아왔던 여자애구나."

"너도 봤어?"

"다 봤어. 여기서부터 네 룸메이트의 침대에서 무슨 일이 벌어졌는지까지."

"뭐야, 나만 쫓아다닌 거야?"

"그러면 안 돼?"

"음, 그게 아니라—"

"흐뭇하지 않아?" 그녀가 내 쪽으로 몸을 기울이며 말한다. "불쌍한 여자애가 정신병원에서—" 이 대목에서 그녀는 마치 자장가라도 읊조리는 목소리로 변한다. "지극히 남자다운 크레이그를 쫓아다니는 게 싫어?"

"여긴 정신병원이 아니라 성인 병동이야." (하지만 네가 나를 쫓아다니는 게 싫을 리는 없지. 아무렴, 그보다 더 흐뭇할 수가 없어.) "네가 지켜보는 걸 몰랐다는 게 이해가 안 가……." 정말이지 니아와 함께 그 짓을 하면서 복도를, 등 뒤를 한 번도 확인하지 않았다는 건 신기한 일이 아닐 수 없다.

"잔뜩 흥분해 있었으니까 그랬겠지."

"음. 걔가 누군지 알고 싶어?"

"아니. 관심이 없어졌어."

"정말?"

"아니. 알고 싶어!"

"알았어. 걔는 오래전부터 알고 지낸 애이긴 한데, 걔가 여기 온 건—"

"네가 너무 보고 싶어서 도저히 참을 수가 없었겠지."

"그래, 맞아. 내가 너무 보고 싶어서 참을 수가 없었고, 나는 그 약점을 이용했어." 나는 손가락을 탁 퉁기며 말을 잇는다.

"아니, 그게 아니라 너무 외롭고 기분이 이상해서 자기도 이런 곳에 들어와야 된다는 생각이……."

"하필이면 그때 네 룸메이트 아저씨가 들이닥친 건 정말 절묘했어. 덕분에 그 정도로 마무리가 된 거고."

"그렇게 생각해 주니 고맙네."

"너는 절대 유능한 사기꾼은 못 되겠다. 처음 시도에서 단박 들통날 사람이야."

"그거, 칭찬이지?"

"심지어는 문도 안 닫았잖아. 걔랑은 어떻게 알게 됐어?"

"걘 나랑 제일 친한 친구의 여자 친구야, 우리가 열세 살 때부터."

"지금 몇 살인데?"

"열다섯."

"나돈데."

갑자기 그녀가 달라 보인다. 동갑내기끼리는 뭔가 통하는 게 있다. 마치 같은 꾸러미로 배달된 소포처럼, 서로 마음이 통하는 경우도 많다. 다른 한편으로 내가 태어난 해는 아주 특별한 해로 느껴지기 때문이기도 하다. 내가 태어난 해니까.

"그래서 제일 친한 친구의 여자 친구랑 놀아난 거야?"

"아니, 걔들은 헤어졌어."

"언제?"

"어, 며칠 전에."

"며칠 만에 다른 남자애를 찾아온 거야? 동작 한 번 빠르네."

"그러게." 내가 혼잣말처럼 중얼거린다. "걔는 남자 친구 없이는 하루도 못 견디는 부류야."

"그래서 우리는 가끔 그런 애들을 갈보라고 부를 때가 있어. 걔는 여덟 살 때도 남자 친구가 있었을까?"

"설마."

"어쩌면—"

"그만! 그만해! 더 이상 듣고 싶지 않아."

"그럴 때도 있지." 노엘이 나를 바라보며 말한다.

나는 고개를 끄덕이다 말고 동작을 멈춘 채 잠시 생각을 해 본다. 정말, 그럴 때도 있지 싶다.

"음…… 넌 어때?" 내가 묻는다.

"넌 네가 진짜 똑똑하다고 생각하지?"

나는 웃음을 터뜨린다.

"아니. 사실은 바로 그게 내가 여기 들어온 이유 가운데 하나야. 나 자신을 바보라고 생각하는 거."

"왜 그렇게 생각해? 넌 똑똑한 애들만 다니는 학교에 다니고 있잖아."

"성적이 신통치 않아."

"몇 점이나 되는데?"

"93점."

"아." 노엘은 고개를 끄덕인다.

"그러니까." 나는 팔짱을 끼며 말을 잇는다. "정말 똑똑한 사람은 너인 것 같아. 성적도 나보다 훨씬 좋을 거고."

"꼭 그렇지도 않아." 그녀는 어떤 그림 속에 나오는 사람처럼 손바닥으로 턱을 받친다. "넌 칭찬도 별로 잘 못하는구나."

"뭐가?"

"나 똑똑하다, 어쩔래!"

"넌 매력적이기도 해." 내가 말한다. "이건 칭찬 같아? 넌 정말 매력적이야. 내가 전에도 이 말 했나? 엊그제 내가 말했지?"

"매력적? 크레이그, 매력적이라는 단어는 부동산에나 어울려. '매력적인 집'이라고 할 때처럼."

"미안. 넌 아름다워. 이건 어때?" 내가 이런 말을 하고 있다는 게 믿어지지 않는다. 우리는 둘 다 이틀 후면 여기서 나갈 예정이다. 어쩌면 그래서 이런 말을 하고 있는지도 모른다. 후회를 남기고 싶지 않아서.

"아름답다는 말은 괜찮아. 하지만 더 좋은 표현도 있을 것 같은데."

"알았어, 알았다고. 넌 정말 끝내줘." 나는 목을 옆으로 꺾어서 우두둑 소리를 낸다.

"와우."

"뭐가?"

"어디 가서 그런 소리 하지 마. 특히 상대방을 칭찬하고 싶을 때는."

"알았어. 좋아. 아름답다는 단어보다 더 좋은 표현이 뭐지?"

노엘은 갑자기 남부 억양을 흉내 낸다. "짜앙이여."

"알았어. 넌 정말 짱이야."

"억양이 틀렸잖아. 나처럼 해 봐. 짜앙이여."

최대한 흉내를 내 본다.

"사투리도 제대로 못해? 맙소사, 미국 사람은 맞니?"

"나도 말 좀 하자! 난 여기 토박이라고."

"브루클린?"

"그래."

"이 동네?"

"그렇다니까."

"내 친구도 여기 사는 애들 있는데."

"그럼 언젠가 너랑 나랑 마주친 적도 있겠네."

"너 진짜 심하다. 좀 더 그럴듯하게 아부 못 해?"

"알았어." 좀 더 열심히 잔머리를 굴려 본다. 딱히 생각나는 게 없다.

"음……"

"더 할 말 없어?"

"어휘력이 딸려서."

"알았어. 수학 천재들이 연애를 못하는 이유가 바로 이거 때문이구나."

"내가 수학 천재라고 누가 그래? 내 점수가 어떤지는 아까 얘기했잖아."

"너도 안 똑똑한 천재 가운데 한 명인가 보다. 정말 최악의 경우지."

"내 말 잘 들어." 내가 갑자기 정색을 하고 말한다. "지금 네가 여기서 나랑 이렇게 얘기를 나누고 있는 게 너무 기뻐. 너도 알겠지만 난 여기서 많은 사람들을 만났거든."

"저런." 그녀가 말한다. "이제부터 진지한 얘기가 시작되는 거야?"

"그래." 내가 말한다. 내가 그 말을 했을 때, 그분위기로 미루어 노엘은 내가 진지하게 진지한 이야기를 꺼내려 한다는 것을 알아차린 것 같다. 나는 지금, 진지해질 수 있다. 지금까지 나름대로 진지한 상황을 겪어 왔으니, 이제 나도 나보다 더 나이가 든 사람만큼 진지해질 수 있다.

"사실 난 너를 많이 좋아해." 드디어 입을 연다. 후회는 없다. "너는 똑똑하고, 재미도 있고, 나를 좋아하는 것처럼 보이기도 하니까. 그게 별로 좋은 이유가 아니라는 건 알지만 어쩔 수가 없네. 여자애가 나를 좋아하면 나도 걔를 좋아할 수밖에 없으니까."

노엘은 아무 말도 하지 않는다. 나는 그녀를 향해 고개를 살짝 기울인다.

"음, 아무 말이나 더 할까?"

"아니. 아냐! 지금이 좋아. 계속해."

"음, 좋아. 이걸 어떻게 말로 표현해야 좋을지 고민했는데 말이야. 나는 너의 모든 게 다 마음에 들지만, 네 얼굴의 흉터조차도—"

"설마, 너 혹시 변태는 아니겠지?"

"뭐?"

"그렇지 않으면 어떻게 이런 흉터가 마음에 들 수 있어? 전에 여기도 그런 사람이 하나 있었어. 나더러 자기만을 위한 밤의 여왕이 되어 달래나 뭐래나."

"아냐! 내 뜻은 그런 게 아니야. 말하자면 이런 거지. 사람들은 문제가 생기면…… 나도 이러고 있지만 솔직히 여기 들어온 사람들은 저마다 문제가 있어서 그렇게 된 거잖아. 내가 여기서 알게 된 사람들은 대부분 밑바닥 인생이나 마약중독자, 일자리를 유지할 수 없는 이들이야. 하지만 때로는 방금 업무 회의를 끝낸 것처럼 보이는 사람들도 들어오거든."

노엘은 고개를 끄덕인다. 그녀도 그런 사람들을 봤을 것이다. 오늘만 해도 어떤 꾀죄죄한 청년이 마치 독서 여행이라도 온 사람처럼 책을 잔뜩 가지고 들어왔다. 어제는 정장 차림의 남자가 새로 와서는 너무나 멀쩡한 목소리로 자꾸 환청이 들려서 미치겠다고 털어놓았다. 특별히 무섭거나 끔찍하지는 않지만 그렇지 않아도 힘들어 죽겠는데 세상에서 제일 멍청한 소리들을 지껄인다는 것이다.

"여기만 그런 것도 아니야. 사방에 그런 사람들투성이라고. 내 친구들이 여기로 전화를 걸어서 하는 얘기가 얘도 우울증이다, 쟤도 우울증이다 하는 것밖에 없어. 의사들이 보여 준 자료에는 미국인 가운데 5분의 1이 정신질환으로 고생하고 있고, 청소년의 사망 원인 가운데 자살이 2위를 차지한다는 연구 결과가 나와 있더라……. 정상인 사람이 별로 없나 봐."

"무슨 말을 하고 싶어서 그래?"

"우리는 각자 다른 방식으로 고민에 대응하는 것뿐이야. 나 같은 경우에는 말수가 적어지고 잘 먹지를 못하고 먹기만 하면 토하고—"

"많이 토했어?"

"응, 무척 심한 편이었지. 게다가 잠도 제대로 못 잤고. 내가 이런 증세를 보이기 시작하니까 제일 먼저 부모님이 알아차리고, 친구들도 알아차렸지. 친구들한테 놀림감이 되다시피 했지만 그래도 끝까지 내 고민을 털어놓지 않고 버티려고 했어. 여기 들어오기 전까지는. 아무리 생각해도 뭔가가 정상이 아니야. 아니, 정상이 아니었다고 해야겠지. 지금은 훨씬 상태가 좋아졌으니까."

"이런 얘기가 나하고 무슨 관계가 있다는 거지?"

"너는 얼굴에다 네 고민을 표현했잖아."

노엘은 조금 당황한 표정으로 머리카락을 쓸어 넘긴다.

"내가 이런 짓을 한 이유는 너무나 많은 사람들이 나한테서 뭔가를 원했기 때문이야." 그녀가 설명한다.

"너무 압박감이 심해서—"

"도저히 견딜 수가 없었다고?"

"그래."

"사람들이 너한테 정말 매력적이라고 말해 놓고는 갑자기 다른 식으로 대했다는 거야?"

"맞아."

"어떻게?"

노엘은 한숨을 내쉰다.

"더없이 조신한 여자애와 더없이 음란한 여자애, 둘 가운데 하나가 되어야 했어. 어느 한쪽을 선택하면 다른 사람들은 바로 그것 때문에 나를 미워해. 모두가 다 원하는 것은 결국 똑같으니까 누구도 믿을 수가 없게 되고, 두 번 다시 그 이전의 과거로는 돌아갈 수 없다는 사실을 깨닫게 되지……."

그녀의 표정이 웃는 건지 우는 건지 잘 모르겠다. 웃을 때와

울 때 사용하는 근육이 대부분 비슷해서 그런 모양이다. 그녀가 앞으로 몸을 숙인다.

"나는 그 가운데 일부가 되고 싶지 않았어." 그녀가 말한다. "그런 세상의 일부가 되고 싶지 않았다고."

나는 그녀의 몸을 내 쪽으로 당긴다. 처음으로 그녀의 몸에서 전해지는 촉감을 느껴 보는 순간이다. "나도 그랬어."

노엘도 내 허리에 팔을 두른다. 우리는 각자 다른 의자에 앉은 채 서로를 끌어안은 자세가 된다. 나도, 그녀도 손을 움직이지 않는다.

"나는 머리가 얼마나 좋은지를 따지는 게임에 끼어들고 싶지 않았어." 내가 말한다. "너는 얼굴이 얼마나 예쁜지를 따지는 게임에 끼어들고 싶지 않았던 거고."

"예쁜 거 따지는 게임이 더 나빠." 그녀가 속삭인다. "머리가 좋다고 나를 이용해 먹으려는 사람은 없을 테니까."

"사람들이 너를 이용해 먹으려고 했어?"

"그런 사람들도 있었지. 그래서는 안 되는 사람조차도."

말문이 막힌다.

"미안해."

"네가 그런 것도 아니잖아."

"나도 네 몸에 손을 대지 말았어야 했나?"

"아냐, 넌 아무 짓도 안 했잖아. 그런 건 괜찮아. 하지만…… 그래. 그런 일이 있었어. 전에는 내가 거짓말을 했어."

"무슨 거짓말?"

"내가 어떤 성형수술을 할 건지는 중요하지 않아. 크레이그,

난 가위를 이용했어. 흉터는 없어지지 않을 거야. 평생 동안 나를 따라다니겠지. 나는 내가 무슨 짓을 하는지도 몰랐어. 그저 이런 일이 벌어지는 세상에서 벗어나고 싶었을 뿐이야. 앞으로 나는 직장 같은 건 꿈도 꾸지 못할 거야. 내가 이런 얼굴로 취업 면접을 보러 가면 사람들이 뭐라고 하겠어?" 노엘은 코를 훌쩍거리다가 갑자기 웃음을 터뜨린다. 콧물이 조금 나온 것 같기도 하다. "이런 외계인 같은 얼굴로……."

"캘리포니아에 가면 사람들이 외계 언어를 사용하는 곳이 있어. 거기 가면 취직을 할 수 있을 거야."

"하지 마."

우리는 아직도 서로를 끌어안고 있다. 고개를 들고 싶지 않다. 감은 눈도 뜨고 싶지 않다. "차별을 금지하는 법률도 있잖아. 자격만 되면 흉터 때문에 취직을 못 하는 일은 없을 거야."

"하지만 이런 괴물 같은 얼굴로 무슨 일을 하겠어."

"내가 말했잖아, 노엘." 나는 그녀의 귀에 대고 속삭인다. "누구에게나 문제는 있어. 어떤 사람들은 남들보다 그걸 더 잘 감출 뿐이야. 하지만 아마 너를 보고 도망가는 사람은 없을걸. 너를 보면 왠지 말이 잘 통할 것 같은 느낌을 받을 거고, 네가 아주 용감하고 강한 사람이라는 인상을 받을 거야. 네가 용감하고 강한 건 사실이잖아."

"그 사이에 칭찬이 좀 늘었네."

"아니야. 나야말로 아무것도 아니지. 먹은 음식조차 제대로 소화하지 못하는데, 뭘."

"그래, 넌 너무 말랐어." 노엘이 웃음을 터뜨린다. "살이 좀 쪄야 돼."

"나도 알아."

"너를 만나게 돼서 기뻐."

"넌 정말 솔직하고 꾸밈이 없어, 노엘. 너는 원래 그런 사람이라고." 마치 미리 준비해 둔 원고를 읽듯이 말이 술술 흘러나온다. "아프리카에 가면 네 흉터가 아주 큰 인기를 끌 거야."

노엘은 또 코를 훌쩍거린다. "네가 그 여자애랑 같이 있는 걸 보고 싶지 않았어."

"알아."

"걔보다는 나를 더 좋아하지?"

"그럼."

"왜?"

나는 내 품에서 그녀의 몸을 떼어 낸다. 아마 내가 먼저 누군가와의 포옹을 푼 것은 평생 처음일 테지만, 눈높이를 맞추려면 어쩔 수 없다.

"나는 걔보다 너한테 훨씬 더 큰 빚을 졌어. 네 덕분에 드디어 내가 뭔가에 눈을 뜨게 되었으니까." 사실 내 눈은 너무 오래 동안 노엘의 어깨에 기대고 있었던 탓에 앞이 잘 보이지 않을 지경이다. 간신히 초점을 맞춰 보니, 교수님이 자기 방의 문 앞에서 한 손으로는 문고리를, 다른 한 손으로는 자신의 어깨를 잡고 있는 것이 보인다.

"너한테 이걸 보여 주고 싶었어." 나는 의자 밑으로 손을 넣어 이 만남을 위해 준비한 것을 꺼낸다. 내 딴에는 지금까지 숨겨 두었던 비장의 무기인 셈이다. 나는 이 데이트가 이런 식으로 흘러갈 거라고는 미처 예상하지 못했다. 노엘이 나한테 고래고래 소리를 질러 댈 경우에 대비해 뭔가 강력한 대책이 필요하다고 생각했다. 하지만 분위기가 이렇게 되고 나니 내가 마련한 비장의 무기는 일종의 화룡점정이 될 것 같다.

내가 꺼낸 것은 한 쌍의 남녀가 등장하는 뇌 지도다.

"정말 멋있다!"

"이쪽은 남자, 이쪽은 여자야. 머리칼은 그리지 않았지만, 척 봐도 한쪽은 여성적이고 다른 쪽은 남성적이라는 사실을 알아볼 수 있어." 두 사람은 누워 있다. 서로 포개져서 누운 게 아니라 나란히 누운 채 허공에 떠 있다. 몸통 옆에 윤곽만 그려서 팔과 다리를 표현하기는 했지만, 내 지도의 핵심은 뇌이기 때문에 팔이나 다리를 그리는 데 많은 시간을 투자할 필요가 없다. 복잡한 교차로와 다리와 광장과 공원으로 얽힌 뇌가 가장 중요하다. 이것은 지금까지 내가 그린 것 중에서 제일 공을 들인 그림이기도 하다. 널따란 대로와 좁은 골목, 막다른 길과 터널, 톨게이트와 로터리 등이 빽빽하게 그려져 있다. 종이가 35센티미터×43센티미터짜리라 지도를 큼지막하게 그려 넣을 자리는 충분했다. 중요하지 않은 몸통은 조그맣게 그렸다. 반면에 베라자노 다리보다 더 긴 다리, 양쪽 끝에 리본 장식 같은 경사로가 달린 그 다리로 연결된 두 개의 머리에 곧바로 시선이 유도되도록 신경을 썼다.

"지금까지 내가 그린 것 중에서 제일 잘 그린 것 같아." 내가 말한다.

노엘이 그림을 들여다본다. 그녀의 눈이 조금씩 빨개지는 것 같다. 눈물이 닭똥처럼 줄줄 흐르지는 않지만—사실 나는 누가 닭똥 같은 눈물을 흘리는 것을 한 번도 본 적이 없다—그 가운데 몇 방울이 내 셔츠에 떨어진다. 그 눈물이 속으로 스며들면서 어깨에 시원한 감촉이 느껴진다.

"나더러 어렸을 때의 기억을 떠올려 보라고 한 사람이 바로 너야." 내가 말한다. "어렸을 때 이런 그림을 많이 그렸는데, 그동안 이게 얼마나 재미있는지를 잊고 있었어."

"그때는 이렇게 그리지 않았을 텐데."

"그렇지. 하지만 이렇게 그리는 게 훨씬 더 쉬워. 지도를 마무리하지 않아도 되니까."

"정말 아름다워."

"기억을 되살리게 해 줘서 고마워. 너한테 큰 빚을 졌어."

"내가 고맙지. 이거, 내가 가져도 돼?" 노엘이 고개를 들며 묻는다.

"아직은 안 돼. 손을 좀 볼 데가 있거든." 나는 일어서서 허리를 쭉 펴고 그녀를 내려다본다.

'지금이다, 병사.'

'알겠습니다, 장교님!'

"그나저나 음, 혹시 네 전화번호 좀 알 수 있을까? 우리가 여기서 나가면 서로 연락을 할 수 있어야 되잖아."

노엘이 미소를 짓자, 얼굴의 흉터가 고양이 수염처럼 반짝거린다. "작전 좋은데?"

"나도 남자잖아." 내가 말한다.

"난 남자 싫어해." 그녀가 말한다.

"다른 남자도 있어." 내가 말한다.

"그럴 수도 있겠지." 그녀가 말한다.

42

저녁 식사 시간에 험블이 다시 나타났다. 완전 새 옷에다 반짝반짝 빛이 날 만큼 깨끗하게 면도를 했지만, 눈은 제대로 떠지지 않는 모양이다. 그가 없는 동안 아무도 앉지 않고 비워 두었던 텔레비전 밑의 테이블을 차지하고 있다. 바로 옆 테이블에는 노엘이 그를 등진 방향으로 앉아 있다. 나는 그쪽으로 다가가며 두 사람 모두를 향해 인사를 건넨 뒤, 테이블 두 개를 끌어당겨 붙이고 그들 사이에 앉는다.

"노엘, 아직 험블하고 인사 못 하지 않았어?"

"응." 노엘이 활짝 웃는 표정으로 대답한다. 저 미소가 나와의 데이트에서 비롯된 것이었으면 좋겠다.

"험블, 노엘이에요. 노엘, 이쪽은 험블."

"어……" 험블은 슬쩍 그녀를 돌아보며 우물거린다. "얼굴의 흉터가 아주 환상적이네."

"고마워요." 두 사람은 악수를 나눈다.

"여자치고 악수도 제법 할 줄 아는 것 같고." 험블이 말한다.

"아저씨도 남자치고는 괜찮네요."

내 저녁 식사는 콩과 핫도그, 샐러드, 쿠키, 그리고 디저트로는 배가 나왔다. 나는 열심히 그것들을 집어 먹는다.

"그동안 어디 있었어요?" 내가 묻는다.

"홀 맞은편의 노인 병동에." 험블이 대답한다.

"진짜 노인들과 같이 있었어요?" 노엘이 묻는다.

"응. 이 병원에서는 완전히 맛이 간 사람들을 거기로 데려가는 모양이야."

"그런 표현을 어떻게 알아요?" 노엘이 묻는다.

"맛이 간 거?" 험블은 엄지손톱으로 앞니 사이에 붙은 샐러드 조각을 떼어 내며 되묻는다.

"얘는 아저씨처럼 점잖은 사람이 그렇게 비속한 표현을 쓰는 게 신기한가 봐요."

"별로 비속하지 않아. 조금 옛날식 표현이기는 하지만. 왜 웃어? 또 무슨 시비를 걸려고? 이 녀석 때문에 얼마나 골치가 아픈지 몰라."

"그러게요, 나도 알아요." 노엘은 그렇게 말하며 무릎으로 내 허벅지를 툭 친다. 진짜 짜릿하다. 초등학교 4학년 이후로 나한테 이런 행동을 한 여자애는 아무도 없다. "엉망진창이죠."

"내 말이." 험블이 맞장구를 친다. "그게 다 머리가 너무 좋아서 그런 거야. 따지고 보면 너무 지쳐서 여기에 들어온 거잖아. 지금까지 그런 사람들을 많이 보기는 했지만, 그들은 대부분 20대나 30대였거든. 이 녀석은 워낙 머리가 좋아서 그 사람들보다 절반밖에 안 되는 나이에 완전히 지쳐 버린 거야. 10대에 중년의 위기를 겪는 셈이지."

"중년의 위기 따위는 잊어버리세요." 내가 말한다. "그보다 훨씬 중요한 게 10대 후반의 위기니까요."

"그건 또 뭐야?"

"음……" 나는 노엘을 바라본다. 내 허벅지를 한 번 더 건드려 주지 않을까? 이 얘기를 꼭 해야 할지 자신이 서지 않는다. 노엘을 지루하게 만들고 싶지 않다. 하지만 험블은 틀림없이 재미있어 할 것이고, 노엘까지 그렇게 만들 수만 있다면 대성공이다.

"처음에는 20대의 위기가 있어요." 내가 말한다. "〈프렌즈〉에 나오는 사람들 같은 경우죠. 살짝 맛이 가서 결혼도 하지 않고 버티죠. 20대 때 말이에요. 실제로도 20대에 위기를 겪는 사람들이 많은 것 같아요. 나야 아직 확실히 알지 못하지만 말이에요. 하지만 요즘은 세상이 훨씬 빨라졌잖아요. 예전에는 선택할 게 너무 많아서 슬슬 맛이 가기 시작하려면 스무 살이 될 때까지 기다려야 했어요. 하지만 지금은 사야 할 것도 너무 많고 시간을 투자해야 할 것도 너무 많아서, 특별한 재능을 키우려면 아주 어려서부터 시작하지 않으면 안 되거든요. 예를 들면 발레 같은 것 말이에요. 노엘, 넌 몇 살 때 발레를 시작했어?"

"네 살."

"거봐요. 나는 여섯 살 때 태보를 시작했어요. 말하자면 성공도 해야 되고, 좋은 대학도 가야 하고, 멋진 여자랑 자기도 해야 하고—"

"무슨 헛소리인지, 원." 저만치 떨어진 곳에 앉아 있던 조니가 불쑥 끼어든다.

"우리가 지금 당신하고 얘기하고 있나?" 험블이 쏘아붙인다.

"허, 소금이나 먹지 그래."

"뭐라고? 머리통을 한 대 얻어맞으면 정신이 좀—"

"그만들 해요." 노엘이 자리에서 일어나 뺨에 드리웠던 머리칼을 쓸어 올리며 말한다. 흉터가 새겨진 그녀의 뺨이 빨갛게 상기되어 있다. 다들 입을 다문다.

내가 말을 잇는다.

"그렇게 해서 지금은 20대의 위기 대신 10대 후반의 위기가 대세예요. 주로 열여덟 살 때 그런 일이 생기죠. 열네 살 때는 10대 중반의 위기를 맞게 되고요. 대부분의 사람들이 그렇지 않나 싶은데요."

"네가 그랬나 보군."

"나뿐만이 아니에요. 이건…… 음…… 계속할까?"

"응." 노엘이 대답한다.

"음, 10대 중반이나 후반에 위기를 겪는 사람들이 많아지면서 반대편에서는 꽤 큰돈을 버는 사람들도 있어요. 갑자기 정신이 나간 사람처럼 잔뜩 겁을 집어먹은 소비자들이 세면 크림과 고급 청바지와 수능 준비 학원과 콘돔과 자동차와 스쿠터와 자기계발서와 시계와 지갑과 주식과…… 온갖 것들을 사들이기 시작하죠. 예전에는 20대가 소비하던 것들을 이제는 10대가 산다니까요. 덕분에 시장은 두 배로 커졌고요!"

보비가 의자를 하나 내 옆으로 끌고 온다. "이 녀석, 말하는 걸 보면 정말 정상이 아니라니까." 그가 말한다.

"계속 여기 가둬 놓아야 할 것 같아." 험블도 맞장구를 친다.

나는 물러서지 않고 계속 말을 잇는다.

“그러니 이제 머지않아 10대 초반이나 10대가 되기도 전에 위기를 맞는 아이들도 생길 거예요. 결국은 아기가 태어나면 의사가 한 번 쓱 쳐다보고 이 아기가 과연 세상에 잘 적응할 수 있을 것인지를 판단하는 때가 오겠죠. 아기가 별로 행복해 보이지 않으면 얘는 우울증 약을 먹게 되겠군, 혹은 어떤 소비 패턴으로 빠져들겠군, 하고 예측할 수 있게 되는 거예요.”

“으으으으으으음.” 험블이 신음을 토한다. 나는 그 신음 뒤에 뭔가 중요한 말이 이어질 거라고 생각했는데. 정작 그는 또 한 번 긴 신음을 토해 낼 뿐이다. “으으으으으음.”

“너는 전적으로 우울증에 입각한 세계관을 가지고 있다는 게 제일 큰 문제야.” 그가 말한다. “분노는 어때?”

“나 같은 경우는 그것 때문에 크게 걱정할 필요는 없어요.”

“왜?”

“겉으로 표현할 수 있는 것보다 더 많은 분노가 머릿속에 가득하니까요.”

“쿠키 더 필요하신 분!”

어느 간호사가 나타나 외친다. 우리는 모두 줄을 선다. 오트밀과 땅콩버터다. 노엘이 뒤에서 나를 슬쩍 찌른다. 돌아보니 마치 내가 키스라도 하려고 한 것처럼 얼굴을 피한다.

“걱정스러워 보이네.” 내가 말한다.

“넌 한심해 보여.” 그녀가 대답한다.

이 정도면 성공이다. 서로 마음속의 이야기를 나눈 끝에 그녀는 나를 더 좋아하게 되었다. 그녀는 내가 똑똑하다고 생각한다. 슬슬 계획을 세워야겠다. 쿠키를 받은 다음, 나는 내일 밤에 〈블레이드2〉를 가져오기로 한 아빠에게 전화를 건다. 아빠에게 부탁할 게 하나 더 생긴 탓이다.

제9부

제6북병동, 수요일

43

오늘은 이 병원에서 하루 종일 지내는 마지막 날이다. 아침에 눈을 뜨자마자 그 생각을 했다. 오늘은 아무도 피를 뽑으러 오지 않아서 (일요일 이후로 피는 한 번밖에 뽑지 않았다.) 그렇게까지 일찍 일어날 필요는 없었다. 홀에 나가 보니 벌써 일어난 사람은 나밖에 없는 것 같다. 샤워를 하면서 내가 원할 때 수도꼭지에서 더운 물이 나오지 않으면 인생이 정말 더 살기 힘들 거라는 생각을 했다. 찬물로 샤워를 하면 끝나고 나서 너무 기분이 좋기 때문에 한 번 시도를 해 보지만, 그 과정은 마치 무슨 고문 같다. 바로 이게 중요한 대목이다. 그래서 찬물로 샤워를 하면 시간을 최대한 단축할 수 있는 것이다. 군대에서 군인들이 찬물로 샤워를 하는 이유도 바로 이것이다.

'맞아. 한 번 해 볼 텐가, 병사?'

'안 그래도 될 것 같아요.'

'왜 그래? 뭐가 문제지? 앞으로 할 일이 많잖아. 그 일들을 제대로 해내고 싶지 않나?'

'그러기 위해서 꼭 찬물로 샤워를 해야 합니까?'

'그렇다. 샤워 시간을 줄일수록 전쟁터에서 더 많은 시간을

보낼 수 있으니까.'

'좋아요.'

이 정도는 할 수 있다. 손을 뻗어 온도 조절 스위치를 천천히 왼쪽으로 돌리다가 이렇게 해서는 절대 성공하지 못할 것 같아서 반창고를 뗄 때처럼 스위치를 확 돌려 버린다. 뜨겁던 물줄기가 순식간에 얼음처럼 차가워지면서 마치 몸에 불이 붙은 것 같은 느낌이다. 나도 모르게 사타구니를 굽혀 물줄기를 피하다가 이건 반칙이라는 생각이 들어서 도로 다리를 쫙 펴고 미친 듯이 비누칠을 한다. 다리 올려! 내려! 반대쪽 다리 올려! 내려! 사타구니. 박박 문질러. 가슴 헹궈. 팔 내려! 들어! 반대쪽 팔 내려! 들어! 목. 얼굴. 뒤로 돌아서 엉덩이까지 문지르고 나니 벌써 끝이다. 얼른 수건을 집어 몸에 두르니 오스스 소름이 돋는다.

최대한 빨리 옷을 입으려고 서두르다 보니 양말이 젖은 발에 걸려서 오히려 시간을 더 허비했다. 밖으로 나와서 스미티와 이야기를 나눈다.

"괜찮아?"

"처음으로 찬물에 샤워했어요."

"오늘 처음?"

"태어나서 처음이요."

"그래, 시원하겠구나."

"뭐 좋은 소식이라도 있어요?"

스미티는 신문을 들고 있다. 뉴욕 시장에 출마한 새로운 후보자가 아주 매혹적인 공약을 내놓은 모양이다. 억만장자로 알려진 그는 한 표에 100달러만 써도 선거에서 이길 수 있을 거라고 믿는 게 분명하다. 특히 여자들 중에 그를 지지하는 사람들이 많다고 한다.

"미친 거 아니에요?" 내가 아직도 몸을 덜덜 떨며 말한다. "이래 가지고는…… 정신병원 안에 있는 사람과 바깥에 있는 사람을 구분할 수가 없잖아요."

"그러게 말이다. 그래도 여기는 음악이 있으니까." 스미티가 라디오를 켜며 말한다.

"말이 나온 김에 한 가지 여쭤볼 게 있는데요, 오늘 밤에 내가 고른 음악을 좀 틀 수 있을까요? 홀 반대편에 말이에요."

"어떤 음악?"

"가사도 없고 자극적인 리듬도 없으니 걱정하지 않으셔도 괜찮아요. 이 층 사람들이 좋아할 만한 음악이죠. 일종의 선물이라고나 할까요."

"내가 먼저 확인을 해 봐야겠는데."

"좋아요. 그리고 오늘 밤에 사람들이랑 같이 〈블레이드2〉라는 영화를 보기로 한 건 아시죠?"

"그것도 생각을 좀 해 봐야 되는 것 아니냐? 정신병자들이 가득한 병동에서 뱀파이어 영화를 틀어도 괜찮을까?"

"그 정도는 소화할 수 있어요."

"설마 내가 악몽을 꾸게 되는 건 아니겠지?"

"물론이죠."

"나 같은 일을 하는 사람이 악몽을 꾸게 되면 정말 골치 아파, 크레이그."

"알았어요."

스미티는 한숨을 내쉬며 신문을 내려놓고 일어선다. "혈압 재 줄까?"

그는 나를 의자에 앉히고 팔에 혈압계를 감은 다음, 펌프질을 하며 내 손목에 손가락을 댄다. 오늘은 120에 70이다. 완벽한 수치가 나오지 않은 것도 오늘이 처음이다.

44

"잘 지냈어?" 미네르바 박사님이 묻는다.

오전 11시다. 나도 모르게 한숨이 나온다. 혈압을 재고 나서 아침을 먹다 보니, 중력을 무서워하는 아이와 밀방망이 로버트가 보이지 않는다. 험블이 노엘과 나에게 그들이 퇴원했다고 알려 준다. 식사가 끝나갈 무렵, 노엘이 내 다리에 자기 다리를 바짝 갖다 대는 바람에 차를 아주 천천히 마셨다. 식사가 끝나고 모니카가 오늘 밤에 흡연실 앞에서 〈블레이드2〉를 상영할 예정이라고 발표하자, 다들 흥분한 기색이 역력하다. 특히 조니가 좋아한다. "허, 정말 재미있는 영화야. 뱀파이어들이 수없이 죽어 나가거든." 내가 특별히 음악 선물을 준비했다는 발표는 없었다. 하긴 아직 음반이 도착하지도 않았다.

나는 조그만 플라스틱 컵으로 졸로프트를 먹은 다음, 한쪽 귀퉁이의 창가에 지미와 나란히 앉아 뇌 지도를 몇 장 그렸다. 공중전화로 음성 메시지를 확인하고 나서, 여기서 나가면 무엇을 해야 할지 심각하게 고민하기 시작했다. 커피를 한 잔 살까? 공원까지 걸어갈까? 집으로 가서 이메일을 확인할까? 이메일에 생각이 미치자, 갑자기 미네르바 박사님이 와 준 게 너무 다행이라는 생각이 든다.

"그런 것 같아요."

미네르바 박사님은 차분하면서도 흔들리지 않는 눈빛으로 나를 바라본다. 어쩌면 그녀도 나의 닻 가운데 하나인지 모르겠다.

"뭔가 미심쩍은 구석이라도 있니, 크레이그?"

"네?"

"'그런 것 같다'고 대답했잖아. 왜 '그렇다'가 아니라 '그런 것 같다'라고 했지?"

"그냥 말이 그렇게 나왔을 뿐이에요."

"뚜렷한 확신이 생기기 전에는 성급하게 여기서 나갈 필요가 없어, 크레이그."

"음, 좋아요. 사실은 이메일을 생각하고 있었어요."

"이메일이 왜?"

"퇴원을 해서 이메일을 확인해야 한다고 생각하면 너무 걱정이 되어서요. 전화는 그럭저럭 참을 수 있겠는데, 이메일은 진짜 겁나요."

"겁이 난다…… 이메일이 왜 그렇게 무섭지, 크레이그?"

"음." 나는 의자에 등을 기대고 심호흡을 한다. 문득 뭔가가 생각난다. "지난번에 제가 말을 시작하고 끝맺는 걸 상당히 어려워 한 것 기억나세요?"

"그래."

"요즘은 안 그래요."

"정말?"

"네. 오히려 그 반대인 것 같아요. 말이 내 입에서 저절로 쏟아져 나오는 것 같거든요. 예전에 학교에서 고생했을 때도 그랬어요."

"그게 언제쯤……" 미네르바 박사님은 메모지를 들여다보며 뭔가를 적는다.

"1년 전…… EPP에 들어가기 전이요."

"좋아, 이제 이메일 이야기를 좀 더 해 보자."

"이메일." 나는 두 손을 테이블에 내려놓는다. "정말 싫어요. 오늘까지 벌써 닷새 동안 확인을 안 했다고요."

"지난 토요일부터." 박사님이 고개를 끄덕인다.

"맞아요. 지금쯤 나한테 이메일을 보낸 사람들이 어떤 생각을 하고 있을까요? 아마 내가 어디에 있는지 다들 감을 잡고 있을 거예요. 니아가 에런에게 얘기를 했고, 에런은 여기 전화번호까지 알아냈으니까요."

"그렇구나. 너한테는 굉장히 창피한 일이겠네."

"그럼요. 하지만 사람들이 내가 어디 있는지 모른다고 해도 달라질 건 없어요. 자그마치 5일이나 확인을 안 했으니까요. 다들 이렇게 생각하겠죠. '이 녀석, 미쳤나 봐. 마약에 취해서 뻗어 버린 것 아냐.' 다들 금방 답장이 올 거라고 기대하고 있을 텐데 나는 지금 그럴 처지가 아니잖아요."

"어떤 사람들이 너한테 이메일을 보내지, 크레이그?"

"숙제 내 주는 선생님들, 교내 클럽, 자원봉사자 모집 공고, EPP 축구팀, 농구팀, 스쿼시 팀의 경기 초대권……"

"대부분 학교랑 관련된 내용들이네."

“대부분이 아니라 전부 다예요. 내 친구들은 이메일을 보내지 않죠. 전화를 하면 되니까.”

“그냥 무시해 버릴 수도 있잖아.”

“안 돼요!”

“왜?”

“보낸 사람들이 기분 나쁠 테니까.”

“그럼 어떻게 되는데?”

“음, 그럼 클럽에 가입하지도 못하고, 학점도 못 따고, 가산점도 못 받고…… 낙오자가 되는 거죠.”

“학교에서?”

“네.” 잠깐, 그건 학교만의 문제가 아니다. 학교를 졸업한 다음에도 마찬가지다. “인생에서.”

“아.” 미네르바 박사님은 잠깐 호흡을 가다듬는다. “인생.”

“그래요.”

“학교에서 낙오자가 되면 인생에서도 낙오자가 되는구나.”

“음…… 아무튼 난 학생이잖아요. 모든 학생들이 해야 할 일이 있고요. 유명한 사람들 중에도 학교에 잘 적응하지 못한 사람들이 있다는 건 저도 알아요. 제임스 브라운처럼. 그는 5학년 때 학교를 그만두고 연예인이 되었죠. 존경할 만한 사람이에요……. 하지만 내가 꼭 그렇게 된다는 보장은 없잖아요. 나는 평생을 내가 아는 모든 사람들과 경쟁하기 위해 죽을 둥 살 둥 열심히 공부하고 일하는 것 말고는 할 줄 아는 게 없을 거예요. 지금은 내가 해야 할 유일한 일이 학교생활밖에 없어요. 그런데 지금 나는 이메일도 확인할 수 없으니 어쩌겠어요.”

"하지만 지금 네가 말하는 학교생활이라는 것은 한 가지가 아니라 아주 많은 것들이 합쳐져 있어, 크레이그. 과외 활동, 자원봉사, 스포츠……. 숙제는 말할 것도 없고."

"맞아요."

"이런 것들 때문에 마음이 얼마나 초조하냐고 물으면, 어떻게 대답할래?"

문득 '초조'는 의학적인 개념이라던 보비의 말이 생각난다. 이메일 문제는 내가 여기 처음 들어왔을 때부터 끈질기게 나를 괴롭혔다. 여기서 나가면 당장 컴퓨터 앞에 앉아 최소한 대여섯 시간은 그동안 놓친 메시지를 거꾸로 되짚으며 확인해야 한다. 그래야 제일 오래전에 온 메시지부터 순서대로 답장을 할 수 있다. 내가 답장을 쓰는 동안에도 또 다른 메시지가 날아들 것이고, 그것들이 조롱하듯 어서 답장을 하라고 나를 짓누를 것이다. 물론 그중에는 내가 꼭 신경을 써야 할 메시지들도 더러 포함되어 있을 텐데, 이것들을 끝까지 미뤄 놓을 것이다. 그리고 겨우 그것들과 씨름을 시작할 무렵에는 날짜가 너무 지나서 결국 '미안해요, 그동안 이메일을 확인할 수 있는 처지가 아니었어요. 아뇨, 나는 그리 중요한 존재도 아니고, 그냥 무능할 뿐이에요' 하고 사과하는 내용밖에 쓸 게 없을 것이다.

"크레이그?"

"무지하게 초조하죠." 내가 대답한다.

"이메일 때문에 초조하고, 낙오할까 봐 두렵고…… 이런 이야기는 예전에도 너한테서 들은 적이 있는 것 같은데. 너한테는 이게 굉장히 골치 아픈 문제로구나."

"알아요. 식은땀이 날 만큼."

"지금도 땀이 나니?"

"네. 한동안은 괜찮았는데."

"촉수로부터 떨어져 있어서 그랬겠지."

"맞아요. 하지만 이제 곧 얘기가 달라지겠죠. 돌아가면 그것들이 나를 기다리고 있을 테니까요."

"지난번에 내가 물었던 것 기억나? 여기서 새롭게 발견한 닻이 있냐고?"

"네."

박사님이 또 잠시 머뭇거린다. 미네르바 박사님은 본격적인 질문을 던지기 전에 어렴풋이 질문을 암시하는 경우가 많다.

"하나 발견한 것 같아요." 내가 한숨을 내쉬며 대답한다.

"그게 뭔데?"

"가서 가져와도 될까요?"

"그럼."

사무실을 나와 복도를 걸어가는데, 보비가 새로 들어온 환자를 데리고 여기저기를 안내하고 있다. 치열이 고르지 않고 얼룩이 잔뜩 묻은 파란색 트레이닝복을 입은 남자다.

"얘는 크레이그예요." 보비가 말한다. "아주 어리지만 상당히 괜찮은 녀석이지요. 그림을 아주 잘 그려요."

나는 새로 온 남자와 악수를 나눈다. 거기까지는 괜찮다. 내가 그림을 그리는 것도 틀린 말은 아니다.

"인간." 남자가 말한다.

"그게 이 사람 이름이야." 보비가 눈알을 굴리며 설명한다.

"네 이름은 크레이그가 아니다. 네 이름도 인간이야." 남자가 말한다.

나는 고개를 끄덕이며 그 사람 손을 놓고 내 방을 향해 계속 걸어간다. 마치 괴물과 점점 멀어지는 기분이다. 이메일, 미네르바 박사님, 여기에서 나가 EPP로 돌아가야 한다는 생각으로부터 멀어지면 질수록 더 마음이 차분해지는 것 같다. 그리고 뇌 지도, 내가 그릴 수 있는 이 사소하고 멍청한 그림과 가까워지면 질수록 더 마음이 차분해진다.

눈을 말똥말똥 뜬 채 잠을 자려고 애쓰는 무끄타다 옆을 지나, 라디에이터 덮개 위에 놔 둔 내 그림을 집어 든다. 그림을 한 무더기 안고 자기의 진짜 이름이 '그린'이라고 보비에게 설명하는 '인간'을 지나 사무실로 돌아온다.

"여기가 상당히 마음에 들어요." 내가 미네르바 박사님을 향해 말한다.

"이 방 말이니?"

"아니, 이 병원 말이에요."

"퇴원하고 나면 여기서 자원봉사를 할 수도 있겠구나."

"기타 치는 닐하고 그런 이야기도 했어요. 시도는 해 볼 생각이에요. 학교에서 가산점도 받을 수 있으니까요."

"네가 자원봉사를 하려는 이유가 그거야, 크레이그?"

"아니에요." 나는 고개를 가로젓는다. "농담이에요."

"아." 미네르바 박사님의 얼굴에 환한 미소가 번진다. "그래, 뭘 가져왔니?"

그림들을 테이블 위에 내려놓는다. 이제 다 합쳐서 스무 장도 넘는다. 완전히 획기적인 신작은 없지만 주제에 따라 조금씩 수정한 그림들이다. 세인트루이스와 비슷하게 생긴 뇌 지도를 가진 돼지들, 나랑 노엘이 교량으로 연결된 그림, 대도시로 이루어진 가족 등이다.

"미술 작품이로구나." 박사님이 말한다.

박사님은 그림을 한 장 한 장 넘기며 연이어 탄성을 토한다. 어젯밤에 순서를 정리했는데, 딱히 미네르바 박사님에게 보여주려는 의도는 아니었다. 이 그림들 속에는 일정한 순서가 있다. 이 그림들을 그리기 시작한 순간부터 누구에게 보여 줄 때는 그 순서를 지킬 필요가 있다는 생각을 했다.

"크레이그, 정말 대단하구나."

"고마워요." 나는 자리에 앉으며 대답한다. 그때까지 박사님과 내가 서 있다는 사실을 미처 의식하지 못하고 있었다.

"네 살 때부터 이런 그림들을 많이 그렸다고 했지?"

"맞아요. 완전히 똑같지는 않지만요."

"그릴 때 기분이 어때?"

나는 그림을 바라보며 대답한다. "끝내주죠."

"왜?"

이 질문에는 생각을 좀 해 봐야 한다. 미네르바 박사님이 나로 하여금 생각을 하게 만들면 당황하지 않고 슬쩍 피해 가는 것이 상책이다. 나는 왼쪽을 바라보며 턱을 어루만진다.

"내가 그리니까요." 내가 대답한다. "내가 그리면 그림이 그려져요. 굳이 비유를 하자면 소변을 보는 기분이라고 할까요."

"그렇구나……." 미네르바 박사님은 고개를 끄덕인다. "즐긴다는 이야기겠지."

"맞아요. 나름 성공적인 셈이죠. 기분이 정말 좋아요. 이 그림을 한 장 완성하고 나면 뭔가 해냈다는 느낌이 들어요. 그래서 그런 날은 나머지 시간을 이메일이나 전화 통화 같은 별 의미 없는 일에 바쳐도 괜찮다는 생각이 들고요."

"크레이그, 혹시 화가가 되고 싶다는 생각은 안 해 봤니?"

"다른 그림들도 그릴 수 있을 것 같아요." 말이 나온 김에 그냥 밀고 나간다. (박사님이 뭐라고 할까?) "무엇보다도, 영구 촛불에 대해서 많이 생각했죠. 바닥에 초를 하나 놓고, 그 위에 다른 초를 거꾸로 매달아 놓는 거예요. 첫 번째 초에서 녹은 촛농이 다른 데로 흘러내리지 못하도록 하면, 두 번째 초에서 녹아내린 촛농과 함께 종유석과 석순 같은 모양이 되겠죠. 그다음에는 신발에다 생크림을 가득 넣으면 어떻게 될까 하는 생각도 해 봤어요. 남자용 신발에 생크림을 가득 채우는 거죠. 그건 별로 어렵지도 않잖아요. 이런 식으로 생각하면 끝이 없어요. 젤리를 가득 채운 티셔츠, 애플 소스를 가득 채운 모자…… 그런 게 예술 아닌가요? 뭐 그런 거죠. 박사님은 예술가를 어떻게 생각하세요?"

미네르바 박사님은 웃음을 터뜨린다. "여기서 지내는 게 상당히 즐거운 모양이구나."

"그래요. 그게 세상에서 제일 어려운 일도 아니잖아요."

"지금은 땀도 안 흘리네."

"이건 저에게 아주 좋은 닻이에요." 내가 말한다. 인정하지 않을 수가 없다. 그것을 인정한다는 것은 멍청한 짓이다. 나 자신이 비현실적인 생각을 하고 있다는 뜻이니까. 하지만 나는 이미 정신병원에 들어와 있다. 비현실적인 생각을 하는 게 당연하지 않을까? 현실적인 생각은 일찌감치 포기해야 하는지도 모른다.

"네 말이 맞다, 크레이그. 이건 너의 닻이 될 수 있어." 미네르바 박사님은 눈도 깜빡이지 않고 나를 바라본다. 나도 박사님의 얼굴과 그 너머의 벽과 문, 블라인드와 테이블과 그 위에 놓인 내 손, 그리고 우리 사이에 놓인 뇌 지도를 바라본다. 제일 위에 놓인 그림은 조금 더 발전시킬 여지가 있을 것 같다. 도로에 나뭇결무늬를 넣을 수도 있고, 사람의 머리에 나뭇가지의 옹이를 넣을 수도 있다. 나쁘지 않은 생각이다. "이건 내 닻이 될 수 있어요." 나는 고개를 끄덕인다. "하지만……"

"하지만, 뭐지, 크레이그?"

"학교는 어쩌고요? EPP에서 미술을 전공할 수는 없잖아요."

"내가 좀 황당한 이야기를 하나 해 볼까 하는데 말이야." 박사님은 의자 등받이에 몸을 기댔다가 다시 앞으로 숙인다. "혹시 학교를 옮길 생각은 안 해 봤니?"

멍하니 박사님을 바라본다.

솔직히, 그런 생각은 한 번도 해 본 적이 없다.

태어나서 지금까지, 아니 그 학교에 입학하고 난 뒤로 한 번도 그런 생각을 해 본 적이 없다. EPP는 내 학교다. 그 학교에 입학하기 위해서 다른 그 어느 때보다도 열심히 공부했다. 그 학교를 졸업하면 대통령이 될 수 있을지도 모른다고 생각했다. 아니면 변호사라도. 가장 중요한 것은 부자가 되는 것이다. 성공한 부자.

그래서 지금 내가 어떻게 되었는지 모른다는 말인가? 1년—정확히 말하면 1년의 4분의 3일 뿐이지만—만에 이 모양 이 꼴이 되었다. 팔목에는 팔찌를 하나도 아닌 두 개나 차고, 자기 이름을 '인간'이라고 우기는 남자가 돌아다니는 복도 옆의 사무실에 슈링크와 함께 앉아 있지 않는가. 3년 안에 상황이 달라지지 않으면, 그때 나는 어디에 가 있을까? 완벽한 낙오자가 되는 수밖에 없다. 설령 계속 앞으로 나아간다고 해도 달라질 것은 없다. 우울증을 그럭저럭 버텨내고 대학에 진학하고, 대학원을 다니고, 직장을 구하고, 돈을 벌고, 처자식이 생기고, 멋진 차를 굴린다? 그런다고 해서 쓰레기 같은 나의 본질이 달라질까? 오히려 지금보다 더 완벽하게 미쳐 버릴 것이다.

나는 완벽하게 미치고 싶지 않다. 그렇게까지 오랫동안 이 병원에서 지내고 싶지는 않다. 조금 미치는 것은 괜찮다. 여기서 자원봉사를 하는 것까지는 괜찮지만, 환자가 되어 돌아오고 싶지는 않다.

"네." 내가 말한다. "맞아요. 생각해 봤어요."

"언제? 지금?"

나는 미소를 짓는다. "어떻게 아셨어요?"

"결론은?"

나는 손뼉을 한 번 탁 치며 자리에서 일어난다. "결론은 부모님한테 전화를 걸어서 학교를 옮기고 싶다는 말씀을 드려야겠다는 거죠."

45

"면회 왔어, 크레이그." 스미티가 식당으로 고개를 들이밀며 소리친다. 점심 식사를 마치고 지미, 노엘, 아멜리오와 포커 게임을 하던 나는 의자를 뒤로 빼고 일어선다. 사실 지미는 포커의 '포' 자도 모르지만 우리가 패를 돌리면 자기도 카드를 받아서는 다 보이게 내려놓고 미소를 짓는다. 그가 칩(지난번에 한바탕 소란이 벌어진 후 단추 통을 서랍에 넣고 잠가 버려서 종이 쪼가리를 이용한다.)을 주머니에 집어넣거나 입에 넣고 씹으면 그보다 훨씬 많은 칩을 줘야 한다.

"금방 올게요." 내가 말한다.

"이 친구, 무지 바쁘네." 아멜리오가 말한다.

"자기가 아주 중요한 사람이라고 생각하는 모양이에요." 노엘이 말한다.

"잠에서 깨니까 침대에 불이 붙어 있었어!" 지미가 말한다.

우리는 모두 일제히 그를 바라본다. "괜찮아요, 지미?" 내가 묻는다.

"엄마가 내 머리를 때렸어. 망치로 내 머리를 때렸어."

"아, 저런." 나는 아멜리오를 돌아본다. "응급실에서도 지미가 저런 소리 하는 걸 들은 적이 있어요. 아저씨도 전에 들은 적 있어요?"

"아니, 친구."

"이봐요, 지미. 걱정할 것 없어요." 나는 지미의 어깨를 잡으며 그렇게 말하고 이내 혀를 깨문다. 누군가를 재미있다고 생각하면서 동시에 그 사람을 돕고 싶다는 생각이 들 때가 있다.

"엄마가 내 머리를 때렸어." 지미가 말한다. "망치로."

"그래요, 하지만 아저씨는 지금 여기 있잖아요." 노엘이 말한다. "여기는 안전해요. 아무도 아저씨 머리를 때리지 않아요."

지미는 고개를 끄덕인다. 나는 아직도 그의 어깨에 한 손을 올리고 있다. 혀도 계속 깨물고 있다. 하지만 웃음을 참으려고 꺽꺽거렸더니 지미가 알아차리고 고개를 든다. 그는 미소를 짓는가 싶더니 이내 웃음을 터뜨리며 자기 카드를 집어 들고 내 등을 찰싹 때린다. "그게 너한테 올 거야." 그가 말한다.

"맞아요. 나도 알아요."

나는 다시 한 번 양해를 구한 뒤 식당을 나와 고개를 푹 숙이고 복도를 걸어간다. 복도 끝에 에런이 내가 부탁한 음반을 들고 서 있다. 아빠는 그 음반이 없다고 했다.

"헤이." 에런은 조금 쑥스러운 표정으로 인사를 건네더니, 내가 다가가자 벽에 비스듬히 기대선다. 에런이 나쁜 녀석인 것은 사실이지만 나도 완벽하진 않으니 다가가서 포옹을 나눈다.

"헤이."

"음, 네 말이 맞았어. 우리 아빠가 이걸 가지고 계시더라. 〈이집트의 대가들 3집〉."

“정말 고마워.” 나는 음반을 받아 든다. 표지에는 황혼의 나일 강으로 보이는 풍경과 함께 야자나무 한 그루, 환한 빛을 내뿜는 달, 그리고 지평선 위에 걸린 자주색 하늘이 그려져 있다.

“어, 미안해, 모든 게 다.” 에런이 말한다. “난…… 지난 며칠은 진짜 이상한 날들이었어.”

“그거 알아?” 나는 그의 눈을 똑바로 쳐다보며 말한다. “나도 마찬가지야.”

“그랬겠지.” 에런이 미소를 짓는다.

“그래. 이제부터 일이 잘 안 풀리면 ‘아, 크레이그, 지난 며칠 동안 진짜 이상했어’라고 말해. 무슨 소리인지 금방 알아들을 테니까.”

“여기는 어때?” 에런이 묻는다.

“아주 오랫동안 망가진 삶을 살아온 사람들도 있고, 그 기간이 훨씬 짧은 사람들도 있어. 나처럼.”

“여기서는 새로운 약을 주나?”

“아니, 예전에 먹던 것과 같은 약이야.”

“이제 기분은 나아진 거야?”

“응.”

“뭐가 변했는데?”

“학교를 그만둘 생각이야.”

“뭘 어쩐다고?”

“다닐 만큼 다닌 것 같아. 다른 학교로 옮길 거야.”

“어느 학교로?”

“아직 나도 몰라. 부모님이랑 얘기를 해 봐야지. 아마 미술을 제대로 배울 수 있는 학교로 가지 않을까 싶어."

"미술을 배우고 싶다고?"

"응. 여기서 그림을 좀 그렸어. 내가 봐도 제법 잘 그리는 것 같아."

"학교 성적도 괜찮잖아."

나는 어깨를 으쓱인다. 사실 이런 것까지 일일이 에런에게 설명할 필요는 없다. 그는 이제 제일 중요한 친구에서 그냥 친구로 강등되었고, 그나마 친구로라도 남으려면 뭔가 새로운 계기가 있어야 할 판이다. 그뿐만이 아니다. 내가 사람들에게 빚진 게 없으니 내가 꼭 필요하다고 생각하는 이상의 말을 할 필요가 없다.

"니아랑은 어떻게 된 거야?" 내가 묻는다. 이 대목에서는 조금 조심하는 게 좋을 것 같다. "네가 남긴 메시지를 확인해 보니, 요즘 별로 안 좋다며?"

"썩 좋은 편은 아니지. 다 내 잘못이야. 걔가 약을 먹는다는 사실을 알고 내가 완전히 맛이 가서 그냥 찢어지기로 했어, 며칠 전에."

"왜 맛이 갔는데?"

"이제 약 먹는 사람은 지겨워. 아빠만 해도 끔찍하니까."

"아빠가 약을 드셔?"

"책에 나오는 모든 약은 다 드실걸. 엄마도 마찬가지고. 게다가 나까지 대마초를 하니…… 솔직히 말해서 우리 집에서 뭔가에 중독되지 않은 건 금붕어 빼고 하나도 없어."

"여자 친구까지 그런 건 못 참겠다는 얘기로군."

"니아가 대마초를 피우는 것만 해도 그래. 나로서는 도저히…… 설명할 수가 없어. 너도 여자 친구를 제대로 이해하려면 아주 오랫동안 만나 봐야 할 거야. 네가 만약에 누군가를 만났는데, 그 사람이 매일같이 뭔가를 복용해야 된다는 사실을 알게 되면…… 너도 나라는 존재는 대체 뭐지, 하는 생각이 들 거야."

"진짜 멍청한 소리다." 내가 말한다. "내가 여기서 만난 여자애는—"

"여기서 여자애를 만났다고?"

"응, 걔도 나만큼이나 정상이 아니지만 그게 그렇게까지 큰 문제라고는 생각하지 않아. 오히려 서로를 연결해 줄 계기가 될 수도 있으니까."

"어, 그렇구나."

"어차피 세상 사람들은 정상이 아니야. 완벽하게 정상인 사람, 그래서 언제 폭발할지 모르는 사람보다는 차라리 조금 비정상인 사람과 어울리는 게 낫지 않아?"

"미안해, 크레이그." 에런은 그윽한 눈으로 나를 바라보더니 주먹을 내민다. "내가 너무 못되게 굴어서 미안해."

"그건 그렇지." 나는 그와 주먹을 맞대며 대답한다. "이 음반으로 조금 까 줄게. 앞으로는 그러지 마."

"알았어." 에런이 고개를 끄덕인다.

우리는 잠시 가만히 서 있다. 제6북병동 입구의 십자가 모양 복도에서 한 발짝도 움직이지 않았다. 에런의 등 뒤로 여덟 발짝 떨어진 곳에 내가 들어온 육중한 문이 버티고 있다.

“음, 크레이그.” 에런이 말한다. “이 음반이 너에게 도움이 되었으면 좋겠다. 그런데 여기 전축은 있어?”

“여기는 아직도 흡연실이 있는 곳이야, 에런. 상당히 시대에 뒤떨어진 곳이지.”

“그래, 잘 듣고, 또 연락하자. 다시 한 번 사과할게. 앞으로 한동안은 우리 집에 머리 식히러 안 오겠구나.”

“그야 나도 모르지. 어쩌면 두 번 다시 그럴 일은 없을지도 모르고.”

“여기 들어오기 전에 자살 직전 상태까지 갔다며?” 에런이 묻는다. “니아가 그러더라.”

“맞아.”

“왜?”

“현실과 마주할 능력이 없다고 생각했으니까.”

“크레이그, 제발 그런 짓은 하지 마, 알았지?”

“고마워.”

“그냥…… 하지 마.”

“알았어.”

“그럼 또 보자, 친구.”

에런이 돌아서자 간호사가 문을 열어 준다. 확실히, 나쁜 녀석은 아니다. 아직 제6북병동을 경험해 보지 못했을 뿐이다. 나는 음반을 스미티에게 가져가 간호사실에 보관해 둔다.

46

제6북병동은 안내 방송 시스템이 필요 없다. 아멜리오 대통령이 있기 때문이다. 그래도 안내 방송이 아주 없는 것은 아니어서, "점심 식사 준비 중입니다", "명상 시간입니다", "흡연자들은 흡연실로 오셔서 담배를 받아 주세요" 등과 같은 간단한 방송이 정기적으로 흘러나온다. 오늘 오후에는 모니카의 목소리가 조금 더 길게 울려 퍼진다.

"신사 숙녀 여러분, 내일 퇴원 예정인 우리 환자 크레이그 길너가 오늘 오후, 이 층의 모든 분들을 위해 미술 작품을 그린다고 합니다. 크레이그의 작품을 개인적으로 소장하고 싶은 분은 식당 옆의 복도 끝으로 나와 주시기 바랍니다. 5분 뒤, 식당 옆의 복도 끝입니다. 그럼 즐거운 시간 되세요!"

나는 제일 안쪽의 창가에 놓인 의자에 앉아 내가 사는 동네를 가로지르는 길거리를 내려다본다. 나의 진짜 인생과 너무나 가까운 곳이다. 부모님과, 또 노엘과 마주 앉았던 회의용 의자도 보인다. 내 앞에 작업대 대신 다른 의자를 하나 더 놓고 그 위에 보드게임 몇 개를 얹은 다음, 제일 위에는 체스 판을 올렸다. 조금 위태롭기는 하지만 무너지지는 않을 것이다.

아멜리오 대통령이 제일 먼저 나타난다. 드럼통 같은 가슴과 당당한 걸음걸이 때문에 얼핏 어뢰가 연상된다.

"어이, 친구, 정말 좋은 생각을 했군! 속에 지도가 든 머리를 나한테 그려주겠다는 거지?"

"맞아요."

"음, 그럼 시작해볼까? 내가 좀 바빠서 말이야."

지당하신 말씀이다. 아멜리오처럼 성격이 급한 사람도 흔치 않으니 최대한 빨리 그려 주어야 한다. 두 번 생각할 것도 없이 그의 머리와 어깨의 윤곽선을 스케치한 다음, 그 속에 뇌 지도를 그리기 시작한다. 그의 머릿속에는 뚜렷한 목적과 최소한의 나들목을 가진 6차선 고속도로가 뻗어 있다. 한적하고 좁은 도로나 공원 따위는 들어갈 여지가 없다. 고속도로와 바둑판 같은 도시면 충분하다. 강도 필요 없다. 아멜리오의 머릿속에서는 여러 가지 생각들이 서로 섞이는 경우가 없으니, 고속도로들끼리 연결하지 않아도 된다. 일단 한 가지 생각이 마무리되어야 다음으로 넘어간다. 그런 사고방식으로 살아가는 것도 괜찮다. 특히 제일 중요한 생각이 카드게임인 사람에게는. 아멜리오의 뇌 어딘가에 카드를 표시해 두는 게 좋겠다. 그래서 그림 한복판에 도로 몇 개를 그려 넣고 그것들을 스페이드 에이스 모양으로 합류시킨다. 엄청난 스페이드 에이스는 아니지만 아멜리오에게는 이 정도로 충분하다.

"스페이드로군! 친구, 묵사발을 만들어 주지."

나는 그림에도 큼직하고 대담한 필체로 내 이름의 머리글자를 써 넣는다. '컴퓨터 그래픽'의 약자로 보일 수도 있는 CG를.

"소중하게 간직할 거야, 정말로." 아멜리오가 말한다. "넌 참 좋은 녀석이야, 크레이그." 그러면서 그는 악수를 청한다. "내 전화번호 알려 줄까?"

"그럼요." 나는 종이를 한 장 내민다.

"보호시설 전화번호야." 아멜리오가 말한다. "스피로스를 바꿔 달라고 하면 될 거야. 거기서는 그게 내 이름이니까." 그가 나에게 전화번호를 적어 주고 옆으로 물러나자, 벨벳 바지를 입고 지팡이를 짚은 에보니가 입맛을 다시며 서 있다.

"우리에게 뇌 지도를 그려 준다고?" 그녀가 말한다.

"맞아요! 내 지도가 뇌처럼 생겼다고 처음 말한 사람이 누군지 아세요?"

"나!"

"그래요. 이것 좀 보세요." 나는 바닥에 쌓아 둔 내 그림들을 가리키며 말한다. "덕분에 이렇게 많이 그렸어요."

"그럼 내가 돈을 받아야 되는 것 아니냐?" 에보니가 웃음을 터뜨리며 말한다.

"그건 곤란해요. 나도 아직 이 그림으로 돈을 벌지는 못했거든요."

"그래. 그림 그려서 돈을 벌기는 쉽지 않지."

"그러니까 그냥 아줌마 뇌 지도나 한 장 그려 드릴게요."

"좋아!"

종이는 쳐다보지도 않고 그녀의 머리만 보며 윤곽을 그린다. 그러고 나서 종이를 내려다보니 꽤 잘 그렸다. 에보니의 뇌는…… 그 속에는 뭐가 있을까? 그렇게 많은 단추를 훔쳤으니 동그라미가 많겠지. 단추라면 사족을 못 쓴다. 그래도 지저분하지는 않다. 나름대로 계략을 꾸미는 데 능하다. 도박 기술이 있으니, 라스베이거스 같은 도로가 필요하다. 그래서 한복판에 널따란 대로를 그리고, 그 주위로 원형 도로와 원형 공원과 원형 쇼핑몰과 조그맣고 동그란 호수들을 그려 넣는다. 그리고 보니 도시라기보다는 수많은 보석들이 주렁주렁 달린 목걸이 같다.

"너무 예뻐!" 그녀가 말한다.

"완성이에요." 나는 그림을 그녀에게 건넨다.

"이런 그림을 그리는 게 재미있는 모양이구나?"

"네. 우울증을 달래는 데도 도움이 되고요. 사실 저는 우울증 때문에 여기 들어왔거든요."

"열한 살짜리 꼬마가 우울증에 걸린다고 생각해 봐." 에보니가 말한다. "내 자식들을 다 데리고 오면 아마 이 복도가 꽉 찰 거다."

"자식이 있어요?" 나는 목소리를 낮춘다.

"열세 번 유산을 했어." 그녀가 말한다. "상상이 가니?" 에보니는 평소와 달리 아주 진지한 표정으로 눈을 크게 뜨고 나를 바라본다.

"어쩌다가……." 내가 중얼거린다.

"그러게 말이다. 뭐, 살다 보면 그럴 수도 있나 보지."

에보니가 힘겹게 걸음을 옮기며 자신의 자화상을 자랑한다. ("이게 나야! 보여? 나라고!") 그녀는 전화번호를 남기지는 않았다. 다음은 험블 차례다.

"좋아, 친구. 여기서 또 무슨 꿍꿍이로 수작을 부리고 있는 거지?"

"그런 거 아닌데요." 나는 머리카락이 없는 그의 머리를 그리기 시작한다. 머리칼이 없어서 그리기가 쉽다. 마음만 먹으면 당장이라도 맨해튼의 남쪽 끝을 그릴 수 있을 것 같다. 눈이 마주치자, 험블이 눈썹을 곤두세우며 쏘아붙인다. "멋있게 그려야 돼, 알았지?"

나는 웃음을 터뜨린다. 험블의 머리는 꼭 복잡한 공장 지대 같다.

조그만 블록 대신 큼직큼직하게 구역을 나눈다. 목재소와 공장과 술집 등등, 험블이 일을 하거나 노닥거릴 수 있는 장소가 필요하다. 바로 옆에 그의 고향을 나타내기 위해 바다도 그려 넣는다. 그의 고향 벤슨허스트는 바닷가고, 그는 왕년에 거기서 수많은 여자를 사귀었다. 그다음에는 조그만 도로들을 집어삼키는 커다란 고속도로를 그리고 별다른 이유도 없이 여기저기 나들목을 집어넣었더니 상당히 난폭하고 무작위적이지만 전체적으로는 강력하면서도 진실한 분위기가 살아난다. 다 그리고 나서 고개를 들고 험블을 바라본다.

"괜찮은 것 같은데." 험블이 어깨를 으쓱한다.

나는 웃음을 짓는다. "고마워요, 험블."

"네가 나를 기억해 주면 좋겠다." 그가 말한다. "농담 아니야. 네가 거물급 화가가 되면 파티 때 꼭 나를 초대해야 돼."

"약속할게요." 내가 말한다. "그런데 어떻게 연락을 하죠?"

"아, 맞다. 전화번호를 받았어!" 험블이 말한다. "나는 '해변의

낙원'이라는 보호시설로 들어가게 될 것 같은데, 아멜리오랑 같은 곳이야. 층은 다르지만." 험블이 전화번호를 불러 준다. 나는 그 번호를 아멜리오의 전화번호를 적어 둔 종이에 같이 적는다.

"너, 연락 안 할 것 같은데." 험블이 말한다.

"할 건데요." 내가 대답한다.

"아니, 안 할 거야. 틀림없어. 하지만 괜찮아. 넌 앞으로 할 일이 많을 테니까. 제발 또 이런 곳에 들어오지만 마."

우리는 악수를 나눈다. 다음 차례는 노엘이다.

"어이, 아가씨!"

"나를 그렇게 부르다니, 많이 컸네. 그나저나 참 좋은 일을 생각한 것 같아."

"내가 할 수 있는 일이 이것밖에 없어서. 다들 너무 좋은 사람들이야."

"이제 넌 아주 유명 인사가 된 느낌인 걸. 사람들이 다 나보고 네 여자 친구냐고 묻더라."

"그래서 뭐라고 했어?"

"아니라고 하고 그냥 도망쳐 버렸어."

"잘했네."

"뭘 그릴 건데? 나에게 줄 그림은 벌써 그렸잖아. 마무리가 안 되었을 뿐이라고."

나는 그녀를 위해 그린 그림을 꺼낸다. 남녀 한 쌍이 다리로 연결된 그림이고, 뒷면에는 내 전화번호를 적었다.

"아, 맙소사."

"이제 완성됐어." 나는 일어나서 미소를 짓는다. 그러고는 그녀를 향해 몸을 숙이며 속삭인다. "다른 그림보다 두 배는 더 시간이 걸린 것 같아. 여기서 나가면 이것보다 훨씬 더 멋진—"

노엘은 나를 밀어낸다. "그래, 넌 내가 이런 멍청한 그림을 좋아한다고 생각하는 모양이구나."

"좋아하잖아." 나는 다시 몸을 숙인다. "지난번에 이 그림을 바라보는 네 표정을 유심히 봤거든."

"성의를 봐서 간직해 주긴 할게." 그녀가 말한다. "단지 그것뿐이야."

"알았어."

갑자기 노엘이 몸을 숙여 내 뺨에 키스를 한다. "고마워, 진심으로."

"천만에. 그런데 오늘 밤에 뭐 할 거야?"

"음…… 정신병원을 어슬렁거릴까 했는데. 너는?"

"아주 거창한 계획이 있어." 내가 말한다. "오늘 밤에 영화를 보기로—"

"그래, 하지만 난 그런 멍청한 영화는 안 봐."

"알아." 나는 더욱 목소리를 낮춰 속삭인다. "영화가 반쯤 지나면 내 방으로 오지 않을래?"

"농담하지 마."

"농담 아냐. 진담이라고."

"네 룸메이트 아저씨가 죽치고 있을 텐데? 방에서 나가는 법이 없잖아."

"나만 믿어. 그럼 내 방으로 오는 거야."

"나하고 정식으로 데이트라도 하겠다는 거야?"

"무슨 대답을 원해? 맞아, 그거야."

"솔직해서 좋네. 봐서."

나는 노엘을 살짝 끌어안는다. 그녀도 내 그림을 든 손으로 내 허리를 감는다. "게다가 난 이미 네 전화번호도 알고 있잖아." 내가 말한다.

"그거 잃어버리면 국물도 없는 거, 알지?"

나는 간절한 눈빛으로 그녀를 한 번 더 바라본 다음, 포옹을 푼다. 그녀가 한쪽 옆으로 물러선다.

다음 차례는 보비다.

"뒤에 누구예요?"

"허, 누굴 거 같아?" 조니가 대답한다.

"그냥 두 분 같이 오세요. 한꺼번에 그리는 게 낫겠어요."

"그거 좋지." 보비가 말하며 옆으로 물러선다. 조니가 그 옆에 나란히 서자, 나는 두 사람을 그리기 시작한다. 부스스한 머리와 헐렁한 옷차림 덕분에 윤곽선을 그리기가 한결 쉽다.

"그래서 얘가 지금 '우리'를 그리는 거야?" 조니가 보비를 향해 묻는다.

"조용히 해."

"두 분이 주로 만나던 곳이 어디였어요?" 나는 종이에서 눈을 떼지 않으며 묻는다. "머리가 쓰레기통이었던 시절에 말이에요."

"뭐? 우리의 그때 모습을 그리는 거야?"

"아니에요." 나는 고개를 들며 대답한다. "그냥 궁금해서요. 어느 동네였어요?"

"로어 이스트사이드였는데, 그 동네는 그리지 마." 보비가 말한다. "그 시절로 돌아가고 싶지 않아."

"알았어요, 걱정하지 마세요. 앞으로는 어디서 살고 싶어요?"

"어퍼 이스트사이드. 부자들과 함께."

"허, 나도 마찬가지야." 조니가 말한다.

"잠깐만요. 아저씨는 기타를 들고 있으면 어떨까요?" 내가 묻는다.

"아, 그거 좋지."

본격적으로 보비와 조니의 뇌를 그리기 시작한다. 조니의 경우는 격자 같은 도로망으로 기타를 표현하는 게 무척 재미있다. 대각선으로 만나는 도로들이 기타의 몸통을 이룬다. 그리고 넓은 대로로 목 부분을 표현한 다음, 머리에는 공원을 그려 넣는다. 다음은 보비 차례다. 나는 어퍼 이스트사이드를 꽤 잘 아는 편이다. 맨해튼에 자리한 이 지역의 명물은 센트럴파크이기 때문에 그의 머리 안 왼쪽에 이 공원을 그려 넣는다. 그 근처 어디에 구겐하임 박물관이 있다. 화살표로 그 자리를 표시하고, 아마 2,000만 달러가 넘을 아파트가 있는 곳에 X자를 그린 다음 '보비의 착륙장'이라고 적는다.

"보비의 착륙장! 그거 좋다! 내가 갈 곳이 바로 거기야." 보비는 두 팔을 치켜든다. "거기로 가자!"

"잘 해 보세요." 나는 그들에게 완성된 그림을 건네준다.

"누가 갖지?" 조니가 묻는다. "찢어서 반씩 가져야 되나?"

"아냐. 우리가 같이 가지면 되잖아. 우린 친구니까." 보비가 말한다. "복사를 해야겠다."

"복사기가 어디 있는데?"

"이 안에는 없어. 나가서 하면 되지."

"해서?"

"네가 복사한 걸 가져!"

"복사한 건 싫어."

"이 친구 말하는 것 좀 들어 봐. 분수도 모르고—"

"이봐요, 보비." 내가 그의 말을 가로막는다. "그나저나 두 분 전화번호 좀 알려 줄 수 있어요? 여기서 나간 뒤에도 연락을 하고 싶어요."

조니가 뭐라고 대답을 하려 하자, 보비가 몸을 들이밀며 끼어든다. "그건 별로 좋은 생각이 아니야, 크레이그."

"네? 왜요?"

보비는 한숨을 내쉰다. "나는 여기를 수없이 들락거리잖아. 알지?"

"알죠."

"여기는 참 좋은 점이 많은 곳이야. 특히 음식은 이 부근에서 최고라고 할 수 있지. 사람들도 다 괜찮은 편이고…… 그런데 여기는 사람을 만나는 곳이 아니야."

"왜요? 내가 두 분처럼 좋은 사람들을 만난 곳이 바로 여긴데요?"

"그래. 하지만 나중에 네가 나나 조니에게 전화를 했다가 우리가 약에 취해 뻗어 버렸다거나, 총을 맞았다거나, 이보다 더 못한 곳으로 돌아갔거나 혹은 그냥 어디론가 사라져 버렸다는 사실을 알게 될까 봐 걱정스러워."

"왜 그렇게 부정적인 쪽으로만 생각하세요?"

"그런 경우를 많이 봤거든. 그냥 우리를 잊어버리지만 마, 알았지? 바깥세상에서 만나면 괜히 좋은 기억마저 망가질 지도 몰라. 네 눈에는 내 모습이 마음에 들지 않을 수도 있고, 또 나는……" 그러면서 그는 미소를 짓는다. "내 눈에도 내가 마음에 들지 않을지 몰라. 혹시라도 네가 잘 지내지 못하는 모습을 보게 될까 봐 두렵기도 하고."

"알았어요. 그래서 정말 전화번호 안 알려 줄 거죠?"

보비는 나에게 악수를 청한다. "만날 필요가 있으면 만나게 될 거야."

조니도 나와 악수를 나눈다. "그건 맞는 말이네."

마지막은 지미가 장식한다.

"내가 뭐라고 했어? 이 숫자들을—"

"그게 너한테 올 거야!" 내가 대답한다.

"그건 진실이지!" 지미가 싱긋 웃으며 말한다.

아, 지미. 지미의 뇌 속에는 뭐가 들어 있을까? 혼돈. 우선 거의 대머리에 가까운 머리통과 어깨를 그린 다음, 한쪽 귀에서 반대쪽 귀까지 여태껏 내가 그린 것 가운데 제일 복잡하고 불필요한 고속도로들을 그려 넣기 시작한다. 도로들은 스파게티 가락 같은 나들목으로 연결되고 심지어는 다섯 개의 고속도로가 한군데서 만나는 지점도 있다. 너무 복잡해서 몇 번이나 나들목을 지우고 다시 그린다. 그다음에는 신경과민에 사로잡힌

설계자가 그린 듯한 격자 속에 천지 사방으로 뻗어 가는 블록들을 그려 넣는다. 완성된 지미의 뇌 지도는 모든 정신병 증세를 한데 모아 놓은 카탈로그 같지만, 그래도 그럭저럭 작동은 된다.

"다 됐어요." 내가 말한다. 지미는 내 옆에 앉아 내가 작업하는 모습을 유심히 지켜보고 있다.

"그게 너한테 올 거야!" 그는 그렇게 말하며 지도를 받아 든다. 나는 마지막으로 단 한 번이라도 그가 나를 크레이그라고 불러 주고 우리가 같은 날 이곳으로 들어왔다는 이야기를 해 주었으면 싶지만, 그는 여전히 지미일 뿐이고 그의 어휘는 지극히 한정되어 있다.

지미와 나는 각자 의자에 앉아 느긋하게 시간을 보낸다. 내가 깜빡 졸았던 것 같기도 하다. 개인의 특성에 맞추어 그림을 그리는 것은 아주 피곤한 작업이다. 잠들기 직전에 내가 마지막으로 본 것은 지미가 내 옆에서 자신의 뇌 지도를 펼쳐 들고 에보니의 지도와 비교하는 모습이었다. 물론 에보니는 자기 것이 훨씬 더 예쁘다고 주장한다. 이런 소리를 들으며 잠이 드는 것도 나쁘지 않다.

47

"크레이그, 괜찮니?" 엄마가 묻는다. 퍼뜩 정신을 차린 나는 순간적으로 이 모든 것, 그러니까 제6북병동에 들어온 뒤의 모든 기억이 한바탕 꿈이 아니었을까 하는 착각에 사로잡힌다. 하지만 이내 만약 그것이 꿈이었다면 어디에서부터 시작되었을까 하는 의문이 꼬리를 문다. 만약 이것이 악몽이라면, 이 악몽은 내 상태가 아주 나빠지기 전에 시작되었어야 한다. 마치 한 1년 동안 꿈만 꾸고 있었던 것 같다. 그럴 수는 없다. 만약 이것이 좋은 꿈이라면, 그 말은 내가 지금도 우리 집의 화장실에 엎드려서, 혹은 침대에 누워 내 심장이 뛰는 소리를 듣고 있다가 꿈을 꾸기 시작했다는 뜻이 된다. 그럴 필요는 없다.

"그럼요! 아주 좋아요." 나는 자세를 바로잡는다. 엄마, 아빠, 새라까지 온 식구가 다 왔다.

"억지로 낮잠을 자려고 애쓰는 거 아니냐?" 엄마가 묻는다.

"아직도 기분이 우울해?"

"약은 먹고 있어?" 새라가 묻는다. "내 말 들려?"

"잠깐 낮잠 좀 잔 것뿐이에요. 맙소사!"

"그래, 그럼 됐다. 지금 6시야."

"우와, 꽤 한참 잤네요. 사람들에게 뇌 지도를 그려 주고 있었어요."

"저런." 아빠가 중얼거린다. "별로 좋은 이야기 같지 않구나."

"뇌 지도가 뭐야?" 새라가 묻는다.

"미술 작품이지 뭐야." 엄마가 말한다. "학교를 옮기고 싶은 이유가 바로 그거야. 크레이그, 그렇게 그림을 그리고 있으면 마음이 편해지니?"

"그럼요. 한 번 보실래요?"

"그러자꾸나."

나는 의자 밑에 넣어 두었던 그림들을 꺼내 한 장씩 돌린다. 나름대로 신경을 써서 순서대로 정리해 둔 이유가 바로 이것이다. 부모님한테 보여드리기 위해서.

"최고의 작품들은 방금 내가 다른 환자들에게 그려 준 것들이에요."

"아주 독창적이구나." 아빠가 말한다.

"난 이게 마음에 들어." 새라가 세인트루이스 비슷하게 생긴 지도를 가진 돼지를 가리키며 말한다.

"시간을 많이 투자했겠구나." 엄마가 말한다.

"바로 그게 중요해요. 사실은 시간이 별로 안 걸리거든요." 내가 설명한다. "하지만 이제 슬슬 지겨워지기 시작하는 참이에요. 뭔가 다른 걸 그려 보고 싶어요."

"그래서 기분은 좀 어떤 거야, 크레이그?" 아빠가 그림들을 바닥에 내려놓으며 묻는다.

"아주 좋아 보이는구나." 엄마가 말한다.

"그래요?"

"그래." 새라가 대답한다. "그렇게 많이 미친 것 같지 않아."

"예전에는 내가 그렇게 미친 사람 같았어?"

"새라 말은 그런 뜻이 아니야." 엄마가 우리 둘을 동시에 바라보며 말한다. "가라앉아 있을 때는 뭔가에 홀린 사람처럼 보였다는 뜻이야."

"아냐, 엄마. 정말 미친 사람 같았어."

"의사들은 그런 걸 '정동둔마'라고 불러." 내가 미소를 지으며 말한다.

"암튼 지금은 그렇게까지 나빠 보이지 않아." 새라가 말한다.

"그래, 학교를 그만두고 싶다고?" 아빠가 좀 더 현실적인 이야기를 꺼낸다.

"그만두는 게 아니라 학교를 옮기고 싶어요." 내가 아빠를 향해 말한다.

"하지만 그 말은 네가 지금 다니는 학교를 그만둔다는—"

"학교를 옮겨도 마찬가지일 거예요." 새라가 말한다. "왜냐하면—"

"잠깐만. 내가 말씀드릴게요." 내가 말한다. "엄마, 아빠, 새라." 나는 세 사람을 번갈아 바라본다. "이 병원이 환자들에게 해 주는 것 가운데 하나는 생각할 시간을 아주 많이 준다는 점이에요. 말로 설명하기는 힘들지만, 일단 여기 들어오면 시간이 아주 느리게—"

"음, 방해하는 사람이 없어서 그렇겠지. 그건 아마도—"

"게다가 시계가 조금—" 나는 말을 하다 말고 손을 내젓는다. "아무튼 결론은 내가 어떻게 해서 여기까지 오게 되었는지 생각할 시간이 아주 많다는 점이에요. 두 번 다시 돌아오고 싶지 않아—"

"좋아, 내 생각도 마찬가지야." 아빠가 말한다. "지난번에 나도 이런 곳에 들어오고 싶다고 했는데, 사실 그건 농담이었어."

"알았어요. 영화는 가지고 오셨어요?"

"물론이지. 나도 같이 볼 수 있는 거지?"

"그럼요. 어쨌거나 언제부터 내가 우울증에 시달리기 시작했는지를 가만히 생각해 봤는데, 결론은 고등학교에 들어간 다음부터였던 것 같아요."

"저런." 엄마가 중얼거린다.

"당시에는 그때가 내 인생에서 제일 행복한 순간이라고 생각했어요. 말하자면 그때부터 내리막길을 굴러 내려오기 시작한 거죠."

"그래, 어른들도 그런 기분을 느낄 때가 아주 많아." 아빠가 말한다.

"아빠, 제발 오빠 얘기 좀 끝까지 들어 봐요." 새라가 말한다. 아빠는 뒷짐을 지고 등을 쭉 편다.

"괜찮아, 새라. 난 그냥…… 지금 돌아보면, 나는 EPP에 들어가는 것을 커다란 도전이라고 생각하고 그렇게 몰두했던 것 같아요. 성취감을 맛보고 싶었거든요. 싫어도 억지로 학교에 가야 한다는 생각은 한 번도 해 본 적이 없어요."

"그래서 그림을 그리면 달라질 것 같다는 거로구나." 엄마가 말한다.

"음, 생각을 좀 해 봐야죠. 난 수학은 진짜 싫어요. 꽤 잘하는 편이기는 했지만, 수학을 좋아해서가 아니라 기본적인 정보를 가지고 성취감을 이루어 가는 과정이 좋았을 뿐이에요. 영어 역시 한 번도 좋아한 적이 없고요. 하지만 이건—" 나는 뇌 지도를 가리키며 말을 잇는다. "이야기가 달라요. 내가 정말로 좋아하는 게 이거거든요. 그래서 더 잘할 수도 있고요."

"잘 생각해야 할 거다." 아빠가 말한다. "쉬운 삶이 아니거든. 대개 이런 곳에서 인생을 마감하는 사람들이 예술가들이야."

"그럼 오빠는 예술가가 되어야겠네요. 지금도 여기 있으니까!" 새라가 말한다.

"문제는 간단해요." 나는 자리에서 일어나며 말한다. "주위를 한 번 둘러보세요. 나는 이 도시에서 제일 좋은 고등학교에 들어가려고 온갖 노력을 다했어요. 그런데 지금은 이런 곳에 와 있죠."

"그래." 엄마가 뒤를 돌아본다. 솔로몬이 급한 걸음걸이로 우리 시야에 모습을 드러낸다.

"뭔가 커다란 변화가 일어나지 않으면 나는 여기서 나간 다음에도 왜 이전과 아무것도 달라진 것이 없는지 고민하다가 결국은 다시 돌아오게 될 거예요."

"맞아." 엄마가 말한다. "나는 네 생각에 동의한다, 크레이그."

"그럼 어떤 미술 학교로 가겠다는 거냐?" 아빠가 묻는다.

"맨해튼 미술 아카데미는 어때요? 내 성적이면 전학하는 데 큰 문제가 없을—"

"하지만 크레이그, 거기는 제정신이 아닌 아이들이 가는 학교야." 아빠가 말한다.

나는 아빠를 빤히 쳐다본다. "그래요?" 그러고는 팔목을 들어 팔찌를 보여 준다. 이제 이 팔찌에 은근히 자부심이 느껴질 지경이다. 이 팔찌는 진짜고, 사람들은 진짜를 보여 주면 딴소리를 못 한다. 진실을 얘기하면, 그만큼 강해진다. 아빠는 한참 동안 가만히 서서 구두코를 내려다보더니, 이윽고 고개를 든다.

"좋아." 아빠가 말한다. "꼭 필요한 일이라면 부딪혀 보는 수밖에 없지. 그래도 전학이 될 때까지는 지금 학교에 다녀야 해. 내가 보기에 적어도 연말까지는 다녀야 하지 않을까 싶은데."

"그 정도는 참을 수 있어요." 내가 말한다.

"그렇겠지. 우리가 도와줄게."

"저녁 식사, 저녁 먹을 준비 하시오!" 아멜리오 대통령이 우리를 향해 다가온다. "크레이그 가족 여러분, 저녁 준비가 다 되어 갑니다."

"먹는 건 어때?" 내가 기지개를 켜는 사이, 엄마가 묻는다.

"잘 먹고 있어요."

"정말 다행이다, 크레이그."

"좋아, 그럼 DVD는 너한테 주면 되는 거지?" 아빠가 영화를 건네주며 말한다. "네가 식사를 마칠 즈음에 다시 오마. 몇 시까지 오면 되지?"

"7시면 될 거예요. 하지만 면회 시간은 8시까지거든요. 영화를 끝까지 다 보시지는 못할 것 같네요."

"있는 데까지 있어 보지 뭐. 어쩌면 좀 봐 줄지도 모르잖아."

나는 침을 꿀꺽 삼킨다. 솔직히 아빠가 너무 늦게까지 계시지 않았으면 좋겠다. 여차하면 스미티에게 부탁해서 아빠가 가시게 해야 될 것 같다.

"그럼 나하고는 내일 만나야겠구나." 엄마가 말한다. "내가 출근을 해야 되니까 아침 일찍 너를 데려가도 된다고 하더라."

"준비하고 있을게요."

"집에 맛있는 것 많이 해 놨어."

"나는 학교 갔다 와서 봐." 새라가 내 허리를 끌어안으며 말한다. "오빠가 돌아오니 너무 좋다."

나는 새라의 머리를 어루만진다. "여기 올 때마다 기분이 이상해지지 않아?"

"그렇긴 하지만, 뭐 상관없어."

"나도." 내가 말한다. "이런 식으로 기분이 이상해지는 건 오히려 좋은 것 같아."

48

〈블레이드2〉…… 액션 영화를 좋아하는 사람이라면 볼 만한 영화다. 나 같은 경우는 액션 영화를 무지 좋아하는 편이다. 이런 영화는 마치 블루스와도 같아서 일정한 공식이 있다. 주인공이 있고, 악당이 있고, 여자도 나온다. 주인공은 거의 죽을 뻔하지만 용케 위기를 넘기고, 주인공의 개가 나오는 경우에는 개 역시 마찬가지다. 얼굴이 아주 특이하게 생긴 조연급의 악당도 한 사람쯤 등장하는데, 대개는 인쇄기에 깔리거나 수영장에 빠져 죽는다.

〈블레이드2〉의 줄거리는 대충 이렇다. 블레이드는 뱀파이어를 죽이러 다니는 사람이다. 가죽 코트를 입고, 등에 칼을 차고 다닌다. 그런 차림새로 아무렇지도 않게 돌아다니는데, 칼을 가지고 시내 한복판을 누비고 다녀도 사람들이 수상한 눈으로 쳐다보지 않는 것은 그렇다 치더라도, 등에 칼을 차고 뜀박질을 하거나 공중제비를 돌면서 그 칼에 엉덩이를 찔리지 않을 가능성은 제로에 가깝다.

진짜 대박은 뱀파이어가 죽을 때다. 특수 효과가 동원되어 총천연색 재로 분해된다. 그것도 슬로우 모션으로. 하루 종일 보고 있어도 질리지 않을 것 같다. 시신도 뭐도 남기지 않고 깨끗이 사라지니 얼마나 좋은가.

나는 모니카가 단체 활동 라운지에서 텔레비전을 밀고 나와 설치하는 동안 험블에게 이런 것들을 설명한다. 모니카는 DVD를 어떻게 연결하는지 전혀 아는 바가 없다. 반짝거리는 원반을 보기만 해도 겁이 나는 눈치다. 우리가 DVD를 집어넣고 텔레비전을 몇 번 후려치니, 이내 눈이 번쩍 뜨이는 장면이 나오기 시작한다. 블레이드가 프라하에서 불길 속을 아슬아슬하게 헤치고 나와 첫 번째 뱀파이어를 해치우는 순간이다. 이어서 오토바이 위를 날아다니며 멍청한 뱀파이어들을 무차별 도륙한다.

관객들은 제6북병동의 대표 선수들만 모은 느낌이다. 험블과 보비와 조니, 교수님, 에보니, 새로 온 '인간', 베카, 그리고 아빠. 아빠는 7시 정각에 돌아와서 한쪽 구석 자리를 차지하고 조용히 영화를 보고 계신다. 영화가 시작되자 지미도 소리를 듣고 나와서 아빠 옆에 자리를 잡는다.

"안녕하세요." 아빠가 지미를 향해 인사를 건넨다.

"아드님이지요?" 지미가 나를 가리키며 묻는다.

"예."

"얼마나 달콤하던지!"

아빠도 고개를 끄덕이며 맞장구 친다. "그래요, 달콤하지요."

화면에서는 블레이드가 어느 뱀파이어의 사타구니에서 정수리까지를 한칼에 베어 버린다.

"우와, 이거 참 무식하군." 험블이 중얼거린다. "저거 봤어?

임질보다 더 심한 것 아냐?"

"임질도 걸려 봤어?"

"이거 왜 이래? 난 안 해 본 게 없다니까. 사람들이 뭐라고 하는지 알아? 유대인은 잘라서 없애고, 아일랜드인은 닳아서 없앤다."

"어휴." 내가 중얼거린다. "아저씨는 아일랜드 사람이에요?"

"반만." 험블이 대답한다.

"조용히 좀 해요. 영화 보고 있잖아." 교수님이 쏘아붙인다.

"아, 괜히 시비 걸지 마세요. 이런 영화는 볼 것도 없잖아요. 캐리 그랜트도 안 나오는데 뭐." 험블이 말한다.

"캐리 그랜트는 진짜 사나이였어. 함부로 입에 담지 말라고."

"내가 하고 싶은 말은—"

"저 녀석은 뭐 하는 거야?" 보비가 묻는다.

"여자 피를 빨아 먹고 있잖아, 보면 몰라?"

"나는 저 여자도 뱀파이어인 줄 알았는데."

"그래서? 뱀파이어도 피는 있어."

"뱀파이어는 피가 없어요." 인간이 말한다. "뱀파이어의 혈관 속에는 초록색 액체가 흐르고 있죠. 초록색(green)은 돈을 의미하고요."

"넌 지금 네가 무슨 소리를 하는지도 모르고 있어." 험블이 말한다. "피를 마시는 놈이 어떻게 피가 없을 수 있지?"

"나는 지금까지 수많은 뱀파이어를 만났어요. 그들의 피는 늘 초록색이었다고요. 조그만 사원에서 내 피를 다 빨아 먹었어요."

"무슨 사원?" 베카가 묻는다. "나도 사원에 다녀요. 유대인 이야기는 꺼내지 않는 게 좋을 텐데요."

"나도 유대인이야." 교수님이 말한다. "그들이 내 집에 살충제를 뿌리려 한 이유가 바로 그거라고."

복도 저쪽에서 기다란 검정색 스커트와 어깨에 주름 장식이 달린 하얀 셔츠를 입은 노엘이 나에게 시선을 고정한 채 텔레비전을 향해 걸어온다. 주위를 둘러보니 그녀가 앉을 자리가 없다.

노엘이 나타나자 대번에 아빠의 눈빛이 달라진다. 아빠는 나에게 몸을 기대며 눈빛으로 묻는다.

'이래서 네가 기분이 좋아진 거야, 크레이그?'

나는 어깨를 슬쩍 들었다 놓는다.

노엘이 내 앞에 멈춰 선다. "앉을 데가 없네."

"여기 앉아!" 나는 일어서며 내 의자의 팔걸이를 가리킨다.

노엘은 냉큼 의자를 통째로 차지하고 털썩 앉아 버린다. "우와, 자리를 덥혀 놨네. 고마워."

"아니, 그게 아니라…… 그럼 나는 어디 앉으라고?"

노엘은 팔걸이를 두드린다.

"고마워, 아가씨."

내가 팔걸이에 걸터앉은 뒤에도 블레이드는 열심히 뱀파이어를 해치운다. 관객들 사이에서는 외과 수술, 달, 닭, 매춘, 위생실 등등 온갖 화제가 오간다. 아빠는 등받이에 몸을 기대는가 싶더니 이내 눈꺼풀이 내려오기 시작한다. 그럴 줄 알았다. 아빠의 숨소리가 깊어지는 것을 확인한 나는 스미티에게 가서

8시가 지났다고 고자질을 한다.

"나더러 너희 아빠를 쫓아내라는 거야?" 스미티가 묻는다.

"저도 독립적인 삶이 필요하잖아요." 내가 말한다.

"알았어." 스미티는 나와 함께 복도를 내려간다. "길너 씨, 죄송하지만 면회 시간이 끝났습니다."

"아, 저런!" 아빠가 벌떡 일어서며 중얼거린다. "그렇군요. 크레이그, DVD는 내일 가져올 거지?"

"네." 내가 말한다. "고마워요."

"네가 이렇게 병원에 찾아와서 치료를 받을 생각을 한 게 얼마나 고마운지 모른다." 아빠가 나를 포옹한다. 텔레비전 바로 앞에서 길고 뜨거운 포옹이 이어지지만, 아무도 뭐라고 입을 열지 않는다.

"사랑해요." 내가 웅얼거린다. "내 나이에 아빠한테 이런 말을 하는 게 별로 어울리지 않기는 하지만요."

"나도 사랑한다." 아빠가 말한다. "내 나이에…… 어…… 농담은 생략하고, 정말 사랑해."

이윽고 포옹을 푼 아빠는 악수까지 나눈 다음에야 복도를 걸어간다. 그리고 뒤를 돌아보지 않고 손을 흔든다.

"잘 가세요, 길너 씨!" 지켜보고 있던 사람들이 합창을 하듯 외친다.

나는 노엘 옆으로 바짝 다가가 그녀의 귀에 대고 속삭인다. "이제 한 가지는 해결됐고, 한 가지만 더 해결하면 내 방에서 만날 수 있어."

"알았어."

복도를 내려가 내 방으로 고개를 들이밀어 보니 무끄타다가 여느 때처럼 창 쪽을 향해 누워 몽상에 빠져 있다.

"무끄타다?"

"응."

"이집트 음악을 듣고 싶다고 하셨죠?"

"그래, 크레이그."

"제가 구해 왔어요."

"그래?" 그제야 무끄타다는 이불을 들추고 나를 돌아본다. "어디 있어?"

"음반을 한 장 구했어요." 내가 말한다. "지금 다들 영화를 보고 있는 건 아시죠?"

"그래, 소리가 들려. 아주 폭력적인 소리 같아서 별로 마음에 안 들어."

"스미티에게 부탁해서 흡연실이 있는 반대쪽 복도에 이집트 음악을 틀어 달라고 했어요."

"그렇게 해 준대?"

"지금쯤 준비가 다 되었을걸요. 들어보고 싶어요?"

"응." 이불을 옆으로 밀치는 무끄타다의 동작에서 모처럼 힘과 희망이 느껴진다. 아무 생각도 하지 않고, 오로지 어제와 똑같은 오늘 하루를 견뎌낼 수 있을지 고민하며 한 시간 반만 누워 있으면 멀쩡한 사람도 미쳐 버릴 것이다. 무끄타다는 벌써 몇 년째 그런 나날을 보내고 있다. 그러다가 결국 병원 신세까지 지게 된 것이다. 그런 그가 지금 침대를 박차고 일어난다. 이렇게 현실 세계로 돌아올 수 있을까.

나는 무끄타다와 함께 방을 나와 간호사실의 스미티 앞을 지나가며 고갯짓을 한다. 스미티는 책상 뒤의 문을 열고 들어가 여느 때와 다름없이 흘러나오던 가벼운 펑크록 위주의 라디오를 끄고 턴테이블을 돌린다. 이내 그윽한 현악기 뜯는 소리와 함께, 깜짝 놀랄 만큼 맑고 간절한 누군가의 목소리가 3단 고음으로 올라가다가 절묘하게 꺾어진다. 도저히 사람의 목소리로는 가능할 것 같지 않다는 생각이 든다.

"움 쿨숨!" 무끄타다가 중얼거린다.

"그래요! 그런데…… 그게 누구예요?"

"이집트에서 가장 위대한 가수야!" 그가 대답한다. "이걸 어떻게 찾았지?"

"내 친구 아빠가 음반을 좀 가지고 있어요."

"정말 오랜만에 들어 본다!" 무끄타다의 얼굴이 환한 미소로 활짝 펴지는 바람에 저러다가 안경이 흘러내리는 것 아닐까 걱정스러울 정도다.

아멜리오가 흡연실 옆의 복도 끝에 혼자 앉아 솔리테르 카드놀이를 하고 있다. "드디어 방에서 나왔군, 친구! 무슨 일이야? 불이라도 났어?"

"이 음악 소리!" 무끄타다가 허공을 가리키며 대답한다. "이집트 음악이야!"

"자네 이집트 사람이야, 친구?"

"응."

"나는 그리스 출신인데."

"그리스 사람들이 우리 음악을 다 훔쳐 갔지."

"이거 말이야?" 아멜리오가 천장을 바라보며 말한다. "이건 그리스 음악하고는 전혀 다른데, 친구."

"좀 앉으실래요, 무끄타다?" 내가 묻는다.

무끄타다는 열심히 음악에 귀를 기울이며 주위를 돌아본다.

"저기, 스피커 옆이 제일 좋은 자리예요."

"그래." 무끄타다는 순순히 대답하며 앉는다.

"난 이 음악, 별로 마음에 안 들어." 아멜리오가 중얼거린다.

"아저씨는 어떤 음악을 좋아해요, 아멜리오?" 내가 묻는다.

"테크노."

"그냥…… 테크노요?"

"응. 쿵짝쿵짝, 뭐 그런 것."

"하하." 무끄타다가 웃음을 짓는다. "그리스 사람, 재미있어."

"물론 재미있지, 친구! 난 항상 재미있다고! 자네가 방에서 안 나오니까 모를 뿐이지. 어때, 카드 게임이나 할까?"

무끄타다는 당장 자리를 박차고 일어날 기세다. 내가 그 앞에 버티고 서서 손을 내젓는다. "잠깐만요, 아저씨. 아저씨가 돈을 걸고 카드 게임을 하지 않는 건 나도 알아요. 하지만 아멜리오도 돈내기를 하자는 건 아니라고요."

"나도 알아. 그냥 하고 싶지가 않아."

"정말요? 아멜리오는 같이 카드 게임을 할 사람이 아무도 없어요."

"맞아. 내 친구들이 모조리 그 멍청한 영화를 보고 있거든. 스페이드 게임 한 판 할까? 묵사발을 만들어 줄 테니까."

"무끄타다." 내가 말한다. 그는 여전히 두 손으로 팔걸이를 붙잡고 여차하면 일어설 태세로 나를 바라본다. "그 여자애가 찾아왔을 때, 아저씨가 저를 구해 준 것 기억나세요?"

"응."

"저도 지금 그때의 아저씨와 비슷한 일을 하고 싶어요. 아저씨를 방에서 나오게 하는 게 아저씨를 구하는 일이라고 생각하니까요. 부탁이에요, 아멜리오랑 카드 게임을 하세요."

무끄타다는 나와 스피커를 번갈아 쳐다본다.

"너를 위해서 해 보지, 크레이그. 오로지 너를 위해서야. 음악 때문이기도 하고."

"좋아요." 나는 그의 등을 두드린다. "살살 해요, 아멜리오."

"그렇게는 안 된다는 거 알잖아, 친구!"

나는 미소를 지으며 그들에게 손을 흔들어 보인 다음, 복도를 내려오기 시작한다. 모퉁이를 돌자마자 전속력으로 달리다가—시간이 그리 많지 않다—스미티 앞에서 급히 브레이크를 잡고 최대한 천천히, 침착하게 내 방으로 들어간다. 노엘도 진작 사태를 파악한 게 분명하다. 그녀는 벌써 내 침대에 앉아 창밖을 내다보고 있다.

"재주 좋네." 노엘이 속삭인다. 나는 어깨를 으쓱인다. "이리 와서 앉아. 네 방에서 보이는 경치가 참 예뻐."

49

내가 노엘 옆에 앉자 마치 운명인 양 사건이 시작된다. 사실 나는 운명을 믿지 않는다. 내가 믿는 것은 본능, 욕정, 그리고 욕정에 사로잡힌 여자다. 지금까지 살아오면서 너무나 많은 망설임을 경험했기에, 지금 이 순간만큼은 그 어떤 망설임도 없이 노엘을 향해 몸을 기대고 서로 입술을 맞대기만 하면 된다는 것이 마냥 신기할 뿐이다. 손으로 그녀의 얼굴을 감싸니 흉터의 감촉이 느껴지지만 섬뜩한 느낌보다는 충분히 이해가 간다는 생각이 앞선다. 내 손이 그녀의 깨끗하고 매끈한 목덜미로 내려가자 그녀의 몸이 내 베개 위로 쓰러지고, 나 역시 그 옆에 나란히 누워 다리를 침대에서 들어 올린다. 마치 하반신은 이 일과 아무 관계도 없다는 듯이. 드디어 키스가 시작된다.

"넌 너무 아름다워." 내가 키스를 멈추고 말한다.

"쉿. 사람들이 듣겠다."

노엘이 내 머리칼을 어루만지자, 나도 손으로 뭔가를 해야 한다는 생각과 함께 도대체 무엇 때문에 그녀가 니아보다 이토록 더 섹시하게 느껴지는지 궁금해지기 시작한다. 아마도 그 답은 혀 때문이 아닐까 싶다. 노엘의 혀는 니아하고는 완전히 느낌이 다르다. 니아의 혀는 조그맣고 어딘가 변덕스러운 느낌이었다. 반면 노엘의 혀는 한마디로 압도적이다. 노엘의 혀가 내 입속으로 들어오자, 내 몸 전체가 가득 차는 것만 같다. 지금까지 그 누구도 접근해 보지 못한, 제일 깊고 어두운 그녀의 속살이 내 앞에 그 모습을 드러낸 느낌이다. 노엘이 혀끝으로 내 앞니를 누르자 나도 모르게 눈이 번쩍 떠지지만, 보이는 것은 방 안에 흩어진 달빛밖에 없다. 우리는 마치 서로의 입속 제일 깊숙한 곳에 숨겨진 보물이라도 찾는 듯이, 오로지 혀끝으로만 그 보물을 꺼낼 수 있다는 듯이 최대한 서로의 입술을 밀착한다.

정말 환상적이다.

내가 손을 그녀의 하얀 웃옷 위로 가져가도 그녀는 내 손을 제지하지 않는다. 드디어 부드러운 천 밑으로 양쪽에 하나씩 봉긋 솟은 그녀의 젖가슴이 내 손바닥에 느껴진다. 이제 어떻게 해야 좋을지 모르겠다. 니아보다는 조금 더 크다. 손이 가득 차는 느낌이다. 살짝 힘을 주어 쥐어 볼까? 손바닥에 힘을 주고 고개를 들어보니, 노엘은 고개를 끄덕인다. 용기를 내 조금 더 힘을 주며 한 손에 하나씩 그녀의 젖가슴을 쥔다. 내 입은 그녀의 턱에서 목으로 내려가 남자 같으면 목울대가 있을 곳 아래쪽에 키스를 퍼붓는다. 노엘은 엉덩이를 나에게 밀착한다. 아니, 이건 엉덩이가 아니라 사타구니다. 여자한테 사타구니라는 표현을 써도 되는지 잠깐 헷갈린다. 뭔가 좀 더 예쁜 단어가 있을 것 같기도 하다. 이 순간이 어디까지 이어질지 궁금하다. 아무튼 노엘은 이름이야 어찌 됐건 그 부위를 내 허벅지 쪽으로 밀어붙인다. 이제 침대 위에 그녀와 나란히 누운 채 손으로는 그녀의 젖가슴을 움켜쥔다. 내가 신고 있는 락포트 구두가 공중에 뜬 채 서로 부딪혀 달그락거린다.

노엘은 아무 말도 하지 않는다. 모든 것이 너무 감동적이다.

"계속해도 돼?" 내가 묻는다.

노엘은 고개를 끄덕인다. 아니면 가로저은 것인지도 모른다. 정확한 건 모르지만, 아무튼 나는 오른손의 손가락 두 개를 그녀 웃옷의 부드러운 솔기 사이로 집어넣는다. 지금 내 손가락에 느껴지는 것은 브래지어가 틀림없다. 그 위로 손가락을 빙글빙글 돌려본다. 브래지어 위를 만져도 느낌이 전달되는지 모르겠다.

노엘의 입에서 재채기가 나오기 직전과 비슷한 신음이 흘러나온다. 내가 손가락에 힘을 주니 그 소리는 더 커지지만, 브래지어 옆 부분을 어루만질 때는 아무 소리도 나지 않는다. 그래서 손가락을 완전히 그녀의 셔츠 속으로 밀어 넣고 브래지어의 정점 부분을 느껴 본다. 지금 그녀의 몸에서 제일 높은 곳이다. 해발로 치면 4센티미터 정도 되려나.

"잠깐만." 노엘은 엉덩이를 들어 두 손을 그 밑으로 집어넣더니, 손바닥을 밑으로 향하게 쭉 편다. 이제 노엘은 손이 없다. 내가 무슨 짓을 해도 손으로는 나를 막을 방법이 없는 것이다.

"계속해." 그녀가 말한다.

"알았어." 나는 여전히 브래지어 위를 더듬어 젖꼭지 근처로 손가락을 가져간다. 아무래도 뭔가 결단을 내려야 할 시점이다. 두 번째와 세 번째 손가락 사이에 젖꼭지를 끼우고 살짝 비틀어 본다.

아직 내 손은 브래지어 겉에 있어서 많이 비틀어지지가 않지만, 그래도 반응은 금방 나타난다.

"아아."

"괜찮아?" 내가 고개를 들며 묻는다.

"ㅇㅇㅇㅇㅇ음."

아, 정말 환상적이다.

"쉿." 내가 속삭인다. "스미티가 오면 어떡해."

"시간이 얼마나 남았지?" 노엘이 묻는다.

"나도 몰라. 아직 조금 남았을 거야."

"전화할 거지? 여기서 나가면 제대로 데이트 할 수 있는 거지?"

"물론이지." 내가 말한다. "정말 그러고 싶어."

"하면 되잖아." 노엘이 그렇게 말하며 미소를 짓는다.

"사람들한테 너를 어디서 만났다고 하지?"

"정신병원에서 만났다고 해. 그럼 더 이상 아무것도 안 물을 테니까."

노엘이 낄낄거리며 웃는다. 그 틈에 조금 전까지 뜨거웠던 열기가 살짝 식어 버린 느낌이다. 내가 손가락에 힘을 주면 그 열기를 되살릴 수 있을까? 시도해 볼 가치는 있을 것 같다.

"ㅇㅇㅇㅇㅇ음."

아주 좋다. 누군가의 목소리가 이제 나에게 한 가지 더 할 일이 남았다고 속삭인다. 니아가 이 방에 나타났을 때 들었던 바로 그 목소리다. 말하자면 내 하반신이 속삭이는 목소리지만,

니아 때보다 훨씬 더 진실한 느낌이다. 원하는 모든 것을 다 가질 수는 없다는 것은 알고 있지만, 그래도 그 목소리는 뭔가를 시도해 볼 필요는 있다고 주장한다.

이번 참에 에런이 한 말을 검증해 볼 필요도 있다.

내 손이 노엘의 하얀 셔츠에서 점점 내려가 이윽고 스커트에 다다른다. 직물의 촉감이 셔츠와는 조금 다르다. 조금 더 내려가서 무릎의 맨살이 만져지는데도 아무런 저항이나 망설임이 없다는 게 신기하다. 얼굴에 주먹이 날아오지도 않는다. 치마를 걷어 올리니 내 하반신이 닿은 침대에 당장 구멍이라도 뚫릴 것 같다. 드디어 노엘의 속옷이 만져진다. 그냥 속옷이 아니라 팬티다. 진짜 팬티!

맙소사, 나에게 정말로 이런 순간이 오다니!

"우와!"

노엘이 신음을 토한다.

"꼭 빵 안쪽 같아!"

"뭐라고?"

노엘이 나를 밀쳐낸다. 벌어졌던 셔츠 앞섶이 여미어진다. 팬티도 원래 자리로 돌아간다. 어느새 치맛자락까지 끌어내린 노엘이 버티고 서서 나를 노려본다.

"방금 뭐라고 했어?!"

"아니, 그게 아니라, 쉿." 내가 다급하게 중얼거린다. "내 말은 그게 아니라……"

"내 빵이 어떻다고?" 노엘은 진짜 빵 위로 머리카락을 끌어내린다. 잔뜩 화가 난 그녀의 커다란 눈동자가 달빛에 반짝거린다.

"그게 아니라니까." 내가 속삭인다. 나도 모르게 한숨이 나온다. "설명해 줄게. 듣고 싶어?"

"해 봐!"

"알았어. 하지만 먼저, 이건 남자애들끼리 하는 이야기라는 걸 이해해 줘야 돼. 내가 이런 이야기를 하는 이유는 우리가 여기서 나간 뒤에 정식으로 데이트를 할 거기 때문이야."

"그건 두고 봐야지. 내 빰이 어떻다는 건지부터 말해 봐."

"잘 들어, 이건 정말 네 빰이나 흉터하고는 아무 관계도 없는 이야기야."

"그럼 뭐랑 관계가 있는데?"

내가 사정을 설명한다.

설명이 끝나자, 잠시 의미심장한 정적이 흐른다. 증오와 고함과 비명은 물론, 또 다른 여자아이를 내 방으로 끌어들인 사실(일이 어쩌다가 이렇게 되었을까? 내가 진짜 '선수'였단 말인가?)이 발각되어 앞으로 또 한 주를 여기서 보내게 될 가능성, 두 번 다시 노엘과 이야기를 나누지 못하게 될 가능성, 쳇바퀴가 다시 시작될 가능성, 먹지도, 움직이지도, 침대에서 나오지도 못해 결국 무끄타다 같은 신세가 될 가능성까지 모두 포함된 정적이다. 언제나 완벽한 실패의 가능성은 단 한순간 속에 내포되어 있는 법이다. 하지만 이렇게 예쁜 여자아이의 입에서 이런 말이 나올 가능성도 전혀 없지는 않다.

"그렇게 멍청한 소리는 지금까지 한 번도 들어 본 적 없어."

노엘은 그렇게 말하며 내 말을 직접 확인해 보려는 듯 손가락을 입속에 넣는다.

나는 그녀를 끌어안는다.

"뭐야?" 노엘이 여전히 손가락을 입에 넣은 채 우물거린다. "난 모르겠는데? 전혀 비슷한 느낌이 아니라고."

나는 포옹을 푼다. "넌 너무 예뻐." 그러고는 그녀를 바라보며 말을 잇는다. "어쩌면 이렇게 예쁠 수가 있지?"

"그만해." 노엘이 말한다. "그만 나가야 돼. 영화가 다 끝나 가잖아."

나는 다시 한 번 그녀를 끌어안고 침대에 눕힌다. 내 마음속에 깃든 또 하나의 내가 침대에서 일어나 그녀와 나를 내려다본다. 지금 이 순간 이 병원에서, 브루클린 전체에서, 뉴욕 전체에서, 미국 동부 전체에서, 지구 전체에서 예쁜 여자아이를 품에 안는 행운을 누리는 모든 사람들이 눈앞에 아른거린다. 침대에서, 소파에서, 의자에서, 해먹에서, 텐트 속에서 수많은 사람들이 키스나 애무에 열중하고 있겠지만, 그들 중에서 가장 행복한 사람은 누가 뭐라 해도 바로 나 자신이다.

제10부
제6북병동, 목요일

50

나를 데리러 온 엄마 아빠는 모처럼 정장을 차려입은 모습이다. 나는 여기 들어온 뒤로 늘 입고 있던 면바지와 홀치기염색의 티셔츠, 그리고 락포트 구두 차림 그대로다. 특히 이 구두 때문에 사람들한테서 워낙 칭찬을 많이 들어서 마치 '프로 환자'가 된 듯한 착각에 사로잡히기도 했다.

부모님이 이렇게 일찍 오신 이유는 아빠가 일을 나가야 되기 때문이다. 아빠는 출근을 하시기 전에 나를 보고 싶다고 했다. 엄마는 내가 괜찮은지 지켜보려고 오늘 하루 종일 집에 계실 예정이다. 내일, 그러니까 금요일에는 학교로 돌아가야 하지만, 조금이라도 기분이 울적하면 양호실에 갈 수 있다는 공식적인 허락을 받았다. 사실 다음 한 주 동안안은 수업을 듣지 않아도 된다. 학교의 규정이 그렇게 되어 있다고 한다. 이왕이면 수업에 참석하는 게 좋겠지만 강요는 하지 않는단다. 괜찮은 규정이다.

지금은 7시 45분이다. 마지막으로 혈압을 잰 다음(120에 80이다.), 간호사실 앞에 복도가 열십자로 교차하는 곳에 서서 닷새 전 내가 들어온 출입문을 바라보는 중이다. 닷새라는 시간이 너무 길지도, 짧지도 않았던 것처럼 느껴진다. 딱 내가 여기서 보낸 만큼의 시간이 흘러간 것 같다. 사람들은 실시간이라는 단어를 좋아하지만—실시간 주가 지수, 실시간 정보, 실시간 뉴스—여기서의 나만큼 실시간으로 실시간을 보낸 사람도 없을 것이다.

아멜리오가 마지막으로 나에게 악수를 청한다.

"행운을 빈다, 친구."

험블은 내가 여기서 좀 더 시간을 보내야 한다고 주장한다.

"바깥에 나가면 생각이 달라질 거야."

보비도 뭐라고 중얼거리지만, 그에게는 너무 이른 시간이라 무슨 말인지 잘 알아듣기가 힘들다.

교수님은 앞으로도 계속 그림을 그리라고 격려한다.

스미티는 닐에게서 내가 자원봉사를 고려하고 있다는 이야기를 들었다며 조만간 다시 만날 수 있으면 좋겠다고 한다.

지미는 완전히 나를 무시한다.

에보니는 거짓말쟁이와 사기꾼을 조심하고, 늘 아이들을 존경하라고 타이른다.

아침 식사를 담은 카트가 들어오고 우리 부모님이 간호사실에서 무슨 서류에 서명을 하고 나올 무렵, 노엘이 자기 방에서 모습을 드러낸다.

"나는 오후에 나갈 거야." 그녀가 말한다. 트레이닝 바지와 티셔츠 차림이다. "오늘 밤에 전화할래?"

"알았어." 나는 그녀에게서 받은 두 장의 쪽지와 함께 주머니에 넣어 둔 그녀의 전화번호를 슬쩍 만져 보며 대답한다.

"기분은 좀 어때?"

"견뎌낼 수 있을 것 같은 기분이야."

"나도."

"넌 정말 예뻐." 내가 말한다.

"넌 좀 멍청하기는 하지만, 그래도 잠재력은 있는 것 같아." 그녀가 말한다.

"그래서 나도 노력을 좀 해 보려고."

"크레이그?" 엄마가 나를 부른다.

"아, 엄마. 이쪽은 노엘이에요. 여기서 새로 사귄 친구죠."

"어젯밤에 본 아이로구나." 아빠가 고개를 설레설레 가로저으며 말한다.

"만나서 반갑다." 엄마가 말한다. 엄마도, 아빠도 노엘의 얼굴에 난 흉터를 유심히 쳐다보지 않는다. 그 정도 교양은 있는 분들이다.

"저도 반가워요." 노엘이 대답한다.

"고등학생이니?" 아빠가 묻는다.

"델핀에 다녀요." 노엘이 대답한다.

"힘들겠구나." 엄마가 말한다.

"네."

"아무래도 학교 시스템을 완전히 바꿔야 할 것 같아. 이렇게 젊고 똑똑한 학생이 둘이나 이런 곳에 들어와 있으니 말이다."

"엄마."

"정말이야. 우리 지역 국회의원한테 편지라도 써야 할까 봐."

"엄마."

"난 그만 가 볼게." 노엘이 말한다. "또 봐, 크레이그." 노엘은 돌아서며 보일 듯 말 듯 나를 향해 손을 흔든다. 문득, 저건 키스 대신이라는 생각이 든다. 부모님만 아니었으면 노엘은 진짜 키스를 해 주었을 것이다.

"준비됐니?" 엄마가 묻는다.

"네. 모두들 안녕히 계세요!"

"잠깐!" 복도 저쪽에서 무끄타다가 황급히 나를 향해 달려온다. 솔직히 속도는 그리 빠르지 않아서, 남들이 걷는 것과 비교해도 차이가 없다. 아무튼 그가 나에게 달려와 음반을 내민다.

"고마워, 크레이그." 그러고는 우리 부모님을 향해 덧붙인다. "아드님이 나를 많이 도와주었어요."

"그렇게 말씀해 주시니 감사합니다." 엄마 아빠가 대답한다.

나는 무끄타다를 끌어안고 마지막으로 그의 체취를 느껴본다. "행운을 빌어요, 아저씨."

"어쩌다가 내 생각이 나면 잘 지내라고 기도해 줘."

"그럴게요."

포옹을 풀자 무끄타다는 음식 냄새가 풍겨 오는 식당을 향해 걸음을 옮긴다.

나는 부모님을 돌아본다. "가시죠."

믿기지 않을 만큼 간단하다. 간호사가 문을 열어 주자, 우리는 어느새 그 문을 빠져나와 "쉿! 환자들이 쉬고 있어요"라고 적힌 포스터를 바라보고 있다. 몇 개의 엘리베이터 문이 보초처럼 우리 앞에 버티고 있다.

"엄마, 아빠." 내가 말한다. "먼저 가시면 안 될까요? 저는 걸어서 금방 따라갈게요."

"왜 그러니? 괜찮아?"

"잠깐 혼자 걷고 싶어서 그래요."

"생각할 게 있어?"

"네."

"기분이…… 이상한 건 아니지?"

"아니에요. 그냥 걸어서 집으로 돌아가고 싶어요."

"그럼 짐은 우리가 가져갈게." 부모님은 옷가지와 내가 그린 그림, 그리고 방금 무끄타다가 전해 준 음반 따위가 든 꾸러미를 나에게서 받아들고 내려가는 엘리베이터에 오른다.

나는 대략 30초를 기다렸다가 내려가는 단추를 누른다.

솔직히 별로 나아진 것은 없다. 어깨를 짓누르는 부담감도 그대로다. 언제 또 고스란히 닷새 전으로 돌아갈지, 먹지도 못하고 침대에 드러누워 시간만 낭비하는 나 자신을 욕하게 될지, 머리를 식힌답시고 에런의 집에 갔다가 니아와 마주친 뒤 질투심에 사로잡혀 지하철을 타고 집으로 돌아올지, 자전거를 집어타고 브루클린 다리를 향해 페달을 밟게 될지 모른다. 그 모든 가능성은 여전히 그대로 남아 있다. 달라진 것이 있다면, 그 모든 것이 더 이상 나의 선택지가 아니라는 점이다. 그것들은 단지…… 가능성일 뿐이다. 말하자면 다음 순간 내 몸이 한 줌의 먼지로 분해되어 전지전능한 의식으로 우주에 흩뿌려질 가능성과 비슷하다. 불가능하지는 않다고 하더라도 확률은 지극히 낮다.

엘리베이터에 오른다. 크고 반짝거리는 엘리베이터다. 진짜 세상에는 구경할 것들이 많다.

나는 아직도 내가 오늘 무엇을 하게 될지 알지 못한다. 어쩌면 집으로 돌아가 내 그림들을 정리하고, 아는 사람들한테 전화를 걸어 학교를 옮길 거라고 얘기하고, 혹시 연락할 일이 있으면 이메일 말고 전화를 이용해 달라고 부탁하게 될지도 모른다. 하지만 어쩌면 공원에 가서—어떻게 지금까지 한 번도 공원에 갈 생각을 안 해 봤지?—우연히 마주친 꼬마들과 공놀이를 할 수도 있다. 공놀이가 아니면 원반던지기라도. 그런 것이 진짜 바깥세상이고, 진짜 날씨다.

로비를 걷는다. 냄새가 느껴진다. 커피, 머핀, 선물 가게에서 파는 꽃과 향초 냄새. 이 병원은 왜 로비에 선물 가게를 차려 놓았을까? 모든 병원에는 선물 가게가 있어야 하는 것일까?

병원을 나와 인도 위로 발을 내딛는다.

이제 나는 자유로운 인간이다. 어, 아직 미성년자이긴 하지만, 누구나 인생의 4분의 1 정도는 미성년자로 살기 마련이다. 그 시절을 최대한 잘 활용하는 것이 좋다. 나는 자유로운 미성년자다.

숨을 쉰다. 봄날이다. 공기가 느린 그림처럼 내 머리 위로 넘실댄다.

치료된 것은 아무것도 없지만, 뭔가 엄청난 일이 나에게 일어났다. 척추를 감싸고 있는 내 몸이 느껴진다. 토요일 아침 이른 시간, 열심히 뛰고 있는 내 심장이 나에게 나는 죽고 싶지 않다고 말하는 소리가 들린다. 병원에서 조용히 자기 할 일을 다 한 내 허파가 느껴진다. 그림을 그리고, 여자아이들의 몸을 만지던 내 손이 느껴진다. 원하는 곳이라면 어디든 달려갈 수 있는 내 다리가 느껴진다. 공원으로 달려갈 수도 있고, 자전거를 타고 브루클린을, 엄마만 잘 설득하면 맨해튼을 누빌 수도 있다. 위장과 간장을 비롯해, 음식물을 처리하며 제 역할로 돌아온 내 몸속의 장기들이 느껴진다. 하지만 무엇보다 중요한 것은 내 뇌다. 끊임없이 혈액을 공급받으며 세상을 바라보고, 재미있는 유머와 빛과 냄새와 개들과 이 세상의 다른 모든 것들을 인지한다. 내 삶의 모든 것은 나의 뇌 속에 들어 있으니, 뇌가 고장 나면 삶 전체가 고장 난다.

내 척추 위에 연결된 뇌가 느껴지고, 그것이 왼쪽으로 살짝 방향을 바꾸는 것이 느껴진다.

바로 이거다. 다른 신체 부위가 움직이기 시작하자, 뇌 속에서 뭔가 변화가 일어난다. 내 뇌가 어디로 향하는지 나는 알지 못한다. 뭔가 정상적인 상태를 벗어났다. 혼자 힘으로는 대처할 수 없는 어떤 암초에 부딪혔다. 하지만 이제 내 뇌가 돌아왔다. 내 척추와 연결되어 나를 통제할 준비를 마쳤다.

젠장, 내가 왜 죽으려고 했을까?

이 반전은 내가 상상했던 것만큼이나 거대한 변화다. 내 뇌는 더 이상 생각하기를 원하지 않는다. 갑자기 하고 싶은 일이 생겼다.

달린다. 먹는다. 마신다. 또 먹는다. 토하지 않는다. 대신 오줌을 눈다. 똥을 눈다. 엉덩이를 닦는다. 전화를 건다. 문을 연다. 자전거를 탄다. 자동차를 탄다. 지하철을 탄다. 말한다. 사람들에게 말한다. 읽는다. 지도를 읽는다. 지도를 만든다. 그림을 그린다. 그림에 대해 말한다. 그림을 판다. 시험을 본다. 학교로 돌아간다. 축하한다. 파티를 연다. 누군가에게 감사의 쪽지를 쓴다. 엄마를 포옹한다. 아빠에게 키스한다. 동생에게 키스한다. 노엘과 데이트한다. 더 많이 데이트한다. 그녀를 만진다. 그녀의 손을 잡는다. 그녀를 어디론가 데리고 간다. 그녀의 친구들을 만난다. 그녀와 함께 거리를 달린다. 그녀와 함께 소풍을 간다. 그녀와 함께 밥을 먹는다. 그녀와 함께 영화를 본다. 에런과 함께 영화를 본다. 젠장, 화해가 되면 니아하고도 영화를 본다. 더 많은 사람들과 친하게 지낸다. 조그만 카페에서 커피를 마신다. 사람들에게 내 이야기를 들려준다. 자원봉사를 한다. 제6북병동으로 돌아간다. 자원봉사자가 되어, 기다리고 있던 환자들과 인사를 나눈다. 사람들을 돕는다. 보비 같은 사람을 돕는다. 그들이 원하는 책과 음악을 가져다준다. 무끄타다 같은 사람들을 돕는다. 그들에게 그림 그리는 방법을 보여준다. 더 많은 그림을 그린다. 풍경을 그리려고 시도해 본다. 사람을 그리려고 시도해 본다. 벌거벗은 사람을 그리려고 시도해 본다. 벌거벗은 노엘을 그리려고 시도해 본다. 여행을 한다. 하늘을 난다. 헤엄을 친다. 만난다. 사랑한다. 춤춘다. 이긴다. 미소를 짓는다. 웃는다. 잡는다. 걷는다. 건너뛴다. 그래, 가끔은 건너뛰어도 되는 것들이 있다.

스키를 탄다. 썰매를 탄다. 농구를 한다. 달린다. 뛴다. 뛴다. 뛴다. 집까지 뛰어간다. 집까지 뛰어가며 기쁨을 느낀다. 기뻐한다. 이 동사들이 그렇게 고마울 수가 없다. 이게 다 네 것이다, 크레이그. 너는 그것들을 누릴 자격이 있다. 왜냐하면 내가 그쪽을 선택했으니까. 그 모든 것을 남기고 훌쩍 떠나 버릴 수도 있었지만, 너는 여기 남는 쪽을 선택했다. 그러니 이제 진짜 삶을 살아보자, 크레이그. 살자. 살자. 살자. 살자. 살자.

옮긴이_ 안종설

성균관대학교 사회학과를 졸업한 뒤 출판사에서 일하다가 번역을 시작했고, 영어를 좀 더 공부하러 캐나다로 건너갔다가 아직 돌아오지 못하고 거기서 번역 일을 계속하고 있다. 옮긴 책으로 존 그리샴의《소송 사냥꾼》,《사기꾼》,《속죄 나무》,《잿빛 음모》, 댄 브라운의《다빈치 코드》,《로스트 심벌》,《인페르노》,《오리진》등이 있다.

이츠 카인드 오브 어 퍼니 스토리

초판 1쇄 인쇄 2019년 5월 10일
초판 1쇄 발행 2019년 5월 17일

지은이 | 네드 비지니
옮긴이 | 안종설
발행인 | 강봉자, 김은경

펴낸곳 | (주)문학수첩
주소 | 경기도 파주시 문발로 214-12(문발동 511-2) 출판문화단지
전화 | 031-955-4445(마케팅부), 4500(편집부)
팩스 | 031-955-4455
등록 | 1991년 11월 27일 제16-482호

홈페이지 | www.moonhak.co.kr
블로그 | blog.naver.com/moonhak91
이메일 | moonhak@moonhak.co.kr

ISBN 978-89-8392-748-4 03840

「이 도서의 국립중앙도서관 출판예정도서목록(CIP)은 서지정보유통지원시스템 홈페이지(http://seoji.nl.go.kr)와 국가자료공동목록시스템(http://www.nl.go.kr/kolisnet)에서 이용하실 수 있습니다.(CIP제어번호: CIP2019016993)」

* 파본은 구매처에서 바꾸어 드립니다.